寻根文学研究资料

程光炜　主编
谢尚发　编

中国当代文学史资料丛书

百花洲文艺出版社
BAIHUAZHOU LITERATURE AND ART PRESS

图书在版编目（CIP）数据

寻根文学研究资料 / 谢尚发编. — 南昌：百花洲文艺出版社，2017.8
（中国当代文学史资料丛书 / 程光炜主编）
ISBN 978-7-5500-2187-7

Ⅰ. ①寻… Ⅱ. ①谢… Ⅲ. ①中国文学 – 当代文学 – 文学研究
Ⅳ. ①I206.7

中国版本图书馆CIP数据核字（2017）第090724号

寻根文学研究资料

XUNGEN WENXUE YANJIU ZILIAO

谢尚发　编

出 版 人	姚雪雪
责任编辑	臧利娟　李梦琦
书籍设计	方　方
制　　作	何　丹
出版发行	百花洲文艺出版社
社　　址	南昌市红谷滩世贸路898号博能中心一期A座20楼
邮　　编	330038
经　　销	全国新华书店
印　　刷	江西千叶彩印有限公司
开　　本	720mm×1000mm　1/16　　印张　22.5
版　　次	2018年4月第1版第1次印刷
字　　数	350千字
书　　号	ISBN 978-7-5500-2187-7
定　　价	45.00元

赣版权登字　05-2017-130

邮购联系　0791-86895108
网　　址　http://www.bhzwy.com
图书若有印装错误，影响阅读，可向承印厂联系调换。

总　序

◎程光炜

一

中国当代文学史（1949—2009）有"前三十年"和"后三十年"之分期。后三十年中，又有"七十年代文学""八十年代文学"和"九十年代文学"等不同段落。本丛书的选编对象，是后三十年文学。然而，文学发展脉络除不同段落之外，还应有先后出现的流派、现象和社团将之串联成一个整体。在中国现代文学史上，仅二十年代的文学就有文学研究会、创造社、沉钟社、未名社等大大小小的社团或流派，从这些现象中，既可观察这一段落文学的起伏跌宕、相互排斥与前后照应，也能对它们的纹理组织和贯穿线索有清楚的了解。

由于当代文学史的历史沉淀不够，研究者与研究对象之间的历史距离还较短，它作为一个历史河床的激流险滩就来不及显露出来，供研究者做准确的测量、计算和评估。按照我做历史研究的习惯，凡是漂浮在文学批评和各种文坛传说中的文学现象，都不会列入研究目标，我会耐心地等它逐渐沉淀下来，待纹理组织和脉络线索都清楚显露出来之后，才把一个个作家作品这种单位摆放进去，设置一个位置。观察思潮，也应该强调它的历史稳定性，否则宁愿放着不做。但是我们知道，自所谓新时期文学开始运作之后，被文学批评推出的文学现象就层出不穷，例如伤痕文学、反思文学、寻根文学、先锋小说、新写实小说、女性文学等等，而且它们大都被已经出版的许多文学史著作所采用，在大学中文系文学史课堂上讲授了几十年。我没做过统计，关于它们的各种论文不说上千万字，少说也有几百万字。更值得注意的是，有很多研究论文详细讨论它们之间的承传关系①，或者对某现象的内涵外延加以界定②，也分析到某现象在向另一现象转型过程中出现的种种问题③，如此等等。由此说明，当代文学史历史分期、段落传承、概念界定、现象、社团和流派等等的历史化研究，也并不像有些悲观者认为的那样犹如散兵游勇，布不成阵。④

因资料整理和学术研究没有跟上来，从伤痕文学、反思文学、先锋话剧、朦胧诗、寻根文学、先锋小说、新写实小说、女性文学、第三代诗歌、文化散文、九十年代长篇小说到60后作家三十年来的文学史序列，除作家主动提倡、文学批评和杂志组织等推动因素外，是否还有社会思潮的刺激、外国文学的影响和文学圈子的催发，还都没有被认真清理和反思。关于现代文学史上的文学研究会、创造社、太阳社、沉钟社、新感觉派、乡土小说、京派、海派等社团和流派的文献史料，是经过几代学者数十年来默默无闻地爬梳、搜集、辑佚、整理和研究，才逐渐浮出历史表面，最后被确定下来，成为学科的概念、术语、范畴的。而我知道，对当代文学史上这些重要现象文献史料的收集整理，还只是处在启动的状态，更不用说以一所大学之力，几代学者之力，开辟为研究领域了。虽然如上所说，零星的"关系""转型""段落传承"等研究已有不错成果，但与现代文学史如此大规模、长时段和投入几代学者之力的宏大工作相比，远没有提到议事日程上来。这个事实，必须引起学界同人足够的重视。

二

本丛书的编撰是一项进一步充实当代文学史文献史料整理的工作。它分为《伤痕文学研究资料》《反思文学研究资料》《改革文学研究资料》《寻根文学研究资料》《先锋小说研究资料》《新写实小说研究资料》《新历史小说研究资料》《女性文学研究资料》《朦胧诗研究资料》《第三代诗歌研究资料》《先锋话剧研究资料》《文化散文研究资料》《九十年代诗歌研究资料》《茅盾文学奖研究资料》《九十年代长篇小说研究资料》和《外国文学译介研究资料》，总计十六种，基本涵盖了当代文学史后三十年的重要现象。如果按照本文第一部分讨论现代文学史社团、流派、现象的观点，可以将十六种资料略作分类。第一类为文学现象，如"伤痕文学""反思文学""改革文学""新历史小说""先锋话剧""文化散文""茅盾文学奖""长篇小说""外国文学译介"等；第二类为社团，如"朦胧诗""第三代诗歌""九十年代诗歌"等；第三类为流派，例如"寻根文学""先锋小说""新写实小说""女性文学"等。所谓文学现象，是指受到当时社会文化思潮和文学思潮的影响而兴起的一种文学创作现象，集中反映着当时作家、批评家的思想状况、文学观念和审美意识，尤其是文学探索的精神。随着这些思潮的转移、跌落，这些现象也随之弱化和消失。所谓文学社团，按照既定的文学史认知，它一定有社团章程、组织、文学主张和相对固定的文学圈子，有固定的批评家和文学受众，关于这一点，"朦胧诗""第三代诗歌"和"九十年代诗歌"都符合这些条件。

从文学史的角度说，凡文学社团都有社团章程、组织、文学主张和固定的文学圈子，有固定的批评家和文学受众。例如"朦胧诗"，它源于1969年出现于河北白洋淀插队知青中的"白洋淀诗人"，主要成员有姜世伟（芒克）、栗世征（多多）、岳重（根子）、孙康（方含）、宋海泉、白青、潘青萍、陶雒涌、戎雪兰等，在北京工作或在外地插队的北岛、江河、严力、彭刚、史保嘉、甘铁生、郑义、陈凯歌等，也曾与这些诗人有交往。1978年12月，创办了诗歌小说和美术杂志《今天》，而以发表诗歌为主。杂志主编是北岛、芒克，成员有方含、江河、严力、食指、舒婷、顾城、杨炼等。由北岛起草的"发刊词"代表了该杂志的章程、组织和文学主张，他们宣称：该杂志是要"植根于过去古老的沃土里，植根于为之而生、为之而死的信念中。过去的已经过去，未来尚且遥远，对于我们这代人来讲，今天，只有今天！"⑤《今天》这个文学社团从1978年到今天，已经存在了三十七年，是中国当代文学史上存在时间最长、杂志延续至今的一个社团。虽然，它的主编、编委和成员几度变化，该杂志后来还转移到国外，但仍然一直坚持了下来。在我看来，"寻根文学""先锋小说"和"新写实小说"是可以作为文学流派来研究的。首先，它们都曾有自己的"文学宣言"，固定的作者圈子，相对统一的创作风格，不仅影响了后来一代作家的创作，而且通过创作转型，当年的创始者后来也一直延续着当年的文学主张、审美意识和创作风格，例如莫言、贾平凹、韩少功、李锐（寻根），余华、苏童（先锋）等。

鉴于上述社团、流派和现象的史料非常分散，缺乏系统整理，本丛书拟以"资料专集"的形式出版。作为同类著作的第一套大型工具书，我们力图通过勾勒后三十年文学发展的基本脉络，展现大量而丰富的历史信息。同时意识到，这套丛书的出版，将为下一步更为细化、具体的史料整理工作开辟一条新路。如果从当代文学史文献收集、辑佚和整理工作的长远考虑，中国当代文学史的"社团史""流派史"等，也应在不远的未来启动和开展。比如，"白洋淀诗人群"与《今天》杂志的沿革关系，至今还是众说纷纭，有一些模糊不清的诗人回忆文章，但缺乏详细可靠的考证。又比如《今天》杂志编委会在八十年代的改组和分裂，也是各执一词，史料并不可靠。"寻根文学"的发起是1984年12月在杭州召开的那次文学的"当代性"会议，然而这次会议由哪些人发起、组织，具体策划是什么，与会人员名单是如何选择、确定，没有翔实材料予以叙述，零星片断的叙述倒是不少，仍不能令人满足。另外，散会后，韩少功、阿城等是如何产生写作那些"宣言式"文章念头的，具体情形包括活动情况，研究者仍然不得而知。在我看来，如果没有大量的建立在考证基础上的"社团史""流派史"史料丛书的陆续问世，仅凭简单材料写出的同类著作不仅价值不高，历史可信度也很低。这套书的工作，仅仅是为这一长期并意义深远的学术工作，打下一点初步基础而已。

三

在编选体例上，我们在遵循过去文学史史料丛书规则的前提下，也对这次编选提出了自己的要求。

一、每本书的结构，分为主选论文和资料索引两个部分。主选论文是全文收录，资料索引只选篇目和文章出处。在资料索引部分，要求编选者尽量穷尽能够找到的资料，当然非正式出版的报刊不在此列。

二、视野尽量开阔，观点具有历史包容性，强调点与面的结合。主选论文，应以当时文学思潮、论争文章和后来有价值的研究文章为编选对象；突出主要作家作品，一般作家作品可放在资料索引部分，作为对主选论文的陪衬，但也要求尽可能地丰富全面。

三、鉴于每本资料只有三十万字左右规模，这就要求编选者具有"选家"的眼光，用大海淘沙的耐心和精细触角，把对于历史来说，值得发掘和发现的文献史料贡献给各位读者。

  由于各位编选者都在大学工作，承担着繁重的教学科研任务，尽管这套丛书筹备了好几年时间，还经过开会商讨和电子邮件的多次协商，但展现在读者面前的丛书，仍有不少遗憾之处，它的疏漏也在所难免，望读者批评指正。

2015年5月11日于北京

注释：

①杨晓帆：《知青小说如何"寻根"》，《南方文坛》2010年第6期。这篇论文运用详细材料，叙述了阿城1984年发表短篇小说《棋王》后，被仲呈祥、王蒙等归入知青小说。1985年提倡"寻根文学"后，更多的批评家开始按照对寻根文学的理解，认为它是这种现象的代表作之一，之后在接受各种访谈时，阿城也有意无意根据采访要求，重新讲述这篇小说是如何寻根的故事。这个案例，一定程度上说明，"知青小说"向"寻根文学"转换过程中的某种秘密。

②旷新年：《写在"伤痕文学"边上》，《文艺理论与批评》2005年第1期。作者力图在五十至七十年代文学和九十年代文学的关系脉络中，分析"伤痕文学"产生的原因，以及它如何在九十年代全球化大潮中逐渐衰老的深层背景。

③吴义勤的《告别"虚伪的形式"》（《文艺争鸣》2000年第1期）论及余华八十年代／九十年代小说的"转型"问题。还有很多学者，都有这方面的论述。

④从事现代文学研究的赵园，一次就曾当面对笔者谈到"当代文学"就像一个"菜市场"。这种认为当代文学史研究状况，始终没有自己的学科自觉和秩序的看法，在现代文学研究界十分普遍，一方面说明当代文学史研究确实存在问题，与此同时，也表明许多学者在耐心阅读已有成果之前就下结论的草率。

⑤《致读者》，载《今天》1978年12月23日《创刊号》。

目　录

青年作家与青年评论家对话　共同探讨文学新课题

周介人

为了加强作家和评论家之间的信息交流和感情交流，《上海文学》编辑部、杭州市文联《西湖》编辑部、浙江文艺出版社三家于八四年十二月中旬在杭州联合召开了部分青年作家和部分青年评论家的对话会议。

会议的议题是对近年来文学创作的回顾与对未来文学发展前景的预测。在回顾与预测的过程中，与会者一致就文学的当代性问题展开了热烈的讨论。

大家认为，只有具有鲜明的当代性的文学作品，才可能具有真正的历史性，才可能走向世界。离开了当代性而追求历史性与世界性是行不通的。

那么，什么是文学的当代性呢？

有的同志从分析张承志的《北方的河》出发，认为这部作品所以深受当代青年读者的欢迎，因为它摆脱了以往作品中常见的手法、常见的人物、常见的冲突的束缚，用一种新的视觉观察并表现了发生在当代青年心灵中智慧的苦闷。这种苦闷虽然主要表现在当代思想文化层次较高的先进青年身上，却富有我们这个变革时代永不满足、不断求索的时代精神，因而使作品具有鲜明的当代性。由此看来，文学的当代性首先在于它所表现的生活、冲突、人物、灵魂能使当代读者感受到自己与当代世界在物质、文化、道德、感情、哲学上的时时相关的联系。

有的同志则从分析阿城的《棋王》出发，认为这篇小说的题材取之于十年"文革"中的知青生活，已为当代许多作家描写过，小说的写法也不新，基本上借用传统的说书艺术来叙事，但是这篇小说却具有比较深刻的当代性。也就是说，作者通过一个底层青年在"文化大革命"那个疯狂年代对中国传统文化的痴迷，表现了作者自己对中国传统文化精华的重新发现与重新认识，而这种发现与认识正是今天我们搞经济改革与对外开放的立足点之一。同时，作者通过棋王还表现了这样一个观点：人本身就是一个奇迹，而奇迹的创造常常为无数偶然的合力所造就，但创造奇迹的人，还是平凡的"人"。小说对人的本质力量、对人的智慧的内在价值所作的探讨，赢得了当代青年读者的共鸣。由此看来，文学的当代性不仅表现在作品描写了什么事物，而且还表现在作家用什么样的观念来处理、组织、表现这个事物。

通过讨论，大家一致同意，文学的当代性问题是一个对文学创作的综合性要求：既包括题材问题，也包括观念问题；既包括内容问题，也包括形式问题。它不仅要求我们的作家在写什么和怎样写两个方面同时有所突破，而且要求我们的文艺理论家、批评家有胆有识，敢于从丰富的创作实践中提出新问题，总结出新观点，冲破某些文艺理论教科书中的僵化模式，丰富和发展马克思主义的美学思想，使马克思主义的文艺理论真正成为充满活力的、生机勃勃的、开放的科学体系，以满足时代和人民的新的审美需要。

在对话会上，除了讨论共同感兴趣的问题外，青年作家与青年评论家们还互提要求，互相勉励。青年作家们提出，我们正处在一个大变革的时代，为了适应与反映这个时代，希望批评家与作家们一道，"换一个活法（即改变陈旧的生活方式），换一个想法（即改变僵化的思想方式），换一个写法（即改变套化的表现程式）"，使文学创作与文学批评更加多样化。他们希望青年批评家们敢于形成自己的批评个性，"操自己的犁，用自己的方法，锄自己的地"。青年批评家们则希望青年作家们百尺竿头，更上一层楼，不仅要立志给新时期的社会主义文学画廊增添新的故事和新的人物，而且要真正创造出自己独立的艺术世界，不断开拓社会主义文学艺术的新的疆土，使中国文学不断走向世界，走向未来。

原载《西湖》1985年第2期

文学探讨的当代意识背景

周介人

[前记]：一九八四年十二月，《上海文学》编辑部、杭州市文联《西湖》编辑部、浙江文艺出版社在杭州陆军疗养院联合举办青年作家与评论家对话会议。会议的议题是"新时期文学：回顾与预测"。会议中，大家集中就小说观念与文学批评观念进行了研讨。这次于一九八四年岁末举行的会议，对即将到来的一九八五年的小说创作与文学评论发生了潜在的影响。在八五年的文坛上比较活跃的几位青年作家、评论家都在会上发了言，凭我个人的记录与回忆，他们发言的要点是：

韩少功：小说是在限制中的表现，真正创造性的小说，都在打破旧的限制，建立新的限制。

阿城：限制本身在运动，作家与评论家应该共同来总结新的限制，确立新的小说规范。这种新的小说规范，既体现了当代观念，又是从民族的总体文化背景中孕育出来的。

陈思和：现代意识与民族文化应该融会。

李杭育：当代小说中出现了越来越多的、对人物进行文化综合分析的方法。小说的变化，首先是作家把握世界对思路的变化。

鲁枢元：对于作家来说，研究人物的心理环境比研究物理环境更为紧要，当代文学正在"向内走"。

黄子平：文学的突破与发展，是同对人的理解的深度同步的。

季红真：人永远处于历史、道德、审美的矛盾与困惑之中，文学就是人类对自身的认识与把握。

吴亮：为了找到解决问题的钥匙，人应该调动自己全部的本质力量、在理性之光的光圈之外，是一个神秘而具有诱惑力的世界。

郑万隆：每一个作家、批评家都应犁自己的地，不要犁别人耕过的地，在创作上，犁"公共"土地是不合适的。我们要创造自己独立的艺术世界。

陈建功：变革的时代，一切都在变化，作家尤其需在生活方式、思维方式、表现方式上进行变革，所以我主张"换一个说法，换一个想法，换一个写法"。

李陀：应该张开双臂迎接小说多元状态的到来，文学思潮的共存竞争与迅速更替，是社会主义文学富有生命力的表现。

在对话会议结束时，《上海文学》编辑部负责人茹志鹃、李子云同志委托我作最后发言，现将当时的发言稍加文字整理，发表如下：

我们的对话会议，自始至终被一个问题所困扰，这就是阿城在会议开始时所提出的：究竟什么叫小说？究竟什么叫文学批评？

在座的都是小说家、批评家，发表了许多作品之后，忽然产生困惑：小说（及批评）是什么？我搞的是小说吗？我应该怎样写小说？这情景是不是有些荒诞呢？

其实，同一个问题，人们常常在不同的境界上来加以谈论。我们今天谈论小说观念与批评观念的境界是：如何使我们的工作更有力地介入当代人的文化心理的结构面。

我们正面对着一个越来越变得多样化的世界。经济上的对内搞活，对外开放；政治上的民主化与"一国两制"；文学上的社会主义现实主义开放体系……多样化不仅已经成为客观趋势，而且成为当代人的一种文化心理需求。

事实已经证明了这一点。当我们有些同志对于从西方现代派小说中借鉴技巧来表现当代生活感到忐忑不安时，正是当代的读者在文化心理上给予呼应；而当《棋王》一反潮流，以中国最传统的说书艺术来表现当代青年对于我国传统文化精粹的痴迷时，又是当代的读者给予文化心理上的认同。

当代人并不偏食，他们比任何时代的读者更希望享受精神生活的多样化。

文学的多样化是一个进程，它有两个层次：一个层次是表象性多样化，另一个层次是本体性多样化。我认为，本体性的多样化亦可以称作"多元化"。以文学批评而言，正如在座的许多青年评论家指出的，我们既应该有旨在"浇花""锄草"，为文学创作服务的文学批评，同时也应该有虽然不脱离创作，但并不是为具体创作服务的文学批评；这后一种文学批评，是在艺术思维与科学思维的边缘地带生长起来的，有自己的呼吸、自己的循环、自己的生命的自满自足的智慧之花。我们今天谈论小说观念与批评观念，实际上就是突破了表象性多样化的层次，而进入本体性多样化的境界了。

当多样化向深度与广度前进的时候，就涉及对传统规范的态度问题。多样化的创作实践、批评实践，使小说和评论再不能用原有的小说法则和批评规则来整除，"余数"越来越"大"，于是，人们对原有的"商"——传统观念产生了科学的怀疑：究竟什么叫小说？什么叫批评？

其实，出现在某些同志文章中的"传统"，已经把我国真正的文学传统简化了。中国文学中的小说传统与批评传统本身是丰富而富于变化的，以小说而言，中国古典小说传统、五四白话小说传统、《讲话》以后以赵树理为代表的小说传统就并不完全是一回事，何况在古典小说传统中又可进一步分出传奇、志怪、笔记等等面目各异的源远流长的传统。所以，确切地说，我们的小说传统与批评传统本身并不是划一化、凝固化的，倒是我们有些文章把这个传统模式化了、"一元化"了。于是当今文坛上同时出现两种创作心理趋向：深感到"传统模式"束缚创造力的同志，力主"反传统"；而领悟到中国文化传统之丰富而活泼的同志，则又倡导"找传统"。其实，这两种趋向的目标是一致的，都是力图改变出现在某些书本上、文章中的小说观念与批评观念，使小说与批评进一步获得解放，以适应当代人的文化心理需求。

在科学地对待传统的问题上，正如季红真同志在这次发言中指出的，我们应该向鲁迅先生学习。鲁迅既是中国僵死的封建传统最激烈、最勇敢的反教者，同时，又是中华民族优秀文化的"合金"。我们要建构关于小说与批评的富有当代性的观念，也必然是这样：一方面对传统中的僵化的模式发出挑战；另一方面继承传统中那些富有活力的因素。思想上的挑战与思想上的继承有时是一回事。因为，思想的继承是一种转移与流动，当思想从一个头脑传向另一个头脑时，它并不是像硬币那样，原封不动地把价值从前人手中转到后人手中，从这一部分人手中，转到另一部分人手中；思想在头脑之间流动、转移时必然要不断地被重新发现、重新解释、重新添加。于是，它的结构与价值一定发生变动；于是，对它的挑战与继承同时在运动中进行。当我们从与传统的关系的角度来考察今天的讨论，大家就会明白，我们并不是在中学生或一年级大学生的水平上谈论什么叫小说，什么叫批评。不，我们是在对文学的历史重新发现，重新整理。任何有价值的思想，只有通过变化和重新整理、重新认识，才能以文化传统的形式流传下来。我们意识到了这一点，我们的讨论会所做的，也就是从一个小小的角度，介入这样一件浩大的文化工程。我们不必老是对前辈们说，你们代表历史，你们代表传统。我们应该说：我也是历史，我也是传统，因为我们希望自己尽职地发展历史，闪光地延续传统。

除了从当代人的多样化需求与传统意识的视角来观察我们今天的讨论，我们还可以从当代人对自身的把握来认识我们的论题。我很同意黄子平发言中的一个观点：文学的突破与发展，是同对人的本质的理解深度同步的。

当代人从过去不久的"十年内乱"中走过来，带着一个装满了新鲜的经验教训，因而使理性思维非常健全的头脑。理性思维的健全首先表现在：理性能够不断地向理性自己提出疑问。人的理性的光圈有限度吗？提出这个问题，并不是反理性，恰恰是在理性地思考人的理性力量。究竟什么叫小说？提出这个问题也并不是不懂小说，或者"反小说"，恰恰是为了理性地思考小说。人们需要艺术，需要小说，本来是为了从中获得对于世界与人生的新的感知，为什么有些艺术模式、小说模式都正相反，在使人们麻木、钝化，甚至丧失对于世界的感觉？这就是说，人的理性力量向人的理性模式提出了一个问题：理性在把握世界时的广度、深度与限度。我们正是在这样一个境界上，重新考虑自己的小说观念与批评观念。

毫无疑问，我们是尊重理性的，正是理性的力量，使我们形成了对于世界的观念性图景。没有理性的参与、渗透、制约、指导，我们还能进行自觉的创作吗？当然不能。但是，正是由于我们尊重健康的理性，所以才必须反对"理性主义"与"唯理论"对于理性的盲目崇拜。

马克思主义告诉我们，人是一个整体，人的感觉器官与人的思维器官融化在一个有机的生命系统中，人是在自己的感性力量与理性力量的不同层次的结合中逐步把握世界、改造世界的。"理性主义"与"唯理论"却割裂了人的整体，把"理性"看成是人唯一的本质力量，将理性与感性人为割离，导致了什么呢？不讲感性的理性，演化成"神性"；不讲理性的感性，蜕变为"兽性"，这样就丧失了健康的人性。十年内乱，也就是把理性推崇到极端的程度，然后产生非理性、反理性的悲剧，这个惨痛的教训，使我们加深了对人的本质力量的认识。人的感性的力量是不应受到鄙视的，人的感觉器官的潜力远远没有充分地调动起来。而文学艺术创作，正是调动人的感觉器官，磨炼人的感性力量，使人的感觉掌握美的形式的最好的训练场。在这次对话会议上，我们探讨感觉、直觉、顿悟、潜意识、信息论、控制论、系统论、现代物理学与东方神秘主义等等，无非是希望从人的理性力量与感性力量的全面协调、全面发挥中，产生适应于我们这个时代的思维方式，并在此基础上改变以往的小说观念与批评观念。

我们反对"理性主义"，还因为它常常把理性对于世界的比较表层、比较简化的结构模式凝固化，而拒绝对这种模式的中介环节、中间层次作进一步的充实与调整。例如，我们的理性从客观现象界的各种复杂联系中，抽取了因果联系这样一种模式。有了这样一个因果模式，我们就能解释许多现象的发生与消亡。但是不是所有的现象都能用因果框架来阐释？当然不是。可是，"理性主义"常常要求作家、艺术家把自己对现象界的感受束缚在论证因果关系的模式中，从而造成了叙事文学的模式化。再如，我们面对的世界，是一个充满了偶然性的世界，任何一个因果过程，都带着随机的性质，偶然性的突然介入，常常使因果过程变得异常复杂，一因多果，多因一果，多因多果，才是现象界的原生面目。人之所以需要不断从外部世界获得大量信息，正是为了使自己自觉地适应现象的随机过程，从而控制自己的行为。可是，"理性主义"却常常以为因果性在客观世界中是以纯粹的形式表现出来的，他们不承认偶然性、随机性对自然现象与社会现象的复杂作用，他们常常跳过许多复杂的中介联系去判断事物。受这种思维方法的影响，我们的一些文学作品中只有线性的因果联系，只有机械的决定论，而没有网络型的多元的因果联系，缺乏生活本身那种毛茸茸的原生美与诱惑人的神秘感。

所以，"理性主义"本身是妨碍人对世界进行整体的、深层的把握的。我们必须抛弃建立在"理性主义"基础上的小说观念与批评观念，形成人类对自身的本质力量全面调动、全面发挥的小说观念与批评观念。

但是，在这样一个进程中，我们遇到了语言的障碍。语言是人的许多本质力量中的一种。作为文学工作者，我们特别能感受到语言的魅力，享受到驾驭语言时创造的欢乐。同时，我们又感受到了语言的困惑。产生这种困惑的一个重要的原因，是我们深深感到无法把人的全部本质力量，统统纳入词语系统来加以明确的表述。于是我们探讨能不能充分运用语言的艺术来克服语言的局限，运用语词来表达缺乏语词的情景状态，这样，我们就提出了小说观念中的意象问题、象征问题、荒诞问题、内结构与外结构问题等等。李陀在会上说得好，象征不仅仅是一种手法，而且是人类艺术地把握世界的一种方式。像张承志《北方的河》、邓刚《迷人的海》，象征在这些小说中就不仅是手法，而且是艺术的本体性因素。象征超越了语言，表述出仅仅通过有限语言无法扩散的意识内容与无法宣泄的情绪氛围，使作品结构从封闭走向开放，使小说主题从单一走向立体。当然，象征也仅仅是人类艺术地把握世界的一种方式，而不是唯一的方式。近年来小说走向诗化、散文化、报告文学化、杂文化等等，这种杂交的趋势，表明了小说家们综合性地吸取营养来丰富小说观念的可贵的努力，关键不在于这样的作品已经写得怎样，关键在于它预示着获得新的艺术生命力的某种可能性。这种可能性究竟能不能转化为普遍的现实性？这一方面需要有更多的创作积累来证明，同时又给批评家提出了文学研究的新课题。这些，都是我们本次会议之后面临的艰巨任务。所以，我们在讨论的过程中既享受到了精神的满足，又感受到了精神的压力，我们的前面还有许多的路要走，而最根本的路，就是要使中国文学走向更广大的读者，走向世界，走向明天，融汇到历史的长河中去。奥地利作曲家舒伯特的《流浪者》中有这样几句诗句："我痛苦地含着泪到处流浪，永远叹息地问道：在何方？附近好像有声音给我回答：欢乐就在你不在的地方。"愿我们大家都保持这种永无休止的渴求，去寻找这种找不到的欢乐，我相信，在寻觅的过程中，我们一定能够享受到真正的欢乐！

原载《文学自由谈》1986年第3期

寻根：回到事物本身

李庆西

一 风格意识中的文化意识

在一部分青年评论家的记忆中，一九八四年十二月的杭州聚会，至今历历在目。这番情形就像一个半大孩子还陶醉在昨日的游戏之中。也许对他们来说，像那样直接参与一场小说革命的机会难得再碰上了。

那一次，他们跟几位正在酝酿着某些想法的小说家进行了长达一周的对话。十二月不是杭州的好时节，但来自京沪和各地的二十几位与会者意兴甚浓。这次活动由《上海文学》发起，得到当地的一家出版社和另一团体的有力支持。东道主特意将会议安排在西湖边上的一所疗养院里。那地方静谧、幽闭，烹茗清谈最好。

一些记者闻讯赶来，被拒之门外。上海一家报纸的记者抱怨说：他多年的文坛采访活动中还未碰过这种钉子。处于当时的社会气氛，与会者很不愿意让新闻界人士掺和进来。事实上，关于这次会议的情况，以后也一直没有作过详细报道。所以，对话中的关键性内容及其对此后中国文坛产生的实际影响，迄今仍鲜为人知。

现在可以说，那次会议与"寻根"思潮的发展关系甚大。笔者当时在场，完全感受到那种气氛。

韩少功是参加对话的小说家之一。就在那次聚会之后，他发表了引起广泛注意的《文学的根》①一文，提出向民族的深层精神和文化特质方面去寻找自我的"寻根"口号。这篇文章后来被人称为"寻根派宣言"。见于那一时期的

"寻根派"的重要文章还有：郑万隆的《我的根》②，李杭育的《理一理我们的根》③，阿城的《文化制约着人类》④等。值得注意的是，以上提到的几位小说家也都是那次聚会的当事者。

不过，当时对话的焦点并没有完全集中到"文化寻根"上边。会议的主题是"新时期文学：回顾与预测"；如何突破原有的小说艺术规范，也是与会者谈论较多的话题。显然，这种宽泛的议题给与会的小说家、评论家们带来了开阔的思路。

所谓小说艺术规范，当然不仅仅是一个艺术问题。新时期小说在最初的"伤痕文学"阶段，基本上沿袭五六十年代的套数，仍未摆脱"反映论"和"典型论"的框架，要说规范首先是政治规范和伦理规范。进入八十年代以后，题材和写法发生了明显变化，并由此带来了价值取向的转换。相继出现了这样一些作品：汪曾祺的《受戒》，邓友梅的《那五》，冯骥才的《高女人和她的矮丈夫》，叶之蓁的《我们建国巷》，陈建功的《辘轳把儿胡同九号》，吴若增的《翡翠烟嘴》，等等。这些作品不再纠缠于现实的政治问题和道德批判，而从生活的纵深方面拈出几分世事沧桑的意境。这使人感到，逾过现实的表层倒更容易看清世道人心的本来面目。在这种风格意识的召唤下，一部分小说家的艺术情趣很快转向民间生活和市井文化方面。稍后，张承志那些展现草原和戈壁风情的作品，邓刚对于海洋的描写，以及其他作家笔下那些表现大自然的人格主题的作品，也已在人们谈论之中。这时候，任何能够突破原有的价值规范的思路和手法，都必定引起文坛的普遍注意。这是"寻根派"形成气候之前也即一九八四年文坛的基本势态。当时在杭州进行对话的小说家和评论家们，都不能忽略这样一个背景：一些具有先锋精神的小说家的思维形态发生了很大变化，他们正在从原有的"政治、经济、道德与法"的范畴过渡到"自然、历史、文化与人"的范畴。

当然，这种超越了现实的（亦已模式化的）政治关系的艺术思维，不是凭空产生的，它必然附丽于民族的文化精神。所以，评论家季红真在对话中指出：对传统文化的重新认识，实际上也是对人自身的重新认识。

阿城认为：中国人的"现代意识"应当从民族的总体文化背景中孕育出来。

阿城和季红真的看法比较接近，他们都注重对"民族的总体文化背景"的认识。尤为注意中国传统文化—心理构成中的儒、道、释的相互作用。这种意趣，后来在他们各自的创作和评论活动中都有所表现。

小说家的艺术思维应当从社会的表层进入文化的深层，这是没有异议的。但是，具体谈到文化的选择时，两位南方作家表示了不同看法。韩少功和李杭育提出：所谓"传统文化"，可以区分为规范文化与非规范文化；并且，许多富于生命力的东西恰恰存于正统的儒家文化圈以外的非规范文化之中。韩少功谈到，楚文化流入湘西蛮夷之地如何在当地民间风习的滋润下保存其瑰丽、奇谲的艺术光彩。李杭育对浙江民间流传甚广的济公和徐文长的故事颇为津津乐道，他从中感受到乡间的幽默与创造的活力。他们认为，真正具有创造性的小说，应当突破规范文化的限制。

当时在这些分歧点上并没有作深入探讨。因为与此相牵扯的问题实在太多。评论家许子东、陈思和、南帆等人谈到东西方文化碰撞以及现代意识与传统文化的融合问题。黄子平从禅的顿悟、般若直觉谈到对人的理解和对世界的把握方式。吴亮提出，应当探索理性光圈之外的那个神秘世界……

有些话题一时看起来是扯远了，但是从八五年以后的创作发展来看，这里提出的一些艺术探索的可能性都得到了印证。实际上，这次对话从理论上肯定了"寻根派"的艺术思维的格局。

当然，这并不是说"寻根派"是先有理论后有实践。实际的情况是，那次对话之前，"寻根派"的一些代表人物已经迈出了自己的步履。例如，贾平凹早在八二年就发表了《商州初录》，李杭育的"葛川江小说"已形成初步的格局，郑万隆正雄心勃勃地投入"异乡异闻"的系列工程，乌热尔图有关"狩猎文化"的描述几度引起文坛重视，而阿城的《棋王》则已名噪一时……作为"寻根"的第一批成果，已经摆在面前。在此之前，"寻根"对于他们来说，还只是个人创作道路上的风格探索，也许谁也没有想到日后还另有一番文章可做。而参加对话的评论家们，正是从这些作品中看到了一种潜在的势能，也在文化的背景上找到了共同语言。于是，他们从便于理解的角度给予理论的说明与支持。这对于正在酝酿和形成过程中的"寻根"思潮，无疑起到一种杠杆作用。

二 寻根与寻找自我

关于"寻根"思潮的发生，可以联系到许多方面，这里不妨对更早些时候的文坛纪事稍作提示。

八十年代初，文坛上流行过一本小册子，那就是高行健的《现代小说技巧初探》⑤。许多人大概还记得当时的情形，王蒙、冯骥才、李陀、刘心武等人曾以通信形式对这本书展开一场讨论⑥，声势颇壮。确切说，那是一九八二年的事情。

高行健的小册子是对西方现代小说技巧的一番概览性介绍，现在看来很稀松平常，而当时却给人一种实实在在的震动。经历了若干岁月的文化禁锢之后，刚一打开窗户，域外的许多事物都使人感到新鲜和惊奇。当时上述几位作家的通信，实际上是一次寻求"现代意识"的对话，而高行健那本小册子恰好是一个扣得上的话题。他们彼此间的捧逗也好，抬杠也好，都是为着小说革命做舆论准备。虽然他们的对话由于"不合时宜"而未能深入下去，却已产生了不可低估的影响。其实，对话本身所体现的"寻找"意识，要比他们谈论的内容更为重要。看到这一点，我们对下述现象就不至于感到不可理解：尽管那几位思想敏锐的小说家向同道们指示了西方人如何做小说的许多门径（当然，王蒙同时强调"外来的东西一定要和中国的东西相结合"，刘心武也说"要顾及中国当前实际情况"）；在更大的范围里，有关"现代派"的讨论成为一时的热门话题；可是那以后的大陆小说创作却并没有顺着发展为欧化趋势。就连王蒙本人（同时还有茹志鹃、宗璞等人）的"意识流"实验也已告停。相反恰恰从那一时期开始，小说界逐渐形成追寻民族文化的主趋势。

不少作家都有一个转捩。

李陀曾一度对西方现代小说技巧表现出异乎寻常的热情。而在杭州对话时，他表示自己的着眼点已有所调整，认为有必要联系民族的文化背景来考虑小说艺术问题。

冯骥才在许多人眼里是一位"洋路子"的作家。但是说变就变，再也不写像《意大利小提琴》那类东西了（那是一部模仿外国小说的作品），而对纯属"国粹"的辫子、小脚之类发生了兴趣，一头扎进传统文化堆积中去进行反思。

孤立地看，文化寻根思潮是一回事，人们对西方现代主义的兴趣又是另一回事。然而，上述情形表明，二者至少具有相同的出发点。关于这内中的关系，理论上的解释大致可以概述如下：

　　（一）新时期文学走向风格化之初，作家们首先获得了一种"寻找"意识。寻找新的艺术形式，也寻找自我。

　　（二）"寻找"意识的产生，与通常说的"价值危机"有关，也与文坛的"现实主义"的危机相联系。因而，许多作家从艺术思维方法和感觉形式上接受了西方现代主义。

　　（三）西方现代主义给中国作家开拓了艺术眼界，却并没有给他们带来真实的自我感觉，更无法解决中国人的灵魂问题。也就是说，艺术思维的自由并不等于存在的意义。正如有人认为的那样，离开了本位文化，人无法获得精神自救。于是，寻找自我与寻找民族文化精神便并行不悖地联系到一起了。

　　从这一过程来看，"寻根"思潮的发生，似乎也包含着一种必然的价值取向。喧嚣一时的"现代派热"，在新时期文学发展中尽管是一个短暂的插曲，但毕竟完成了自我觉醒的第一步。由此发生的"寻找"意识可以看作"寻根"思潮的先声。从新时期文坛的"现代派热"到"寻根热"，是一部分中国作家自我意识逐渐深化的过程。

　　从另一层面说，寻找自我也意味着对文学的主体性的确认。正如现象学美学家杜夫海纳所说，"艺术家在寻找自我的同时，自己也在被寻找"。这个主客体合一的命题，在"寻根派"小说家的艺术活动中得到充分印证。事实表明，尽管"寻根派"小说家大多从西方现代主义各流派那里获得过心智的启发，但他们并没有简单地袭用西方现代派作家的艺术思维方式，而是试图以注重主体超越的东方艺术精神去重新构建审美（表现的）逻辑关系，确立自己的艺术价值规范。在"寻根派"作家的一些代表作品中，可以说，艺术的价值主要不在于作家对客体世界所持有的认知方式，而是体现为主体境界的升华。譬如阿城的《棋王》，人们看到的并不是对客体世界的某种说明，作者不是将文学作为对客体世界的认识手段去剖示王一生的棋运和命运，而是用自己特有的那种超然的叙事态度进入主体的自我体验。在李杭育的《最后一个渔佬儿》中，人的孤独被作为一种境界呈示在无可选择的两难之间，强调的正是对现实生存处境的超越。这种重情蕴而不执着事理的态度，跟西方人的美学趣味相去甚远。如果说，在卡夫卡或博尔赫斯的作品中，呈现的是某种需要费力辨识的世界图像，那么，在这些"寻根派"作家笔下你可以直接感悟到人格的意味。

"寻根派"作家这种回到中国艺术传统的选择，从宏观上解释当然是受民族文化背景的制约，具体说来原因又很复杂。然而，他们的追求，与其说是为了显示自己的艺术特性，而故意跟现代主义潮流拉开距离，倒毋宁认为是出于对二十世纪中国文学中的"反映论"认识模式的反叛心理。因为在"寻根派"作家看来，西方现代主义并没有完全割断它跟古典认识论的哲学脐带。西方现代派作家描绘的世界图像，不管作了什么变形处理，依然是作为一种对客体的解释或认知。"寻根派"作家不想重新成为一种认知工具。

值得玩味的是："寻找"原本是西方现代派的口头禅，但是从这个字眼里获得了某种哲学启示的中国"寻根派"作家，找到的却不是什么洋玩意儿，而是他们自己。

三 重新构建的审美（表现的）逻辑关系

小说在八十年代的进步，从艺术观念上讲，也表现在相当程度上摆脱了"写什么"（题材或主题范畴）的思维局限，更多地考虑"怎么写"（艺术方法）的问题，强调了主体自身的创造性。在"寻根派"崛起之前，小说创作已经出现所谓散文化和诗化的倾向。如汪曾祺、王蒙、张承志这样一些个人风格毫不相似的作家，几乎同一时期进入了这个抒情化的纪程。评论家黄子平曾将小说艺术的衍化摆到文学现代化的历史进程中加以考察，把这种审美意向具体归结为"用'抒情性的东西'来挤破固有的故事结构"⑦。其他一些论者也对小说结构何以不同于故事结构作出过大量论述。评论界认为，小说审美逻辑关系的变化具有重要意义。

需要说明，这个由抒情化开始的重新构建小说审美逻辑关系的进程，不单由"寻根派"作家所推动。而本节之所以要专门讲一讲这个问题，是因为"寻根派"的艺术发展与这一进程相始终，而且真正体现那种新的艺术思维关系的作品，也大多是"寻根小说"或"类寻根小说"。

大约从八二年到八五年那一期间，最能引起人们注意的就是小说的叙事意识上的特点了。当时出现的一些优秀作品，都尽可能地舍弃那种由情节构成所决定的矛盾冲突。例如，张承志的《黑骏马》、史铁生的《我的遥远的清平湾》、李杭育的《最后一个渔佬儿》、乌热尔图的《琥珀色的篝火》、邓刚的《迷人的海》等等，这些作品都不再袭用人们以往惯用的戏剧化的叙事结构；如果说它们还保留着某些故事因素的话，那也只是作为一种深度线索隐藏到背景后边去了。

当然，"散文化"的说法只是一种外在的观察。往深里看，它们并非抛弃了矛盾冲突而成为纯粹的抒情散文。小说还是小说。问题的实质在于：此类小说已将外在的动作冲突变为内在的价值冲突，由时空范畴转入了心理范畴。

确乎很少出现激动人心的高潮，人物之间的对立或被取消或不再成为叙述的动力和杠杆。可是价值的冲突却无所不在。《我的遥远的清平湾》中，对往事的感怀表现了自得其乐的生存精神，也使人联想到一个民族的历史误会。那个"破老汉"的一生中，或许也能生发出某种传奇色彩，但作家寻取的却只是日常生活的苦难和欢乐。《最后一个渔佬儿》写的是捕鱼人福奎的平凡的一日，却抓住了人与世界相遇的时刻；物质文明与精神自由之间的权衡不定，从这位"最后一个"身上透露出一个时代的价值困惑。倘若对这些作品做进一步分析，还可以看到：由于动作失去了本来所有的外在效应，冲突自然就进入了内心世界。这一点，在《琥珀色的篝火》中尤为明显。这篇小说真正的主人公并不是猎人尼库（尽管作者的笔墨几乎全部落在这个人物身上），而是他的妻子塔列。当尼库去援救迷路者的时候，病危中的塔列无言地完成了内心的历程。这般潜在的冲突，对于读者不啻是一种心理挑战。阅读者很容易进入塔列的境遇之中，用自己的情感去体验那种生与死的价值抉择。

实际上，价值的冲突不但在于作品本文，也体现在接受者的介入。借助那一幅幅表面上平淡无奇的图画，读者可以按照自己的思维方式去重建二元对立的感觉世界：新与旧、生与死、物质与精神、此岸与彼岸……也许，一切权衡最终都将证明为徒劳。感慨也罢，惘然也罢，与此相伴的一切情愫都大大深化着作品的价值含义。

这里，可以分辨的一个区别是：对于阅读者来说，动作冲突的召唤功能一般反应为浅层次上的线索追踪，或对其中因果关系的把握；而价值冲突本身受制于民族文化背景和生活的深层结构，故而在深处提供着心理渗透和扩展的余地。

价值冲突的前提乃是价值范畴的选择。抽象地说来，仅以抒情笔墨提示的价值冲突不能认为是"寻根派"的独家风格，因为我们在别的作家那儿也见过相似的路径。譬如王蒙的某些作品就用感怀的笔触写出价值的困惑。但是将王蒙的作品具体拿出几部跟"寻根派"的作品比较一下，你会发现毕竟不一样。如较早的《深的湖》、晚近的《庭院深深》，都是通过个人道路的反省来表现理想与现实的对立。而"寻根派"的思维格局中就很少涉及这种价值关系。所以，对审美逻辑关系的判断，还应当从价值范畴的具体运用上去辨识。

构成"寻根派"小说的价值范畴，主要是传统与现实的冲突。（可以比较一下它与"理想与现实"的范畴区别所在）当然，这一范畴可以具体体现为人与自然、物质与精神、商品经济关系与自由人格等诸般同一关系。重要的是，"寻根派"小说家一般都善于从这种存在的对立中获得主体的超越。因为他们笔下被揭示的价值对立，大多从一些基本的方面涉及人类的生存问题，这本身就超越了一般社会学的表述。譬如在韩少功的《爸爸爸》中，生存的障碍一方面被突出地加以强调，另一方面又仿佛不曾被人意识到；这种有无相生的命题，显然隐含着某种历史的踪迹，亦可作为人类的自我观照。同时，我们看到，傻孩子丙崽更是体现着某种存在的对立，他可以被人作为"野崽"耍弄，也可以被人作为"丙仙"而膜拜；客体价值的含混而不可确认，似乎也意味着主体价值的确立。

由上可见，所谓"超越"是在两个层次上发生的。第一，包含在表现对象中的价值范畴，一般具有大文化背景；通过观照、反省、认同，与传统相吻合。这是对现实的政治、伦理的范畴的超越。第二，作家用理解或苟同的态度对待历史，则是对自己提出的价值范畴的超越。

不过，并不是所有的"寻根派"作家都完成了这两个层次上的超越。因为，至少有一部分作家并不认为价值范畴本身也是可以超越的。或者说，他们不愿意以无可无不可的态度看待世界。如山东的几位"寻根派"作家，王润滋、张炜、矫健等，就是这部分作家中的代表人物。把他们的主要作品排列起来，则可以清晰地看出他们相持一贯的价值倾向。在《鲁班的子孙》《三个渔人》（王润滋）、《一潭清水》《古船》（张炜）、《天良》《河魂》（矫健）那些作品中，完全渗透着重义轻利的传统人格精神。因而，评论界有人把山东作家的"寻根"意识归诸儒家文化的入世精神。这种看法尽管还嫌粗率，

中国当代文学史资料丛书

却有一定道理。

当然这样说起来，像韩少功、李杭育、阿城那几位，就应该被抹上一层老庄玄禅的色彩了。也许，他们自己并不认为超越是一种虚无的态度。超越本身意味着完成了的批判与反思。中国作家实在很少有人能够真正超脱世事。据说，韩少功最欣赏过去人的一句老话：用出世的态度做入世的事业。一切奥秘都可以从这句话里去琢磨。

四　世俗的价值观念与超越世俗的审美理想

已故的哲学家金岳霖先生很早就发现中国人价值观念中的逻辑悖论。举例说，中国有这样两句老话：一曰"朋友值千金"，一曰"金钱如粪土"，分别看都没有问题，但要搁在一起说就麻烦了，朋友居然跟粪土画了等号。

看来是一个笑话，其实这里反映着价值关系的暧昧。这两句话之所以在逻辑上扯不到一起，是因为这里边作为本位价值的东西恰恰是互为颠倒的关系。当人们将朋友比作财富时，物质是价值尺度；而将金钱视为粪土，无形中已将精神的东西提到了价值的本位。

在价值描述中，这种互证的关系构成了一个怪圈。然而，它却向人们指示着超越的可能。当精神的价值不能用精神来表示，物质的价值也无法以物质来衡量时，互证的相对性便带来了价值的抽象。

尽管从逻辑上讲还是有点别扭，但是相对性关系毕竟是一种超越的前提。其实，当人们强调"朋友值千金"的时候，说话的意义并不在于金钱本身（真要是拿朋友跟金钱做交换的话，那就不够哥们意思了）。金钱诚然作为一种世俗的价值标准，这时也由于精神的映射而超越了自身。

"寻根派"小说家们不一定从理论上思考过这个问题，然而他们从事物的自然状态中把握了这种相对关系。或许已经悟出了这个道理：正如精神的价值终究不体现于精神本身，艺术中的高蹈境界并不在风雅君子吟风弄月之际，不能用"高蹈"二字去证实。而世俗观念是一种必然的价值"语言"，离开这种"语言"，超越世俗的精神境界就无法得以表述。

在新时期的小说家里边，是否重视世俗的价值观念，着实反映着不同的艺术追求。"寻根派"以外的一些乡土作家（如古华、张一弓等），习惯从世界以外去把握世界。他们描写乡村生活同样可以写得栩栩如生；这种局外人立场是为了给人道主义的理性思考与批判提供方便。而"寻根派"作家，首先是用世俗的眼光去看待世间的事物，他们喜欢拉扯柴米油盐、描写婚丧娶嫁；当然更重要的是，在这种描述中他们有意使自己的审美态度跟人们的日常生活的态度相协调。

譬如，阿城的《棋王》用很多笔墨写了主人公王一生的"吃"，其意义不仅仅是作为一种观照的对象，关键是主体的观照态度。古今中外的文学作品写吃喝、宴饮的固然不少，却罕有阿城这般写法的，因为他是用人们日常面对食物的态度来描写主人公的"吃"。这多少带有一种禅的"平常心"。正如禅师所说，饥来便食，困来便睡。阿城很善于从这种生存的基本问题上表现自己的人生态度。当然，所谓"平常心"，也意味着不以作品求道。如此将世俗日常生活的态度引入文学作品，可以在叙述中避开一般社会学的价值倾向。

"寻根派"的创作意向，一般偏重于人的基本生存行为以及生命的自由状态。其中包括对人性的探讨。所以，许多作品在以世俗观念介入的同时，构成了价值的二元对立。如郑万隆的由十几个短篇组成的"异乡异闻"系列，一再展示金钱与色欲或与人性的对立范畴，同时也写出了人的某种尴尬境遇。而这种情势不啻是对那些凌越世俗的文明法则的挑战。"寻根派"小说家对于人的各种欲望的描述表明：愈是在这些最基本的事物中，人类的价值认识愈是没有把握。所以，二元对立范畴的提出，并不意味着对人的命运的某种逻辑概括。

回到事物本身，命运就说明不了什么。"寻根派"作家之所以如此重视日常生活的价值关系，也正是因为从人的基本生存活动中发现了命运的虚拟性。如果要真实地表现人格的自由，可行的办法就是穿透由政治、经济、伦理、法律等构成的文化堆积，回到生活的本来状态中去。真实的人生，人的本来面目，往往被覆盖在厚厚的文化堆积层下。这种堆积，既有历史的，也有现实的。

有些"寻根派"作品就直接写到文化与人性的对立。王安忆的《小鲍庄》即为一例。王安忆也许不能算是典型的"寻根派"作家，但《小鲍庄》却是典型的"寻根"作品。这部作品的故事发生在一个古风犹存的礼义之乡，那个名叫"捞渣"的孩子，因为搭救别人自己丧生，被乡民们视为义举，引为宗族的骄傲，其事迹又被新闻工具大加渲染。于是，一种可以被称作"仁"的行为就硬是被纳入到"礼"的规范中去了。"仁"和"礼"的对立，是中国儒家伦理思想的内在矛盾，"寻根派"作品中关于这种价值冲突的揭示，也是一种对人的文化境遇的描述。在世俗的背景下，"仁"与"礼"的反差十分明显。

用世俗的眼光去看取人生的欢情与苦难，可以认为是一种理解。但这并不等于作家的审美意识与情趣完全止于世俗观念。因为理解本身也是超越，正是它导引着超越世俗的审美理想。毫无疑问，艺术表现一旦完成了事物的本来过程，也便产生某种脱俗的真意，进入高蹈境界。

《棋王》里的王一生说："呆在棋里舒服"；《最后一个渔佬儿》里的福奎觉得：呆在江里自在。"舒服"和"自在"是什么样的价值概念呢？说来也跟饮食男女相去不远。但是，无疑地，这种世俗的价值尺度却指示着超越世俗的自由人格。

在"寻根派"作家的心目中，真正被看作"俗"的东西，恐怕倒是某些凌驾世俗生活之上的文明法则。

五　从知识分子的个体忧患意识到民族的群体生存意识

检讨"五四"以来的中国新文学，不难发现，知识分子的忧患意识乃是整个文学思潮发展的基本精神。黄子平等人曾在有关研究中指出：现代忧患意识的产生在于先觉者的个性解放热情以及由此带来的文化反思的痛苦。[8]从"五四"时代的先觉者到八十年代的解放派，都有这般大略相同的精神历程。此种热情或痛苦，投入文学作品，即形成"以我观物"的个体感觉特征。综而观之，中国新文学的基本构架也便相当清晰：从文化—心理层面上讲是知识分子的个体忧患意识，用艺术的观点看，则有如王国维所说的"有我之境"。

然而，自"寻根派"崛起，情况便有所改观。从大方面讲，中国文学的格局发生了变化。至少小说不再纯粹作为诉诸知识分子个体忧患意识的精神载体了，而是开辟了一条表现民族民间的群体生存意识的新路。

从艺术上讲，当然是从"有我之境"转向"无我之境"。

事情的变化可以从下述两个方面加以说明：

其一，审美对象的群体化。"寻根派"小说跟中国以往的叙事作品不同，一般地说，它们所揭示的或者说表现的不是某种个人命运。譬如《爸爸爸》，就是写了一个乌的部落的传统，一个山寨的历史性的迁徙。这里可以看到，在情势发展中，任何个人的行动不再具有举足轻重的意义。因为几乎所有的人物都缺乏自我人格，他们服从命运，服从某个统一的意志，祭谷、打冤、殉古、过山……，一切都按部就班进行，个人的偏执并不妨碍整体的步调一致。无论是新派人物仁拐子的想入非非，还是老一辈人之间冤家仇隙，都只被纳入日常化的描述之中，而不是织入某一戏剧性事件。这不仅是情节演化的结果，从根本上说，是叙事原则的改变。在生活的向心状态下，任何个人追求和个人恩怨统统显得那样微不足道。这里，最具有否定意味的是，作为对象的主体的丙崽，恰恰是一个不谙人事的傻瓜，恰恰丧失了主体的自我。将韩少功笔下的丙崽跟福克纳的《喧哗与骚动》中的班吉比较一下，你会发现，人家那个傻子就有点头脑。班吉那孩子甚至还有性意识。"寻根派"的作品或多或少都有排除个体主动性的倾向。

当然，《爸爸爸》是一部具有寓言象征色彩的作品，带有相当成分的假定性。从这方面说，不算得"寻根"小说的典型式样。但是，许多纯粹写实的"寻根"小说，也同样表现出对群体人格意识的追求。如乌热尔图笔下的猎人，郑万隆笔下的淘金人，贾平凹、郑义笔下的农民，李杭育笔下的渔人和船工；个别地看，一般也都具有鲜明、丰满的性格，而总起来看，却显出了类型化的本体象征意味。作为审美对象，这些人物身上都可以见出渗透着民族文化心理特征的群体人格。可以说，一切在总体风格上具有代表性的"寻根"小说，几乎没有强调个人命运而忽略具体文化背景中的群体意识的。因为正如本文第三节所述，"寻根"小说的冲突因素在于价值背景，这本身就是一个共时态和历时态相交叉的问题，所以个别人物的命运必然跟整个群体联系在一起。显然，这跟以往所谓"典型化"的方法有很大区别。

其二，就审美主体而言，似乎也是一种"局外人"的态度，其实不然。真正的"局外人"是可以在一边指手画脚、说三道四的，而这里的审美主体则已消融在对象之中，"寻根"小说一般没有鲁迅那种"哀其不幸，怒其不争"的感愤，更没有郁达夫式的愤世嫉俗、忧国忧己。小说家只是提供了生活的某些实在的轨迹，留给读者去思索。叙述的意向，是对民族民间群体生存意识的认同。也许在嘲笑中有所扬厉，在肯定中不无批判。不过这一切似乎并不见诸作品本身，大抵产生于审美接受者的阅读、欣赏之余。

主体的隐遁，实际是"我"的超越。王国维对"有我""无我"两种境界作如是辨说：一者"以我观物，故物皆著我之色彩"；一者"以物观物，故不知何者为我，何者为物"。⑨由"观物"的视角不同，可以见出"我"之不同胸臆。其实，"无我"的背后依然有一个"我"在，只是这个主体已经超然物外，包诸所有，空诸所有，与世界浑然一致了。

"寻根派"作家之所以放弃关于个体意识的陈述，显然是考虑到：作为一种叙述口吻，知识分子的个体意识无论如何带有"局外人"的隔膜。在他们的感觉中，任何外来者的价值判断，都不及生活本身的含义丰富。从民间的日常生活到民族的生存斗争，这一切，本来就是"无我"的存在。当小说家直接面对这个阔大的世界时，也许他会感到个人情怀的局限与渺小，一种油然而生的崇高之感会迫向他的整个心灵……，在永恒的生存面前，他会明白，这是知识分子的个体忧患意识难以达到的境界。

文学的本体如何接近世界的本体？这一艺术的原始命题至今尚令人困惑。事情恐怕不仅仅是细节的表象的把握。应该看到，"寻根派"作家为此作出的最大努力便是，将叙述的对象和目的变成叙述本身。如果说，转变的努力最初在贾平凹写《商州初录》的时候还只是几分模糊的意向；那么，后来从莫言的《透明的红萝卜》开始，就成为一种自觉追求了。阅读莫言后来的那些作品，你很容易感觉到叙述本身的力量，因为它本身充满着生命的跃动，从而将一种生机勃勃地挣扎着要向外舒张的经验呈示于面前。可惜这里不能专门地谈一谈莫言，在"寻根"作家里边他是风格独特的一位。他比较晚起，却有后来居上的势头，是他将"寻根派"的某些风格特点推向了极致。

风格倾向极端，有力度上的优势，也有某种危险。一般说，"寻根派"作家比较讲究艺术分寸。但少数出类拔萃之辈却试以个人的才分向既有的艺术经验发起挑战。

六　文化寻根，也是反文化回归

读者从以上粗略的勾勒中，也许可以得出一个印象："寻根派"的叙事态度里边含有现象学的美学意味，因为它明显带有"回到事物本身"的意向性。我想，也正是这个原因，使我对"寻根派"叙事艺术发生了持久的理论兴趣。

现在说到这个话题，不妨就作为本文的结语。

几年来，关于"寻根派"现象的讨论虽然不少，而由于种种原因却未能真正深入。似乎也未见有人从现象学的哲学视点上做出观察。许多研究者目光集中在题材特点及其文化背景方面，多少忽略了对这样一种叙事态度的认识。一些对"寻根派"发出诘难的意见，往往是基于对这一文学现象的某种粗浅的认识。以为"寻根"就是简单地回到中国文化传统，就是复古。这种批评既来自某些保守人士，也来自一些激进分子。新时期十年来的文学进程中，被这两部分人共同指斥的事物恐怕唯有"寻根"一说。

其实，来自两方面的看法只是一副眼光，都只着眼于"寻根派"作品的表现对象，而将主体的叙事态度从形式、内容中抛出去了。

说到"复古"，这里不能不指出一点：文学史上，大凡标举"复古"旗帜的思潮、流派，都不是简单地回到过去，甚至大多起到推进潮流的作用。如欧洲的文艺复兴，亦如中国唐代的古文运动之类。"寻根派"作家之所以标举"寻根"，其中原委已如本文前两节所述，首先要从八十年代中国文坛的实际状况去考虑。

当然，从内在的审美关系上看，"寻根派"对中国传统美学精神有很大的继承面。但这中间选择的意向也相当明显，"寻根派"作品中很少有惩恶劝善的教谕，对道德问题也并无太多兴趣；对于传统的"诗教"和"礼乐"精神，"寻根派"小说家并不真当一回事儿。实际上，他们提出"寻根"的口号，并不是倡导儒教的修养以重铸民族性格，而是从艺术方法和美学态度上寻找我们民族的思维优势。所以，从他们的作品中可以看出，他们承续的主要是老庄哲学中的返璞归真、崇尚自然的本体论精神。同时，在人的问题上，他们追求古典的自由人格，这与孔子的"仁"的思想有相通处。

这一切，跟现象学所说的"还原"有很大关系。所谓"还原"，其中一个很重要的含义就是将文化时空还原为直接经验所形成的生活世界。"寻根派"作家以"描述"的态度处理自己的艺术对象，写人的生存斗争，写民间的日常生活，强调人的基本欲望和世俗的价值观念，就是为了把握那个直接的经验世界。其中，基本的意向自然在于人格追求。因为，只有离开了包围着你的文化时空，回到事物本身那儿去，自我才能融入某种自在的又是自由的境界之中。

在实际的精神探索中，"还原"不可能是彻底地回归自然。所以，"寻根派"在向事物自在状态追寻的过程中，自然需要某种文化作为依托。但是，在他们找到某个精神特点的时候，至少已经掀掉了表层的文化堆积。

如此说来，文化寻根，实际上也是一种反文化的回归。这种精神的确立，既体现着对中国传统文化某些方面的继承，也有受西方哲学思潮影响的因素。中国文化是一个非常复杂的庞然大物，其内在的分裂由来已久，可是在以往的时代里却没有产生应有的活力，而只是形成了封闭的自我循环；在当今之世，受西方现代人文思想的碰撞，中国文化终于逐渐产生新的精神动力，也即自我否定和再生的力量。

"寻根派"的文学活动，正是在这一文化背景中发生的。由文化寻根，到反文化的回归，可以作不同层面上的探究，然而这中间的转换关系很值得玩味。

一九八八年四月杭州翠苑

〔两点说明：（一）本文主要寻绎寻根文学的理论发生及其与整个新时期文学潮流的相互关系，不是对这一流派的全面评述。从新时期文学发展的精神关系上认识这一事物的必然性，并不意味着对寻根派作家的艺术实践的全盘肯定。对这样一个产生重大影响的文学现象，应该说，可以作几面观。由于论题所限，这里不能一一展开。（二）在有关作家作品评论中，对寻根派、类寻根派和非寻根派之间的划分与界说，一向比较混乱。本文对此也没有作出应有的说明。我觉得这个问题可留作专门讨论，因为事情还牵涉到对寻根派的艺术风格的认识。〕

寻根文学研究资料

注释：

① 韩少功《文学的根》，《作家》1985年第4期。
② 郑万隆《我的根》，《上海文学》1985年第5期。
③ 李杭育《理一理我们的根》，《作家》1985年第6期。
④ 阿城《文化制约着人类》，《文艺报》1985年7月6日。
⑤ 高行健《现代小说技巧初探》，花城出版社，1981年9月版。
⑥ 刘心武《在"新、奇、怪"面前》，《读书》1982年第7期；王蒙《致高行健》，《小说界》1982年第2期；冯骥才、李陀、刘心武《关于当代文学创作问题的通

信》，《上海文学》1982年第8期。

⑦黄子平《论中国当代短篇小说的艺术发展》，《文学评论》1984年第5期。

⑧黄子平、陈平原、钱理群《论"二十世纪中国文学"》，《文学评论》1985年第5期。

⑨王国维《人间词话》。

原载《文学评论》1988年第4期

有关"杭州会议"的前后

蔡 翔

有关八十年代的文学论述，我们已所见多多，但相关史料的征集、挖掘、披露乃至据此对当时文学的重新分析，却鲜有人做。这也是当代文学研究作为一门学科的缺憾之处。

比如说，论者大都忽略了文学杂志其时对文学和批评的介入与推动作用。这不仅包括杂志对稿件的取舍标准和有意编排，同时在八十年代，文学杂志极为活跃，一些重要的文学会议通常由这些杂志组织召开，而这些会议对当时的文学创作，文学运动乃至文学思潮，都起到了极为重要的推动作用。

在整个的八十年代中，《上海文学》无疑占据着一个非常抢眼的重要位置，不仅因为这本杂志编发了许多重要的作品，发现和培养了许多优秀的作家和批评家，在刊物上组织了许多已被文学史证明非常重要的文学讨论，同时还组织召开了许多文学会议，这些都直接或者间接地影响了八十年代文学的进展。

我将就我的个人记忆所及，尽可能完整地描述《上海文学》1984年12月召开的"杭州会议"，而这次会议与而后兴起的"寻根文学"有着种种直接和间接的关系。需要说明的是，由于当时的特殊情况（"反自由化"和"清除精神污染"），为避免不必要的麻烦，这次会议没有邀请任何记者，事后亦没有消息见报，最遗憾的是没有留下完整的会议记录，许多年后，似乎只有李庆西在自己的文章中略有提及，另外周介人先生曾根据自己当时的个人记录写过一篇短文[①]。十六年后，我再次回忆当时的种种细节，一些具体的日期，实在难以准确记起。

1

我于1983年的春天被调入《上海文学》杂志社从事理论编辑工作。当时在《上海文学》主持的是李子云老师，而周介人先生则负责整个理论组的工作。当时《上海文学》的理论版面非常活跃，经常组织重要的文学讨论，同时文学交流活动亦很多。

我记得是1984年的秋天，应该是十月，秋意已很明显。《上海文学》的编辑人员到浙江湖州参加一个笔会。在那次笔会上，我第一次见到李杭育。杭育那时还非常年轻，只有二十多岁，很有浙江才子的模样。那时也正是李杭育风头正劲的时候，《最后一个渔佬儿》等"葛川江系列"作品正在陆续发表，而且极得好评。说起李杭育，又得谈到李杭育的哥哥李庆西，这也是八十年代的一个重要人物。庆西当时在浙江文艺出版社工作，不仅是一个非常优秀的评论家，同时也是个很优秀的编辑，后来由他策划和组织出版的"新人文论"对八十年代的文学批评作用极大。当然，这是题外话了。在见到李杭育之前，我同庆西已经相识，是由吴亮介绍的，那一次庆西途经上海，和吴亮一起到我们杂志社。我清楚地记得李庆西当时穿了一件蓝的卡的中山装，行为举止仍不脱当年知青的习惯，见了非常亲切。那时我们对文学都非常痴迷，而且"书生意气"也都很重，寒暄几句，就迅速进入正题。我和庆西的烟瘾都很大，那一次聊得非常投机，烟也抽得极多。

言归正传，和李杭育见面由于彼此早已神交，且有这种种瓜葛，就少了许多客套，多了几分亲切，聊得也很热闹。湖州文联当时还组织我们外出参观，好像是到了陈英士的墓地。我和杭育一路聊得兴起，在西风中边抽烟边谈论当时的文学状况。杭育正在写作"葛川江系列"小说，有许多想法，且对韩少功、张承志、阿城等人极为赞赏。杭育当时就提出，能否由《上海文学》出面召开一次南北青年作家和评论家的会议，交流一下各自的想法。周介人先生听了，极为赞同。当时，我和介人先生已接到杭州方面的邀请，将于十一月中旬到杭州参加浙江作家徐孝鱼的作品讨论会，杭育说他届时也会去。周介人先生和他当即商定在杭州再就具体事宜讨论。

从湖州回来后，周介人先生即将此事向李子云老师汇报，李子云老师亦非常支持。当时《上海文学》刚发表了阿城的处女作《棋王》，反响极为强烈。

我们编辑部在讨论这部作品时，觉得就题材来说，其时反映知青生活的小说已很多，因此《棋王》的成功决不在题材上，而是其独特的叙事方式和深蕴其中的文化内涵（我们那时已对"文化"产生兴趣）。可是，《棋王》究竟以什么样的叙事方式和文化内涵引起震动，我们一时尚说不清楚，然而，已由此感觉到（还有其他的种种写作和言论迹象）文学创作可能正在酝酿着一种变化。《上海文学》于1978年发表《为文艺正名》的评论员文章，明确反对"工具论"，而后又发表李陀、刘心武等三封著名的关于"现代派"的通信，再到展开韩少功等人有关"二律背反"的讨论，当代文学经过数年的演变，确实也到了应该重新反思和总结的时候。

得到李子云老师的支持，我和周介人先生于十一月中旬到杭州开会，会议上见到庆西和杭育，以及杭州《西湖》杂志的高松年先生。另外，上海的评论家吴亮和程德培也参加了这次会议。当时徐孝鱼的作品讨论会在杭州陆军疗养院召开，这里景色宜人，非常安静，且价格适中。介人先生当即决定就在这里举行会议，并商定由《上海文学》、浙江文艺出版社和《西湖》杂志联合召开此次会议。由《上海文学》出面邀请作家和评论家，而浙江文艺出版社和《西湖》杂志则以地主身份负责招待和相关的会务。介人先生在电话上就具体事宜向李子云老师作了汇报，并得到批准。事后，我们即和陆军疗养院联系，并订了协议。

2

我和介人先生回到上海后，就开始会议的筹备。记得当时邀请的作家有：北京的李陀、陈建功、郑万隆和阿城（张承志因事未来），湖南的韩少功，杭州的李庆西、李杭育，上海的陈村、曹冠龙等，评论家则有北京的黄子平、季红真，河南的鲁枢元，上海的徐俊西、吴亮、程德培、陈思和、许子东，还有南帆、宋耀良等（具体人名一时已记不全了）。

因为当时决定由我和浙江文艺出版社的理论编辑黄育海（现为浙江人民出版社副总编辑）负责会务工作，所以我在十二月下旬就提前一天赶赴杭州，和黄育海一起操办起住宿、伙食和活动安排的种种具体工作。

到杭州的第二天，会议代表就从上海集体到了杭州，因为经费问题，会议的伙食以客饭为主，非常简单，包了二幢小楼（俗称"将军楼"），说是"将军楼"条件亦非常简陋，二人一间，亦有三人一间。令我感动的是，那时的作家和评论家都非常本色，没有任何人抱怨，还都抢着住三人间。当时这座疗养院还没有任何的取暖设备，而十二月的杭州已非常阴冷。我们和院方商量，在楼下的客厅（权充会议室）生了一个煤炉，二十多人挤在一起，倒也驱逐了一些寒气。

会议代表是在下午到的，晚上由《西湖》杂志在知味观做东，餐后，又组织了舞会，但我记得当时的作家和评论家中，只有曹冠龙一人会跳，其余人都已在座位中讨论起问题，所以在当晚的舞会中已拉开此次会议的序幕。

第二天上午，会议开始，由介人先生具体主持。这一开，就开了六天，而且从早到晚，再没外出。以至于第一次来杭州的黄子平临离开前买了几样纪念品，以表示曾经到此一游。现在回想起来，那时人们对文学的热爱确已到了一种痴迷的地步。

当时会议并没有一个明确的规范，只是要求大家就自己关心的文学问题作一交流，并对文学现状和未来的写作发表意见。是一个名副其实的"神仙会"。这和后来九十年代有着浓厚西方学院色彩的学术会议有着明显不同。我觉得八十年代的会议，开好了是一种思想的自由交流和碰撞，是一种个人智慧的流露。它的效果常在会议之后，常能启发新的思考。当然，开得不好就是废话连篇或者信口开河天上地上瞎扯一通。

我想杭州会议的成功，首先在于与会的作家和评论家的思考，常常有着惊人的默契，交流起来障碍极少，这可能也是造成八十年代作家和评论家的黄金蜜月期的原因之一。

这次会议不约而同的话题之一，即是"文化"。我记得北京作家谈得最兴起的是京城文化乃至北方文化，韩少功则谈楚文化，看得出他对文化和文学的思考由来已久并胸有成竹，李杭育则谈他的吴越文化。而由地域文化则引申至文化和文学的关系。其时，拉美文学"爆炸"，尤其是马尔克斯的《百年孤独》对中国当代文学刺激极深，由此则谈到当时文学对西方的模仿并因此造成的"主题横移"现象。有意思的是，这些作家和评论家都曾受西方现代主义影响，像李陀，曾是"现代派"的积极鼓吹者和倡导者，而此时亦是他们对盲目模仿西方的现象作出有力批评。我事后曾想，或许正是这一代人，身上有着极强的独立思想和怀疑精神，这种对主流的挑战性一直延续到九十年代。

李陀当时非常活跃，时有精彩观点出现。阿城那时极瘦，在会上说了好几个故事，每个故事都极具寓言性，把大家听得一愣一愣的。而李陀每听阿城讲毕，即兴奋地说：这是一篇好小说，快写。以至阿城戏称李陀为小说挖掘者。不过，后来阿城还真把这些故事写成小说，总题为"遍地风流"，并交《上海文学》发表。

由于当时会议没有完整的会议记录留下，我已无法回忆具体的个人发言内容，但有一点是肯定的，把"文化"引进文学的关心范畴，并拒绝对西方的简单模仿，正是这次会议的主题之一。面对"文化"的关注，则开始把人的存在更加具体化和深刻化，同时更加关注"中国问题"。当然，当时会议并没有明确提出"寻根"的口号。会议结束以后，次年四月，韩少功在《作家》杂志发表《文学的根》一文，方明确有了"寻根"一词。稍后，阿城、郑义等人在《文艺报》撰文展开文化讨论，标志着"寻根"文学真正开始兴起。而《上海文学》则连续发表了韩少功《归去来》、郑万隆《老棒子酒馆》等作品，推动着"寻根文学"的进一步发展。而这些应该说与"杭州会议"有着种种内在瓜葛。

饶有意味的是，"杭州会议"对中国文化的重视，却并未引出任何民族狭隘观念或者复古主义，没有任何这方面思想的蛛丝马迹。相反在这次会议上，现代主义乃至西方的现代思想和现代学术仍是主要的话题之一。我记得陈思和在会上有过一个专题发言，是讨论现代主义和中国现代文学关系的（这次发言后来被陈思和整理成《中国文学中的现代主义》，并交由《上海文学》发表），引起与会者的极大重视，并引发出相关讨论。我想，当时与会者的潜意识中，可能一直存有如何让现代主义有机地融入中国语境之中的心念。而且，我在近年的有关论述中，也一直认为，所谓"寻根文学"实际上仍是在现代性的召唤之下的写作，当然，这是一个学术问题，需要专门的讨论。

有一个插曲，当时在会议中，还曾传看一篇小说，这就是马原的《冈底斯的诱惑》。这篇小说在我们编辑部曾引起争论，李子云老师在会议中间审稿时，顺便给李陀等人看了一下，李陀等作家都非常肯定。这篇小说后来得以顺利发表，与此也有一定关系。这个插曲是颇有意味的，一方面说明艺术是相适的，另一方面也可看出八十年代的文学，很少门户之见，但更重要的，也可说明"寻根文学"在其叙事观念上的复杂性，而决非一种保守主义的回归，后来，李陀又肯定了一系列的先锋作家和作品，比如孙甘露的《信使之函》，余华和格非等人的小说，当可说明这一点。同时，在寻根作家中，叙事方式也不一样，像韩少功的小说（比如《爸爸爸》《归去来》）就更"现代"一些。

"杭州会议"表现出的是中国作家和评论家当时非常复杂的思想状态，一方面接受了西方现代主义的影响，同时又试图对抗"西方中心论"；一方面强调文化乃至民族、地域文化的重要性，同时又拒绝任何的复古主义和保守主义，作为文学史上的一个重要事件，具有非常重要的研究意义。

3

这次会议连头带尾开了一个星期，其中没有任何的外出游玩，亦没有山珍海味的招待。但是所有的与会代表都非常兴奋，直到会议结束，都保持着一种亢奋状态。尽管大家都开玩笑说这种累死人的会以后不能再开了，但许多年后，我遇见当年的作家和评论家，他们仍然对这次会议保留着一种美好记忆。

"杭州会议"的另一重要之处，即是沟通并加深了作家和评论家之间的交流和理解，应该说整个的八十年代，作家和评论家的关系都处于一种良好状态。当时，全国出现了一批"青年评论家"，其中以上海和北京人数最多。这次会议由于名额有限，北京只请了黄子平和季红真二人。黄子平我此前已在大连见过，与季红真则是第一次见面。那次会议，大家对这二人的印象极深。鲁枢元尤其欣赏黄子平，曾预言说，此人日后必成大家。正是经由这次会议，评论家之间亦加深了相互之间的理解，并有了更多的共识。后来，也就是1985年，当批评界刮起"科学主义"旋风，试图用信息论、控制论等理论来解读文学时，这批批评家几乎共同反对那种机械理解文学的倾向。而在这次会议之后，由李庆西、黄育海等人策划出版了"新人文论"，有力推动了八十年代的文学批评。

会议结束后，许多人都还非常兴奋，亦有一丝茫然。新的挑战即将开始，新的问题亦已摆在面前。八十年代的文学就是在这样的挑战与问题中走过的。

（本文应靳大成兄之约，为其所编当代文学期刊编辑出版一书而写。按理这篇文章应由当时会议的发起者和组织者周介人先生来写更为合适，然而介人先生已于两年前离我们而去，我只能勉强按记忆写出。而因为记忆不全，有许多当时情况现在已无法完整复述，深以为憾。同时以这篇文字纪念周介人先生。）

注释：

①《文学探讨的当代意识背景》，见《新尺度》，周介人著，浙江文艺出版社，1989年出版。

原载《当代作家评论》2000年第6期

杭州会议前后

韩少功

有些中国人喜欢赶外国的时髦，比如文章里没有一些新名词似乎就不成样子，也不管这些名词用得合不合适。"另类"呵，"偶性"呵，"此在"呵，"不及物"呵，这些舶来语有时用得牛唇马嘴，但只要用上了就有足够的酷和炫，可以让某些听众肃然起敬。这些人差不多是一些进口名词水货的推广商。

类似的情形其实在外国也有。有些汉学家吃中国这碗饭，于是也得赶中国的时髦，比如文章里没有一些最新动态似乎就不成样子，也不管这些动态是否真有价值。"寻根"呵，"稀粥"呵，"凹凸"呵，"棉棉"呵，这些文坛快讯下面常常没有什么像样的研究，但只要一手甩出几张消息牌来，其论文也就有了中国通的气派，让同行们不敢低看。这些人很像是一些中国文化的快嘴包打听。

虽然都是赶时髦，但中国赶潮者要的是新思想，而外国赶潮者要的是新材料，进口业务重点并不一样，甚至不在一个层面上。这当然是以西方为中心的文化全球化所决定的交换格局。全球化就得讲究全球分工，正像西方出技术加上中国出原材料便造出了皮鞋、衬衣、电视机，在有些西方学者看来，中国在学术批评上也只是一个原材料出口国，能提供点事件甚至消息就行，其他的事情你们就别多说了。

这也没什么，中国人讲究天下一家，天下的学术批评当然更是一家，不必斤斤计较各方对外贸易的什么顺差或逆差，什么低附加值抑或高附加值。问题在于，诚实而能干的跨国研究专家无论在中国还是在外国总是为数有限，对来自异域的新思想或者新材料，一旦误读和误传得离了谱，事情就可能会闹得有点荒唐。不久前，正在研究中国当代文学的荷兰汉学家林恪先生告诉我，某位西方汉学家出版了一本书，书中说到中国八十年代的"文化寻根"运动发起于1984年的杭州会议，完成于1990年的香港会议云云（大意如此），而有些国外的文学批评家后来都采用这种近乎权威的说法。这就让我不无惊讶。我还没有老年痴呆症。这两个会我都参加了，起码算得上一个当事人吧，起码还有点发言权吧。在我的印象中，这两个会议完全没有那位汉学家笔下那种"有组织、有计划、有纲领"的"寻根运动"；恰恰相反，所谓"寻根"的话题，所谓研究传统文化的话题，在这两个大杂烩式的会议上的发言中充其量也只占到10%左右的小小份额，仅仅是很多话题中的一个，甚至仅仅是一个枝节性的话题，哪能构成"从杭州到香港"这样电视连续片式的革命斗争和路线斗争大叙事？已逝世的《上海文学》前主编周介人先生曾有一篇对杭州会议发言的记录摘要，发表在数年前的《文学自由谈》杂志上，完全可以印证我这一事后的印象。

　　1984年深秋的杭州会议是《上海文学》杂志召开的，当时正是所谓各路好汉揭竿闹文学的时代，这样的充满激情和真诚的会议在文学界颇为多见。出席这个会议的除了该杂志的几位负责人和编辑群体以外，有作家郑万隆、陈建功、阿城、李陀、陈村、曹冠龙、李杭育等等，有评论家吴亮、程德培、陈思和、王晓明、南帆、鲁枢元、李庆西、季红真、许子东、黄子平等等。当时这些人差不多都是毛头小子，有咄咄逼人的谋反冲动，有急不可耐的求知期待，当然也不乏每一代青年身上都阶段性存在的那种自信和张狂。大家都对几年来的"伤痕文学"和"改革文学"有反省和不满，认为它们虽然有历史功绩，但在审美和思维上都不过是政治化"样板戏"文学的变种和延伸，因此必须打破。这基本上构成了一个共识。至于如何打破，则是各说各话，大家跑野马。我后来为《上海文学》写作《归去来》《蓝盖子》《女女女》等作品，应该说都受到了这次会上很多人发言的启发，也受到大家那种八十年代版本"艺术兴亡匹夫有责"的滚滚热情之激励。但这次会上的"寻根"之议并不构成主流。李杭育说了说关于南方文化与北方文化的差别，算是与"寻根"沾得上边。我说了说后来写入《文学的根》一文中的部分内容，也算是与"寻根"沾上了边。被批评家们誉为"寻根文学"主将之一的阿城在正式发言时则只讲了三个小故事，打了三个哑谜，只能算是回应会上一些推崇现代主义文学的发言。至于后来境外某些汉学家谈"寻根文学"时总要谈到的美国小说《根》，在这次会上根本没有人谈及，即便被谈及大概也会因为它不够"先锋"和"前卫"而不会引起什么人的兴趣。同样的，境外某些汉学家谈"寻根文学"时必谈的加西亚·马尔克斯也没有成为大家的话题，因为他的《百年孤独》似还未被译成中文，他获诺贝尔奖的消息虽然已经见报，但"魔幻现实主义"这一陌生的词还没有什么人能弄明白。在我的印象中，当时大家兴趣更浓而且也谈得更多的外国作家是海明威、卡夫卡、萨特、尤奈斯库、贝克特等等。

也就是在这次会上，一个陌生的名字马原受到了大家的关注。这位西藏的作家将最早期的小说《冈底斯的诱惑》投到了《上海文学》，杂志社负责人茹志鹃和李子云两位大姐觉得小说写得很奇特，至于发还是不发，一时没有拿定主意，于是嘱我和几位作家帮着把握一下。我们看完稿子后都给陌生的马原投了一张很兴奋的赞成票，并在会上就此展开过热烈的讨论。而就是在这次会议之后不久，残雪最早的一个短篇小说《化作肥皂泡的母亲》也经我的推荐，由我在《新创作》杂志的一位朋友予以发表。这一类事实十多年来已差不多被忘却，现在突然想起来只是缘起于对某些批评文字的读后感叹。这些批评最喜欢在文学上编排团体对抗赛，比如他们硬要把10%当作100%从而在杭州组建一个"寻根文学"的团队，并且描绘这个团队与以马原和残雪为代表的"先锋文学"在八十年代形成了保守和进步的两条路线的尖锐斗争。而这种描绘被后来很多批评家和作家信以为真，于是在这一种描绘的基础上又有了更多奇异和浪漫的发挥。当然，批评文章也得有趣味，写出黑白两分的棋场拼杀或球场争夺当然更热闹也更好看，更方便局外人来观摩和评点，但我怀疑这样写出来的文坛门派武打图景，就像我们对以前"创造社""语丝派""第三种人""山药蛋"等文学现象的描绘一样，就像我们对国外"新小说""荒诞派""垮掉的一代"等等文学现象的描绘一样，也杂有过多的简化、臆测、夸张甚至曲改，与真实历史的复杂性有相当大的距离，是不可以尽信的。前不久法国有权威材料披露毕加索晚年曾对朋友坦言：他晚期那些被誉为立体主义新探索的作品都是"糊弄人"的，这可能就得让很多艺术批评家一时不知所措。可见切合实情的知人论世并不容易。

作家们之间的意识观念有没有差异呢？当然是有的。对这种差异有没有必要来给予分析呢？当然是有必要的。但中国八十年代的文坛是一个较为清洁的早晨，作家们的差异更多地表现为互相激发、互相补充、互相呼应以及互相支持，差异中有共同气血的贯通，而少见分裂壁垒的筑构。这就是我觉得八十年代虽然幼稚但还是怀念八十年代的原因——而对九十年代以后较多的嚣张攻讦不大习惯。一个作家很难给自己的作品开列一个简明的配方表，即便开列得出来也不足为据。但我相信自己在当时写作《归去来》等作品，就受到了很多前人和同辈人文学写作的滋养，包括受到马原、残雪等非"寻根"作家的影响。我感谢他们。而我这些作品中的弱点，比如生硬之处、造作之处、虚浮之处、偏颇之处，也受到了很多前人和同辈人的宽容，包括冯牧、陈荒煤等老一代文化人对"寻根"之举实在看不顺眼，但还是不失风度和不失厚道，给予了尽可能的尊重，而没有发动政治或道德的打杀。我同样感谢他们。我感谢八十年代文学界的温暖和亲切，使我们这一代写作人得以从容走过昨天。

当时有一次我和冯牧、朱小平三人乘同一趟列车从北京前往长沙，免不了车上的长谈。冯牧老先生于我大有文坛宗师恨铁不成钢的惋惜，对我当时的写作给予了坦诚而温和的批评。我当时不是一个很听话的学生，但没有料到那一次就是我和他最后一次见面，几年之后就在天涯海角听到了他病逝北京的消息。现在想起来真是有点后悔：当时目送他苍老的背影消失在车站的人海中，我完全应该为他做点什么，起码事后也应该写一封信，以答谢他对我的一片好心。回想起八十年代的很多匆匆的日子，我相信很多朋友都有这一类挥之不去的遗憾。

2000年11月于海口

原载《上海文学》2001年第2期

梦里潮音

鲁枢元

十二月十日

晨，雾气蒙蒙，抵上海真如站。介人带车来接，遂至《上海文学》编辑部，见李子云老师。住申江饭店634。与李陀、阿城谈。

午后，至师大二村拜访钱谷融先生，师母亦在，谈二时。先生示余《文汇报》拟发《创作心理研究》序文之小样。谈及中宣部会议。又曰教育部委托编写《文艺心理学》教材。

夜，与李陀、阿城、韩少功、黄子平、季红真、李庆西诸位聚于304室。阿城曰写《棋王》自己并不会下棋，小说中写下棋只走三步，从不超出三步，然给人印象此君几近国手也。余想到"人欢马叫"不见马，文学的认识性实不在此。阿城又曰自己的作品重灰色调子，灰色者，来自太极图中黑白二鱼转动而成。红真谈及北大女权运动某女士。李陀谈及阴阳，以为不可颠倒也，遂又论及气功、神韵、运气、行气、内家拳等等。论及中国儒教文以载道说及老庄之术。李陀将哲学分为四等：乐观主义，悲观主义，神秘主义，虚无主义。论及中西方文化交流——康德、黑格尔、老子、庄子、别林斯基、卢卡契、阎纲、陈丹晨、弗洛伊德、创作心理学等等。十二时乃散。

十二月十一日

上午，上海作协小会议室见面会。茹志鹃、李子云主持。

余与李陀谈及文学的向内转现象，李陀颇以为然。又论及文学界的生长层、本质层、老化层。生长层在芽尖尖处，嫩、少，然生育力极强，代表着新的趋向。然老化层如树皮外部者，也不是没有作用。李陀然之。茹志鹃说王安忆作品进入新的地层，对新的东西有所揭示，然读者会越来越少，安忆自己已有预料。

午后二时，《文汇报》文艺部主任郦国义及褚钰泉二君来访，谈一时。郦君谈及香港、深圳之行。曰港、广、深物价已趋稳定，深圳风气甚好，绅士风度在上扬。又曰做生意成风，不但党政干部做，军队也在做。符文洋来访。

傍晚，市委宣传部长王元化来，与众人共进晚餐，餐后聚谈，谈政治经济学、哲学、芭蕾舞演员的辛苦、门户开放，然不谈文学，部长何其谨慎也。

夜，与季红真谈二时，红真研究结构主义已得其精神。她希望搞出一个干干净净、利利索索、不黏不滞的文艺理论来。余以为文学很难走向科学化形态，文学艺术理论最后的形态是什么，不会是一个清晰、有序的结构，可能是一个新阶段的混沌体。文艺理论允许直觉性、模糊性存在。任何"干净利落"的文学理论，都不过是在编结一个网眼或大或小的网，不可能从中捕捞艺术海洋中的全部珍藏，然对于局部终归有用。又谈及各地风情。李陀曰杭州西湖畔，谈恋爱场所最佳。季红真曰，长春多挤在电影院内，上海则集于外滩公园的长凳上。

陈建功、郑万隆刚由开封讲学归，连说开封又冷、条件又差，吃亦不好。

与茹志鹃谈。茹老师亦认为人的精神中多有神秘莫测处，她虽从未在杭州旧居生活（旧居于她出生前已卖与他人），但内心所构想之故事诸陈设竟与真实相差无几，其中一雕花玻璃瓶，与乃兄所画完全符合。我说起三次梦见佛山寺院、母亲梦见从未见过面的公爹，茹志鹃老师感叹不已。

十二月十二日

晨六时起，乘车赴杭州。车行四小时，与茹志鹃、许子东、宋耀良同座。近午，至杭州，住陆军疗养院十三号楼，楼前修竹数百竿，亭亭玉立。余与上海文联党组副书记、上海作协秘书长徐俊西同住一室。

午后，一行游西湖。先至花港观鱼，后乘船游小瀛洲三潭印月处，途中与陈建功谈及小说创作，谈及风格、语言，谈及宏观、中观、微观，谈及厨川白村，甚投契。与郑万隆谈起《苦闷的象征》。又与吴亮、程德培、张帆（南帆）诸君谈，程德培竟以为余答丹晨信较先前一争辩文章更为严峻，其中有针、有刃。余不自知。

晚，杭州市文联请客天香楼，楼上设置颇雅，然菜味实难称佳，计有清烧虾、叫花鸡、醋鱼、海参等。酒为加饭，阿城不知此酒厉害，大喝猛喝，终于酩酊大醉。

十二月十三日

一天讨论。黄子平发言极佳。余继之讲新时期文学的向内转，建功、万隆、李陀皆曰不够劲儿，不够味，仅把问题提了出来，没有摊开讲。黄昏，与俊西、李陀、建功、少功、万隆、陈村、子东、冠龙、耀良、张帆（南帆）、阿城、思和等聚于院中凉亭，谈及高行健的戏及张辛欣的小说。

十二月十四日

夜，《西湖》编辑部邀与当地作者见面，来人无几，杭州文艺界似不景气。归，看足球赛，中国队踢入一球，吴亮、许子东等球迷为之大欢呼。

十二月十五日

讨论一日。

昨夜得一梦，格调凄艳，一日不振：与会诸君于一机关大院中讨论，介人主持。忽仰望天空，见一雄雕盘旋于高空之上，少顷，雕乃变为孔雀，孔雀愈飞愈低，在空中开屏，绕于众人头上，不见孔雀，但见五彩烟雾中金光闪烁，极为壮丽。孔雀落于一变压器之电杆上，尾羽下垂。宋耀良跳跃而起，揪下尾羽一根，余以为不佳，再视羽根，则渗渗然有体液如露滴出，余甚怜悯。后，数人搭人梯，驮黄子平上，将孔雀捕下，然孔雀已化为人形，乃一端庄美丽少女，然面带愁容，眼含泪珠，似无限悲恸，余心大不忍，遂醒。会上余将此梦谈出，众人皆唏嘘不已，以为余等偕力探求的结局，终不过一个美丽而又忧伤的幻影。众人释梦，大多不得要领。然梦主人即作家，对自己的作品似无几多发言权。

夜，《上海文学》设宴于"知味阁"，席面甚丰。宴后，杭州东道主设舞会，学术会上群仙飘逸，舞场之上除却曹冠龙外，上海诸才子及北京李陀、建功、阿城、万隆，湖南少功皆壁立左右，全成了"呆鸟"。介人大乐，曰："参考系一变，优势全无矣。"

十二月十六日

讨论进入最后一天，然众位作家、评论家谈兴尤浓，上午讨论艺术形态、小说的界限、新小说中的荒诞、象征、幽默等审美范畴。陈思和发言，极有见地。

会后，茹志鹃老师对余所谈物理场、心理场特感兴趣。

昨夜与徐俊西、黄子平谈文艺界左右风潮消长起落，至凌晨二时许，大困。午后酣睡。

夜，浙江文艺界、出版社设宴"楼外楼"。此处风光极佳，窗含远山近水，楼外之景与楼内之山石盆景相映成趣，壁间大型浮雕"西湖天下景"旷远浩渺。且菜肴丰盛可口，河虾、湖蟹、芦笋、莼菜皆鲜美。与茹志鹃、李子云、陈杏芬、肖元敏、徐俊西、张军、李陀、张帆、季红真同席。五位男士共饮"洋河"一瓶。席间，诸君皆曰此会开得紧张、繁重、亢奋、痛快而又惶惑。原以为仅余一人惶惑，心中稍安。

十二月十七日

七时，乘车由杭州返上海，与陈思和、程德培、蔡翔同车厢，经四时，返抵作协。为等明日返郑车票，居停一日。

午饭后，介人陪余至文联大楼西侧一小楼，上至三楼，正对楼梯一房间，乃新辟来沪作家招待室，被褥、台灯、茶具、桌椅皆为新置。作协王英告余：汝乃第一位房客也。介人曰：二十年前刚分配至作协时，即住此房。又曰，二十八年前，姚文元曾住此室撰写《鲁迅——中国文化革命的巨人》一书。室南面有阳台，阳台下望，乃作协庭院，卓坪南端，一鲁迅坐像置于丛树前，像色暗紫，神采亦不佳，令人沮丧。不如不要。余曾于虹口公园鲁迅墓前见一鲁迅坐像，甚为倾心。

黄昏，小雨。独行街上。于一小饭馆中食煎饺一份，肉丝面一碗。

原载《梦里潮音——我的八十年代文学记忆》，海天出版社，2013年版

寻根文学研究资料

我的1984年（之一）

李杭育

《1984》是英国作家乔治·奥威尔的小说，后来还被改编成电影。小说虚构了一个专制、集权的国度或者社会，或谓"反乌托邦"，可以看作一个政治寓言。但《我的1984年》不是，没有虚构，没有寓言，完全是纪实的，或者确切说是对真实往事的回忆。从1984年1月我女儿田桑出生，我做了父亲，到这年年底的"杭州会议"，我是策划者、筹办者和与会者之一，我在这一年里经历了很多事，见证了中国当代文学一个关键时期的种种事件和迹象，而这一切又和我个人的生活经历纠结在一起。

就像今天的许多事情要从昨天说起，1984年是上一年的延续，割也割不断的。

上一年，我主要做了两件事，一是发表了葛川江系列的最初三篇小说，《葛川江上人家》《最后一个渔佬儿》和《沙灶遗风》，都是上半年发表的，从3月到5月，每月一篇。后来我听到人家议论我，说我在1983年很不得了，光是在北京，三个月内就在三家顶级的文学期刊《十月》《当代》和《北京文学》发表三篇有分量的小说，其他月份，发表在别处的，天晓得还有多少？实不相瞒，1983年我总共只发表了这三篇小说，再没有别的了。其实还是有第四篇的，可那是个意外的故事，且和"葛川江"无关，我等会儿再说。1983年年底，我加入了中国作家协会，成为当时最年轻的两个会员之一。另一个据说是铁凝。

第二件事情是，我意外地让妻子怀孕了。那时我和叶芳分居两地，生活还很不稳定，日后的安身立命诸多事项还存在着很大变数。说白了，我们还不想要孩子。但我岳母很坚持，要我们勇于担负起责任，既然怀上了，就把孩子生下来，横竖早晚是要生一个的。我们接受了岳母的意见，硬着头皮做起了生儿育女的打算。

1983年很让我忐忑。往上的"忐"让我自信我的写作算是打开了一个局面，可心情又时常忍不住地往下去"忑"，因为我已经经历过好几次"城门失火，殃及池鱼"的晦气了——1980年代初中国文坛时"收"时"放"，变幻莫测，我每每写成一篇小说便恰逢其"收"，成了那些被点名挨批的他人作品的陪绑。这又让我不敢太过自信。再说还有经济上的困窘，由于我总共只发表了三个短篇小说，且都是上半年的进账，到了下半年，尤其是年底年初，我已经很长时间没有了稿费收入，仅凭每月五十几块的工资生活，手头很吃紧了。

这就是我的1984年故事的开端。因为我很快要做爸爸了，我不得不在为钱发愁的心情下迎来了1984年。

年初，已经怀孕九个多月的叶芳临产，从湖州来到杭州，住在九溪我母亲家，准备生下孩子后在婆家坐月子。叶芳是我的大学同学，我俩自大二相恋，毕业后于1982年5月结婚。我毕业后分配到富阳工作，而她则回原籍湖州，供职于人民银行嘉兴支行（当时的湖州是嘉兴地区行署所在地）。因她所在单位给她分了一个小套的住房，我们就把家安在了湖州。

元旦过后，我回到富阳上班，在县广播站编辑每天的本县新闻。1月7号那天，我接到哥哥庆西从杭州打来的长途电话，说叶芳羊水破了，恐怕要早产，他已经托人从某单位借了一辆车，把叶芳送进了在杭州灵隐附近的解放军117医院。

那个年代交通很不方便，富阳距离杭州仅三十七公里，却让我赶了大半天路，赶到医院已是夜晚。当晚十一点，叶芳生下了女儿，出生证上却写着1月8日。在医院的走廊上，我只匆匆看了一眼刚出产房的女儿，就赶紧回家了。是我母亲的家，在钱塘江边的九溪，也是我从小长大的地方。已是午夜，末班车早过了，而那时杭州还没有出租车这码事，我只得步行回家，要走很长很长的路。

就在回家路上，我想好了给女儿取名叫田桑。走了两个多小时，凌晨三点前我回到九溪。母亲还没睡，还在等我的消息。我告诉她生了个女儿，母亲平静地说，生女儿好。但我知道她原本希望这是个男孩。我又告诉母亲，我给女儿取名叫田桑，并向她做了一番解释：第一，"桑"字是开口呼，念起来很

寻根文学研究资料

响亮；第二，"田桑"二字都是左右对称的结构，摆在那里，看上去很平稳；第三，这名字寓意男耕女织，更合你老人家的心意，做个平凡的人，靠劳动为生，平平稳稳，平安即福。现在想来，已经年近三十的田桑，果然如我母亲当年的期盼，也果然践行了我给她取的名字的寓意，自食其力而后自得其乐地生活着。

但在当时，实际上我远没有那么轻松，男耕女织云云只是个乌托邦的寄语，暂时还美好不了。原因很简单，我没有钱为叶芳坐月子买来足够的营养品或营养食物，就是杭州人都很相信的鲫鱼、老母鸡、金华火腿之类……

许多年以后，有一回我和朋友聊天，说到什么叫命好，我的说法是，和你原本不相干的事，却实实在在地帮了你，成全了你，就是你的命好！

我就举了田桑的例子，她一生下来，本来可能要受穷的，她母亲可能没奶水，我也可能没钱买奶粉。事实上，我母亲当时曾跟我商量过，打算向什么人借点钱。可就在这时，我忽然收到一笔意外的稿费，就是我前面说过的1983年发表的第四篇小说，叫《归去来兮》，由《安徽文学》刊出。而今，就算是研究我的人，恐怕也没有哪个晓得我还曾有过这么一篇小说，连我自己都已经没有了这篇小说的无论何种留存，只记得它是叶芳和我合写的唯一的小说，1981年我们还在杭大念书时就写成了，一稿多投，寄给了六七家杂志，此后便石沉大海，两年多没有音信，我们自己也早就忘了这回事。而忽然间，就在我最需要钱的时候，《安徽文学》给我寄来了一百二十元稿费。一百二十块，比我两个月的工资还多，在当时是购买力很高的呢。它解了我的燃眉之急，让叶芳有金华火腿吃了，让田桑有喝不完的奶粉。这事原本跟田桑毫不相干，却成了田桑来到这个世上的第一份见面礼。

我说田桑的命好，命中不该她生在会造成她营养不良的人家。但是她母亲叶芳却有稍微不同一点的说法，说是田桑的出生给我带来了好运。当然她指的是我在文学上的突进，除了文运，她从没指望过我会有什么官运、财运。

不过暂时是什么好运都还没碰上。2月份过年，我又请了点假，回家照顾月子。我母亲的那个家，总共两个房间。母亲把里间让出来给我们，她和我姐姐住外间。姐姐白天上班，由退休在家的母亲做饭做菜，我则天天给女儿洗尿布。天很冷，在刺骨的冷水池里用手搓洗尿布，每天十几块二十几块的。为此我曾很纳闷地问，这小丫头是不是有什么不对劲，怎么会每天撒那么多尿？母亲说这很正常，小孩子都这样。天总是阴着，洗净后的尿布总也晾晒不干，不得不把它们搭在一个用铁丝扎成的大笼子上，架到煤炉上去烘烤，不然来不及给孩子换。母亲家的厨房是和隔壁邻居两家合用的，那些日子，厨房里总有一股淡淡的和着奶味的尿骚味，让邻居很有些不快。

田桑给我带来的好运出现在1984年的3月。此前，我在参加杭州市第二次文代会期间，接到北京发来的电报，邀请我参加3月初由《文艺报》和《人民文学》编辑部召集的全国农村题材小说创作座谈会。当时的《人民文学》主编是王蒙，是1980年代初中国文坛上最为大红大紫的作家，早就是我辈文学青年的偶像。而今，等于是王蒙请了我，王蒙知道我李杭育了，这可不得了！看来我真是要走运了。

会议是在河北涿县的桃园宾馆开的。与我同住一个房间的是山东的青年作家张炜，那时已得过全国奖了，尽管名声还不算太大。看上去他年轻、秀气、浓眉大眼，说话慢条斯理，又不时地冒出一句要你去回味一下的格言式的话语。有一回在餐桌上，不知怎么说起来，我说我也是山东人，张炜不以为然地"哼"了一声，说如今人人都自称是山东人。我对他这股自大的腔调有些反感，没有跟他争辩。可是接着，服务员给我们上了一盆汤，我拿起汤勺搅了几下，不经意地说了句"搁搂搁搂"，张炜一听，立刻承认我这个老乡了，说这土话只有胶东人会说。我和张炜初识在1984年3月的涿县，二十九年了，彼此有过许多来往，至今仍有联络。他前年冬天来杭州讲学，还曾邀我去他的宾馆房间聊天。

参加这个会议的作家、评论家很多，除王蒙和张炜外，我记得的还有张光年、唐因、康濯、高晓声、古华、陈忠实、铁凝等等，除铁凝外我都是初识。铁凝是一年前在温州，由《文学青年》杂志主办的雁荡山笔会上就见过面的。还有许多我此后再也没有见过，因此也记不住名字的人。

王蒙在会上有个很头头是道的发言，令我印象深刻。他的主旨好像是要大家开阔一下对"农村题材"的认识和理解，开辟一个更为广阔的创作天地。这本来是个很正面的话，怎么讲都没错。可那时的文坛禁忌很多，有些人还专爱找碴，王蒙便不得不把话讲得既这样又那样，滴水不漏，貌似很辩证法。我当时听着，一是很钦佩王蒙的口才，二是觉得他这样讲话很累，心想，我们写小说的，其实可以不去理论那些肤浅的道理。现在看来，1980年代的理论家们，包括高高在上的胡乔木和他的对手周扬，还是很肤浅的。异化呀，人道主义呀，现代主义呀，其中的许多说法连马克思的水平都没达到，更是远不如马克思讲得透，讲得真切，讲得理直气壮。马克思是他那个时代的造反派，而北京的理论家们则不是。在1980年代的中国，在我们的汉语词汇里，"造反派"狰狞可怖，早已臭烘烘了。如今回想起来，1984年之前文坛上讨论小说，大多近乎讨论时事政治，且在官方意识形态的方圆规矩之内，"左"和"右"互为正题或反题。又因人们总是把话讲得拐弯抹角，欲言又止，且在本该是理论研讨中又不时地夹带一些有关时政的内幕消息，显得那么地心猿意马，言不由衷。一边是肤浅而虚情假意的"左"，一边是不能知无不言、言无不尽的"右"，组合成那个时代中国文坛所承载的意识形态的正题和反题，实在是出自同一个语境。如今，每当我看到一篇讲当代文学的文章，看到作者们用了那么多篇幅来讲1980年代初文坛上的那些理论争论，讲得那么认真，我就觉得好笑。

像我这样的外省小说家，其实很不适应当年他们北京文人圈的亦政亦文的那些话题。我们只管写出自己的人物和故事，有血有肉，乃至血肉模糊，很难剥离出什么意识形态不意识形态的东西，上边那些老"左"就抓不着我们的把柄，顶多是不喜欢我们罢了。

但王蒙坐在那个位子上，他不能不讲些他们北京文人都情不自禁喜欢讲的亦政亦文的话题，就不能不讲得既这样又那样，也就不能不让人觉得他很圆滑。我并不觉得那样讲话是王蒙的初衷，但他那样讲了，然后渐渐地被他能够把话讲得那么滴水不漏的才智所激励，渐渐地有些得意起来。直到1989年6月，他遇到的麻烦不能再用口才去对付了，他出了那个局，回归到他的小说家的本来，尽管已经有点时过境迁了。

不管别人怎么看，我至今对王蒙先生还是很敬重的，不仅因为他担当了无论他是否乐意担当的那个角色，在那个时代完成了这个角色的尴尬使命，也因为他是第一个为我的书写序的人。

而且我非常喜欢他的幽默和他对幽默事物的敏感。我在涿县会议上认识的王蒙，并非只是在台上作发言的那个王蒙。有一天晚饭后，王蒙到我和张炜的房间来看我们，和我俩聊天聊了很久。偶像忽然就在眼前，我当时相当兴奋，我想张炜也是。但也可能不是，他那时见的世面应该比我多。和王蒙聊了些什么我记不得了，只记得他讲的一个故事。王蒙曾在新疆生活过很多年，他说他很喜欢维吾尔人的幽默，他就举了一个例子，说新疆的一位维吾尔族作家（名字我忘了），也是新疆某高校的老师。"文革"来了，此人得知造反派即将批斗他，索性自己写了一张批判自己的大字报贴了出去，把自己骂了个狗血喷头，然后打起铺盖卷儿逃离学校，回到他的家乡，躲过了一劫。

涿县会议开了好几天，这期间我得到消息说，我的小说《沙灶遗风》评上奖了。在那个年代，一篇小说在全国获奖，对作家来说意味着很多很多，起码是从今以后我写的小说拿到了"通行证"，发表不成问题了，也不再会有像那篇《归去来兮》寄出两年杳无音信又忽然刊出那种事情了。我当然很开心，很想马上就告诉已经坐满月子回湖州上班的叶芳。但那时打长途电话是件很奢侈的事，不是十万火急的事一般不会去打。可我得给自己来点什么高兴高兴也算犒劳犒劳。我那时抽的烟很蹩脚，两角几分钱一包的，而在这家涉外的桃园宾馆，我看到小卖部有卖红塔山香烟，从没抽过，却知道这是名烟，就索性花五块多钱买下一整条。一整条红塔山哪！我却咬咬牙就买了，心想我以后发表小说很容易了，稿费会源源不断地汇来……

开完涿县会议，与会者们回到北京，然后各奔东西。这应该是3月7日或者8日，而获奖小说的颁奖会定在19日举行，只相隔十天左右，因此中国作协或是《人民文学》的什么人劝我别回去了，留在北京等着领奖。但我还是回家了一趟，我不喜欢没事待在北京，而且我很想回去看看给我带来好运的还只两个月大的女儿。

十天后我又飞回北京，那是我一生头一回坐飞机，坐的是三叉戟。途中约莫是在山东上空，飞机遇气流颠簸得厉害，简直叫人翻肠倒肚，头一回坐飞机的兴致全被毁了。到了北京，我还晕头晕脑了好两天。

或许就是因为晕头晕脑，状态不佳，那回颁奖的整个庞大的活动，许多人和许多事，我都印象很模糊，随我一起懵懵懂懂了。同届获奖的其他作家我只记得不几个人，有陆文夫、石言、史铁生、邓刚、达理（一对夫妻）和鄂温克族作家乌热尔图等等。

我能记得的事情之一，是中国作协在北京饭店请客的一桌西餐晚宴，不仅是因为周扬等大人物也到场了，更因为那是我一生中头一回吃正宗的西餐，而且是在1980年代的北京饭店那样高档的地方。

还有一件事我也记得，因为事关我的作品与获奖。那天，我们坐一辆面包车去什么地方，好像就是去北京饭店吃西餐的那一路上，与我同排坐的邓友梅是这回评奖的评委，他告诉我，评委们在讨论的时候，先是达成共识要给你一个奖，接下来的分歧在于是给《沙灶遗风》还是给《最后一个渔佬儿》。这对你来说或许无所谓，能得上就是了，但发表这两篇小说的两家杂志《北京文学》和《当代》，它们可就是太有所谓了，关系到杂志的声誉、责任编辑的奖励等等，所以竞争很激烈。前几次评奖就有过这种情况，两家争得厉害，票就分散了，结果一篇也没评上，作者吃亏大了，所以这回我们先说好一定避免发生这种情况。最后给了《沙灶遗风》，是因为这篇有点"亮色"，上边容易通过。说完，他又问我自己怎么看。我如实回答，我本人更看好《最后一个渔佬儿》。这时，坐在我们身后的邓刚插话说，刚才上车前我听到你对记者说自己更看好"渔佬儿"，你可别再这么说了，会让《北京文学》不高兴的。再说，"渔佬儿"反正名气很大了，评上《沙灶遗风》，等于让你多一篇小说打响，你不吃亏的。

幸亏他这么提醒，我此前倒没有这么想过。还是他们北方作家懂政治哪！当然，《北京文学》没有生我的气，《沙灶遗风》的责任编辑章德宁和她的丈夫岳建一，后来都成了我的好朋友。

那几天在北京，留给我最深刻的记忆是，我这样的外省作家，且身处南方，远离首都，政治上很不敏感。当年在北京文坛上的那些热闹话题，我竟没有一个是应对得来的。他们都有内幕消息，这就比我有话语权，就让我插不上嘴了，这常常让我感到孤独。不仅是北京作家，即使是从各地来到北京小聚的外省作家们，也都入乡随俗地跟着谈论亦政亦文的话题，或至少表现出对这类话题的浓厚的兴趣。他们不谈文学，不谈小说的叙事艺术，觉得谈这些太幼稚了。于是，我在那些日子里话很少，深深地感到孤独。后来，大约在1985年，我写过一篇文章，叫《南方的孤独》，其中委婉地表露了我的这种最初源自1984年3月在涿县和北京的感受。大约也是在1985年，吴亮写了一篇对我的印象记《孤独与合群》，开头是这样说：

> 我所知道的这个人，其实并不像有些人想象的那样老成，倒有几分天真。这种天真是罕见的，他把生活时而看得很轻松，时而又看得很凝重。他能够不费力地、随心所欲地往平凡的生活中添加一点诙谐和幽默，

显出豁达、无所谓甚至貌似玩世不恭的神色，同时又能清醒地省悟到生活固有的苦涩、闷烦以及阵阵袭来的孤独。

……一句话，他是一个孤独的、既想为人所知、又不相信能真正为人所知的人。

吴亮肯定明白，作为一个作家的孤独，首先来自他不能融入文坛主流话题的那种被排斥、被疏离的感觉。而这也就是为什么我要去"寻根"的根本原因——我得给自己另起炉灶，另开话题。

再有一件事令我难忘，就是在北京期间，获奖作家照例要接受众多媒体的采访，其中有一位上海《文汇报》的记者，向我转达了上海老作家茹志鹃的口信，希望我离京回杭途中在上海停留一下，她想见见我。我当然欣然应诺，不仅因为茹志鹃是文坛前辈，我在杭大中文系念书时就读过她的小说《百合花》，后来买的一本《建国以来优秀短篇小说选》，里面也有她的作品，更因为此前人民文学出版社的赵水金曾告诉我，茹志鹃几个月前出访美国，在她还压根不认识我的情况下，就在演讲中向美国听众介绍了我的作品《最后一个渔佬儿》。我对茹志鹃虽然说不上崇拜，却颇怀敬意和好感，因为在那个年代，像她那样的早已确立了文坛地位的老作家，对我这样的还刚刚出头的年轻人，如此关注，如此友好，实在不多。

记不得当我来到上海，是作协派人还是茹志鹃派了王安忆和李章，到火车站接了我，直接去了茹志鹃家。

在寒暄过几句，招呼我入座后，茹志鹃抽着烟，笑眯眯地盯着我看了一会儿，应该是很满足她的好奇心了。我猜，她当时一定在想，这个写了《最后一个渔佬儿》的年轻人，我对美国人都介绍了他，自己却并不清楚他到底是怎样的一个人。现在看出来一点名堂了……

而我的印象则是，这位前辈，太容易亲近了，看上去朴实得就像个街巷里弄最常见不过的大妈，抽烟的动作简单、直接，很男性化。她话不多，听别人讲话很耐心。

谈话中，她问我眼下在写什么，我大致讲了两三个小说的构思，其中好像有《土地与神》。她建议我在《最后一个渔佬儿》这种套路上再多写几篇，话中隐含着对我把小说题材撒得太开，有点四面出击的批评。后来，程德培也曾批评过我"打一枪换一个地方"的做法。此外，茹志鹃还希望我为《上海文学》投稿。她这个要求我做到了，"葛川江小说"的第二阶段，我的几个重要作品《人间一隅》《炸坟》《国营蛤蟆油厂的邻居》等，都是发表在《上海文学》上的。

这一天，也是我和王安忆的初识。安忆比我大三岁，出道也比我早几年，1981年就发表了《本次列车终点》。比起她母亲的从容来，年轻的安忆显得矜持，不太放松，说话的语速极快。约莫那时候安忆还没有动手写《小鲍庄》，或许是她对我的小说没啥兴趣，又或许是家教严，她不便在母亲的客人面前多嘴，反正印象中那天我和安忆之间没有多少交流。

时值中午，茹志鹃以家宴招待我，同桌的全是她的家人，她的丈夫王啸平、她的大女儿以及安忆和李章。这顿饭，和我在北京饭店享用的那顿豪华西餐，形成极大的反差。那里很气派、堂皇，以周扬为首的文坛大人物们的出场，代表着国家对我们这些作家的褒奖，加之头一回享用那么高档的西餐，用刀叉还不熟练，多少有点让我战战兢兢。而这里，茹志鹃的家不大，也不怎么鲜亮，都是家人，很亲近，很家常。

饭后，我告辞离去。因我当时的家安在湖州，要从上海乘坐长途汽车前往，茹志鹃又让安忆和李章送我到长途汽车站。

在回湖州的路上，我在想，上海是不是能让我更容易、更爽地另起炉灶、另开话题的地方？但又隐约觉得，好像还缺少一点什么。那应该是什么呢？我不知道，只有一点朦朦胧胧的念头。

后来，在这一年的年底，茹志鹃来杭州参加"杭州会议"。此前我在上海又见过茹志鹃，在"杭州会议"上应该是第三回甚至第四回见她了。在会议期间的一次文娱活动上，叶芳也在场，茹志鹃又好奇了，要我把叶芳介绍给她让她看看。叶芳那时刚调到《杭州日报》副刊工作，还不太善于交际，在茹志鹃面前甚至还有些害羞。记得后来叶芳曾对我半开玩笑地抱怨说，茹志鹃那样看着她，好像要给她找对象。

原载《上海文学》2013年第10期

我的1984年（之二）

李杭育

1984年3月我从北京领奖回来，由上海回湖州途中，心想上海或许是比北京更能容忍我在当时的文坛意识形态语境之外另起炉灶的地方。事实上在此之前我已将"葛川江小说"的第四篇《人间一隅》投给了《上海文学》。上海离杭州很近，来去方便，还有和茹志鹃的很放松很家常味的会面，让我感觉上海的水或许不那么深。不过我又觉得，真的要在上海滩混，好像我还缺少点什么。

很快我就明白那是什么了。在1984年的上半年，我最关心的还是对我的作品的评论。到那时为止，还没有一个在北京的文坛核心圈的权威评论家对我的小说讲过什么话。此时距"葛川江小说"最初在北京问世已有一年多。1984年上半年我又在上海、北京和南京先后发表了《人间一隅》《珊瑚沙的弄潮儿》和第一部中篇小说《船长》。到1984年初夏，"葛川江小说"应该说有些气象了，但那些权威评论家似乎都对它们视而不见。我讲的当年文坛核心圈的权威评论家，也就是阎纲、陈丹晨、刘锡诚、曾镇南这些人，在当年都是很有话语权乃至话语霸权的，许多青年作家都称他们为老师，很希望得到他们的评论和赏识，我那时也不例外。让我在1984年上半年感到失落的是这些人都对我缄默不语。阎纲从未写过对我的评论，曾镇南直到1986年才写了我。我后来在90年代初整理了一个对我的评论的索引，时间是从1983年9月到1989年3月。在这份索引上，从1983年9月到1984年6月，整整十个月里总共只有四人写了五篇对我的评论。他们都不能算是权威，离核心圈更是远了。

但与此同时另有一股潜流开始涌动。事实是，还在我获奖之前，上海的一位年轻评论家程德培已经写出一篇洋洋万言的评论我的文章《病树前头万木春》给了《上海文学》，后来还获了奖。但这是后话，几个月后我才知道的。

在1984年春夏之交的这几个月里，我稍感失落、略带焦虑却也满怀信心地频繁来往于湖州（我的家）、杭州（我的老家）和富阳（我工作的地方）之间，一边应酬着、洽谈着种种实际事务，一边憧憬着、期待着某种不可知的前景。

此时的嘉兴地区已被分割为嘉兴市和湖州市，叶芳所在单位已更名为人民银行湖州支行。我们的家在湖州的红丰新村，几幢我忘了，记得是三楼，一个大套安置了两户人家。邻居的两口子是双职工，条件比叶芳优越，分得两居室外加一个厨房，叶芳分到一居室外加一间做厨房和客厅用。卫生间则是两家共用的。在那个时代，刚工作了一年多就能分到这样的房子，很不错了。

女儿出生后的这两个月，我很少在家，光是北京就去了两趟。这下好了，我可是要好好欣赏欣赏我的小丫头了。田桑小时候不大哭闹，就算哭起来气头儿也不太足，没哭几声就好像哭不动了。我对叶芳说，这丫头长得更像我，你看这对招风耳，活脱儿就是原装进口的！在那个时代，中国人说起无论什么商品，"原装进口"意味着最高档了。有趣的是，如今田桑生的女儿摩根，也长了一对招风耳，无疑又是田桑的遗传。我去年在美国就对田桑讲，你这个摩根的招风耳，应该说是原装出口了。

湖州这小城很有意思，只两条主街，还是斜着弯着走的，交汇于骆驼桥。这座桥后来多次出现在我的小说中。后来的"葛川江小说"把湖州搬了地方，还给它改了名字叫"同兴"，《人间一隅》《炸坟》《阿环的船》《阿三的革命》，都讲到了"同兴"。

湖州有几个青年作家自1982年起就做了我的朋友，高锋、闻波、马红云、卢国建等等，都曾在1982年我结婚时去红丰新村闹过"洞房"。他们那时还没算得上"出道"，简单说就是他们写的小说、文章还经常会遭遇退稿。我的获奖，对他们是一个鼓舞。那些天里，我晚上忙着写作，白天就和闻波、高锋到处吃吃喝喝。记得那时闻波和老婆不对付，老婆索性住在娘家不肯回来，闻波也乐得自由，于是有一天我和高锋就到他家去吃太湖大闸蟹，那时才几角钱一斤，又大又肥，煮了满满一大铁锅，三个人用了一下午吃掉了十斤蟹！吃得我满嘴起泡，好几天见了食物就打怵。

中国当代文学史资料丛书

回家后不几天我又去了杭州。浙江作协要为我开一个庆功会，因为我是浙江第一个在小说上获全国奖的作家。此前，《浙江日报》3月26日发表了署名肖荣的文章《一幅透露时代气息的风俗画》，评论我的获奖小说《沙灶遗风》。"肖荣"是我的已故老师庄筱荣的笔名，是当时浙江最活跃的评论家之一，也是我就读杭大中文系期间最挺我的老师之一，却因我自由散漫、旷课、打架被学校视为坏学生，庄老师颇受我牵连，屡遭领导批评。我在全国获奖，让庄老师扬眉吐气了。

那时候，像我这么一个初出茅庐的文坛新人，必定很在乎作品被人评论。对"葛川江小说"最初的评论（评《最后一个渔佬儿》）也是这位庄老师写的，也是发表在《浙江日报》（1983年9月15日）上。但《浙江日报》是地方报纸，其影响不出省。第一篇在全国发行的报刊上对"葛川江小说"的评论，发表在1983年最后一期《当代》杂志上，作者李福亮，他是我哥哥庆西就读黑大中文系时的同学。很多年以后我去黑龙江玩，在哈尔滨见到了李福亮，感谢他当年对我的评论。

为我开的庆功会，我忘了具体日子，只记得是在那时的省人民大会堂。会议由省作协党组书记高光主持，先后有好几个人发了言。最后轮到我发言了，我先是讲了三五句感谢的话，忽然话锋一转，讲起余华来，让全体与会者大为愕然，没有人知道我在讲谁。的确，1984年3月，就算在浙江也没有几个人知道余华。我当时也没见过余华，只因我在离开北京前，《北京文学》的章德宁给了我一本登着余华小说《竹女》的杂志，要我关注一下这位也是出自浙江的青年作家。在去上海的火车上我读了他的小说，当时感觉蛮好。我在那天的庆功会上大讲余华，意在表明浙江文坛的青年一代其实是很有实力的，只是省作协信息不灵，反应迟钝，看不出苗头罢了。

后来，在这一年的八月，我去海盐叶芳妹妹家住了一阵，在那里写完了《国营蛤蟆油厂的邻居》。这期间，由我的连襟孙治平牵线，我和余华见了面。记得是在一家老式的茶馆里，我和余华各坐一张很厚重的实木条凳，隔着木桌面对面，边喝茶边聊天。他当时给我的印象是一张秀气的脸，眼神中时常闪烁着一种灵光，说话偶尔有点小结巴。

开完庆功会我返回富阳上班，随身带去一件在北京得到的获奖礼物，是一块大理石笔插，上面刻着中国作家协会的字样。我想把它送给老蒋做个纪念。老蒋坚决不肯收下，说这东西应该由你自己保存。

　　老蒋，蒋增福，富阳大源镇蒋家村人，时任富阳文化广播局局长，是我所在单位的领导，也是我一生中遇上的唯一一位和我做了朋友的长官。到后来这位老蒋还因我的关系成了李庆西的朋友、程德培的朋友、赵长天的朋友。我感激他强有力地支持了我的文学创作，尤其是"葛川江小说"的最初阶段，这是许多年来江湖上许多人都知道的。老蒋的做法很另类，在上世纪80年代初，这样做领导的实属罕见。他不仅要求我所在广播站的站长董文二容忍我上班迟到早退（许多年以后董文二告诉我，当年老蒋跟他说，你不要弄不灵清，这个李杭育早晚是要飞走的，他现在落魄在我们这里，能做多少算多少吧），甚至批准我"预支"探亲假，（老蒋后来常拿这个事取笑我，说亏你开得出口，探亲假也能"预支"的！）还曾亲自陪我去乡下体验生活，一陪就是一个星期，直接导致了我产生写作长篇小说《流浪的土地》的原始冲动。

　　我获奖了，老蒋肯定是这个世界上最为我高兴的人之一，就像我的老师庄筱荣一样，他顶着的压力，人们对他的说三道四，不攻自破。昨天还在责备他包庇我的人，今天就改口称赞老蒋有伯乐的眼光。改口很快是中国人很需要的一种素养。

　　去富阳的另一件事是续办创作假手续，这回老蒋又给了我半年假。此时的老蒋已经有点预感，富阳很可能留不住我了。但很重感情的老蒋还是尽他所能想留住我。他知道我最大的心愿是当专业作家，要留住我就得让我不坐班，专业从事写作。但他一个县文广局不可能为我设置这样一个编制，他得另想办法。我后来告诉他湖州的宣传部长侯玉琪邀我去湖州做专业作家，而且答应把叶芳也安排专业对口的工作。老蒋一听，不高兴了，说湖州算啥？湖州能给你的我都能给你。把叶芳调来富阳，就在广播站工作，专业不就对口了吗？我分一个大套给你们，再给你配一个煤气罐（这在当时的富阳是局级以上干部才有的）。至于你的写作，虽然名称不叫专业作家，但我任命你做县文化馆的副馆长，规定你不用坐班，每个礼拜去一两回转转，听听意见，出出主意就行。尽管老蒋于我有知遇之恩，我还是没有答应他，说这都是你作为局长的权力干预而非制度安排，一旦你不做局长了，我名不正言不顺，你的继任者要我每天坐班，我怎么办？这话有点戳到老蒋的痛处了，他不再说什么，我也赶紧收住，没有再坚持要调湖州。

回到湖州后，叶芳问我和老蒋谈得怎样，我如实跟她说了。她很理解，说再怎么样也不要伤了老蒋的心。我调湖州的事就这样不了了之。

可这事让湖州的几个文友，主要就是帮我和宣传部长搭桥的高锋和闻波，对我有些失望，虽然他们嘴上没有直说。

高锋年龄比我大得多，虽说是"官二代"，却极胆小，而且他自己也承认胆小，一说起什么耸人听闻或者神神道道的事情，高锋总是拍着自己的大腿连连嚷道："吓死了！吓死了！……"不过这里面多半也有些加重描述、制造气氛的味道。这是高锋的长处，他后来写电视剧，这套虚张声势的把戏对他很有用处。

没有什么人像闻波那样，不多不少正好作了高锋的对比物。闻波只比我大一岁，祖籍东北，从小跟着父亲长大，据他自己说常挨父亲的痛打。我那时就说他，从小缺少母爱的男人，基本上就是一匹狼，没有什么细腻的情感可言，只有粗野、粗鄙、粗糙，都写进了他的小说里。而相比之下，干部子弟高锋从小生活优越，尤其江南人家的吃喝讲究，都让他品味得仔仔细细，讲得头头是道，写得绘声绘色。我的小说《人间一隅》，讲某年发大水，螃蟹爬满了同兴城的大街小巷，这个掌故最初就是出自高锋之口。我起先不信，心想高锋么，他讲的事，你很难弄清是真的事情还是已经被他编过的故事。但很快，我在去茶馆的老虎灶打开水时得到一帮泡茶馆的老头的证实，说从前湖州确有其事。后来我又碰巧看到报纸上说荷兰的什么地方闹蟹灾，政府出钱雇人灭蟹以保护该地的生态平衡。由此可见高锋的神神道道有时还是有些依据的。这两位湖州的文友，尤其是高锋，对我在那个时期的写作是有不少帮助。高锋自己的写作，缺点是不自信，因此常常会写得有些画蛇添足。闻波的小说远比高锋的粗糙，却常有异想天开之笔。在当年的湖州文坛闻波是个穿针引线的人物，我在湖州结识的所有跟文化沾边的人，从宣传部长到业余画家，都是通过闻波牵线搭桥的。我更佩服闻波的是他还有一个本事，就是居然在很多年里让比他年长许多的高锋做了他的跟屁虫。

他们两个有时也做了我的跟屁虫，特别是我在湖州逛书店的时候，我买什么书，他俩就跟着买什么书。有那么几年，我尤其对明清笔记颇有兴趣，买了不下于两百种这类书籍。我后来在1985年写文章《理一理我们的"根"》，那里面说我不喜欢已成规范的中原文化而倾心于规范之外的民间文化，包括野史、笔记之类，那个话被有些学者说成是我虚晃一枪。他们错了，我没有虚晃一枪，我那时研究明清笔记颇有心得，高锋可以做证。他很多年以后在杭州的一个文人聚会上对众人说，当年跟着杭育买了许多明清笔记，受益匪浅，成为他后来写《天下粮仓》这类电视剧的宝贵资料。还有，我哥哥庆西也很清楚我那时对明清笔记的痴迷和投入。庆西写"笔记小说"那些年，问我借去几十本明清笔记，至今还不肯还我。

大约是在五月里，浙江文艺出版社的编辑费淑芬来湖州和我谈出版我的小说集的事。费淑芬是一位很受我尊敬的老编辑，她原先在《西湖》杂志工作时就做过我的小说的责任编辑，我们彼此很容易沟通，约莫出版社派她来和我谈也有这层考虑。我当时提了两个很简单的要求，一是我要用《最后一个渔佬儿》做书名，二是我要求单独出书，不列入任何丛书。费淑芬表示她不能做主，要回去向领导汇报后再给我答复。

后来在七月初，我接到人民文学出版社的邀请去烟台参加笔会，路过杭州时我去了浙江文艺出版社拜访夏清翰总编辑，知道我的两个要求出版社不能答应。这事就算完了。想起《最后一个渔佬儿》最初等于是被《西湖》退稿的遭遇，我安慰自己说这没啥好生气的。实话说浙江文坛绝非我的福地，1980年代浙江的期刊和出版业偏于保守，甘当井底之蛙，不肯让我出头去大胆创新。要他们赏识我还需假以时日。

到烟台后，我第一次见到韦君宜、李曙光等人民文学出版社当年的负责人。韦君宜不仅时任人文社社长，还是个很有地位的老作家。人文社负责联络浙江作家的编辑赵水金，此前和我见过很多面，我的《最后一个渔佬儿》最初就是寄给她转《当代》的。有一天晚饭后，赵水金和我聊天，问起我有没有出版小说集的打算，我就把我在浙江文艺出版社的遭遇跟她讲了，她当时没有再说什么。第二天早晨我照例睡懒觉没有去吃早餐。等我起床后，赵水金告诉我，在吃早餐的时候她把我的小说集的事说给韦君宜听了，韦君宜当场拍板由人文社出，我的两条要求她认为简直不算要求，全部接受。这就是我的第一本小说集《最后一个渔佬儿》的由来，就是这么简单。

不过我也当然知道，在此之前人民文学出版社从未给一个年仅二十七八岁的作家单独出版过小说集。那个时代年轻人出书很不容易，约莫浙江文艺出版社也是有过这层顾虑的，这本来也很正常。他们主动来人和我接洽说明他们对我也是有兴趣的，只是他们没能像人文社那样勇于突破，与时俱进。而这使得我一开始就对浙江出版界抱有成见，迄今为止除了一本我与人合作翻译的小书之外，我从未在浙江出版过我的任何著作，包括我写浙江内容的《老杭州》。比起我的所有同代作家来，我肯定是获得本地支持最少的一个。

没想到出版小说集的事这么容易就敲定了。但还剩下一个问题，就是请谁为我写序。赵水金问我有没有人选，我说我想请程德培写，尽管到那时为止我还不曾见过此人。

我之所以会想到请程德培为我作序，是六月里我收到他的来信，大意是说他在二月里就曾为我写了评论，《上海文学》将于下半年发表。他说他从编辑部要来了我的地址，写这封信是想和我交个朋友。

我几乎立刻明白了，这正是我当下最在乎也最期盼的一个回应。虽然我还没见过德培，也没看到他的文章，但凭我对他信中的内容和行文的感觉，凭我作为小说家的敏锐，我知道这个人肯定懂我。

就在今天，在我就快写完这篇文章时，德培把我1984年和1985年写给他的十六封信赠还于我，其中有我回复他的第一封来信，也是我最早给他的信，写于1984年6月30日：

德培：

你好！

看了你的来信，很高兴。和你的愿望一样，我也很希望和你建立友谊。我们从没见过面，只通过这一次信，但我想，我们彼此已经是朋友了！……我想请你到杭州来聚聚，而正巧有个机会：八月初杭州文联要开一个我的作品讨论会，地点是新安江千岛湖（也是"葛川江"上游的一大支流），为期半个月……那地方风光秀丽，气候凉爽。我本人和我哥哥庆西也都参加，我们可以在一起从从容容地谈个痛快……

我信中的说法有误，这个研讨会的确切时间是7月27日到8月3日。

约莫一周后德培又来信说他一定来参加，并且说上海还有一位评论界新锐吴亮，希望我也邀请吴亮参加。我又回信给他说没问题，你俩一起来吧。

就这样，到了七月下旬，德培和吴亮来了杭州。那天我因为什么事没有去火车站接他们，而是让庆西代劳举着牌子去接站，约莫德培那天对我印象不佳，他后来老拿我没去接他的事对我开"涮"。从杭州市区去建德必经九溪，也就是我母亲家的所在，那天我就在九溪搭上他们坐的面包车一起去了建德县的白沙镇。就在新安江边一家县政府的招待所，开了我一生中第一个也是迄今为止唯一的一个我的小说研讨会。

我见到德培后问他愿不愿意为我的小说集作序。当时吴亮和庆西都在场，应该还有印象。德培显然有些意外，一时支支吾吾，然后一本正经地说他要回去请示一下茹志鹃。在1984年的夏天，德培和吴亮都还是上海工厂的工人，而给人写序在那个时代被看得很庄重，是要讲究一下身份、地位的。程德培有顾虑，我把这个情况告诉了赵水金，她建议我请王蒙写序。为此我给王蒙写信。在王蒙给我回信之前，德培或者是请示好了，或者是自己想明白了，刚回上海便来信告诉我他愿意为我写序，但后来因为王蒙回信答应了此事（出书之前王蒙的序《葛川江的魅力》发表在1985年第一期《当代》上），人文社不同意我再请德培写，此事只得作罢。顺便说说，我后来在1985年打算出版第二本小说集《红嘴相思鸟》时，又问德培愿不愿意为我写序，这回德培眼睛看着别处，大大咧咧地反问我一句：你不请我写还能请谁？

参加那次研讨会的，除了德培、吴亮、庆西和我，还有当时的杭州文联负责人董校昌，《西湖》的评论编辑高松年，杭州的几位评论家钟本康、叶金龙、龙渊、美成等等。他们后来都写了评论我的文章，分别发表在《西湖》杂志这一年的最后两期上。

这肯定是我参加过的最辛苦的会议之一，不仅白天要听大家发言，有时自己也要讲几句，更累人的是每天晚上德培、吴亮、庆西和我四个人还必定聊天聊到凌晨。那时候的县招待所条件很差，连电扇都没有，天又那么热，室内根本待不住，我们就坐到一个露台上。吴亮和我索性赤膊了，人手一把芭蕉扇，呼搭呼搭地扇着，一边吃着西瓜，一边高谈阔论。尤其是吴亮，声音洪亮，表

中国当代文学史资料丛书

述有力。但吴亮也很容易把自己讲累。讲累了，他就打一会儿盹，似乎让出一点空当给我们讲讲，然后他醒过来又接着再讲。

到了第二天或者第三天晚上，招待所的看门人终于受不了我们的彻夜喧闹，正当我们谈得起劲，他把电闸拉了。在一片漆黑中，我朝那人怒吼道，你赶紧给我们电，不然我到你们建德县委去告你！这一招果然灵，那人被我的虚张声势镇住了，老老实实把电闸又推了上去。其实在1984年我压根不认得建德县的任何官员。

我记不得接下来我们是不是把嗓门放低了一些，但聊天继续，因为我们每个人都有很多话想要讲。现在回想起来，至少对我们四个人来说，我的作品研讨会似乎主要不是在谈我的作品，倒成了讨论中国当代文学走向这个大题目了。话题很多，杂乱无章，次序颠倒，反反复复……但有一个令我难忘的重大话题，却是由我引起的。

我问了德培一个近半年来一直在我心中挥之不去的问题：为何北京的权威评论家们对我不感兴趣？

德培回答：他们还没想好怎么说你。

吴亮插话：你的小说超出了他们的思维惯性和话题范围。

德培幽默一把：老革命遇上了新问题。

吴亮有点幸灾乐祸：所以他们失语了。

庆西插话：弄不好就一直失语下去了。

我有点不敢相信：这么说，他们的时代结束了？

德培很肯定：起码是快了。

……

坦白说，这番对话是经过我加工的，原本不会这么紧凑，但其核心内容大抵如此。

前面说了，那时程德培和吴亮都还是工人，都没念过大学，竟然说阎纲过时了，应该被"打倒"，听上去简直就是一派胡言，狂妄至极。

但事实被他们说中了。到了1985年前后，众多评论界新锐趁着阎纲们失语的两年扎下了营盘，站稳了脚跟。从那时起，一个刚冒出来的作家有没有被阎纲评论不重要了，《文艺报》追捧谁或者打压谁不重要了，甚至中国作协的评奖也渐渐地不重要了（后来就索性取消了中短篇小说的评奖）。权威被搁置，核心圈被分化，意识形态语境被冻结……

就我个人而言，这次研讨会的主要收获，一是我暂时不再孤独，几个月来郁积心中的疑虑一扫而光。而且按照德培的说法，我反倒应该感谢阎纲们对我的失语，这让我赢得了时间，让"葛川江小说"成长、发育，形成了模样。

说句真话，阎纲们虽然对我不感兴趣，却也不曾打压过我，不然我也许就出不了头，甚或在那时的浙江有苦头吃了。印象中阎纲本人还是小说奖的评委，我的获奖应该说和他也有关系。现在想来，那个时代的文坛诸神大都还是蛮正派的。

研讨会结束后我回到了湖州，接着又去了海盐，开始写《国营蛤蟆油厂的邻居》。这篇小说写成后给了《上海文学》，后来还得了"上海文学奖"。我和程德培、吴亮的初识是那次研讨会给我的第二个收获，由此坚定了我把文学活动的重心部分地由北京向上海转移的决心和信心，我后来的很多小说和理论文章都是在上海发表的，我的第二个小说集也是在上海出版的。

研讨会还给了我第三个收获，就是让我明白了，继"伤痕文学""反思文学""改革文学"之后，我的另起炉灶成功了。

但这只炉灶暂时还只有一个名称，葛川江。

那之前我曾给《西湖》杂志写过一篇创作谈《漫话"葛川江"》。研讨会之后，我写了一篇《葛川江文化观》，开始为自己张目，要在"葛川江"这个朴素的名称之外另建一个看上去更有理论性的说法。这是"寻根"的先声。

近三十年来许多学者论及"寻根"，每每拉开很大的文化研究的架势，旁征博引，言之凿凿。每当看到这样的文章，我就想笑，觉得学者们太天真了。"寻根"是什么？照我说就是另起炉灶！就是在"伤痕文学""反思文学""改革文学"以及由《文艺报》引导的种种意识形态语境之外做我们自己的文章。前面说了，在对民间文化的兴趣上我没有虚晃一枪，但如若哪位学者说"寻根派"在另起炉灶这层意思上虚晃了一枪，至少我是承认的。难不成我们那时就敢跟《文艺报》叫板，说我们对你那套没兴趣，我们要自己另起炉灶？

再说啦，另起的是个什么炉灶，总得有个名称是吧？1985年，韩少功给了它一个名称叫"寻根"。

对于1980年代我们这代中国作家来说，另起炉灶就是要脱离意识形态语境回到文学的自身，进而是人类生活的本真。从这个层面上讲"寻根"才有意义。

掌控意识形态语境的权威们失语了，一帮小青年另起炉灶成功了。1983年我写了《最后一个渔佬儿》，郑义写了《远村》，1984年阿城写了《棋王》，贾平凹写了《商州初录》……到了1985年，明眼人可以看得很清楚了，小说起义了，丙崽骂人了，小鲍庄闹水了，程德培们篡位了，文坛重新洗牌了……

原载《上海文学》2013年第11期

我的1984年（之三）

李杭育

1984年对中国文坛来说的一件大事，是大陆出版了两年前获诺奖的哥伦比亚作家加西亚·马尔克斯的小说《百年孤独》，而且有北京十月文艺出版社和上海译文出版社两个版本。一时间，阿狗阿猫都在谈论马尔克斯，甚至都会背诵《百年孤独》那个著名的开头："许多年以后，面对行刑队的枪口，奥雷连诺上校一准会想起父亲带他去见识冰块的那个遥远的下午……"在那之后的许多年里，许多成长中的大陆新锐作家颇受马尔克斯的影响，多多少少学会了一点魔幻叙事的本领。他们当中有些人后来或许不愿承认自己的灵感来自马尔克斯，又或许他们现在翅膀硬了觉得马尔克斯已不在话下。但当初的实情就是这样，马尔克斯让那时的我们瞠目结舌：小说还可以这样写！小说家还不妨凭自己的想象轻而易举地让笔下的某个人物屁股上长出一条猪尾巴来！这不光让人大开眼界，还简直让那时的我们忽然间觉得自己的本事大得无边无际。

当然也不仅仅是马尔克斯，还有卡夫卡，还有乔伊斯，还有福克纳，到那时都已经在中国大陆出版了他们作品的全译本或者部分章节，都对当代中国小说产生了不可估量的影响。我相信在1984年，中国的年轻一代有进取心的作家，人人都从西方的现当代文学中有所汲取，人人都在思考"怎么写"的问题。

我的小说研讨会其实到七月底就结束了，后面的几天只当是避暑。程德培和吴亮月底返回了上海，我也无意避暑提前离开了白沙。带着与他俩初识并密集畅谈数日的兴奋与疲惫我回到湖州，打算好好睡上几天。白天家中十分清静，我很快就补足了在研讨会那几天被损失的睡眠，接着便开始为《上海文学》写一个短篇《国营蛤蟆油厂的邻居》。

显然德培他们也很兴奋，回湖州后不几天我就收到了他俩的来信。8月4日我给德培的回信说："白沙那些天的兴奋尚未平静，分手后我一直摆脱不了你俩的'魔影'。"

德培他们兴奋是很有具体内容的，其中的一项，等于是庆西借了我的场子做他自己的营生，开始试探性地向德培和吴亮预约书稿。这个事到了几个月后的十一月初就有眉目了，浙江文艺出版社基本确定了要为程德培和吴亮出版他俩各自的第一本书，也就是后来冠以"新人文论丛书"的最初两本。我在11月18日给德培的信中附言道："又及：浙江能为你俩出集（子），那实在太好了！"

虽然这套丛书都是1985年以后陆续出版的，但最初的动议就是在我那个研讨会期间。而今的一帮大教授、大博导、大评论家，他们的第一本书都是在浙江文艺出版社出的，我能记得的就有程德培、吴亮、许子东、陈平原、黄子平、季红真、赵园、蔡翔、李劼、南帆等人。考虑到1980年代优秀的青年作家出版小说集都是一件很不容易的事，浙江文艺出版社居然以丛书的形式出版一大批青年学者、评论家的专著或集子，真可以说是一个有勇气、有远见、有责任感的壮举，尽管他们在七月的早些时候拒绝了我的第一部小说集。

在我这头，兴奋什么呢？我在上一篇文章里讲到，德培、吴亮他们让我有了信心，觉得自己另起炉灶成功了，大可以在当时的官方意识形态语境之外写我的"葛川江"而不必在乎阎纲他们是否对我感兴趣。简言之，在1984年夏天"写什么"对我来说已不成问题。

接踵而来的问题是"怎么写"。

在1984年之前，我主要是向三位中外小说家学习过小说的写法。中国的这位是沈从文，我主要是从他的小说或散文作品中领略到一种从从容容的叙述，获得淡泊而深沉的真切感。两个外国作家一个是海明威，我年轻时很崇拜他的勇于卷土重来的好汉气概，并且从他那里学会把句子写得精练、老到。另一个外国作家是意大利的莫拉维亚，在中国的知名度不算很高，他的小说集《罗马故事》是我在念杭大时留在我枕边最长久的书籍之一。莫拉维亚的创作以短篇小说见长，尤其是小说的结尾每每出彩，戛然而止，令人意外。吴亮在和我初识后曾写过一篇评论我的小说结尾的文章《戛然而止后的余音》，发表在1985年第1期《小说评论》上。吴亮居然也写过这个套路的文章，而今想来有点不可思议。我从来没有告诉过吴亮我年轻时候从莫拉维亚那里学到很多东西。我也从没在任何一篇我写的创作谈或任何一次创作会议上谈论过莫拉维亚。这既是因为那时的文坛风气是作家之间谈论这么微观的话题被认为是很幼稚的，更因为我后来知道莫拉维亚算不上那种了不起的作家，而我最初以他为楷模，似乎起点有点低了，我不想让别人那样看我。只有庆西知道这个情况，因为我俩在刚开始学着写小说的那两年有过一些合作。我俩最初都是莫拉维亚的粉丝。

但是，到了1984年的夏天，我自认为在小说上我已不再是一个初学者了，沈从文、海明威和莫拉维亚已不再能满足我日益扩张的胃口。接下来我应该向哪位大师学习什么？

我很喜欢马尔克斯。就在前几天，作家李森祥回忆起1986年我在嘉兴的一次讲课，说我曾津津乐道地复述过《百年孤独》中的一段对鲜血流淌的超现实描写。森祥当时是在场的听众之一。在我后来写的《炸坟》和《大水》尤其《八百年一场风》等小说里也曾局部地甚至通篇运用过超现实的写法。

但在1984年，我面临的更大的问题不是要让什么人的屁股上长出猪尾巴，而是如何构建更为广阔更多姿多彩的"葛川江"世界。在这方面更合我口味的是威廉·福克纳，是他的约克纳帕塔法式的宏大虚构。1984年的我就是这么雄心勃勃，而且我觉得福克纳的约克纳帕塔法只是美国南方的一个县，而我的"葛川江"是一个大河流域，是半个浙江，格局应该比福克纳的更大也更为多样性。

这就需要在小说艺术之外学习和了解更多的东西。我当时十分醉心南方民间话语，包括民俗、民谣、民间故事传说等等，很注重收集这方面的资料。为此目的我甚至还加入了浙江民俗研究会。记得我八月里和余华在海盐碰面后，曾收到过余华寄来的好几本海盐文化馆编印的海盐地方民俗集锦，令我大为欢喜。富阳的朋友也定期向我提供这方面的材料。如今回想起来，我那时醉心于民间话语有些过头了，有几篇小说过多地引用了民俗、民谣，造成枝蔓横生，故事拖沓，可读性受损。不过话说回来，那时的我，在我看来还有不少别的小说家，譬如贾平凹，并不怎么在乎可读性不可读性的，有时甚至还刻意追求散文式的写法。那个时代的读者似乎不像今天的读者这么爱读故事，我感觉他们

当代中国文学史资料丛书

读小说的主要兴趣是读味道。

因此从那时起我还很着迷某种后现代式的幽献，其中有一种搞法具体说就是《米老鼠和唐老鸭》的那种遵循着情景逻辑的荒诞叙事。1980年代随着女儿田桑的成长，我经常和她一起看动画片，每每被迪斯尼式的幽默所折服，很想弄出一个那样效果的小说来，哪怕只为自己过把瘾也好。1987年我给《鸭绿江》杂志写的《八百年一场风》可谓我一生中最卡通的小说了。但在1984年我暂时还没走得那么远，只是开始往"葛川江小说"中注入种种幽默的东西。如果说在《土地与神》里这种幽默已初露端倪，那么在给《上海文学》写的《国营蛤蟆油厂的邻居》以及后来给《北京文学》写的《炸坟》中，"葛川江小说"的这一新面目应该是很明显了。只可惜1980年代中期的评论界只关注这个主义那个流派这类大题目，让"寻根""先锋"等等字眼遮蔽了许多活生生的东西。

1984年对我个人来说还有一个十分重大的事情，就是我的工作调动，即我想当专业作家的愿望能否实现和如何实现。

差不多也是在八月初，我还收到我在富阳的长官老蒋来信，说他已任命我担任富阳文化馆副馆长。这是我一生中仅有的一个具有行政级别的官职，虽然按照类推它应是行政级别中最低的副股级。因当时我仍在创作假期间，老蒋信上说你暂时不必回富阳来上任，等假期满了再说。后来到了年底我的创作假结束了，我却已经调离富阳。就这样，我错过了一生中唯一的一个正式的官位，一天也没去富阳文化馆上任。

我在上一篇文章里讲过，老蒋不接受我调湖州的想法。他让我离开广播站去文化馆任职，目的是变相地让我当专业作家，因为他知道我好这口，只有让我从事专业写作他才留得住我。但这个做法缺乏合法性，一旦老蒋不当局长了，他的继任者可以不认可这项特殊安排而要我每天坐班，我将无法拒绝。因此内心里，我觉得老蒋的安排不是我的最终选择，我还是要努力争取当上名正言顺的专业作家，哪怕是去杭州以外的浙江某地市，只要能让我专事写作，去哪里都行。

但在1984年的浙江，这样的机会非常渺茫（湖州是个很奇怪的例外），一大原因是我听说当时的省委宣传部长罗东曾在一次会上公开表示省作协不新设专业作家岗位。他这个表态，不光直接决定了省作协这边没门，也大大影响了各地市文联在这方面的态度。考虑到当时整个浙江达到专业高度、资质的青年作家寥寥无几，我当时甚至觉得罗东这个表态简直就是针对我的。

其实这个时候杭州市已经在考虑设立专业作家的问题了，只因我身在湖州，消息很不灵通，才会有这方面的焦虑。我甚至征求过叶芳的意见，问她要是外省有机会可让我当专业作家，你是否愿意我远走高飞？叶芳说她没意见，要紧的还是要做好老蒋的工作，无论怎样也不要让老蒋伤心。

无论怎样写作还得继续。八月下旬我把刚写成的《国营蛤蟆油厂的邻居》寄给了《上海文学》。九月初，庆西从上海回来，带来李子云的口信，请我去一趟上海对小说的结尾稍作修改。但她不勉强我，说只是她个人的看法。我因有事去不成上海，但还是按照李子云的愿望对小说略作补充后重新寄给了她。

感觉上，1984年的下半年过得特别漫长。

前文说过，我相信1984年的中国年轻一代作家，人人都在思考他们各自的问题，也因此有了这年年底的"杭州会议"。

大概是在十月里，程德培给我来信说他和吴亮都希望有个聚会，听听"各路豪杰"都在想些什么。至于聚会放在哪里搞，由哪家单位挑头，请哪些人参加等等，这都不是德培该考虑的，都还没个谱儿。但德培的想法正合我意，所以不几天后，《上海文学》在湖州搞笔会，我见着周介人和蔡翔，就和他俩谈了这个想法。后来我看到蔡翔在2003年8月的一个口述材料中说：

> 10月份，浙江搞了一个笔会，我们去了，在那里见到了李杭育……参观的路上和李杭育聊天，杭育提议，《上海文学》能不能出面搞个活动，把青年作家集合起来，让大家有个交流。当时大家想法很多，最好有个交流。周介人老师说主意非常好，应该开个会，回来向李子云老师汇报……

这应该就是"杭州会议"最初的动议，竟然是在湖州发起的。在我11月9日给德培的信中向他简单地通报了我和周、蔡"交换了看法，谈得很投机"。

之所以信上没有多说，是因为半个月后他和吴亮将来杭州参加徐孝鱼的小说研讨会，那时我们有的是时间当面详谈。蔡翔的口述材料也提到了这个研讨会：

> 正好11月份我和周介人老师到杭州参加一个作品讨论会，有杭育、庆西、吴亮，在会上又讨论了一下，由《上海文学》、浙江文艺出版社、《西湖》杂志联合主办。

今天还记得徐孝鱼的人不多了。但在1980年代的浙江，他是很有地位的小说家，其代表作之一是与人合作的中篇小说《没有门牌的小院》。他还是我后来的同事，杭州市的第一批专业作家之一。1985年徐孝鱼当选为浙江作协副主席。再后来他"下海"经商了，1990年代不幸病故。当时应他的遗孀的郑重请求，我为孝鱼撰写了悼词的前半篇亦即他的文学生涯那部分。后半篇讲他经商的岁月，因我不甚了解由别人撰写。

程德培是个细心且多虑的人，他觉得除了《上海文学》这边，开会的事最好也跟茹志鹃说说，能够得到她的支持就更牢靠了。谁去跟茹志鹃说呢？当时德培和吴亮大概已经开始了他俩往上海作协调动的程序，而茹志鹃很有可能担任下一届上海作协领导，约莫德培见着她应是毕恭毕敬，不免拘谨。所以德培要我去说，他说茹志鹃很喜欢你，你跟她说可以没有顾虑。于是我就给茹志鹃写去一封信，讲了我的一些想法，恳请她支持并参与。记不得是茹志鹃给我回了信还是托德培他们带口信给我，说她也很想听听年轻人的想法，届时一定来学习。

正如蔡翔所记述的，在徐孝鱼的研讨会上大致敲定了日后的"杭州会议"的各项安排。现在想来，那个时代的人们张罗文学活动的效率之高，恐怕今天的文联、作协这类机构很难做到。徐孝鱼的研讨会是11月25日开的，此时离"杭州会议"仅半个月时间，三个主办单位一点也不扯皮，一气呵成地完成了会议的筹办。

我当时正在往杭州文联调动的过程中，已经提前介入了文联的工作，主要就是"杭州会议"的筹办，负责与上海方面的联络，还曾跟着文联或其下属单位《西湖》的后勤人员一起去看过会议地点的房子。

前文讲了，在夏天的时候，我还在为能不能当上专业作家而纠结的时候，杭州市其实已经有了在市文联设立专业作家编制的安排。当时的杭州市委书记是厉德馨，是个在城市建设和文化发展上颇有进取心的官员，魄力十足，敢作敢为。市委很快就确定了首批调入杭州文联的专业作家，一共有四位，除我之外还有徐孝鱼、张廷竹和谢鲁渤。

这回，富阳的长官蒋增福不再挽留我了，因为富阳是杭州市的属县，往市里输送人才义不容辞。从1984年年底我正式调离富阳，至今已有整整二十九年，我始终保持着与富阳的密切联系，每年都会去富阳几次，看望老蒋或参加富阳方面组织的活动。在老蒋七十岁那年，我给有关他的一本书写了序，题目叫作《七十增福，一生有德》。

大约就在我到杭州文联报到的前几天，"杭州会议"先开场了。我在12月8日从湖州写给程德培的信中说我打算12日"直接去杭州"——据此推断，12月12日应该就是"杭州会议"开场的日子。

会议地点安排在杭州西山路（而今叫杨公堤）上的陆军疗养院，杭州人以前也叫它128医院，大约就是从那一年起开始对外营业。美丽、幽静的院子里，有两栋大型别墅建筑，人称"将军楼"，大部分与会者就住在这两栋楼里，其中一栋楼的一楼大厅就做了会场。

李庆西在其《开会记》中开列了一份我所看到过的最全的有关这次会议与会者的名单："与会者总共三十余人，来自三个主办单位和一部分特别邀请的作家、评论家。受邀人员是李陀、陈建功、郑万隆、阿城、黄子平、季红真（以上北京）、徐俊西、张德林、陈村、曹冠龙、吴亮、程德培、陈思和、许子东、宋耀良（以上上海）、韩少功（湖南）、鲁枢元（河南）、南帆（福建）等。上海作协和《上海文学》方面有茹志鹃、李子云、周介人、蔡翔、肖元敏、陈杏芬（财务）等人出席；浙江文艺出版社仅我和黄育海二人；杭州市文联有董校昌、徐孝鱼、李杭育、高松年、薛家柱、钟高渊、沈治平等人。"

记得《上海文学》本来还请了贾平凹，或许还有别的什么人。但贾平凹因为身体原因未能到会。

会议由茹志鹃、李子云和周介人主持。的确就像其他与会者回忆的那样，"杭州会议"没有明确的主题。表面上看，每个人的发言完全是各说各的，谁也不应和谁。但缺乏主题的一个明显的好处就是，人人都讲出了真正是他自己最想讲的话，讲出了或许在他内心憋了好久的那番思考。而实际上所有这些话语都是对那个时代的中国文学尤其是小说往何处走各抒己见。我能回忆起来的与会者发言的话题有以下几个，次序就不论了：

阿城那时已发表了《棋王》，正当红，自知应低调、谦虚，所以他不谈小说，而主要是说禅。这也和他在小说中表现出来的心性很相投。

李陀一如既往地热心介绍新人佳作。记得是他或陈建功从北京带来刚出版的两本小说，一本是莫言的《透明的红萝卜》，另一本是马原的《冈底斯的诱惑》。莫言并不在场，李陀津津乐道地称赞《透明的红萝卜》，甚至赞叹小说的标题，说"红萝卜"已经有点不寻常了，居然还是"透明的"！真有想象力……我当时听了心想，北京人真是少见识，红萝卜有啥稀奇的，杭州的菜市场里多得去了。

鲁枢元我是初识，在河南一所大学教心理学，因此他的话题是20世纪西方文学注重心理表现乃至直接的流露，也就是文学的"向内转"。我至今仍然以为鲁枢元的话题非常重要，虽然自那以后我再也没有见过他。

记不得程德培和吴亮在会上发言讲什么了。或许是有茹志鹃和李子云在场，也或许是我猜想上海方面事先关照过他们的人少说多听，他俩的发言比较谨慎，没有能让人听了心里"咯噔"一下的东西。不过德培在会下和众人的交流中透露了王安忆在写一个很棒的中篇——这应该就是《小鲍庄》了。

我大概说了一些对吴越文化的认知。大概还说了我对小说的常规形态的不屑，称赞好的小说应该是"特异身材"。会下周介人跟我个别交流，说他对我说的有关小说形态的话很感兴趣，希望我就此写一篇理论文章给他，我答应了。后来我在1985年写了《小说自白》，发表在《上海文学》上。此文是我迄今为止最重要的理论文字之一，应该说周介人发现了它，而且就是在"杭州会议"上。

除了和老周的交流，会议期间我还和也是初识的李陀、郑万隆、陈思和、黄子平、季红真等人有过许多二人的或是多人的交流，譬如黄子平言简意赅地对我说了一句，你的"渔佬儿"讲了一个世界性的主题，又譬如我很诚实地告诉李陀我有时写得很涩，李陀大为不解，说你这样写小说怎么行？

印象最深的，是私下里和韩少功的一番对话，大致如下：

我说：我很早就知道你，读过你的《风吹唢呐声》，这回才算见着你真人。

少功有时有些腼腆，不愿谈论自己：你写得不错，我也看了。

我又说：好像有一阵子没见你有新作了。

少功狡黠地一笑：不好写呀！

我有点不信：怎么会呢？

少功正经起来，而且胸有成竹：你已经写出了"渔佬儿"，好比跳高，我面前横着你这道标杆，我要越过它才行！

我明白了，他已经写出了好东西，或许就在等着发表呢。几个月后我知道那是《爸爸爸》。

还有一个情况令人印象深刻，就是茹志鹃和李子云两位前辈，真的就像她们来参加会议之前说的那样是来学习的。不仅在众人发言的时候她俩听得十分认真，而且每当半天的会议结束，她俩回到合住的房间，性格激动的李子云就急于和茹志鹃交流一番，而举止沉稳的茹志鹃则每每让李子云稍等片刻，容她把会上听到的东西在本子上记下几句再聊。这是李子云在第二天的会上告诉我们的。

那是一个我们大家都在学习的年代。作家们和评论家们彼此都想知道别人在想些什么，这个现象在当代文学史上实属罕见。如今回想起来，让我觉得有点不可思议的是，"杭州会议"大多数的与会者都是在文学的江湖上混过一些年头，见过不少世面的人了，却在那几天表现得那么兴奋，那么激动，甚至有时还是那么地手舞足蹈，以至于上海作家曹冠龙（或是陈村）忍不住调侃说我们都像是吃了药的蟑螂！

许多年来，我看到许多学者甚至是"杭州会议"的与会者撰文评说1984年12月的"杭州会议"在当代文学史上有很重大的意义，但我从他们的文章或叙述中却看不出这个重大意义究竟是什么。难道一帮作家和评论家聚在一起讨论文学，这类事情在中国还不够多吗？譬如我就曾参加过这年三月在河北开的"涿县会议"，论档次和规模都远超"杭州会议"。为什么就没有人说"涿县会议"在当代文学史上很重要呢？

回想一下半年前程德培和吴亮在新安江边对我说的话：权威评论家们还没想好怎么说你——这对理解"杭州会议"的意义很有帮助。许多人都忽略了，参加"杭州会议"的约莫一半的与会者，是当时最新锐最意气风发的一代青年评论家，因权威们的失语而让他们突进至文学新潮的前沿，又托福于"杭州会议"的无主题因而大大有益于自由交流，他们在这个会上直接听到了也是和他们一样新锐一样意气风发的青年作家们的种种奇异而鲜活的思考，由此敏锐地捕捉到了中国文学即将发生的大变局。于是，紧接着的1985年，当韩少功的《爸爸爸》出来了，当王安忆的《小鲍庄》出来了，当一个个好作品接踵而来，评论界毫不犹豫，几乎是立刻作出反应，形成一片好评的声势。有声势才算大潮而不再是暗涌。不像我，1983年出了《最后一个渔佬儿》，等着权威们对它说几句可一直没等着，一年半以后才有篡了位的程德培说我是"站在历史的高度对过去投以意味深长的一瞥"，让我得到一点迟到的安慰。而两年后的1985年，少功他们幸福多了，因为"杭州会议"让评论界做好了准备，调好了焦距，从文化理论到小说形态，从"向内转"到魔幻叙事，程德培们现在装备齐全，一个个火眼金睛，正等着韩少功们撞上枪口来呢！

我敢说，在中国当代文学史上，创作与评论的互动和共荣从来没有像"杭州会议"之后的两三年里那样热烈而美妙。

进而放眼望去，纵观世界文学史，所有的能够成气候的文学潮流，无一例外都是在这样的互动和共荣中达成的。

从这个视角看"杭州会议"，说它意义重大才有道理。

顺便说说，我以为主持了"杭州会议"的《上海文学》编辑部在某种程度上塑造了这种互动和共荣的模式。这本杂志本身就是作品与评论齐头并进，相得益彰的，至少这一特点在那个时代中国的所有文学期刊中显得格外引人瞩目。

1984年我还参加了最后一个会议，就是12月28日在北京召开的中国作家协会第四次全国代表大会。这次"作代会"是我一生经历过的唯一一次实行"海选"的会议，也主要因为这个做法后来在1987年被指控为搞"自由化"，受到严厉的批判。但在遭到批判之前，在随之而来的1985年，它对全国文坛影响巨大。不过那种影响主要是关系到作协、文联这类机构的人事安排，谁当主席，谁当理事等等，对一线的文学创作而言其影响几乎可以忽略不计，因为在1984年许多作家已经想好了他们要做什么和怎么去做，甚至已经开始做了，十头牛都拉不回他们。

由于"作代会"一直要开到下一年的1月5日，1984年的最后一天我是在北京过的。当我于1月8日前后回到湖州的家中，我的宝贝女儿正好一周岁了。

原载《上海文学》2013年第12期

杭州会议和寻根文学

陈思和

张涛来信，约我写一篇关于上世纪80年代寻根文学的文章，以供杂志社策划"寻根文学三十年"专题之用。我不由心头一动，竟有三十年过去，"寻根文学"已成为文学史上的一个名词了。但是，寻根文学的"起点"究竟在什么时候开始的呢？"三十年"的依据在哪里呢？依我看，与其说寻根文学三十年，还不如说，1984年在杭州西湖边上举行的那个会议三十年了。那个会议，后来回忆的人多了，就变得很有名，似乎"寻根文学"从那个会算起是顺理成章的。不过仔细想想，好像也有问题。因为这样牵攀起来，寻根文学就成了一种人为倡导、发起的文学思潮。文学史上这样的流派、创作现象有很多，然而寻根文学却不是的。寻根文学没有像通常文学流派的形成那样，有一群人结社团立宗派开大会发宣言，然后再有创作，而恰恰相反，最初的寻根文学作品，是一批知青作家并不自觉的独立创作，当然也没有自觉的文学主张，倒是有一批敏感的文学编辑、作家和批评家意识到这些作品内涵的新意，要加以理论的概括和提升，才有了"寻根"一说。杭州会议自然在其中起了重要的作用，但是平心想来，在那个会上，似乎也没有为寻根命名，或者提出类似宣言的倡议。

杭州会议已经被说的很多了，本文也提供不了什么新材料。联系当时的背景，这个时候"清污"运动已经平息，被批判的人道主义思潮和西方现代派文艺又开始在创作中慢慢复活，不过毕竟有了顾忌，活跃的现代主义因素需要寻找一件新外套来包装；同时，也确实，知青作家经过了四五年的成长，在文学潮流里开始崭露头角，要寻找更加能够表现自己特点的艺术道路。这两种因素综合起来，形成了第一批自觉艺术实践的青年作家。当时比较引人瞩目的作品是贾平凹的《商州初录》（刊于《钟山》1983年第5期），这是一组笔记体的作品，由一个引言与十四篇随笔组成，每一篇都有相对独立的故事，生动描述商洛山地区的人情风土、民间传说。虽然也有一些时代信息，但更多的是描写古老淳朴的民风民情。这组作品介于小说与散文之间，与当时小说的一般因素（诸如矛盾冲突、人物塑造、社会意义等）迥然相异。接下来李杭育发表了以《最后一个渔佬儿》（初刊于《小说月报》1983年第6期）为代表的葛川江系列小说，张承志发表了《北方的河》（初刊于《十月》1984年第1期），阿城发表了《棋王》（初刊于《上海文学》1984年第7期），郑万隆正在陆续创作一组取名为"异乡异闻"的系列小说，等等，都与主流的小说审美趣味大相径庭。正是这些作品引起了敏感的编辑和评论家——李子云、周介人、李庆西、黄育海等人的关注。他们意识到新的变化正在悄悄发生，他们想及时总结这些新的文学现象，这就是《上海文学》和《西湖》杂志，以及浙江文艺出版社协力组织杭州会议的最初动机。

被邀请参加杭州会议的，主要是一批比较年轻的作家和批评家，他们各人都带着不同的知识结构和关心的问题相聚在一起。会议主题并不集中——这样的会议形式现在已经很少见到了，有点神仙会的味道，没有主题报告，没有安排宣读论文和讲评，更没有限制发言时间，某个人的发言引起听者的兴趣，就不断被插话和提问打断。讲话内容也是五花八门，自由发挥。当时大家的兴趣还是在西方现代派文艺方面，李陀等从北京来的作家们还是在不断鼓吹现代派作品，荒诞啊，黑色幽默啊，拉美爆炸文学啊。马尔克斯、胡安·鲁尔福、川端康成都成了集体的偶像。但这些偶像似乎有一些共同的地方：他们用现代主义美学颠覆了传统的现实主义美学原则，另一方面，又似乎回到了本民族的传统文化里，寻找到更加贴近本地生活风俗的表现方法。马尔克斯在1982年获得诺贝尔文学奖，《百年孤独》被译成中文出版，对作家有直接的启发。记得季红真边抽烟边滔滔不绝地讲新时期文学的基本主题：文明与愚昧的冲突。她好像还是第一个发言，讲了差不多一两个小时，大家觉得很过瘾。韩少功讲了文艺的二律背反，宋耀良讲了意识流的东方化，阿城和黄子平都讲了一些带有禅味的故事。还有人在会上说梦，鲁枢元说了头天晚上做了一个梦，我们这群人正在开会，忽然外面飞过一只彩色的大鸟，大家都跑出去看，宋耀良跑在最前面，跳跃着想抓彩色的羽毛，但是鸟飞走了。鲁枢元有些悲观，他感觉这个自由自在的会很可能是好梦一场；但是吴亮从弗洛伊德的理论里找出对梦的好的

中国当代文学史资料丛书

解析……大家聊啊聊啊，无拘无束，每个人的心胸都仿佛被打开了，会上很投入地参与对话，会后还继续聊着会上的话题。杭州会议之所以后来被参与者一再提起，与这种被提升的感觉是分不开的，90年代以后的学术会议越来越追求所谓的国际化、规范化，开会就像是听报告受教育，派头十足，但是这种美好的参与感完全消失了。

我是在后两天里发言的。我接着前面关于现代派文学的评价问题，结合五四新文学运动初期的现代主义思潮，说了几点想法：一是西方现代派文学不是现在才传到中国来，而是在一次世界大战以后就陆续传进中国，当时激进的作家如鲁迅、郭沫若、茅盾、田汉等都介绍过现代派文学，接受过其影响，这说明西方现代派文学对中国的影响主要还是进步的；二是在20世纪初的时候，东西方文化都在发生裂变，都在抛弃自己的传统而吸取对方的文化营养，中国在反思传统打倒孔家店，日本强调脱亚入欧，都在吸取西方的文化营养来壮大自己和改变自己，而西方现代派文学也是在反对自己的文化传统，吸取了东方文化的营养，如美国意象派诗歌吸取过东方俳句的形式，斯特林堡等作家也吸取了东方神秘主义的文化，等等。结论是我们的创作应该自觉融汇西方现代主义意识与中国民族文化的传统因子，两者是相通的。这个发言后来写成文章，发表在《上海文学》上，是蔡翔听了我的发言后主动约的稿。当时我讲完后引起了几位作家的回应，阿城介绍了霍去病墓前的汉代石雕。他说西方未来派雕塑的马，为了强调马在跑，就塑造了马有八条腿；而汉代石刻里塑造一匹腾空而起的马，根本就没有腿，马的身子底下是一片云。还有一些石头上凿了一些简单的线条，与西方抽象派艺术非常接近，证明两者确实是相通的。李杭育还讲了他的一个构思：一个人因为某种原因总是坐在一张椅子上，时间久了，椅子与人的屁股之间产生了神秘的感应，从这个角度挖掘下去也许能够写出一篇有趣的小说。他的构思又给我启发，我就想提出小说叙述中的因果关系与感应关系的问题：一般小说叙事为了把情节交代清楚，总是使用因果关系来说明故事；我觉得短篇小说重在表现感觉，是否有另外一种通过心灵感应的关系来描述叙事内容？我还想，如果李杭育写出了这篇小说，我就可以用感应的理论来解读它。不过李杭育后来好像没有写出这篇构思中的小说，我也没有写出计划中的谈感应的文章。

我对自己的事情比较清楚，别人的情况可能记不全了，总的说来，开了几天的会议好像也没有达成过什么共识。但是有一点是明显的，大家对现代派文学完全是肯定的，对当前小说创作的形式实验有了信心，对于过去不甚注意的民族传统，尤其是民间文化传统，开始有了关注的意愿。但这种关注，绝不是拒绝西方的现代主义影响倒回到传统里去，而是努力用西方现代意识来重新发现与诠释传统。当时的主流思潮，是把"文革"及"文革"前的政治路线错误都解释为封建余毒未肃清，所以，提倡继续发扬"五四"传统的战斗性，批判文化传统中的封建因素。而这个会议讨论的基调，与主流思潮有一点不一样的。与这个游离主流的倾向相关的，还隐隐约约地涉及另外一个游离。在《商州初录》等已经发表的作品里，不约而同地涉及现代化进程中的经济发展与传统文化心理之间的冲突，而这批年轻的作家面对这样的冲突表达出暧昧而复杂的感情。《商州初录》引言里，贾平凹这样写：随着现代化的进程发展，"商州便愈是显得古老，落后，撵不上时代的步伐。但亦正如此，这块地方因此而保持了自己特有的神秘。今日世界，人们想尽一切办法以人的需要来进行电气化，自动化，机械化，但这种人工化的发展往往使人又失去了单纯，清静，而这块地方便显出它的难得处了"。作者感受到商州古老文化的存在对现代社会的价值和意义，他的写作意图，便着力于将这种古老文化及生活方式进行生动展现，努力展现出它的种种美好。而这样一种对现代化进程的略感无奈的情绪，在其他作者的创作里也是存在的，最典型的是《最后一个渔佬儿》。不过在寻根文学里，后一个游离现象没有得到自觉地蔓延，而主要的游离是体现在前一个现象，在叙述形式上加重了民间地方色彩和民间文化形态的因素。

事实上，没有杭州会议，郑万隆的"异乡异闻"系列、李杭育的"葛川江"系列、阿城的"遍地风流"系列、张辛欣和桑烨的"北京人"系列，都会陆续写出来发表，张承志大约也会自觉走进哲合忍耶阵营，贾平凹还是会继续经营他的商州故事，但是，杭州会议的自由讨论给作家带来了进一步的思想解放，也是事实。至少有两个作家的创作值得关注：一个是韩少功，他是杭州会议的参加者；另一个是王安忆，她没有参加会议——她好像是去徐州探亲了，没有参加，她母亲茹志鹃是这个会议的筹办者之一，自始至终参与了会议，王安忆对此不会完全无动于衷。我注意到这两位作家在杭州会议以后即1985年发表的作品，前后风格明显有了变化。韩少功在1985年发表的重头戏是《爸爸爸》（初刊于《人民文学》1985年第6期），王安忆发表的是《小鲍庄》（初刊于《中国作家》1985年第2期），这两部作品都被誉为寻根文学的代表作，《爸爸爸》较之《西望茅草地》《飞过蓝天》，《小鲍庄》较之《雨，沙沙沙》《本次列车终点》，不可同日而语，他们摆脱了知青作家的本然性写作，开始进入了有意为之的文化小说的创作。韩少功主动标出了"楚文化"旗帜，王安忆书写了淮北小鲍庄的"仁义"的文化传统，这些因素在他们以前的创作里是没有的，至少是不自觉的。

但是在理论上的提倡，如韩少功的《文学的根》，阿城的《文化制约着人类》，郑万隆的《我的根》，李杭育的《理一理我们的"根"》等等，大约都是在杭州会议以后的事情。不过1985年是"文革"后文学史上的一个重要年头，文艺理论上的所谓"方法论""三论"，文学创作上的先锋文学、实验文学、探索小说等等，还有第五代导演、探索性电影等等，都魔幻般地从中国的大地上显现出来，寻根文学只是其中的一股潮流，被淹没在汹涌澎湃的文艺新潮之中，而真正的代表性作品，实绩倒也不是很多。记得1986年是所谓"新时期文学"十周年，很多文化单位都组织了专题研讨，我当时写过一篇《当代文学中的文化寻根意识》长文，发表在《文学评论》第6期上。李杭育看了对我说，寻根文学本来可以好好发展的，现在大家一哄而上，真真假假，血污污的，反而不想挤进去了。我觉得他说这个话，有点奇怪，但李杭育后来也不再写寻根小说了。

我盘算了一下寻根小说作家们的文化背景：贾平凹出生在陕西，阿城家住在北京，郑义（《老井》的作者）是从北京到山西去的知青，这些地区都是汉文化传统的发祥地；韩少功出生于楚地，李杭育身居吴越之地；郑万隆、乌热尔图等盘踞在东北满蒙，张承志走向西北少数民族文化，再往西行就是新疆地区的西部文学，西藏的西藏魔幻主义文学，南部的海南岛（那时还没有建省）还出过一部中篇小说《大林莽》（孔捷生）等等。以这张文学版图而言，作为寻根文学的倡导者和实践者们多少利用了他们生活过的地区的民间文化的历史积淀。作为知青，他们对文化并没有很深的血缘的体验，但是这些具有文化历史积淀的民间生活经验足够他们在一个短暂时期标新立异，以证明他们与上一代文学前辈的不同所在，同时也当作了他们这一代知青作家独立于世的标志。

原载《文艺争鸣》2014年第11期

寻根文学研究资料

文学的"根"

韩少功

我以前常常想一个问题：绚丽的楚文化流到哪里去了？我曾经在汨罗江边插队落户，住地离屈子祠二十来公里。细察当地风俗，当然还有些方言词能与楚辞挂上钩。如当地人说"站立"或"栖立"均为"集"，与《离骚》中的"欲远集而无所止"相吻合，等等。除此之外，楚文化留下的痕迹就似乎不多见了。如果我们从洞庭湖沿湘江而上，可以发现很多与楚辞相关的地名：君山，白水，祝融峰，九嶷山……但众多寺庙楼阁却不是由"楚人"占据的：孔子与关公均来自北方，而释迦牟尼则来自印度。至于历史悠悠的长沙，现在已成了一座革命城，除了能找到一些辛亥革命和土地革命的遗址之外，很难见到其他古迹。那么浩荡深广的楚文化源流，是在什么时候在什么地方中断干涸的呢？

两年多以前，诗人骆晓戈去湘西通道县侗族地区参加了一次歌会，回来兴奋地告诉我：找到了！她在湘西那苗、侗、瑶、土家族所分布的崇山峻岭里找到了楚文化的流向。那里的人惯于"制芰荷以为衣兮，集芙蓉以为裳"，披蓝戴藏，佩饰纷繁，索茅以占，结茝以信，能歌善舞，唤鬼呼神。只有在那里，你才能更好地体会到楚辞中那种神秘、奇丽、狂放、孤愤的境界。他们崇拜鸟，歌颂鸟，模仿鸟，作为"鸟的传人"，其文化与黄河流域"龙的传人"有明显的差别，这也证实了李泽厚的有关推断。后来，我对湘西多加注意，果然有更多发现。史料记载：在公元三世纪以前，苗族人民就已劳动生息在洞庭湖附近（即苗歌中传说的"东海"附近，为古之楚地），后来，由于受天灾人祸所逼，才沿王溪而上，向西南迁移（苗族传说中是蚩尤为黄帝所败，蚩尤的子孙撤退到山中）。苗族迁徙史歌《爬山涉水》，就隐约反映了这段西迁的悲壮历史。看来楚文化流入湘西一说，是不无根据的。

文学有根，文学之根应深植于民族传统文化的土壤里，根不深，则叶难茂，故湖南的青年作者有一个寻"根"的问题。

这里还可说一南一北两个例子。

南是广东。人们常说香港是"文化沙漠"，这恐怕与没有文化根基有关。你到邻近香港的深圳，可以看到蓬勃兴旺的经济，有辉煌的宾馆，舒适的游乐场，雄伟的商贸大厦，但很难看到传统文化遗址。倒常能听到一些舶来词：的士，巴士，紧士（工装裤），Well，OK以及嗨（日语：是）。岭南民间多天主教，且重商甚于重文。客家文化基本是由中原地区流入，湖南作家叶蔚林是粤籍客家人，自称老家就是河南的。明人王士性《广志绎》中说："粤人分四：一曰客户，居城郭，解汉音，业商贾；二曰东人，杂处乡村，解闽语，业耕种；三曰俚人，深属远村，不解汉语，惟耕垦为活；四曰蛋户，舟居穴处，仅同水族，亦解汉音，以采海为生。"这介绍了分析广东传统文化的一个线索。现在广东作家们清理文化遗产，也许能在"俚人"和"蛋户"之中发掘出不少特异的宝藏吧。

北是新疆。近年来新疆汉人中出了不少诗人，小说家却不多，当然可能是暂时现象。我到新疆时，遇到一些青年作家，他们说要出现真正繁荣的西部文学，就必须努力从传统文化中汲取营养。我对此深以为然。新疆文化的色彩非常丰富。白俄罗斯族中相当一部分源于战败东迁的白俄"归化军"及其家属，带来了欧洲的东正教文化；维、回等族的伊斯兰文化，则是沿丝绸之路来自波斯和阿拉伯世界等地域，汉文化及其儒教在这里也深有影响；而蒙、满族一部分作为西迁的军人的后代，也带着各自的文化加入了这个新的民族大家庭。各种文化的交汇，加上各民族都有一部血淋淋的历史，是应该催育出一大批奇花异果的。十九世纪的俄罗斯文学以及本世纪的日本文学，不就是得天独厚地得益于东、西方文化的双重双面影响吗？如果割断传统，失落气脉，老是从内地文学中"横移"一些主题和手法，势必是无源之水，很难有新的生机和生气。

几年前，不少青年作者眼盯着海外，如饥似渴，勇破禁区，大量引进。介绍一个萨特，介绍一个海明威，介绍一个艾特玛托夫，都引起轰动。连品位不怎么高的《教父》和《克莱默夫妇》，都会成为热烈的话题。作为一个过程，这是完全正常的。近来，一个值得欣喜的现象是：青年作者们开始投出眼光，重新审视脚下的国土，回顾民族的昨天，有了新的文学觉悟。贾平凹的"商州"系列小说，带上了浓郁的秦汉文化色彩，体现了他对商州地理、历史及民性的细心的考察，自成格局，拓展新境。李杭育的"葛川江"系列小说，则颇得吴越文化的气韵。如果说平凹的文化纵深感更多地体现在对"商州"的外部观察，那么杭育的文化纵深感则更多地体现在对"葛川江"内质的体味——他曾经对我说，他正在研究南方的幽默，南方的孤独，等等。这都是极有意味的新题目。与此同时，远居大草原的乌热尔图，也用他的作品连接了鄂温克族文化源流的过去和未来，以不同凡响的篝火、马嘶和暴风雪，与关内的文学探索遥相呼应。李陀对此曾有过估价和评论，我这里就不多说。

他们都在寻"根"，都开始找到了"根"。这大概不是出于一种廉价的恋旧情绪和地方观念，不是对歇后语之类浅薄地爱好，而是一种对民族的重新认识，一种审美意识中潜在历史因素的苏醒，一种追求和把握人世无限感和永恒感的对象化表现。丹纳在《艺术哲学》中认为：人的特征是有很多层次的。浮在表面上的是持续三四年的一些生活习惯与思想感情，比如一些时行的名称和时行的领带，不消几年就可全部换新。下面一层略为坚固些的特征，可以持续二十年，三十年或四十年，像大仲马《安东尼》等作品中的当令人物，郁闷而多幻想，热情汹涌，喜欢参加政治，喜欢反抗，又是人道主义者，又是改革家，很容易得肺病，神气老是痛苦不堪，穿着颜色刺激的背心等等……要等那一代过去以后，这些思想感情才会消失。往下第三层的特征，可以存在于一个完全的历史时期，虽经剧烈的摩擦与破坏还是屹然不动，比如说古典时代的法国人的习俗：礼貌周到，殷勤体贴，应付人的手段很高明，说话很漂亮，多少以凡尔赛的侍臣为榜样，谈吐和举动都守着君主时代的规矩。这个特征附带或引申出一大堆主义和思想感情；宗教、政治、哲学、爱情、家庭，都留着主要特征的痕迹。但这些无论如何顽固，也仍然是要消灭的。比这些观念和习俗更难被时间铲除的，是民族的某些本能和才具，如他们身上的某些哲学与社会倾向，某些对道德的看法，对自然的了解，表达思想的某种方式。要改变这个层次的特征，有时得靠异族的侵入，彻底的征服，种族的杂交，至少也得改变地理环境，移植他乡，受新的水土慢慢的感染，总之要精神的气质与肉体的结构一齐改变才行……丹纳是个"地理环境决定论"者，其见解不见得十分明晰和高妙，但他至少从某一侧面帮助我们领悟到了所谓生活的层次。

作者们写过住房问题，特权问题，写过很多牢骚和激动，目光开始投向更深的层次，希望在立足现实的同时又对现实世界进行超越，去揭示一些决定民族发展和人类生存的谜。他们很容易首先注意到乡土。乡土是城市的过去，是民族历史的博物馆，哪怕是农舍的一梁一栋，一檐一桷，都可能有汉魏或唐宋的投影。而城市呢，上海除了一角城隍庙，北京除了一片宫墙，那些林立的高楼，宽阔的沥青路，五彩的霓虹灯，南北一样，多少有点缺乏个性；而且历史短暂，太容易变换，显得无多考究。于是，一些表现城市生活的青年作家，王安忆、陈建功、叶之蓁等等，想写出这种或那种"味'，便常常让笔触越过这表层的文化，深入到胡同、里弄、四合院或小阁楼里。有人说这是"写城市里的乡村"。我们不必要说这是最好的办法，但我们至少可以指出这是凝聚城市和农村、历史和现实的手段之一。

更为重要的是，乡土中所凝结的传统文化，又更多地属于不规范之列。俚语，野史，传说，笑料，民歌，神怪故事，习惯风俗，性爱方式等等，其中大部分鲜见于经典，不入正宗。它仍有时可以被纳入规范，被经典加以肯定，像浙江南戏所经历的过程一样。反过来，有些规范的文化也可能由于某种原因，从经典上消逝而流入乡野，默默潜藏，默默演化。像楚辞的风采，现在闪烁于湘西的穷乡僻壤，像旧时极典雅的"咸服"和极通行的"净办"（安静意）等古语词，现在多见于湘北方言。这一切，像巨大无比、暧昧不明、炽热翻腾的大地深层，潜伏在地壳之下，承托着地壳——我们的规范文化。在一定的时候，规范的东西总是绝处逢生，依靠对不规范的东西进行批判地吸收，来获得营养，获得更新再生的契机。宋词、元曲、明清小说，都是前鉴。因此，从某种意义上说，不是地壳而是地壳下的岩浆，更值得作者们注意。

这丝毫不意味着闭关自锁，相反，只有找到异己的参照系，吸收和消化异己的因素，才能认清和充实自己。但有一点似应指出：我们读外国文学，多是读翻译作品，而被译的多是外国的经典作品、流行作品或获奖作品，即已入规范的东西。加上当今不少译者的文学水准未见得很高，像译海明威、斯坦培克、福克纳等人的美国小说，要基本译出地道的"美国味"，从中尽透出美国民族的文化色彩，是十分十分难的。因此，通过一些翻译作品，我们只看到了他们的"地壳"，很难看到"岩浆"，很难看到由岩浆到地壳的具体形成过程。从人家的规范中来寻找自己的规范，是局限在十分浅薄的层次里。如果模仿翻译作品来建立一个中国的"外国文学流派"，就更加前景暗淡了。毛泽东同志说过源与流的关系。我们说创造源于生活，一方面指源于劳动人民的社会实践；另一层意义，应该是指源于劳动人民中间丰富的文化成果，即大量的还未纳入规范的民间文化吧。

外国优秀作家与他们民族不规范的传统文化的复杂联系，我们对此缺乏材料以作描述。但至少可以指出，他们是有脉可承的。比方说：美国的"黑色幽默"，与美国人的幽默传说，与卓别林，马克·吐温，欧·亨利等等是否有关呢？拉美的"魔幻现实主义"，与拉美光怪陆离的神话、寓言、传说、卜占迷信等文化现象是否有关呢？萨特、加缪的存在主义哲理小说和哲理戏剧，与欧洲大陆的思辨传统，甚至与旧时的经院哲学是否有关呢？日本的川端康成"新感觉派"，与佛教禅宗文化，与东方士大夫的闲适虚净传统是否有关呢？另一个诺贝尔文学奖获得者、希腊诗人埃利蒂斯，他与希腊神话传说遗产的联系就更明显了。他的《俊杰》组诗甚至直接采用了拜占庭举行圣餐的形式，散文与韵文交替使用，参与了从荷马到当代整个希腊诗歌传统的创造。

另一个可以参照的例子来自艺术界。小说《月亮和六便士》中写了一个画家，属现代派，但他真诚地推崇提香等古典派画家，很少提及现代派的同事。他后来逃离了繁华都市，到土著野民所在的丛林里，长年隐没，含辛茹苦，最终在原始文化中找到了现代艺术的营养，创造了杰作。这就是后来横空出世的高更。

"五四"以后，中国文学向外国学习，学西洋的、东洋的、俄国和苏联的；也曾向外国关门，夜郎自大地把一切"洋货"都封禁焚烧。结果带来民族文化的毁灭，还有民族自信心的低落——且看现在从外汇券到外国的香水，都在某些人那里成了时髦。但在这种彻底的清算和批判之中，萎缩和毁灭之中，中国文化也就可能涅槃再生了。西方大历史学家汤因比曾经对东方文明寄予厚望。他认为西方基督教文明已经衰落，而古老沉睡着的东方文明，可能在外来文明的"挑战"之下，隐退后而得"复出"，光照整个地球。我们暂时不必追究汤氏的话是真知还是臆测，有意味的是，西方很多学者都抱有类似的观念。科学界的笛卡尔、莱布尼兹、爱因斯坦、海森堡等等，文学界的托尔斯泰、萨特、博尔赫斯，都极有兴趣于东方文化，尤其推崇庄老，十分向往中国和尊敬中国人民。传说张大千去找毕加索学画，毕加索也说：你到巴黎来做什么？巴黎有什么艺术？在你们东方，在非洲，才会有艺术。……这一切都是偶然的巧合吗？在这些人注视着的长江、黄河两岸，到底会发生什么事情呢？

这里正在出现轰轰烈烈的经济体制改革和经济的、文化的建设，在向西方"拿来"一切我们可用的科学和技术等等，正在走向现代化的生活方式。但阴阳相生，得失相成，新旧相因，万端变化中，中国还是中国，尤其是在文学艺术方面，在民族的深厚精神和文化物质方面，我们有民族的自我，我们的责任是释放现代观念的热能，来重铸和镀亮这种自我。

这是我们的安慰和希望。

在前不久一次座谈会上，我遇到了《棋王》的作者阿城，发现他对中国的民俗、字画、医道诸方面都颇有知识。他在会上谈了对苗族服装的精辟见解，最后说："一个民族自己的过去，是很容易被忘记的，也是不那么容易被忘记的。"

他说完这句话之后，大家都沉默了，我也沉默了。

1985年1月

原载《作家》1985年第4期

寻根文学研究资料

理一理我们的"根"

李杭育

一

还在念大学的时候，读鲁迅的《故事新编》，颇有些茫然。茫然的不是那书，却是以鲁迅那样的大家，一向最严肃不过了，怎么撒手不管祥林嫂们，而竟一头钻进神话堆里，作这不正经的"新编"？

若不是后来我又在另一个作家身上看到了这种古怪的"兴趣转移"，我直到今天都会以为鲁迅那时可能是老酒喝醉了。

墨西哥有个胡安·鲁尔弗，是当代拉美最优秀的小说家之一。此人也古怪得很，在用几部很好的小说把文坛轰动了之后，忽然于一九六二年洗手不干了，兴趣转向人类学研究，至今还在热带丛林里漫游，在一堆堆古代玛雅城邦的废墟上翻来倒去，寻寻觅觅……

话从这里说起，切莫以为我在鼓动自己和他人抛弃文学改做考古。我起码还是站在文学的立场上来写这篇文章的，因此上边两个例子我以为都不值得效法。毋庸讳言，《故事新编》实在不怎么样，而鲁尔弗的做法，我想是太过分了，为文学感到可惜。

然而，这两个例子富有极深刻的启示：一个好的作家，仅仅能够把握时代潮流而"同步前进"是很不够的。仅仅一个时代在他是很不满足的。大作家不只属于一个时代，他的情感和智慧应能超越时代，不仅有感于今人，也能与古人和后人沟通。他眼前过往着现世景象，耳边常有"时代的号唤"，而冥冥之中，他又必定感受到另一个更深沉、更浑厚因而也更迷人的呼唤——他的民族文化的呼唤。这呼唤是那么低沉、神秘、悠远，带着几千年的孤独和痛苦、污秽和圣洁、死亡和复活，也亢奋也静穆，隐隐约约，破破碎碎，在那里招魂似的时时作祟……

　　有时我真万分痛恨我们的传统。平心而论，中国文学的传统并不很好。比较希腊（欧洲的传统）和印度，我们的上古神话很不发达，汉民族没有史诗，而戏剧的兴起又太晚了，小说的起步太低了。甚至我们的长处，诗和赋，（楚辞另当别论，下文详说）与印度的上古诗歌总集《梨俱吠陀》（距今三千数百年）放在一起看，也不见得太了不起。《吠陀》一千零十七首，分量比《诗经》大得多，年代也早得多。《吠陀》是智慧和信仰，而《诗经》的主要成就是男女艳情。汉唐是了不起的，但那也未必就是"国粹"，未必是正经的中国传统。敦煌的异彩，唐诗的斑斓，应该说得益于佛教及西域文化的传入、交流。纯粹中国的传统，骨子里是反艺术的。中国的文化形态以儒学为本。儒家的哲学浅薄、平庸，却非常实用。孔孟之学不外政治和伦理，一心治国安邦，教化世风，便无暇顾及本质上是浪漫的文学艺术；偶或论诗也只"无邪"二字，仍是伦理的，"载道"的。文学的"载道"，与哲学的实用主义、宗教的世俗化、政治的礼仪化、社会关系的伦理原则等等，合成了中国传统文化之根基。与这种文化相应的民族心理，很少有艺术气质。"国民常性，所察在政事日用，所务在工商耕稼，志尽于有生，语绝于无验。"（章太炎《驳建立孔教议》）战国以后出现史学，标志汉民族古代文明的成熟。一个过早地成熟、过早地丧失了天真的美丽、过于讲求实际的民族，其文学难免干巴。中国的上古神话之所以发育不充分，日本人盐谷温讲了两个原因："一者华土之民，先居黄河流域，颇乏天惠，其生也勤，故重实际而黜玄想，不更能集古传以成大文。二者孔子出，以修身齐家治国平天下等实用为教，不欲言鬼神，太古荒唐之说，俱为儒者所不道，故其后不特无所光大，而又有散亡。"（参见鲁迅《中国小说史略》）起码他的第二条是很对的，用来说明整个中国文学的传统也是恰当的。

　　重实际而黜玄想的传统，与艺术的境界相去甚远。这个传统对文学的理解是肤浅的、狭隘的、急功近利的。甚至今天，它还在那宝座上威风着。有什么办法呢？我们实在就长着这样一个老于世故、缺乏幻想的脑袋。两千年来我们的文学观念并没有发生根本的变化，而每一次的文学革命都只是以"道"

反"道"，到头来仍旧归结于"道"，一个比较合时宜的"道"，仍旧是政治的、伦理的，而决非哲学的、美学的。

那么，我们的笼罩着实用主义阴影的民族文化，有什么迷人呢？

二

我所说的传统，可以当作一个规范来看。秦汉以后"中国"即是规范，中原号令四方，中原文化便是中国文化之规范。

形成中原规范的文化背景和历史原因，主要的，一是殷商民族以其注意实际的观念意识较早地促成了它的上古文明，滋养了孔孟儒学，并以此统治了秦汉以后的整个中国，二是历史上各封建王朝几乎都建都于北方，尤其是中原地区，使这个地区长期地居为国家的文化中心，在那里集中了大批文人学士，修史撰书，利用皇权和文明手段（书籍的形式）将这个规范肯定下来，代代相传。

那么，在规范之外，非传统的，还有什么呢？

首先，各少数民族的文化当然在规范之外。或许最初是同出一源的，（闻一多考证北方的"匈奴"与南方的吴越民族上古本是同一个氏族集团，都以龙为图腾，由于民族迁移而南北分离，成为后世的两个民族。详见《伏羲考》，《闻一多全集选刊之一·神话与诗》）而且历史上，中国的各民族文化从来没有中断过交流。尽管如此，各少数民族的文化几千年来毕竟又始终是沿着自己的道路发展过来的，尤其那些天高皇帝远的边疆民族，更是自成系统，至今仍在很大程度上保持着本民族的原始、古朴的风韵，成为中华民族文化库藏中的珍奇瑰宝，光彩夺目。我有幸读过一些南方少数民族的民间故事，有侗族的、傣族的、瑶族的、苗族的、畲族的、纳西族的，还有他们的史诗和歌谣，真是五彩缤纷，美丽得令人神往。

说规范之外的少数民族文化是奇异的瑰宝，是一点也不过分的。现存的大部分上古神话，尤其是那最富有人类学意味的伏羲和女娲兄妹配婚型的洪水遗民再造人类的故事，其本来面目几乎全都保存在西南诸少数民族中。另一个神话杰作，盘古开天地的传说，则起源于五岭南北的瑶、苗、侗、黎诸少数民族，三国时才由吴人徐整搜集、加工，记入《三五历纪》，而在中原的流传则是宋以后的事了。

《太平御览》引了《三五历纪》，标志着这个故事被规范所容纳、接受。但这种接受往往是有条件的，经过规范的改造、利用，其中掺进了大量的封建糟粕，散发出中原规范那股儒臭。伏羲与女娲的神话被证实起源于湘西的苗蛮集团（参见芮逸夫《苗族的洪水故事与伏羲女娲的传说》），后世的楚文化的许多事象，诸如屈赋、楚乐、巫祝、高唐神女庙等等，都与这个神话有渊源。它的故事大意是：雷公发洪水灭绝人类，一对童男女（即伏羲和女娲）入葫芦避水幸免于难。洪水退后，二人有感于蜥蜴交尾，触景生情，以兄妹结为夫妇，再造人类，是为祖先。同是这个故事，到了唐人李冗的《独异志》里，情节就不同了：

> 昔宇宙初开之时，有女娲兄妹二人，在昆仑山下，而天下未有人民。议以为夫妻，又自羞耻。兄即与其妹上昆仑山，咒曰："天若遣我二人为夫妻，而烟悉合；若不，使烟散"。于烟即合。其妹即来就兄，乃结草为扇，以障其面。

且不说这段文字已删去洪水、葫芦、蜥蜴这类颇有上古人类学认识价值和神话美学象征意义的重要细节，单就"羞耻"一说，焚香占婚的细节，便能看出其中掺杂了明显的封建伦理观念，大大背离了上古的原始真实，降低乃至湮灭了神话的美学和人类学价值。

与汉民族这个规范比较，我国各少数民族能歌善舞，富于浪漫的想象，从经济形态到风俗、心理，整个文化的背景跟大自然高度和谐，那么纯净而又斑斓，直接地、浑然地反映出他们的生存方式和精神信仰，是一种真实的文化，质朴的文化，生气勃勃的文化，比起我们的远离生存和信仰、肉体和灵魂的汉民族文化，那一味奢侈、矫饰，处处长起肿瘤、赘疣，动辄僵化、衰落的过分文化的文化，真不知美丽多少！

当然，汉民族文化中也自有它美丽的东西，但那也多半是在中原规范之外的。说到这里，我自然地想起了楚辞和屈原。

"女娲有体，孰制匠之？"（《楚辞·天问》）像这样的探求宇宙和人类来源的富有思辨的遐想，儒家那里是找不到的。楚辞浪漫、奔放，异想天开，且大量地运用了上古的神话传说，充满象征意味和神秘色彩，这在《诗经》中也委实罕见。中国文学本来有两个源头，《诗经》和楚辞，但由于中原规范的排斥，（屈原的投江被儒者们斥为"匹夫匹妇自经于沟壑"，评价不高。司马光在《通鉴》里连屈原的名字都不屑一提。至于楚辞的搬神弄鬼，更为汉儒们所不齿）后世基本上只沿着《诗经》的道路发展。中国式的现实主义自出娘胎就带着实用主义的胎记。到了唐代，李白是浪漫起来了，却又不讨好！何况他之继承屈原实在是皮毛得很，就因为他那里夹带进许多儒货，一得意就想治国安邦，功名心切，俗气得可以。上文讲到鲁迅那个例子，恐怕也是太重实用的缘故，一方面向往神话，另一方面又拿来实用，作一些比附、影射，直是借神话来骂娘，难怪"新编"得不怎么样。

本来，春秋时的四大氏族集团，黄河上下的诸夏和殷商，长江流域的荆楚和吴越，代表着那个时代的中华文明。殷商既成规范做大，其余三种形态的文化便处在规范之外（当然不是绝对的）。那在外的，很有些精彩的节目，有发源于西部诸夏的老庄哲学，（实在比孔孟精彩多了！）有以屈原为代表的绚丽多彩的楚文化，有吴越的幽默、风骚、游戏鬼神和性意识的开放、坦荡。老庄、荆楚和吴越都讲鬼神，但态度各异。老庄从认识论上去讲，带着哲学的庄严；楚人"信巫祝，好淫祀"，满怀激情地讴歌鬼神，态度天真，虔诚；吴越民族则幽默地游戏鬼神，开端午风气之先，"断发文身"，龙（神）人不分，同江嬉戏。就我们今天的眼光来看，诸夏、荆楚和吴越的文化哪一个都比那个规范美丽，且它们又各有异彩，枝繁叶茂。可惜这三大块文化我们都没有很好地继承、光大。具有深刻的宇宙观和认识论的道家后继无人，被秦汉的方士大大地作践，堕落成神仙方术。后人取老庄的形骸，或逃避现实，自欺欺人，或感叹山水，掇取一些风情雅趣点缀于诗文，终究是实用地奸污了老庄；屈原的遭际上文说过了。楚文化孤独得很，两千年里自生自灭，到头来退缩到湘西去了；吴越这一块，也惨得很，被蒙上了不白之冤。而今人们（尤其是北方的同志）谈起吴越文化，就只晓得它的风花雪月、小家碧玉、秦淮名妓、西湖骚客和那市民气十足的越剧……

我常想，假如中国文学不是沿《诗经》所体现的中原规范发展，而能以老庄的深邃，吴越的幽默，去糅合绚丽的楚文化。将歌舞剧形式的《离骚》《九歌》发扬光大，作为中国文学的主流发展到今天，将是个什么局面？

恐怕是很不得了的呢！

还有上古的神话假如也能充分地发育。还有汉民族文化假如能更多地汲取各少数民族文化的精华，像在汉唐时代那样……

总而言之，我以为我们民族文化之精华，更多地保留在中原规范之外。规范的、传统的"根"，大都枯死了。"五四"以来我们不断地在清除着这些枯根，决不让它复活。规范之外的，才是我们需要的"根"，因为它们分布在广阔的大地，深植于民间的沃土。

三

眼下，"寻根"成了时髦，老庄也流行起来了，还有这些年舶来的大批洋货，从电动剃须刀到萨特哲学，琳琅满目。

对文学来说，这是个千载难逢的机会。汉唐有过这样的机会，汉唐人把握住了。一条丝绸之路，带进了波斯的物产，也带来了各种文化的杂交。明清以来的北京文化，实际上是蒙、满、汉各族人民的共同创造。今天又适逢东西方文化对流、杂交的大好时机，其规模又是空前地深广，不要错过这个机会。

但我无论如何也不能想象用录音机杂交孔夫子，会生长出什么香甜的花果来。

理一理我们的"根"，也选一选人家的"枝"，将西方现代文明的茁壮新芽，嫁接在我们的古老、健康、深植于沃土的活根上，倒是有希望开出奇异的花，结出肥硕的果。

至于削口好不好，接茬正不正，全看各人的本事了。因为文学毕竟不是轰轰烈烈的广告，不是热闹出来的。真正好的文学必定在孤独中包孕，孤独地诞生。在森林里，在沙漠中，在江河湖海上，一个人去苦思冥想吧。

1985年6月于杭州九溪

原载《作家》1985年第9期

文化制约着人类

阿　城

　　立论于我是极难的事。例如近来许多人在议论创作自由，我却糊涂了多时，我在公开发表文字之前，也写点儿东西给自己，极少，却没有谁来干涉，自由自在，连爱人都不大理会，我想，任何人私下写点儿东西，恐怕不受干涉的程度都不会低于我，何以突然极其感奋于创作自由？尤其在宪法修改之后，他人不得随意抄检别人私人物品的今天。但若以此立论，我必遭抨击无疑。幸亏仔细再想，大家感奋的创作自由，实际可能是发表自由，但将两者混为一谈。人有许多习惯，其中之一是若得到珍宝，或有所创作，便要示人，从其中得到满足，雅一点的说法是知音。我在未发表文字前，上面所说的习惯很弱，认为自由写的东西若能满足自己这个世界，足够了，没有绝对的必要大事张扬，后来发表文字了，定的标准是若承认自己有要发表的自由、就要承认别人有发不发表的自由，不好只强调单方面的自由，否则容易霸道，当然更没有只许别人说好的自由。那么，除了质量低劣的文字之外，有什么不可发表的呢？其中大约有例如题材方面的原因。那么发表自由是不是应该具体为例如题材自由？我私下想到一些题材，自己的回答就是否定的，不大会有发表的自由。若自己在家写写玩儿，或留或弃，创作上是自由的，不必求发表，因此问题总要具体地去想，限制明确了，才不会有无边的热情，或称之为妄。我初学写作，发表不多，对创作自由尚不知深浅，没有什么发言权，作如上说，只因为我是一个习惯限制的人，不大习惯自由。我的父亲在政治上变故之后，家中经济情况不好，于是在用钱上非常注意不买的限制，连花五角钱的梦也做不出。父亲的日记被抄去，于是小小年纪便改掉了写日记的坏习惯。现在政通人和，可惜已养不成写日记的习惯，所幸后来慢慢悟到限制的乐趣，明白限制即自由。例如做文章，总要找到限制，文章才会做好，否则连风格都区别不开。鲁迅是极好的例子。《庄子·徐无鬼》中讲到一个故事，说有一个善用斧的人能削去另外一个人鼻上的白粉而不伤其鼻，技术很是高超。后来宋元君听说了，便找来使斧的人请他表演一下。善使斧的人叹说不行，因为鼻上涂粉的那个人死了。使斧的人的自由，建立在鼻上涂粉的人的限制之中。《庄子》中庖丁解牛的故事，更是说明庖丁因为清楚牛解剖上的限制，才达到解的自由。老子讲无为而无不为。其中无为就包含限制的意思，懂得了无为，才会无不为，才有自由。父母花了钱送小孩子去学校，就是要他们先去学许多限制，大了才会有创造，有人钟情于艺术，或学舞蹈，或学音乐，或学美术，或学电影。正因为艺术有其门类艺术语言的限制，才有各种门类，不可互相代替，比如若能用文字写出一幅画，使文字的限制代替画的限制，那画便没有存在的理由。世界的丰富令我们欣喜，实在应该感谢因为有各种限制。

最近又常听说，我国的文学，在本世纪末将达到世界文学先进水平。这种预测以近年中国文学现状为根据，我也许悲观了，总觉得有些根据不足。我的悲观根据是中国文学尚没有建立在一个广泛深厚的文化开掘之中。没有一个强大的、独特的文化限制，大约是不好达到文学先进水平这种自由的，同样也是与世界文化对不起话的。听朋友讲，洋人把中国人的小说拿去，主要是作为社会学的材料，而不作为小说，是不是这样当然待考，但我们的文学常常只包含社会学的内容却是明显的，社会学当然是小说应该观照的层面，但社会学不能涵盖文化，相反文化却能涵盖社会学以及其他，又例如人性，是我国文学正深掘的领域。人类的欲望相同，人性也大致相同，那么独掘人性，深下去文学自然达到世界水平，道理是讲得通的，我却怀疑。用世界语写人性，应该是多快好省的捷径，可偏偏各语种都在讲自己的语言的妙处。语言是什么？当然是文化，英语以其使用地域来说，超种族，超国家，但应用在文学中仍然是在传达不同的文化。常听有作者说，在语言上学海明威，学福克纳，我不免怀疑。仔细去读这些作者的作品，发现他们学的是海明威、福克纳作品的中文译者的语言。好的翻译家其实是文豪，傅雷先生讲过翻译的苦处，我想，苦就苦在语言已是文化，极难转达，非要创造一下，才有些像。这种像，我总认为是此文字所传达的彼文化的幻觉。那么，这里就有了极险的前提：假如海明威作品的中文译者的译笔不那么妙怎么办？即使妙，能说那是海明威的语言吗？我常常替别人捏一把汗。再说到人性，文学中的人性，表达上已经受到文字这种文化积淀的限制，更受到由文化而形成的心态的规定。同为性欲，英人劳伦斯的《查泰来夫人的情人》与笑笑生的《金瓶梅》即心态大不相同；同为食欲，巴尔扎克的邦斯与陆文夫的美食家也心态大不同。若只认同人类生物意义上的性质，生物教科书足矣，要文学何干？鲁迅与老舍笔下的人性，因为文化形成与其他民族不一样，套用经典说法，才会成功为世界文化中人性的"这一个"。

由此，文化是一个绝大的命题，文学不认真对待这个高于自己的命题，不会有出息。我们这个民族是个多灾多难的民族，我们的文化也是这样，本质的东西常被歪曲，哲学上的产生常在产生之后面目全非。尤其是在近世，西方文明无情地暴露着我们的民生。戊戌变法、辛亥革命、五四运动，无一不由民族生存而起，但所借之力，又无一不是借助西方文化。中西方文化的发生与发展，极不相同，某种意义上是不能互相指导的。哲学上，中国哲学是直觉性的，西方哲学是逻辑实证的。东方认同自然，人不过是自然的一种生命形式；西方认同人本，与自然对立。东方艺术是状心之自然流露，所写所画，痕迹而已；西方艺术状物，所写所画，逻辑为本。譬如绘画，中国讲书画同源，就是认为书与画都是心态的流露痕迹，题材甚至不重要，画了几百年的竹，竹也就不重要了，无非是个媒介，以托笔墨，也就是心态在笔墨的限制下的自然流露。这样，西方绘画的素描、透视、构图、色彩，若拿来批判中国绘画，风马牛不相及。五四运动在社会变革中有着不容否定的进步意义，但它较全面地对民族文化的虚无主义态度，加上中国社会一直动荡不安，使民族文化的断裂，延续至今。"文化大革命"更其彻底，把民族文化判给阶级文化，横扫一遍，我们差点连遮羞布也没有了。胡适先生扫了旧文化之后，又去整理国故，但因带了西方的逻辑实证态度，不但在"红学"上陷入烦琐，而且在禅宗的研究上栽了跟头。逻辑实证的方法确是科学的方法，但方法成为本体，自然不能明白研究客体的本体，而失去科学的意义。我们对自己文化的研究所缺正多，角度又有限，难免形成瞎子摸象，局部都对，但都不是象。譬如禅宗，自从印度佛学被中国道家改造而成中国禅宗之后，已是非常高级的文化，但我们对中国文学与绘画的研究，缺少这种文化与哲学的研究，于是王维的田园诗便多避世意义，画论中的"意在笔先"也嚼成俗套。又譬如中国的性文化，至汉唐已极其发达，反而是我们现在谈虎色变，很不文明，羞羞答答地出一些小册子，只知结构，不成文化状态，再譬如易经的空间结构及其表述的语言，超出我们目前对时空的了解，例如光速的可超。这些，都是因了中国哲学与文化中含有的自然的本质。对中国文化的批判，虽可借用西方的方法论，破除例如封闭的现状，但方法不是本体，否则风马牛不相及。须知，就其封闭来说，世界文化便封闭在地球这个星体上，中国文化不过是整体中的部分。人类创造了文化，文化反过来又制约着人类，闭关锁国倒还在其次，重要的是心态的封闭习惯意识。人类的封闭意识是普遍的，只是中国文化须与世界文化封闭到一起，才是我们所要求的先进水平。常说的知识结构的更新，对中国文化的重新认识应该是重要的一部分。

若将创作自由限定为首先是作者自身意识的自由，那就不能想象一个对本民族文化和世界文化认识肤浅的人能获得多大自由。即使例如题材无限制，也如百米跑道对所有人开放，瘸子万难跑在前列。文化的事，是民族的事，是国家的事，是几代人的事，想要达到先进水平，早烧火早吃饭，不烧火不吃饭。古今中外，不少人已在认真做中国文化的研究，文学家若只攀在社会学这棵藤上，其后果可想而知。即使写改革，没有深广的文化背景，也只是头痛写头，痛点转移到脚，写头痛的就不如写脚痛的，文学安在？老一辈的作家，多以否定的角度表现中国文化心理，年轻的作家，开始有肯定的角度表现中国文化心理，陕西作家贾平凹的《商州初录》，出来又进去，返身观照，很是成功，虽然至今未得到重视。湖南作家韩少功的《文学的根》一文，既是对例如汪曾祺先生等前辈作家中对地域文化心理开掘的作品的承认，又是对例如贾平凹、李杭育等新一辈的作品的肯定，从而显示出中国文学将建立在对中国文化的批判继承与发展之中的端倪。这当然令我乐观，但又与前面的悲观成为矛盾。我说过，立论于我是极难的事。

原载《文艺报》1985年7月6日

我的根

郑万隆

我出生在那地方——黑龙江边上，大山的褶皱里，一个汉族淘金者和鄂伦春猎人杂居的山村。它对许多人来说就是边境，国与国相交接的极限；在历史中似乎也是文明的极限，那里曾经被称作"野蛮女真人使犬部"。正因为如此那里失却和中国文化中心的交流，而又不断发生战争；也正因为如此，那里到处充满了荒蛮，充满了恐惧、角逐和机会。也可能就是这些令人神往和震颤的机会，吸引了一批又一批的开拓者。这些开拓者在寂寥无边的荒原和幽深莫测的山谷里支起马架子，升起炊烟，使阴险狂暴的风雪也不那么寒冷了。因此，那个地方对我来说是温暖的，充满欲望和人情，也充满了生机和憧憬。

或许那里就是这一批一批的开拓者创造的：酒馆、村落，山道、马车，贮木场、金矿，女人的首饰和酸菜豆腐……我不关心这些。我不关心他们怎样创造了这些物质财富，我关心的是他们在创造物质的同时怎样创造了他们自己。

是否可以说文学的任务就是表现人怎样创造自己呢？

我一直在关心着他们的痛苦和希望、牺牲和追求，并且我还执着地以为他们的这些痛苦和希望、牺牲和追求，就是社会和历史的一部分。我意识到自己的时代，那是因为我在时间中。我不仅是生活在"现在"，而且是生活于"过去"的"现时"；"过去"就在"现时"里，不是已经逝去了而是还在活着，还依然存在。

你不认为远古和现在是同构并存的吗？

重要的是感觉。它比理性的理解在记忆中留下更深的刻印。

那里的一切都妥善地保藏在我小时候对它们的感觉里。说实话，在处理这种题材时，我常常凭着这种遥远、朦胧甚至有点神秘的感觉来写。

——在那里，沟两崖七扭八歪的木头房子，房顶上春雪一化就冒出树芽子来，还有那雨水浇黑的木板障子，这一切，在开始变黄的阳光下发射出金属般的光泽。

——在那里，从沟口那条踩白了的山路往西是库尔苏河。那河很安静，从来没听见它响过。河中间长满柳毛子。河水是黝黑的，鱼是白的，就在那紫色的像乱麻一样的柳根里游，不用叉子是捉不到它们的，一条都有四五斤重。可那里的人不愿吃鱼，不愿吃不长毛的肉，有点迷信也有点害怕鱼刺。我喜欢那浮泛着淡绿色光泽的水和水面上朦朦胧胧的雾，还有那苦涩的让人脚心手心都发痒的柳叶子味。

——在那里，黑龙江边上，狗爬犁在雪道上像离开了地一样地飞。猎人把枪架在爬犁上面的枪架子上，一两声枪响可以传到江那边去，融进江那边木制教堂的钟声里。

——在那里，初春的林子里一片阴郁的静寂。没有风，没有鸟叫和虫子，到处是冰挂塌落的破裂声。那些饿了一冬的狼，大晌午的，大模大样像狗一样在沟里走过去。我端着一碗大楂子饭在门口看着它，脚下两只吃饱了的狗动也不动。它的毛是灰色的，肚子像弓一样地绷着，大概在洞里窝了好几个月显得有些老了，毛梢上有些发白。听爸爸说狼毛是管状的，铺在身下比什么皮子都防潮。

——在那里，下第一场雪的时候，到雪里去扒那些带叶子的榛子，把它们堆在屋角里；时候长了，上面的冰化了，叶子黑了，榛子也成了铁色的，从它们暖和过来的身上散发出一种淡淡的酒味……

这些感觉在我的记忆中是有生命的。

在我的小说中，我竭力保持着这些有生命的感觉。

我以为有生命的感觉是整体性的感觉。这种整体感觉不是以机械的逻辑分析来进行把握，而是把客体视为有生命的有机整体来进行审美观照，是一种直觉与理解。这种思维方式，从整体上把握对象，也需要系统的分解和综合，但它不是把事物看作孤立和分离的，也不是把整体理解为各个部分或各种因素相加的总和，而是视为一种生命现象，视为一个历史运动过程，视为一种文化形态。

寻根文学研究资料

这也是文学和哲学在把握现实上的区别。哲学依靠的是科学的认识，而文学依靠的是审美的观照；科学强调的是历史与社会的普遍的规定性，而文学强调的是丰富的个性、主观性和具体性。这种文学的丰富的个性、主观性和具体性的美学魔力，来自把握世界的独特感觉和独特理解。

独特的地理环境有着独特的文化。

黑龙江是我生命的根，也是我小说的根。我追求一种极浓的山林色彩、粗犷旋律和寒冷的感觉。那里有母亲感叹的青春和石冢，父亲在那条踩白了的山路上写下了他冷峻的人生。我怀恋着那里的苍茫、荒凉与阴暗，也无法忘记在桦林里面漂流出来的鲜血、狂放的笑声和铁一样的脸孔，以及那对大自然原始崇拜的歌吟。那里有独特的生活方式、价值观念和心理意识，蕴藏着丰富的文学资源。但我并不是认真地写实。我小说中的世界，只是我的理想世界和经验世界的投影。我不是企图再现我曾经经验过的对象或事件，因为很多我都没有也不可能经验过，而且现实主义并不等同再现。

在这个世界中，我企图表现一种生与死、人性和非人性、欲望与机会、爱与性、痛苦和期待以及一种来自自然的神秘力量。更重要的是我企图利用神话、传说、梦幻以及风俗为小说的架构，建立一种自己的理想观念、价值观念、伦理道德观念和文化观念；并在描述人类行为和人类历史时，在我的小说中体现出一种普遍的关于人的本质的观念。或许这些只是一种行为模式，人类在这种行为模式中创造了文化，同时也创造了自己。当然，它作为一种文化体系或文化形态来说，必然受到历史和自然环境的局限，但因为人类依靠大脑的想象力和创造性，凡能够想象任何可能想象的行为方式，一旦被生活于其中的民族和社会所接受，就成为独特的文化行为。这也就是我在小说中所追求的那种独特性。如若把小说在内涵构成上一般分为三层的话，一层是社会生活的形态，再一层是人物的人生意识和历史意识，更深的一层则是文化背景，或曰文化结构。所以，我想，每一个作家都应该开凿自己脚下的"文化岩层"。

从本世纪二十年代起，或者说是从福克纳他们那样一批作家开始，他们想追求事物背后某种"超感觉"的东西，也就是那些理想的内容与本质上的意义。我暂且还说不清这些东西是否实在。但他们认为，这是支配着现象世界更高的真实。拉丁美洲一些国家的作家这样做了。他们是有着深厚又悠久的现实主义基础的，但他们不满足于那艺术史上"实实在在的模仿"，他们也不再相信那种故事型小说的完美性了，创造了"魔幻现实主义"，运用一种荒诞的手法去反映现实，使"现实"变成一个"神秘莫测的世界"，充满了神话、梦和幻想，时间观念也是相对性的、循环往复的，而它的艺术危机感正是存在于它的"魔幻"之中。

这些"实验"，有些在西方成功了。那是因为它是西方。而我的根是东方。东方有东方的文化。但就世界是一个整体来说，科技革命已经对我们传统的思维方式提出了挑战，世界各个区域的文化已经不可阻挡地相互渗透，系统科学的方法论已经闯进了自然科学和社会科学的许多领域。我们的文学现实也应该用开放性的眼光进行研究，对自己的艺术把握世界的方式进行反省，也应该用未曾有过的观念与方法进行创作尝试。

如此感叹，皆因为我想开辟一片生土，又植根于我的那片赫赫的山林。

1985年二月十日于北京小街

原载《上海文学》1985年第5期

寻根文学研究资料

跨越文化断裂带

据说晋地文物之多，就地面部分而言，在全国是数一数二的。沿黄河跑了跑，居然有些儿怀疑了。每至一处，总要翻翻县志。志书所载，倒是洋洋大观，实存则寥若晨星。例如兴县，抗战前有大中型庙、庵、观、寺、院凡六十处（明万历五年前三十五处）。名宦、名贤府祠、牌坊、坟茔以及有艺术价值之戏楼三十四处。日军扫荡，毁去大部；边区军政机关，又拆毁一些，盖了礼堂等建筑；战乱余生的，全部未能逃脱"大跃进"及"文化大革命"，全县九十四处文物，幸存者唯有距县城一百八十里深山中一关帝庙与戏台，庙中神像自然尽毁，庙宇是今学校。其余文物，荡然无存。好个一片白茫茫，大地真干净！

我们的民族文化仿佛被一刀腰斩。

然而当时，还未曾痛感到民族文化的另一种无形的腰斩。

近一二年，写了《远村》《老井》几篇习作。放笔时，自然总有些儿小得意。凉一凉，又深感惭愧：在自己的小说里，似乎觅不到多少文化的气息。本来，对时下许多文学缺乏文化因素深感不满，便为自己订下一条：作品是否文学，主要视作品能否进入民族文化。不能进入文化的，再闹热，亦是一时，所依恃的，只怕还是非文学因素。《远村》《老井》里，多少有一点儿文化的意向，但表现出来的，又如此令人汗颜，不敢提及文化二字。《老井》初稿大约写了十口井，每一口井都有一段井史，也多少有点文化的意味。定稿时删去许多，因为写来写去，发觉自己对民族文化缺乏总体的深刻了解，在局部上补补贴贴，不过贻笑大方。不如索性老实一点为妙，不给自己"漏底儿"，也给读者节省一点生命。

惭愧之余，不免要认真检讨一番。发现无论怎样使劲回忆，竟寻不出我们这一代人受过系统的民族文化教育的踪迹。一点没有，不是事实。自小便诵读古诗文；真真假假，也学过一些历史。但我们民族特有的价值观念，我们民族对自然、社会、人的睿智而至今仍不失其意义的彻悟，我们民族与众不同的精深的审美意识，却几乎没有一本教科书曾向我们传授。

近来，每与友人们深谈起来，竟不约而同地，总要以不恭之辞谈及"五四"。"五四运动"曾给我们民族带来生机，这是事实。但同时否定得多，肯定得少，有隔断民族文化之嫌，恐怕也是事实？"打倒孔家店"，作为民族文化之最丰厚积淀之一的孔孟之道被踏翻在地，不是批判，是摧毁；不是扬弃，是抛弃。痛快自是痛快，文化却从此切断。儒教尚且如此不分青红皂白地被扫荡一空，禅道二家更不待言。

近几十年间，就社会生活而言，我们实在可以产生世界上第一流水平的作品。但一代作家民族文化修养的缺欠，却使我们难以征服世界。卖风俗，卖生活，卖小聪明，跟在西人屁股后爬行（我绝不反对引进），大约是征服不了世界的。

最近的一些作品，在历史感上，表现出一种强烈的寻根倾向。我所熟悉的一些青年作家，在文化感（我杜撰之词）上，也正酝酿着一种强烈的寻根倾向。聚一起，言必称诸子百家儒禅道，还有研究易经八卦的，新鲜得很，有一点百家争鸣的味道了。久而久之，便愈感自己没有文化，只是想多读一点书，使自己不至过于浅薄，生活有的是，但表现力与生活不相平衡，写不好便糟蹋了。自己能否写好，总有些儿怀疑。但一代人能跨越民族文化之断裂带，终于走向世界，我却坚信。

原载《文艺报》1985年7月13日

又是一些话

阿　城

以我之见，创作谈多属妄言。这肯定会得罪众多谈创作者，因此在这里规定，我自己谈创作，多属妄言。

《中篇小说选刊》每篇必有创作谈，渐成传统，但于我其实是极苦的事情。去年承贵刊转载《棋王》，写过"一些话"，声明不是创作谈，唯恐成为欺世的一些话。小说如何作，鲁迅早有否定的肯定，晚辈明白了那道理，无论如何写来，总是尴尬。于是写些题外话，小心翼翼地兜圈子。

老老实实写创作谈，其实是无人要看的。譬如绘画，本是一笔一画的事情，将每一笔依次写来，谁有耐心去读那几万笔的复述！就是耐下心来看完几万笔的复述，何如直接看画？小说也是这样。

艺术是精神现象，是心态的流露，是门类材料的生发。事先筹划周密，往往就失了心态，于自然有损，写出来常常逻辑简单，读者也常常就能演算出结果。魔术若想成为艺术，必不能披露手脚。全以智力去写小说或读小说，往往就会觉得登龙有术，类似学些手脚，也去变魔术娱人，当然这类作品也不可缺，因为智力也运行，会予人快感，所要提防的是厌恶感。

艺术是人类的一种生命形式，生命作为一种自然，所该有的，艺术都该有。生命又非语言逻辑所能尽述，艺术所能显现的，即人类的心态。人类的心态何以形成？我认为是文化积淀的结果。这里的文化，非仅指文字，即如《孩子王》里所说的"文字盲"与"文化盲"。文化所涵，博大精微。文化又是一个牵一发而串动古今上下的关联域。我们许多不自觉的行为，无意识的表露，愚蠢的背后，固执的念头，无一不是我们的心态，至于我们自认为明确的东西和无数学科的对象，更是如此，通过智力组织它们真是难。仅以主题来牵扯，常就单薄得令人不服气，因此就主题而论，也需要多元来串织成篇。心态的丰富不能简单地翻译为模糊。单元主题也要处于一个关联域的关联点上，才有可能成为丰富。

我们现在的文化，杂乱得很。西方的东西，因解决民生问题有术，自清末以降，如得手的器具，源源不绝地进入我们的生活。但从文化论，东西方是有本质区别的，它们的发生，就是不同的。譬如西洋的素描，若用来指导中国的笔墨，简直风马牛不相及。因此仅以科学与否来鉴定文化，方法即不科学，就民族文化而论，所有文化在世界上是平等的，不以民生问题为前提。目前国家的改革，是解决民生问题，有识者，应该同时在文化上下功夫。中国的小说，若想与世界文化进行对话，非能体现自己的文化不可，光有社会主题的深刻是远远不够的。对话的结果可能有副产品，譬如诺贝尔奖。文化辉煌，奖是无可无不可的事。增进友谊而已。

问题是若想将地球上最古老的中国文化兜底来一次整理，用其积极的本质而再生，非要各个学科的志者一齐辛苦，要大陆内外的人一起来做，而且要几代人，才可能有结果。文学只是其中的一小枝，孤军奋战，必败无疑。不关联文化的文学，文字而已，社会学材料而已。奋斗到本世纪末，地位仍然滑稽。

耳闻台湾学者奋斗经年，整理文化，心感佩之。大陆亦有无数老中青学者埋头苦干，同宗文化，何时能联合奋进，不将是一件非常令人兴奋的事吗？

四月二十七日寄友人书

贾平凹

××同志：

　　月初在南京的授奖会上，阿城和何立伟约我一块走上海，说是会会你们，交谈创作上的一些问题。我是极想去的，大上海是什么样儿，我还未去过，更是大上海的你们那批中青年文学理论家，近年来的文论颇新鲜而有见地，每见到就渴读，能见一面促膝侃谈那才真好。无奈我却因家事烦扰，急需赶回，故已到上海门口又转身回去了。读你的来信，得知你们谈得十分热闹，令我羡慕，尤其涉及文学与文化的关系，使我大生兴趣。却不知你们是怎么谈的？

　　以我小子之见，世界各地区的文学，都是有其发展的规律的，无论西欧的，还是拉丁美洲的，各是各的路子。中国是一个文明古国，文化方面是深厚强大的。去过东北，参观满人当时的建筑和文字绘画方面的展览，你就会深深体会到，满人在未统治整个中国之前，是有自己独立的东西，虽然后来统治了全中国，却最后落得没了自己的文化，连文字也消失了。最能代表中国的汉民族文学，是大大不同于拉丁美洲文学的。拉美文学是没有自己的根的，所以它长期在西欧文学后边跑，之所以后来成为爆炸文学，也仅是在模仿中慢慢发现和形成了自己。中国的文学是有着中国文化的根的，如果走拉美文学的道路，那会"欲速则不达"。我不是反对对外来文学的吸收，而是强调大量的无拘无束的吸收，压根用不着担心和惊慌，这叫中国文化的自信。这种自信，或许也有人称之为惰性，无论如何讲，都说明一个问题：中国文化是源远流长、根深蒂固的。

　　面对着这种现象，如果一味自大、保守，在当今世界文坛面前，将得到的是一种蠢笨的可怜、可笑的印象。但无视这种现象，痴呆呆盯着洋文，那起码是缺乏战略眼光，不是从质上得到变法的实效，仅仅获得的只是一种浅薄的，从外部形状上作些小小变动而已。前一个时期，对于所谓"意识流小说""朦胧诗"的争论，热闹是热闹，但并未抓住根本，故愈争论愈糊涂。可以不可以说，中国文化的积淀，是以此形成了中国国民的精神，而推广之扩大之，渗透于这个民族的性格上，政治上，经济上。远在李鸿章时期，国内腐败，屡受外来欺辱，此人不也是曾购买洋枪洋炮吗？但白花花的银子买来了洋枪洋炮，末了依然不是有中日之战的惨败吗？这一事实说明，一切变革，首要的是民族性格的变革，也就是不能不关注到这个民族的文化基因。鲁迅先生《阿Q正传》《药》等系列小说，其深刻也正在于此。毛泽东同志就曾说过：中国革命的胜利，是马克思、列宁主义同中国革命实践相结合的产物。如今我们建设四个现代化，邓小平同志不是又提出"中国特色"四个字吗？问题正说明了这个民族是有其强大的文化积淀所形成的民性的特点的，它不仅仅是长期以来那种研究问题总是单单从政治上、经济上作考察的方法。反过来，面对中国文学正一浪高一浪地欢呼成熟的局面时，我们不能不注意到中国文化这一点上了。

那么，中国文化到底是些什么？又是如何形成的呢？也就是说，多少年来，文学界一会儿有人提出向外开放，一会儿有人提出要继承民族传统，什么是民族的传统，民族文化浸润、培养的民族传统的精神内容是什么，靠什么构成？我觉得，首先要以哲学的角度来考察。中国的古典哲学，有三种：儒、佛、道。而儒又是一直被封建王朝尊为政权的灵魂支柱，佛、道两家则为在野哲学。在这三种主要哲学系体的制约和影响下，中国古典文学便出现了各自的流派和风格，产生了独特的中国诗的形式，书画的形式，戏曲的形式。如果能深入地、详细地把中国的五言、七言诗同外国的诗作一比较，把中国的画同外国的油画作一比较，把中国的戏曲同外国的话剧作一比较，足可以看出中国民族的心理结构，风俗习尚，对于整个世界的把握的方法和角度，了解到这个民族不同于别的民族之处。如果能进一步到民间去，从山川河流、节气时令、婚娶丧嫁、庆生送终、饮食起用、山歌俗俚、五行八卦、巫神奠祀、美术舞蹈等等等等作一考察，获得的印象将更是丰富和深刻。事情都是相辅相成的，这种文化培养了民族的性格，民族的性格又反过来制约和扩张了这种文化。

既然中国民族是这样的民族，文化是这样的文化，在目下如何发展中国的文学？应该注意在当前的社会改革中，时代的潮流是怎样在冲击着这种文化，文化的内部结构是怎样因此引起了微妙的变化，而这种变化又是怎样反作用于社会生活的。这样，文学作品就能深入地准确地抓住作为人的最根本的东西，作品的精髓和情调就只能是中国味、民族气派的，而适应内容的形式也就必然是中国味、民族气派的。这一点上，可以从日本作家川端康成身上得到启示和借鉴。川端正是深入地研究和掌握了日本民族的东西，又着眼考察和体验了当时日本社会的变革，因而他的作品初看是极日本性的，细品却是极现代的，不管他借用了西方的何种创作手法，那手法无不重新渗透着日本民族的精神，到头来，川端仍是东方的，日本的，而因此才赢得了世界的声誉。有哲人说：鸟学人语，学得再好，毕竟还是鸟性，人学鸟语，学得再好，也毕竟还是人性。

我们现在的文学需要成熟，每一个作家在严峻的考验面前，都进行着新的思考，作新的试验和探索。有的勇敢地向外学习，但往往不注重中国文化积淀的研究，结果免不了出现从里到外皆化合不够的生硬。出现了这种生硬，有的人亦同样不从民族文化的因素上思考，偏退后一步，拒绝吸收外来东西，那情形就更糟了。如今谈论文学与文化关系的人多了，这现象实在令人兴奋！我虽然这几年在这方面多少有些留神，但遗憾的是知识太浅薄了，理论上又几乎等于零，只仅仅凭借了一种感觉办事。我曾惊叹过三十年代的作家，深感到他们的了不起，后越是学习他们的作品，越觉得他们都是从两个方面来修养自己的，一方面他们的古典文学水平极高，一方面又都精通西方的东西，这样就避免了我们现在的作家在没有完全掌握民族的东西之后而吸收外来东西，就出现了作品外形花哨而乏之底蕴，奇异而乏之浑厚的弊病。现在是我们意识到补课的时候了。

致

礼！

贾平凹

1985年4月27日午饭后

原载《上海文学》1985年第11期

当代中国文学史资料丛书

中国文学要走向世界

——从植根于"文化岩层"谈起

郑万隆

好像什么都有"根",如果把根理解为发生或来源的话。玻璃杯的"根"是石英,在矿床里;河的"根"在地下;人的"根"是猿,猿的"根"是鱼,鱼的"根"是单细胞生物。就是地球也有"根",太空中的灰尘。而且还有各种各样的尚未穷至的"根说",例如地球是不是太空中悬浮的灰尘形成的,人是不是由单细胞生物,经过鱼、猿演变进化而来的。众说纷纭,至今还没有一个定规的结论。因此,各执一词或莫衷一是,也没什么了不起,它或许就是我们常说的那种人类认识上的"局限性"。

人类的认识进程表明,任何一种认知意向所产生的分析架构,对客观事物或整个客观世界的观照,都有自己的"方位""角度",只能观照客观世界的一个面相或几个面相,却不可能同时看到"全部"。因为受到这种认知意向、"方位"、"角度"甚至"层次"的局限,人类为了获得对客观世界较全面的认识,就要不断变换认知意向的角度或用几种不同的认知意向角度同时进行观照;而每一次不同认知意向的观照,都会使它得到一种新的关联,或得到一重新的意义。还因为每一种认知意向都有一种"组成力",都可以发现事物的一种内部结构。不同的认知意向所发现的内部结构也是不同的,只能更接近"本质",或曰某一种规律性,也不可能是"全部","整个儿的"。

即使是这样也没什么了不起,因为人类不可能超越自身的认识阶段,但发展着的人类认识会得到越来越多的自由。

人类的认识活动其实是对人类自身的一种加工或曰改造。人类的认识活动,包括生产方式、生活方式和情感方式,知识的积累、人工制造的环境以及不断进化着的人自身，都属于文化。而不同的文化对人进行不同的设计，也就是对人的加工或改造方式不同。这种设计方式、程序、系统，就是文化心理结构，也可以叫作"文化潜意识"。叫它"文化潜意识"，按照荣格"集体潜意识"的说法，因为它是积淀在心理的"文化岩层"。它是与生俱来的，它又先于个体，体现为民族集体或社会集体的共同特征；它也有自己的规律，是这个集体人的思维方式和行为方式的"根"。就因为它是积淀在集体心理的"文化岩层"，是这个民族或社会集体经验长期积累而形成的"潜意识"，必须进行"考古发掘"才能发现其内部结构，而这种"考古发掘"不单纯是"释蔓""精神分析法"或人类学、民族学、历史学甚至比较神话学的诸种方法来进行，极为重要的——也是它的意义所在，是对它的"现在性"的认识，即从现实日常生活的"生活相"中寻找直接研究的资料，进行"历史的"研究。

从另一个角度来说，任何一种文化都有它独特的文化行为。这种日常生活的文化行为的脉络关系就是文化行为的"结构"。虽然在日常生活中表现为这个集体中每一个人的"生活相"，总是有所差异的，但不论其差异多大，都可以找到该文化的历史过程的规律性，即找到心理构成的基本元素，找到那种体现为"集体表象"的"集体潜意识"。也就是说它是从"活世态"入手进行研究的，而又服务于现实的。比如：请客吃饭，见面打招呼"吃过了没有？"朋友之间相聚或者要办什么事，至少要吃一顿。这好像也是有传统的，办红白喜事、拜祖宗、祭鬼神、扫墓都少不了食物。这种"生活相"表现为集体的习俗，其实也是一种心理，如若我们从文化源流上进行一点考古发掘，和"民以食为天""治大国者若烹小鲜"的思想相联系着，体现为一种"食"的民生观。固然世界上所有文化集体都必须食而生存，但并不一定像我们这个集体对食抱同等态度，以"食"为天，又"吃"得这么发达。再举一个日常生活中的例子来说，我居京数年，一直在一个清净的四合院里。院里有二十五户，邻里相处也一直很和睦。忽一日，我家中发现了耗子，屋里有，厨房里也有，夫人很不安，催我去问问隔壁王大妈家是否有？我去问王大妈，王大妈说有，并问我家是否有？我答有，王大妈"噢"了一声回屋去了。我仍不放心，又去问李大爷，李大爷也说有。我回去告诉夫人，夫人的心犹如一块石头落地，感叹道："我想不能就我们一家有！"照此心理，如若有一百只耗子，每户四只平均分配，这样大家心里就都踏实了。"不患寡而患不均"嘛。我把这种心理称之为"耗子平均心理"。如果溯本求源，恐怕先哲们早有指示，加上上千年的历史经验，在我们这个集体心理中已经成为一个规律。目前经济改革的阻力，如果我们每一个人从自身寻找，这种心理便是阻力之一。

我们这个集体其实是世界上一个最现实的集体。这个集体的文化并没有一个超越人世间的"天理"，而所谓的"天理"，都不过是人伦、社群、集体观念的理想化的"人理"。这种超越意向的缺乏，与几千年来我们这个集体整个文化心理结构的超稳定性相关联。很多东西都是"永垂不朽"的。

我们这个集体的文化其实是很复杂的，也是进行过多次"杂交"，也是绚丽多彩的，也是非常伟大非常辉煌非常悠久的，也有很多的东西应该永垂不朽。从纵向发展角度来看，在这个集体（主要指汉民族）的文化心理结构中，儒道两家思想占据极其重要的位置，也可以说是这个结构的基本框架和基础。如若从横向——东西方文化比较上看，西方文化结构呈现的是以自我为中心、以人为模式的来不断地规范客观世界又不断地进行自我设计，具有动态的"目的"意向性；而我们这个集体的文化结构则具有静态的"目的"意向性，在个人身上造成的意向是"天人合一"，以"安身"与"安心"来寻求与自然与社会的相一致，"少知寡欲而不乱"，实行"己所不欲，勿施于人"的忠恕之道和"不偏不倚"的中庸之道，来维持整个社会文化结构的稳定与不变。这种稳定与不变，表现为一种"超稳定体系"的状态。虽然，我们这个集体几千年来不断地改朝换代，但始终是儒道为宗，那套"六经"亦被士大夫们注解了几千年，成为"修身""齐家""治国""平天下"之本。如若从审美心理上来看，儒家的孔子则强调以"诚"为本体，"诚者，天之道也；诚之者，人之道也"。既是绝对的真，又是必然的善，这样才可"近仁"，"刚毅木讷近仁"。而道家从阴阳两个方面，强调"不盈"和"无为"，"见素抱朴"，达到"忘适之适"的境界。儒道两家从入世与出世两条渠道，相助互补，走向与自然与社会的积极或消极的合作，以达到化生和自现。也就是说，以这种儒道思想造成的汉民族的文化心理结构是封闭型的。在这个封闭的结构中，作为一个集体人而存在，只能是自我修养、自我调节和自我完成的与社会与自然相一致的同化同在。这样同化同在所造就的阳刚、阴柔、拙朴、喻讽、滑稽等美的范畴与西方美学中优美、崇高、悲剧、喜剧等范畴，虽具有许多共同性，但也有区别，鲜明地体现了我们民族文化的特异性。

当然以上对我们这个集体的文化心理结构的考察与分析还是很浮浅很简单的。很明显的是，我们这个集体以黄河和长江为主要发源地，五千年来在物质世界和精神世界所创造并积累的所有的文明，是一个极其丰富、极其复杂又极其庞大的体系，对它进行科学的考察与分析的方法，就目前来说，应该运用系统论、控制论以及结构主义的方法。首先是要把我们这个集体所创造并积累以及正在创造并继续积累的文化看成一个有机的整体，其各个部分都是相互关联、相互影响又相互制约着的，对其各个部分的考察都应该从整体的角度进行系统的、动态的、内部深层结构的研究，这个研究工作本身就构成了一种"文化工程学"。它应考察五千年历史对我们这个集体的心理积淀。五千年历史和文化是个多元因素的结构体，造成我们这个集体的心理也是个多元因素的结构体。因此也可以说是历史和文化积淀着我们这个集体独特的"人的本性"。而结构主义的方法，则是考察一种结构在不同领域中可能性的扩散。这种方法并非是因果关系的求证，把一切现象都还原于一种起因上，整理出一个来龙去脉，而是在这些表面现象底下寻找它的内部关联性，扩散的可能性，以及扩散的形态，也就是找到现象内部关系的结构，或者叫作文化编码及其编码方式，并证实这个"结构"是我们这个集体人自身被结构的方式，也就是其人被设计的样子。

　　这样人都是作为历史的人和社会的人而存在的，其思维方式和行为方式都逃脱不了我们这个集体的文化心理结构。亦是其思维方式和行为方式必须体现这种文化心理结构的设计和制约，体现这种"集体潜意识"。

　　从近年中国文学的现状来看，许多作品也包括我自己所写的作品中的人物，看不到"他们"作为一个自然的人、一个历史的人、一个社会的人那种独特的、深厚的文化底蕴，因此，也就看不到这种文化底蕴所形成的人物形象的丰富内涵，也很难达到应有的历史高度。寻其原因，则在于作为一种具有人生力度和历史纵深感的美学追求，作者缺乏对文化背景清醒的认识，对传统文化心理结构的理解，起码也是在文化问题上存在简单化的倾向。

　　或许就是这个原因，有一些中青年作家提出了"文学之根"这个问题。或主张从文化背景来把握或判断人们的思想感情与理想价值的变异；或主张在深厚的民族传统文化的基础上寻求民族的自我，把握无限的人世和有限的人生；或主张开凿自己脚下的"文化岩层"，寄托在时代际遇中对民族命运与个体人生价值的思考，等等。大都企图使自己的作品和作品中的人物，浸润强烈而又浓厚的文化意识，深化并拓展作品和人物的内涵。

这种反思与探索，应该承认是当前创作走向纵深的一个值得注意的现象。也的确在表现出这样一种倾向的作品中，一方面由于注重了现实人的潜在的文化心理构成，有所克服作品中对历史人生思索的肤浅；另一面这也是对极左思潮所造成的文化虚无主义的有力的批判，对那种机械的反映论、狭隘的阶级论以及简单的经济决定论的深刻的否定；还有，它也同时造成了一种由于自身文化构成的多元化的美学风格多样化的局面。

这种表现在美学理想上对历史的反思和对传统文化心理结构的探索，绝不是一种简单的"回归"和"复古"，或躲进洞穴山林中去，或躲进儒道禅宗、易经八卦中去，或回老家寻祖庙墓坟，甚至回到奶奶的怀抱中去；也不是简单的"拼贴"，从民俗、民间艺术、地理历史的"鞋样儿""烟袋坠儿"或者故纸堆里、碑铭墓阙上找点玩意儿，凑凑热闹；更不是要逃避什么，把自己隐逸起来的自我感叹。他们努力追求的是真正的民族风格和民族特色的体现，对民族文化重新认识和重新发现的对象化的体现，是审美意识中潜在的文化因素和潜在的历史因素的苏醒。因此，应该说当前创作中对民族文化继承和扬新的醒悟，是一种走向成熟的表现，而且许多作家也在不同程度上取得了成功，如汪曾祺的《受戒》《云致秋行状》等颇具道学意味的小说，高晓声的《钱包》和《渔钓》，王蒙的《在伊犁》系列篇，邓友梅《寻找画儿韩》和《烟壶》，陆文夫的《美食家》和《井》，陈建功的《谈天说地》，张承志的《黑骏马》和《残月》，乌热尔图的鄂温克生活《琥珀色的篝火》和《马》，王安忆的《小鲍庄》和《大刘庄》，贾平凹的"商州"系列，刘心武的《钟鼓楼》，阿城的《遍地风流》，李杭育的"葛川江"系列，扎西达娃西藏风情的魔幻小说，等等，完全可以拉出一个很长的名单。这些小说都从不同角度或不同层次上探究了我们这个集体的传统的文化心理结构，体现了生活于今天我们这个集体的人积淀于心理中的历史和文化，体现了这种民族心理素质的独特性以及这种独特性的稳固性，并进一步表现了这种潜在的文化心理所决定的集体人认识世界的基本方法、基本的思维方式和行为方式，达到了一定的人生历史的高度。

虽然我不敢说这种对我们这个集体的"文化岩层"进行开掘的小说探索已经取得了绝对的成功，但我们可以看到它相对于缺乏民族文化素养的那些小说提高和深化创作的价值与意义。

以上所述，其实只是当前小说创作探索的一个方面。而且对未来的小说发展，它可能只是一个过程，一种认知意向或一个必不可缺的发展阶段。因为人们对历史反思和对传统文化的反思，都不可避免地受到历史的局限，受到传统文化的局限。但对此，人们并不自觉，因为个人自身的文化心理构成限制了人们的认识。从总体上来看，这里面也隐藏着时代的局限，甚至任何人也不可能超越这种局限。

这样，我们可以顿悟到仅仅把文学植根于"文化岩层"上，或使其具有文化背景还是远远不够的，也只能说使我们的文学走向世界有了一个基础。它必须具有一种开放的眼光，必须和世界文化进行交流，必须具有现代精神。也就是从整个世界现代科学文化中汲取力量，也就是说不仅要向"后"看、向"里"看，更重要的是向"前"看、向"外"看。这两者之间相互补充，以达到内在渗透的相互结合。进行东西方文化大交流，实际上从二十世纪初就开始了，中国人从西方获得科学精神和理性主义，抛弃了传统文化中的玄虚；而西方人从东方获得了物我合一的神秘主义，动摇了他们以自我为中心的理念"逻辑结构"，都使传统文化获得了新生。因此，我们要彻底摆脱极左思潮和狭隘的传统文化观的局限，就必须在现有文化所构成的思想方法中，寻求新的思维范式，从封闭性的思维结构走向开放性的思维结构，继续巩固思想解放运动的成果，开拓我们的思维空间，用现代科学发展的最新成就来丰富自己。

地球是个圆的已没有争议，但地球是一个整体，整个世界文化也是一个整体还不能说都具有清晰的认识。我们人类发展的几千年，在地球史上是短暂的，就是在人类发展史上也很短暂；相对于青铜器时代，我们人类今天已进入了文明时代，在整个人类发展史上就很难说进入了人类真正的高度发展的文明时代。因此，哪个民族固守自己的传统文化都是不行的，不仅以现代科学发展的思维成果来重新审定传统文化，才能使古老文化获得新生，而且只有在整个世界文化进行广泛深入的比较交流中，才能真正认识到传统文化的价值。

东西方文化交流其实很早就开始了。在文学创作上大规模地进行交流，应该说是"五四"时代。那个时代的作家义无反顾地抛弃了传统文化，虽然由于其片面性给他们的创作成就带来一些影响和损失，但由于他们从西方文化中获得现代世界的思想意识，使中国文学揭开了崭新的一页。正如有的理论工作者指出的，他们的行动为我们揭示出这样一个趋向："中国的新文学创作，完全可能出现现代意识与民族文化的融汇，这也许能成为我国文学成熟的标志之一。"

这话说得挺棒！韩少功同志今年五月给我来信，回述了去年十一月在杭州开会的一些话题，他说，我们都有过大致相仿的徘徊，然而总是瞻前顾后找不到完美。你还是不要"收"（指我的那组《异乡异闻》），注意用现代意识（哲学的和审美的）来处理材料就行了。我们在古籍或古迹中寻找，一是弥补我们材料的不足；二是可使我们浸染些民族气韵。我想创作上极为重要的是：现代观念和传统文化。有了这两个支点，中国文学方能走向世界……少功这番话也挺棒。他道出来的不单是个人的看法，也是我们这一代立志于探求的中青年作家的看法。也就是对于找到自己文化根基的中青年作家来说，得失成败的关键在于具不具备现代观念。

现代观念不是属于哪一个民族的。它是代表着整个人类的认识水平，是整个世界科学技术发展带来的对人类自己和客观世界的认识水平，也是人类现实生活中思想观念最新的因素。这种观念进入到文学，就会使你的思维方式、感受方式和艺术把握世界的方式变了，也就是说使你认识自身并认识世界的眼光和心理变了，使你处理材料的眼光和方法也变了，而且它对于我们从更深的层次上来认识民族文化与我们的文学创作提供了一个更新的更高的基点。从总体上来说，不这样变是不行的。经济开放已经打开了吸收外来文化的大门，而且世界科学文化的发展也必将打开一个一个封闭着的大门，走向更广阔更深入的交流。

目前世界和我国科技革命的发展，科学技术的许多新成就已经向我们的传统文化、传统思维方式和行为方式提出了挑战，连生活方式也要"换"一"换"了（我把它叫作"换一种活法"）。文学创作处理材料的眼光和方式怎么能还固守老传统呢？不仅是要求我们对材料用开放性的眼光进行研究，对自己的艺术把握世界的方式进行反省，就是材料本身所包含的历史因素、文化因素和心理因素，不运用新的观念和方法（包括系统科学的方法论）很难得到新生，也很难找到新的感受和有生命力的结构，很难开掘出前人未曾开掘出的内涵。因此，你在材料中找到了文化根基，如果没有现代意识所体现的现代观念的指导、观照和审定，它仍然是一堆没有生命的材料。

最后我想说的是，我们每一个作家要更新自己的思维方式和艺术把握世界的方式，要更新自己的知识结构，必须满怀热忱地投入到当前经济改革和科技革命的洪流中，"随着时代走"，只有在时代的变革中才能变革自己，只有不断变革自己才能获得具有新的认识水平的现代观念。有了现代观念和民族文化这两条腿，并扎扎实实地走下去，中国文学走向世界的希望才能现实地投入我们的怀抱，未来才能是另一个样子。

原载《作家》1986年第1期

文学寻根与文化苏醒

——在华中师范大学的演讲

韩少功

各位同学，各位老师，大家晚上好。今天很高兴来到华师大，跟在座的青年朋友做一个时间有限的交流。屏幕上有今天晚上讲座的主题——文学寻根与文化苏醒。

前不久中国作家莫言获得了诺贝尔文学奖，在关于莫言的报道和评论中间，有些人经常会提到一个词——"文学寻根"或者"寻根文学"，他们把莫言列为"寻根文学"代表作家之一。今天晚上我首先就"寻根文学"或者"文学寻根"这一点向大家做一个简要介绍。

一

第一点，讲两个背景。

在1985年前后，有一批中国的中青年作家提出来一个概念，叫作"寻根"。为什么这个事情会发生在20世纪80年代中期，它后来又产生了什么影响，它所针对的问题是什么？这就需要了解80年代的背景。

我想，第一个背景是80年代初期中国结束了"文革"。在此之前，对中国传统文化的否定和批判已形成主潮，到"文革"时期是登峰造极：很多庙宇被拆毁了，很多典籍被烧掉了，很多文化名人被送入牛棚监禁，甚至被流放到边远地方接受劳动改造。那时候有个常用的口号叫"大破四旧"，"四旧"即旧思想、旧文化、旧风俗、旧习惯。那个时候，孔子是臭不可闻，道家、佛家也是精神鸦片，受到的是严厉批判。前不久我们中国有一个人在电视台上讲《论语》很出名，如果于丹在"文革"期间讲《论语》，是会被作为"反革命"逮捕的。那时候的儒家、佛家、道家等等，甚至民间草根文化的一些遗产，都被认为是封建主义的、落后的、腐朽的、反动的。这样的情况，其最早源头大概可以追寻到五四运动期间的某种文化激进主义。五四新文化运动有革新之功，但也有激进之弊，在今天看来某些方面并不是那么理性。比如我们敬爱的鲁迅先生，他以前骂中医，对京剧也很不以为然。当时如雷贯耳的鲁迅先生、胡适先生、刘半农先生、钱玄同先生等一大批五四时期的文化名人，都认为要废除中国文字，说中国文字是腐朽的文字。当时甚至有人主张全国学习法文，或推行世界语。后来不管是国民党政府还是共产党政府，都受这个思潮推动，承诺要对汉字进行改革，走拼音化、拉丁化的道路。这些事件都是在文化激进主义的思潮和情绪之下推动起来的。我们老祖宗的传统要不要抛弃？这个话可能问对了一半。但是不是中国的文化传统要一股脑儿地全部打倒，再踏上一脚？这个问题是可以讨论的。比如汉字似乎就是打不倒的，也没必要打倒，以至今天全球（据统计）已有七千万人在学习汉语。韩国废除了汉字，但十几位前总理曾联名致函国会，要求恢复汉字的官方文字地位，可见他们对文字改革也有新的反思。

第二个背景是80年代中期，中国已经开始了改革开放，向世界敞开了我们的胸怀。那个时候，大量的西方的文化艺术思潮进入了中国，西方很多的产品、服务也潮水一般地涌入了中国。像我们这样的过来人都知道，在80年代初期，雅马哈的录音机、丰田牌的汽车等在中国很时髦，美国、欧洲的各种技术设备也让国人趋之若鹜。在西方潮流进来以后，我们中国面临的问题是，要改变贫穷落后的中国是不是要全盘西化？当时这个问题在知识界、文化界争论得很多。比方说有一个很激进的人物叫刘晓波，是一位文学批评家，当时有一句名言：中国如果不殖民三百年就没希望。这是他在接见一个香港记者时说的话。直到前几年，还有人问他是否需要修正这一看法，他作了一些解释，但坚持说这一句话基本上仍然有效。当然，刘先生不是"全盘西化"的发明者。这一口号最早是陈序经先生——海南文昌籍的一位学者——提出来的。后来胡适先生也支持过这一口号。在他的理解中，"全盘西化"就是"全盘现代化"。但这个"全盘西化"到底要化到什么程度？是不是要化到"殖民三百年"的程度？这当然是会引起激烈争论的问题。

中国当代文学史资料丛书

所以说，当时的文学界就处在这么两个背景下：一个是"大破四旧"，一个是"全盘西化"。这样的两种声音在政治意识形态上是不接轨的，甚至是对立的，但是在否定中国文化传统方面它们是共同的，组成了一个同盟。不管是红色的前一种激进还是白色的后一种激进，不管是以苏俄为背景还是以欧美为背景，它们都代表了强势西方文明对中国的挤压和输入，并且共享一个进步主义和普遍主义的历史逻辑。在这个逻辑之下，文明没什么多样性，只有进步的还是落后的这一个标尺。中国如果要现代化，就必须彻头彻尾地变成西方第二。

1984年初冬，在杭州召开了一个会议，由《上海文学》编辑部、浙江文艺出版社、杭州市文联邀请了中国一批中青年作家和理论批评家在杭州聚会，我是参与者之一。朋友们讨论了很多问题，比如"伤痕文学""改革文学"的不足。当时我也是"伤痕文学"的参与者之一，写了很多控诉"文革"浩劫的悲情故事。但是大家觉得，这些作品虽有启蒙的重要意义，但还是很简单，其中不少作品过于公式化和概念化。比如老是"进步人物"和"反面人物"的黑白两分，比如总是"革命"和"反动"的红脸白脸。这就是说，这些作品批判"文革"，但仍然承袭了"文革"的思想方法和表现方法，游戏规则没有变化。在这种情况下，与会者谈到了很多如何引进西方的文艺思潮和艺术技巧的问题，也谈到了政治视角之外的文化问题。事实上，与会者们当时大多是西方文化的发烧友，比如时隔两个多月之后，在1985年初春，我就来武汉大学进修英文和德文，好几个月里除了写家信，基本上戒中文。但我们热情学习西方文化，是否意味着一定要"大破四旧"或者"全盘西化"呢？我们讨论的结果，当然是"不"。这就是杭州会议的成果之一。李陀、阿城、郑万隆、李杭育、李庆西等人在那次会上都疾呼关注中国文化传统。后来我写了一篇文章《文学的根》，在东北的《作家》杂志上发表，引起了中国文艺界发表数以千计的文章大讨论，形成了一个争议的热潮。其实很多文章，我本人也没有看，但是这个"寻根派"的口号出来了，"寻根文学""文学寻根"这样一些概念就出来了，看得我也找不到北，也没办法再发言。

直到今天，我相信"文化寻根"还是一个有争论的话题，并没有成为共识。即便莫言先生戴上这顶帽子获得了诺贝尔文学奖，这个问题也仍然没有共识，还可以继续争议。

寻根文学研究资料

二

第二点，讲一讲两种经历。

现在回想起来，当时响应并且参与到这个所谓的"文学寻根"热潮中来的，主要是这样一些作家：比如陕西的贾平凹，当时写了《商州》系列小说，把很多历史、地理、民俗的资料带入了文学，跳出了"伤痕文学"那些简单的政治模式，面貌一新，让很多读者感到惊喜。另外一个作家是北京的阿城，当时他的最有名的《棋王》《孩子王》等，不但走红大陆，还把很多台湾读者也迷住了，培养了一批铁杆粉丝。他那个《棋王》写道家的棋道，让读者很惊讶，洞开了认识中国传统文化的一个明亮窗口。又比如浙江有一个作家叫李杭育，写了"葛川江系列"的小说，特别热衷于对吴越文化的研究，在杭州会议上与他哥李庆西一块，对吴和越的衣食住行，再到哲学和宗教，津津乐道，如数家珍，让我很长见识。还有上海作家王安忆写了《小鲍庄》，北京张承志和郑万隆，分别写蒙古草原和东北山林，再加上刚出道不久的莫言写山东高密……这样一大批作家，写了一大批地标性的作品，在作品里开始注入大量的文化内涵，与"伤痕文学""改革文学"拉开了距离。他们把"政治的人"看作"文化的人"，让我们的视野更为扩展。我曾说过，这并不是说我们要丢掉政治，只是说这就像给人看病，不光需要听诊器，还需要X光，还需要CT和MR（核磁共振），需要用多种视角和多种方法，看到人的其他剖面和其他层次，多方位地来了解社会与人生。

这批作家有一个大体一样的特点，即"泛知青群体"，其大多数不是下乡知青就是回乡知青。这一个群体往往具有两种经历，即一个农村生活经历，一个都市生活经历。中国接受西方文明的影响，不管是红色的还是白色的西方文明，城市在接受过程中总是快一拍或快两拍，无论是建筑、服装、用品、学科，还是流行思维和词汇，多是"舶来品"和"山寨品"，都市总是成为西方文化最先抵达的地区。相比而言，农村会慢一点，与都市相比有一个时间差，会更多积淀和储存一些传统文化遗产，就像一个活的博物馆。那么，有这两种经历的人，就会在这个时间差里面看到两种不同的文明面貌，就会在两种文明激烈的对抗、对峙、碰撞、震荡中，也是在两种文明的交汇和融合的过程中，辗转反复，上下求索，积累一些特殊感受。比方说很多人会提到我的长篇小说

《马桥词典》，好像这本书写得有点怪异。其实，这对我来说是一个极为自然的事。我作为知青，到了乡下，听到我听不懂的方言，当然会产生不一样的心得，相当于做了一点语言比较学的工作。比如我在书中写到一个"甜"，我下放的那个村庄，所有好的味道都是一个字来表达——"甜"，肉好吃就是"肉很甜"，鱼好吃就是"鱼很甜"，吃糖那当然也是"甜"。当时我觉得很奇怪，对味道的区分怎么这么粗糙和简单？其实，英文中也有这种情况，一个hot，把一切刺激性的口味都代表了，与马桥人的"甜"有某种近似性。这是很有意思的一个例子。

就在这样一种激烈的震荡甚至煎熬下，一批作家借"寻根"的名义，把他们的心理感觉释放出来了。他们的态度并不是完全一致的，看法甚至是五花八门的。比如有些对乡土非常怀恋，也有人对乡土非常厌恶。其实无所谓，不管是怀恋还是厌恶，不管是向往还是仇恨，重要的是那种和泥带水翻肠倒胃的人生体验，在所谓的"寻根文学"里得到一种释放。这种难以忘怀的纠结，与以前的乡土文学也形成了区别。赵树理、浩然、刘绍棠先生等也写过乡土，但他们的作品一般来说面貌明朗，主题不难理解和把握。而"寻根文学"不大一样，不仅仅是它有更多历史纵深感，更愿意捕捉古村、古镇现实中的历史基因；更重要的，是这些作品往往带有一种复杂性，一种多义性，一种自我矛盾的特征，不太明朗，甚至有些晦涩。比如莫言先生对高密到底是爱还是恨，说不太清楚，处于一种暧昧的状态。也许正因为有了这一点复杂性、多义性、不确定性，当时也有很多批评家把"寻根文学"当作"先锋文学"的一部分。我的头上就戴过这样的帽子，这是批评家的权利，我毫无办法，也没法自我分辩。

寻根文学研究资料

三

第三点，我想谈一谈两种批评。

在20世纪80年代中后期，一直到90年代前期，"寻根文学"在正统和主流的批评话语中一直是个贬义词，在某些官方文件中是戒备和整肃的对象。我很尊敬的文学前辈，比方说冯牧先生、陈荒煤先生，作为文艺界的权威和领导，他们都很关心我。有一次我和冯牧先生同坐火车，他恨铁不成钢，说："小韩啊，你要走正道啊！"（笑）还有的人话说得更重一些，当时中央高层一位负责人公开说过：寻根这个口号本身也没有什么错，但是我们的根在哪儿呢？我们的根应该在延安嘛。怎么一寻根就寻到封建主义那里去了？这是找错了方向。当然，我也理解他们，他们的知识储备和人生阅历，决定了他们可能的思想边界就在延安，就在十月革命。"革命现实主义"或"社会主义现实主义"是他们不可动摇的法典。"寻根"这说法怎么听都有点离经叛道的味道。

当然还有另外一种批评，是来自民间的某些知识群体，比方我刚才已经提到的刘晓波先生，还有我们文学界的一些朋友，当时也是非常地不以为然。刘晓波先生指责"寻根"纯粹是民族主义的、保守主义的反动口号，说我们传统文化这条烂根，斩断都来不及，端都端不脱，你还寻它干什么？我们有很多作家和批评家朋友也大体秉持这样一种态度，即使不把"寻根"说成是一种对抗全球化和现代化的反动，至少也要把它说成是一种对拉美魔幻现实主义文学的鹦鹉学舌，甚至是对美国黑人作家小说《根》的拙劣模仿，根本没什么了不起。他们觉得"寻根"就是当没落文化的"守灵人"和"辫子军"。

"寻根"牵涉到东西文化的比较，牵涉到多种文明之间的对话关系。依照台湾一位著名学者钱穆先生的说法，文化的比较是一件很难做的事情。他认为，现在谈这事难免情绪化，只有在东西方经济发展水准大体接近的时候，再来谈文化或文明的比较，才可能平心静气一点，深思熟虑一点，平实、务实、理性一点。如果按钱老先生的要求来看，即便中国的GDP总量在十年之后接近美国，但人均GDP还差得远，只能是美国的四分之一。钱老先生说的那一天还没有到来。这样，我们就完全可以理解"全盘西化"的声音在相当长的时间内还会是一种强大的情绪，会使我们的很多讨论变得扭曲和混乱。

当然这也没关系。我以前经常说，要有思想准备，一个作家要毛深皮厚，不管人家怎么骂，尤其现在是微博时代，基本上是泼粪的多，拍砖的多，起哄的多，一个作家要善意地对待批评，但这并不妨碍一个作家在众说纷纭的情况下坚持独立思考，走自己的路。前不久，我读到一个法学专家的文章。他谈到如何重新认识和吸取中国的本土的法学思想资源时，说中国的文学界早在二十多年前就关注到现代化的中国资源、中国路径、中国创造，作者完全是一种很赞赏的态度。听到这种说法，应该觉得不是文学界的耻辱吧？以为中国以前没有法，没有法治，是一种误解。秦始皇时就开始了立法，法家在先秦时期就是名头很大的一个学派。我翻过一些宋律和明律，都是厚厚的一大堆。比如我们耳熟能详的"刑不上大夫"，经常被理解为大人物胡闹都可以免罪。其实宋律不是这么解释的，它只是说给大夫治罪要符合礼仪，比如我不杀你，要求你自杀，赐你一条白绫，自己去上吊吧，这就叫"刑不上大夫"。又比如中国独特的一些司法特点，像孔子说的"父子相隐"，儿子或父亲互相作伪证，情有可原。其实中国现代的司法解释近来也开始变化，对直系亲属作伪证的，量刑从轻，或予免刑，就有一点法学"寻根"的意味了。这是一些题外的闲话，或许可以让我们搞文学的自我感觉良好一点吧。（笑）

四

第四点，我想讲一讲"多重现代化"。

我比较喜欢两位艺术家——一个是王洛宾，一个是杨丽萍。王洛宾是"西部歌王"，深深扎根于西部丰富的民歌资源里面，才长出了一棵艺术的大树，这是一般的流行歌曲家，包括那些Rap代替不了的，无法比拟的。我们在世界层面上能拿得出来的舞蹈家就是杨丽萍了，她从云南的少数民族的生活和历史中汲取营养，提炼肢体语言和心理符号，也是有"根"的艺术。王洛宾也好，杨丽萍也好，他们不是什么保守主义，不是什么民族主义，恰好是特别现代和先锋的艺术，是"西部风"和"西南风"，也是中国的"现代风"。事实上，"寻根"不仅是一个文学的话题，也是影响遍及一切文化艺术领域的话题，其要点是我们如何认识和利用本土文化资源，并且在这一过程中有效学习包括西方在内的全人类的一切文明成果，投入现代人的文化创造。

我刚才提到过，就在我写作和发表《文学的根》的同时，我在武汉大学学习英文，后来还从事过一些翻译工作，包括翻译昆德拉和佩索阿的作品。在我的理解中，中西文化从来都不是一个非此即彼的关系，恰恰相反，是一个相得益彰的关系，互相激发和互相成就的关系。我遇到过一个基因学家，他说他们搞基因研究的很重视优质基因，重视原始种，比如从坟墓里挖出来的、在偏远地域寻找到的、一些未被现代农业反复使用过的那种物种。这种物种往往避免了种性机能退化，往往保留了更多优质的基因。我们不妨想一想，这些"原始种"是传统还是现代？因为它是几百年前甚至几千年前的种子，肯定是老古董。但如果没有现代的基因理论和基因技术，我们根本不知道什么是原始种，也没法找到和运用它，甚至连这个概念都不会有！在这个意义上，"原始种"难道不是一种最现代的事物？同样道理，在文化这个领域，本土化往往是现代化所激化出来的，本土化又给现代化提供了新的资源和动力，使现代化本身成为一个动态的过程，一个不断丰富和创造的过程。

这样的现代化，肯定不是单质的，而是多重的和复数的。多种多样的现代化之间会有互相交叠的部分，也会呈现各自的特点和面貌，形成多样的统一。如果我们把现代化理解为全盘西化，理解为对欧美现代化模式的一种单质的全盘照搬，那么至少会遇到两个疑点：

第一点，有没有这样一种单质的西方，高纯度的西方？大家知道，西方很牛的是科学，其科学的核心工具是数学。但西方现代数学用的是阿拉伯数字，不是罗马数字，这证明曾经是阿拉伯人帮助欧洲白人发展了数学，所以说西方欠了阿拉伯一个大人情。"0"是印度人发明的，也有一种说法说是中国人发明的，可能还有人会说是韩国人发明的，但总归来说不是欧洲人先发明的。西方还有一个很牛的东西——宗教，但大家知道，西方的基督教也好，伊斯兰教也好，并非他们本地的土产，其源头在中东的耶路撒冷，以至米兰·昆德拉曾经说以色列是欧洲一个体外的心脏。我们再来看政治制度。我在法国参观拿破仑博物馆，讲解员就说拿破仑对于欧洲现代文明的大贡献是建立了现代文官制度，而这个制度直接来自中国的启发——科举制！在拿破仑以前，欧洲当官都是世袭的，都是"官二代"或"官N代"。后来欧洲人看到了中国的科举制，觉得不得了，觉得这种制度好，可以广泛地搜罗和筛选人才，可以相对弥合阶级之间的沟痕，可以鼓励个人奋斗，"将相出寒门"么，打开了一个阶级流动的通道，有利于缓和社会矛盾。西方的公务员制度从拿破仑开始，又被改革开放后的中国所引入，算是"出口转内销"，科举的影子还隐约可见。这算不上最合理的制度，但可能是眼下各种有毛病的制度中毛病较少的一种，暂时这么用着吧。总而言之，科学也好，宗教也好，公务员制度也好，如此等等，西方文明是吸收了非西方世界各种文明之后的一种再创造，不仅仅是古希腊和古罗马。同样，世界上也从来没有高纯度的中华文明传统。通过陆上丝绸之路、海上丝绸之路，中国早已受到大量外来文化的影响，乃至于演化到今天，基本上都是"杂种"状态。文化差异充其量是这个"杂种"和那个"杂种"之间

"杂"得不大一样而已。

第二个疑点是，全盘西化有过成功的经验吗？中国的西化程度其实是蛮高的，我们的数理化、文史哲等各个学科基本上都是西化或半西化的，甚至很多理论是直接从西方拷贝而来的。世界上翻译西方文学经典作品最多的国家肯定是中国。中国这么大，翻译家队伍大，出版机构多，研究和教育机构这么多，几乎西方的文化典籍没有几本能漏出我们的视野。"大破四旧"，我们干得很狂热；"全盘西化"，我们同样干得很狂热，一切向美国看齐，同国际接轨。当然，我们没有全面和漫长的殖民史，顶多只有一个"半殖民"，不是全盘西化最彻底的。比我们更彻底的有非洲。非洲很多国家已经丧失了自己的语言文字，直接使用英语或法语。非洲很多国家的教育也全面换血，甚至在有些国家没有自己的大学，知识精英全都拿西方文凭，中小学也全面使用欧美的教材，黑人小孩一上学就读"我是英格兰人"或"我是法兰西人"。（笑）很多非洲地方的本土宗教已经消失和溃散，都改宗为基督教。他们还全面引入了西方的政治制度，比如议会、政党等等。在世界银行和国际货币基金组织指导下，他们的经济制度也与西方差别不大。问题是，这样一个"全盘西化""大破四旧"的非洲成功了吗？

在亚洲也有一些例子，比方，大一点的可说说印度。印度的读书人都说英语，比中国的西化程度要深得多和强得多。但印度成功了吗？不说经济发展、文盲率、人均寿命这些指标，单说一个官员腐败，按西方组织"透明国际"的排序，印度比中国差了不少。小一点的可说说菲律宾。菲律宾是比较西化的，以至国名就直接来自西班牙国王"菲利浦"，"菲律宾"就是"菲利浦的地方"，以前讲西班牙语，现在是全民讲英语，是亚洲少有的基督教国家。但菲律宾怎么样呢？现在有中国人愿意移民到菲律宾去吗？从20世纪80年代以来，很多知识精英振振有词地说了不少大话，比方说"汉语祸害了中国"，或者是"要靠基督教救中国"，但他们为什么不面对像印度、菲律宾这样的事实？

基于这两点，我认为，我们不必幻想某种高纯度的文明，不必幻想某种切换式的、复制式的文明变革。文明是一条河，总是新中有旧，旧中有新；或者说化旧为新，化新为旧，在一个复杂的过程中重组和再造。我们之所以要讨论西方、东方的文化传统遗产，只是把它们作为资源，作为创造者的现实条件。作为一种对话关系的展开，"寻根"不是要建立博物馆，不是要厚古薄今，不是要守成。与之相反，我们只是认识和利用各种各样的文化资源，进行优化的配置组合，来支持和促进我们的创造。需要指出的是，复制不是创造，不过是另一种形式的守成，是懒人和庸人想整一个容、换一身皮然后去邻居家继承遗产的守成态度，同样不会有什么好结果。明白了这一点，我们的视野里就会少一些偏见和盲区，就必然是广阔而明亮的。创造者一定具有最包容和最谦虚的胸怀，不会出于某种情绪化的原因，对任何一种文化遗产给予忽视或蔑视。

这就是我今天要讲的主要内容，谢谢大家。（掌声）

原载《新文学评论》2013年第1期

当代文学中的文化寻根意识

陈思和

一

从1926年"北京人"的发现以来，中华文明的起源已经不再是神话了。但是从南方的元谋人到北方的蓝田人，旧石器时代的遗迹尚为有限，还不足以为科学结论提供更多的新证据。然而新石器时代的文明是无可置疑的。新近在辽西发现的距今五千多年的大型坛、庙、冢群址，不仅将中华文明史提前了一千多年，而且把我国文明起源的空间扩大到山海关外。也许是我太激动于这方面的新发现，我甚至觉得正如"五四"新文化初期在极需对传统文化重新作出科学估价时，发现"北京人"的遗迹一样，在我们今天民族腾飞之际，极需用现代意识对民族文化作新的观照之时，任何科学新发现都将有利于改变我们原来的思维模式，开拓我们的思维空间。这次考古学上的重要发现，连同近三十多年来我国所发现的新石器时代遗址：西北、中原地区的仰韶、磁山文化，山东地区的龙山、大汶口文化，江浙地区的河姆渡、马家滨文化以及西湖地区的屈家岭、大溪文化等一起，令人信服地证明了中华民族的文明起源，不是单元，不是二元，而是多元的。早在新石器时代发生的那一场"革命"中，我们的祖先就在全国数百处背居丘陵、傍依河流的自然环境下艰苦创业，筚路蓝缕，为中国文化以后的滔滔大观疏通了源流。

中华民族的形式，本身就是一种文化现象。它的历史形成过程也正是东方各族的文化相融合互渗的过程。现在还无法判断新发现的辽西红山文化的后裔们的去向，不过这一地区存在的具有国家雏形的社会成员是中华民族的一部分是无疑的，它使关内外文化起源成为一体得到了证明。①此外，依古史相传，中华民族发源来自三大地区：自黄土高原到华北平原为一，生聚黄族，又称华夏族（一说炎帝集团归属于此，故有"炎黄"之称）；淮泗、河洛平原为二，生聚东夷诸族（又称风偃集团）；洞庭、鄱阳湖之间的南方地区为三，生聚苗蛮民族（一说炎帝集团归属于此，故称炎族）。这三大地区在我国有史记载的年代里都曾是学术文化的灿烂之地：春秋战国是我国文化史上第一个黄金时代，其政治军事经济文学的力量，均萃集于齐、楚、秦三地。齐衰于秦，越衰于楚以后，楚与秦作为南北文化力量的对峙，直到西汉以后方才在无数次血腥战争中达到了新的融汇。汉唐以降，我国政治文化中心东移华北、经济文化中心下达江南，从此南北文化在东方展开了新的对峙。北方融满蒙文化，承皇统以定国运盛衰；南方连接闽粤，近海外而得风气之先。中华之地，背座新疆、西藏天然屏障，以黄河、长江为两大血脉，向东北、南粤伸展双翼，面对太平洋，似雄鹰伏羽，跃跃待飞。这起飞，将是一个整体的起飞，预兆着东方巨人的再度崛起。

文学艺术为文化的审美形态，也是文化的精粹表征。它反映着人类面对世界变化的各种感受，不会像经济、政治变动那么直接，也不会像其他意识形态变化得那么缓慢，它总是属于时代的预言者与文化的象征物。从屈原歌、贾谊赋到《己亥》诗，《红楼》作，都不仅仅是文人的神经过敏。从历史的角度看，治世之音安以乐，乱世之音怨以怒，亡国之音哀以思，斯言者诚。国家将起新的腾飞，文化将有大的更新，文学必然会发其先声。"五四"新文学成为新文化运动最为可观的成果，决非偶然，同样，新时期文学异卉争放的繁荣，也正是由社会主义新时期经济文化的兴盛所致。

新时期文学中"文化寻根"文学的崛起，正与国运与文化发展趋势相应。文学中的文化寻根意识，不知有意无意，最初起于1982—1983年间王蒙发表的一组《在伊犁》系列小说，虽然那时对作者说来不过是个人生活经历的反思，然其对新疆各族民风以及伊斯兰文化的关注，对生活的实录手法以及对历史所持的宽容态度，都为以后的"文化寻根"派小说开了先河。到了1984—1985年间，这种创作现象已经蔚为大观，已经新人辈出，名篇似锦了。自《北方的河》起，张承志以硬健的雄风展示了对现代都市文化的顽强对立。作为一个回族作家，他对伊斯兰文化的理解比王蒙的幽默与调侃深刻得多，犷厉、骚动、倔强的宗教气质渗入《残月》《黄泥小屋》《胡涂乱抹》等篇章之中，并悄悄铺展开去，不但在动荡的现代文化中注入了不和谐的因素，而且超越了现代时间的具体性，它常常显示出抽象的历史背景，又展示着无尽的未来。现代与历史的对立，都市与自然的对立，西北宗教与东部世俗的对立，成为张承志文化寻根的出发点。几乎在同时，阿城以《棋王》《孩子王》《树王》等作品展示了完全不同的文学世界，身居北京的阿城，摆脱了从老舍到邓友梅的北京市井文化小说，直指中国文化的内核。棋、字、树，都是中国文化中人格的象征，讲气韵，讲精神，讲阴阳柔胜，全合着中国文化传统的谱。再配之含茹、写实、生动的世俗风度，正与张承志凌厉躁动寻求文化变风反了个身。因此，由阿城来提出重新认识传统文化，是再适合不过的。

文化寻根一呼而百应，虽然作家们对"文化"与"寻根"的理解不尽相同，然百川归宗，趋向只能一个。陕西贾平凹早在1983年即发表笔记体《商州初录》，渗透着秦汉文化的精神；湘西韩少功写出怪丽奇诡的《爸爸爸》《归去来》等，力图重显楚文化的生命魅力；江南李杭育提出"吴越文化"的口号，熔士大夫的清雅孤独与越民的机智狡黠为一炉，写出了一篇又一篇的杰作。此外，郑万隆、乌热尔图等人孜孜不倦地挖掘着东北地区的文化宝库；孔捷生以《大林莽》展示了海南地区的色彩，再有新疆甘肃地区的西部文学与西藏地区的魔幻现实主义的提倡，使"文化寻根"文学不仅仅成为几个作家的偶然之作，或一时间的标新立异。

我们不妨注意一下，凡我国文化历史比较悠久的地区，几乎不约而同地产生出这样一批作家。尽管他们学业有专长，成就有高低，起步亦有先后，但以阿城之纯粹、平凹之古朴、少功之瑰博、杭育之适远，均非一日之功。与其说他们选择了文化，毋宁说是文化选择了他们。在新时期的社会主义建设过程中，人们迫切需要在现代科学发展的基础上重新认识民族力量，重新挖掘民族文化的生命内核，以寻求建设现代化的支撑点。时代向作家发出了召唤，而作家们也感应了时代的要求，更何况，这一批作家有一个共同的特点，就是年轻，都是一代人。

正因为如此，说文化寻根意识的产生标志着民族文化的更新与走向新的成熟，并不过分。当一个民族走在一面是旧的传统价值观念分崩离析，一面又百废待兴的道路时，人们一定会认真反思一下自身，提出类似高更提过的问题：

我们是谁，我们从哪里来，到哪里去？唯有用现代观念重新观照历史的人，才能对自身获得真正的理解，而决非简单的复古倒退；同样，唯有敢于正视历史又懂得历史的人，才能真正地理解现状与未来，这也非盲目的西方文化崇拜者所能及。旧邦维新，我认为是中国现代化的基本特征，不能回避旧邦这一现实，同时要把它转化为"维新"的主体，也就不能回避民族文化传统在今天所具有的力量。文学不过是时代精神的体现者，它当然会自有一套逻辑与审美体系，但离开这样的现实大背景，对有些文学现象就无法达到整体的认识。

二

文化寻根意识不是舶来品。虽然亚历克斯·哈利的《根》七十年代成为美国畅销书时，在中国也略有所闻，但它并没有给新时期文化带来什么直接的后果。那种把当代文学的任何现象都归之于国外影响的论点，只是对自己民族缺乏信心的表现。如果从间接的影响说，苏联一些少数民族作家关于异族民风的创作（诸如艾特玛托夫、阿斯塔菲耶夫等）以及拉美魔幻现实主义作家关于印第安文化的阐扬，对中国年轻作家是有启发的。那些作家都不是西方典型的现代主义作家，而是"土著"，但在表现他们所生活于其间的民族文化特征与民族审美方式时，又分明是渗透了现代意识的精神。这种富有现代感，同时又融汇了民族文化独特性的文艺创作，无疑为主张"文化寻根"的中国作家们提供了现成的经验。马尔克斯的获奖，无法讳言是对雄心勃勃的中国年轻作家的一种强刺激。阿城、何立伟、韩少功等人在阐释自己学习民族文化的目的时都提到了世界性的意思，也是一个证明。事实上，拜倒在诺贝尔文学奖前面固然不必，但硬要说它无足轻重也实非由衷之言。马尔克斯的获奖，至少表明了一种古老民族文化被现代世界的承认，表明了世界多种文化之间的沟通、交流以及平等互渗的可能性。怀着这种出发点的中国年轻作家，在追寻民族文化之根时，潜在目的制约他们的追求并为他们作出某些规定性：要求他们在注重文化之根的同时，必须注重与世界沟通的重要手段，那就是现代感。从这个意义上说，"寻根"文学不会导致脱离现代生活。

或有对"文化寻根"的讥刺，以为所谓"文化"，就是蛮荒远古、吃人生番、之乎者也。这当然是误解。也许确实出现过这样的作品。其实，三、四流的模仿品是任何文学思潮、文学现象里都会存在的，何止于"文化寻根"？我们评价一种文学思潮，总要取其最完善的精品来作目标，不能只顾嘲笑赝品或摹品。从提倡"文化寻根"的作家队伍来看，他们中的佼佼者的追求多半是自觉的。这种自觉也体现在他们的学识与修养，张承志于西北少数民族历史的功力，阿城于古代哲学与美学的修养，韩少功于苗族历史文献的学识，李杭育于江浙民间文艺的研究，都有浓郁的学者化倾向。其次，这种自觉又成为作家们对待生活的态度。商州之于贾平凹，六盘山之于张承志，湘西之于韩少功，都形成一种鱼水关系。一些身在城市的作家，也常常离开现代都市的环境，去深山丛林，走万里路程，搜集材料，体验生活，如郑义、郑万隆、高行健、张辛欣等等（据说高行健为创作《野人》而抱重病下生活，深入湖北神农架的原始森林。这种严肃的创作态度，决不是那种只会按文件来写批评的人所能理解的）。更重要的是，他们经过这两方面的追求与学习以后，又善于把获得的总体知识转化成审美形态，借助于独特而精湛的艺术感受力表现出来。艺术感觉较之学识修养与生活修养，对这批年轻作家来说更为重要。赖有它的存在，才使他们的最成功的作品都展示出历史感与现代感密切交融的特点，既区别于过去在小说里直接卖弄历史文献材料的知识性作品，也区别于肤浅地表现农村生活的现代乡土文学。

在"文化寻根"文学以独特的审美形态施展其魅力之时，其意识形态上也相应地显示出不同于以往相类似的意识形态的独特新质。大致上看，文化寻根意识反映了如下三个方面的意义：一、在文学美学意义上对民族文化资料（包括古代文学作品、古代宗教、哲学、历史文献等）的重新认识与阐扬；二、以现代人的感受世界去领略古代文化遗风，诸如考察原始大自然，访问民间风格与传统；三、对当代社会生活中所存在的旧文化因素的挖掘与批判，如对国民性或民族心理深层结构的深入批判等。有的作品是三者兼而得之，也有的作品仅三者取其一二，但严格地说来，第三种意义是不能独立存在于文化寻根意识之中的。因为自"五四"以来，对旧文化的深刻批判历来是新文学的主题之一，是鲁迅一生毕其全部精力而投之的文化事业。这种对中国民族文化惰性与阴暗面的批判，直至新时期文学始终有极为重要的意义。但它是属于"五四"传统的，在文化寻根文学中因为涉及这个方面而表现之，显然是反映了这种意识与"五四"传统的密切关系。如果文化寻根意识仅仅是重复了"五四"传统的主题而换上新名词，那它也不会有多大的生命力。阿Q万岁，阿城又何足道？我以为民族文化作为一个完整的存在，其必然是阴阳合一，有糟粕也有精华，有阴柔之处也必有阳刚的一面。现阶段的文化寻根意识既然是应运于祖国在建设现代化进程中必须对本民族特性的重新反思以及对其积极精神的发扬，作为审美形态的文学也应该更多地对民族文化的阳刚之气与向上精神进行研究与发扬，这当然并不排除这批作家对民族文化中封建性因素的否定与批判，唯有两者的结合，才显示出这一意识的新质：它承"五四"新文学之传统，又有新的，服务于现阶段时代要求的独特贡献。

以其第一、第二两种意义看，"五四"新文学的历史上也曾都有过先驱。正因为新文学的基本主题是批判传统文化中的封建性因素，它所造成的"文化断裂"而因此带来的局限性也是客观存在的。三十年代初许多作家从魏晋文章、晚唐诗词中吸取营养，以补新文学造境之不足，其中废名的小说，冯至、戴望舒的诗歌与何其芳的散文，至今仍为文学珍品。四十年代初，左翼文学转向民间通俗文学，在吸取民间文艺，接近民间生活的意义上也补充了新文学的"文化断裂"之不足。但平心而论这两方面的成果都仅仅是对新文学的局部修正，唯其局部，片面性也在所难免，从新文学的总体上看并无大的补益。而新时期文化寻根意识的形成，则在已有的文学成果基础上，上升为一种成熟的文化形态。它以对民族文化的精神内核的发掘与发扬，使之处于与对民族文化中封建性因素批判否定的新文学传统完全对等的地位上，构成了当代文学对文化传统的双重认识与双重态度。它显然不是过去文学成果的简单复兴，而是渗及人生意识、思维结构以及审美观念等一系列领域的新创造和新飞跃。

三

什么是"文化之根"？这恐怕是个极其含混的概念。正如西方文化（Culture）一词自1871年英国人类学家泰勒首次为它下定义起，至今已发展成一百几十种解释一样，在中国文化寻根意识产生以来不到两三年的时间里，其解释已出现不相统一的复杂趋向。读提倡"寻根"的作家们自己的解释，也各个见仁见智，有的谈文学之根，有的谈民族之根，也有谈整个人文之根。但有一点似乎还清楚，中国年轻作家在其朦胧的意识中，都注意到文化是一种本民族历史制约下的行为方式与生活观念。文化固然有广义狭义之分。如按广义的解释，文化发展离不开时间的意义，所谓文化之根，只能是时间的逆向运动的结果——越是原始的，越接近文化之根。如按狭义的解释，文化发展只是一种由朴到繁，再由繁返朴的无穷演化，时间无意义。文化之根，反映了文化的精神内核。为其新鲜活泼，富有生命力的因素。有些评论家谈阿城《棋王》时总喜欢引证老庄的话语来证明其文化，我以为大可不必。如果《棋王》中所阐扬的文化精神与现代生活有益，古代也即现代，如果于现代无益，纵使是老庄再生也无意义。从人类精神现象释文化，寻根者所寻之根，应该是最富有现代感，最有益于现代生活的内核，而不是老庄、孔孟，或者易经与诸神。

　　人类的生活方式与生活观念总是一个整体，但它们在时间的筛滤下，实际价值总是不一样的。李杭育是写出这种文化自身矛盾的高手。"最后一个"的意象，往往带有深刻的悲剧性。当那位渔佬将告别世代赖以为生的葛川江捕鱼生涯时，是否意味着他那对无拘无束的自由理想的追求也将结束，他那终生信仰着的忠诚、正直、重人情轻财物的纯洁人格也将毁灭呢？物质生活可以发展得极为丰富、繁荣、先进，可是人类的精神生活总是极为复杂的，每进一步总会伴随着痛苦而不是愉悦。当人认识了自身的渺小这一现实的时候，不比他做着英雄梦更难堪吗？当人从孤独中向自身寻求力量的时候，不比盲目中依附于外界价值来表现自己价值更艰难吗？人们在实现现代化的目标时，精神历程会产生新的危机，也会有战争般的残酷与牺牲。中国年轻作家们似乎已经正视了这样的事实，他们在感受，在表现这种精神痛苦时，力图从民族文化中寻求力量与精神的支撑点，以求达到对这种精神痛苦的解脱与超越。这样的现实条件也制约了这批作家，在他们无论向民间风俗，向古典经籍，向民族文化的学习中，都忘不了对新的人生态度的关注与搏求。

　　文化寻根意识首先表现在新的人生态度的探求，这在1984年问世的两部中篇小说中已经达到了完美的境界。表面上看，《北方的河》与《棋王》没有任何共同之处，一部小说里充满青春的骚动与心灵的震颤，体现出现代人面对世界而发出的生命喧嚣；而另一部则弥撒着大智者的平静与勇气，来实现对现世灾劫的超脱，达到了古典的和谐。也许年轻的读者更加喜欢张承志的小说，可是从文化寻根者的人生境界看，这两部中篇完全保持着内在精神的一致。

　　《北方的河》中，"他"的人生态度是一种境界，它是反叛，是战斗，喧哗与骚动正是对人生的意义的确定，是现代意识对传统世俗观念的超越之声。这位主人公在气质上接近浪漫主义，他不像在《同一地平线上》的主人公那样现实，可是他对前途的把握，也是建立在知识、能力与自信之上，因此精神上他仍然是一个孤独者。他是强者，所向披靡，实现目标的过程也是精神外化的过程。小说简直是一支奋斗的歌，岂止"他"是奋斗者？那女主人公，那徐华北，不也都在为实现自己的人生目标、证明自身的存在价值而奋斗吗？这一代人的命运被摆布得太长久了，即使是这样一些小小的、具体的人生目标，也是激动人心，值得毕全身之力去追求的。当然，这样的人生态度不是没有危机，正如小说中女主人公所感受到的：这就是一切？我明白啦，成功并不能真正给人的生活带来改变，包括不能改变人心的孤寂。写到这里，张承志已经在宣布自己超越了浪漫主义。他没有让"他"最后得到胜利的喜悦，这样也许更加突出了"他"的追求本身的意义。理性的精神外化同时又是理性的有限性的反制，在这种过程中，目的既是动力，又是限制。这部小说极为精彩地揭示了这一矛盾。联系张承志以后的创作看，他似乎进一步实现了对这种目的性的超越：九座宫殿黄泥小屋，汗腾格里冰峰……正如一位批评家所指出的，这些景象，都具有抽象性与模糊性的含义，成为一种"无"的意境。也许对作品的主人公来说，这些追求对象都是实有的，但行动的最终无果恰恰显示了行动本身的价值之"有"。这是对目的性的超越，又是对引导精神外化的理性的超越。而后一种境界，也正是《棋王》所表现的人生态度的境界。王一生天生柔弱，在这场浩劫中这样的小人物只能像狂风中的沙粒，要在无定向的行为中获得意义与价值，唯一的力量来自自身精神的平衡。王一生在生活中无法有具体的目的性，也无法使精神朝外转化，于是便转向内部，下棋不过是人格在外界的生命对立物。阿城津津乐道地写王一生们的吃，固然有社会意义，但更重要的是确定生命的意义。吃为身体之必需，棋为精神之必需，都是对自身的一种修炼，由于缺乏外部世界的目的引诱，内部的力量则在无为之中积蓄起来，它没有了外界的限制，却能适应外界的各种变异，始终保持精神上的平衡。王一生与《北方的河》的主人公不一样，同样与大自然的交游中，后者所求的是对自然的超越与征服，结果多少有些消耗体力与精神。而王一生的徒步旅行，仅仅是与自然交朋友，从生活中获求感受。耗费少吸收多，故能融百归一，外界限制少，能促使以一化百，以不变应万变。这种精神的内化过程看似被动与消极，实际上正是向更大的主动与积极的转化过程。王一生的人生境界，说它孔孟也好，老庄也好，都不重要，有意思的是它反映了现代人对自身所面临的精神困境的自觉超脱。

在人生态度的目的性方面，张承志始终表示出顽强的追求，以及对这种追求不可克服的怀疑，他的寻根意识，多半是在由实有向空无的寻求中表现出来，如破碎了的彩陶和哈萨克大娘的葬礼等。阿城却否定了这种目的，他的主人公的生活态度显示了内在的充分自由性，实为由空无向更自由的"有"的境界的追求。因之，阿城的小说似乎很难归为"寻根"的概念，更多的是泄露他自己对中国文化精神的领悟与感受。

人生境界的不同还体现在两位主人公的人生行为之中，把"他"与王一生的禀赋气质对照起来看也是有趣的。"他"是强者，王是弱者，可两人都以自身的行为完成了向反面的转化。"他"在精神外化的过程中，明显地因集阳气太盛而造成阴虚不足，小说前半部分写他在征服自然的顽强搏斗中似乎已经伏下了右肩肌肉隐隐作痛的病根，在后半部分，"他"回城以后在各种世俗生活的羁绊与办事机构的文牍主义折磨下，进取精神一再受挫，就像困狮一样感到窘迫。显然他仍然在拼搏，但困境的增大是显而易见的。还有那始终伴随着他的，并且愈演愈烈的右胳膊阵痛，这个细节极为精彩，仿佛使人听到《命运交响曲》中的阵阵揪心的叩门声。它似乎成为一种个人意志无法逾越的力量，随时将制约着人的行为，毁灭人的苦心经营中可以获得的命运支配权。《北方的河》中的"他"在理想主义与英雄色彩方面有点接近罗曼·罗兰笔下的约翰·克里斯朵夫，那条汹涌澎湃的黄河也类似于那条沟通法德两国文化的莱茵河，展示着生命的起源、勃发与进取。但凭着这个令人感动的细节，我觉得张承志与罗兰划清了界限。如果说，《约翰·克里斯朵夫》曾经站在柏格森的生命哲学的立场上，但一头还联系着旧浪漫主义的个性颂扬，那么，《北方的河》一头则联结着二十世纪现代意识的一端。王一生恰是相反，他看似阴柔孱弱。在无所作为中积蓄内在的力量。但一旦外界需他有所作为时，内力鹊起，阴极而阳复，获取九局连环之胜。小说最后对王一生下棋景象的描写，完全把一个人的生命之光，借助肉体与精神和盘托出，使之与茫茫宇宙气息贯通。阳盛而阴生，阴极而阳复，两种人生行为包含了两种不同的境界。自姚鼐创阴柔阳刚之说，曾国藩演化为八境之说以后，阴阳之气由文体变文气，再变风格、意象、造型等具体技巧，向为中国文学之两极，重分不重合。文化寻根意识起，把握两仪，生成转化，使阴柔阳刚成为同一而互转，这是这派作品对当代文学的重大贡献。这种突破，不是来自艺术的辩证法，而是人生哲学的根本改变，于中国文化精神相结合。

四

文化寻根意识不但在人生态度上突破了传统模式，而且在文学创作的思维形态上也带来了重大的突破。文化寻根意识引入文学创作以后，小说结构中因果思维模式的传统地位遭到了挑战。这一派创作明显地表现出两种寻找意向：一种是探向生命的起源，探索遗传与生命的关系，以及生命存在的方式与意义。韩少功的《爸爸爸》《归去来》以及稍后的《女女女》，都是带有这方面意义的探索。丙崽如果仅仅是一个现代的阿Q，那么，韩少功不过是重复了鲁迅的传统，然而不，我觉得丙崽的意义，在于他象征了人类顽固、丑恶，又充满神秘色彩的生命自在体。他那两句谶语般的口头禅，已经包括了人类生命创造和延续的最原始最基本的形态。在这部小说里，作家极为认真地探求着个体生命，种族生命以至人类生命的关系，它们的形成，以及生存的艰难过程。这种探求在他的其他两部小说中也体现出来。《归去来》中，黄治先在澡桶里从蓝色的雾中想到的"一个蓝色受精卵子"的意象，在《女女女》里又一次隐隐约约地出现，于是就发出了"我究竟在哪里"的呼唤。这里有对生命形态转换的窥探，有对生命形态退化的沉思，如果从这些角度来读韩少功的小说，你就不难理解为什么丙崽毒不死，为什么黄治先与眼镜像庄子蝴蝶那样分不清，又为什么幺姑病中越来越像一只猴、一条鱼。但这些现象是难以用传统的因果关系去解释的。这种寻求意向在目前文化寻根文学中愈来愈引起人们的兴趣，如王安忆最近的小说，也表现了这方面的探寻。生命的问题，性的问题，虽然在理论界与科学界引出了各种令人瞩目的成果，也引起了学术界的热烈争议。但文学是无须关心这些科学成果本身价值的，它的任务是揭示出生命之谜，以审美的方式去吸引人们对这些奥秘的重视，从而达到改变人们对自身的传统认识。结论不重要，原因也不重要，它呈现于读者的仅仅是一种"结果"。因此，在这类作品的构思中常常出现神秘主义的思维形态。

另一种探寻是把眼光投向自然。作家们把自然看作是一种人赋以意义的文化现象，使人与自然交感中获得新的生命意义。文学作品的自然意识通常含有两层意义，一是把自然看作人世社会的对立物，在流连于原始的非文化性的大自然中，寄寓了诗人逃避现实的苦恼。这是浪漫主义者的境界，是夏朵勃里益和湖畔诗人们的诗情发源地；另一层是把生命的意义投诸宇宙，通过对宇宙奥秘的无穷性的探究来获得对生命意义的无穷性的重新认识。这是中国文化传统中常有的境界。阿城《棋王》的构思不知是否得益于贾岛的两句诗："独行潭底影，数息树边身。"这诗绝妙地渗透出中国文化传统中人与树之间的一种最深的生命交流状。肖疙瘩在人事中多坎坷不平，终于跑到远离都市的深山里，与树为友，明心见性，在自然的常青中消融个体的生命。这里，探究肖疙瘩的死因毫无意义，把这篇小说看作是一篇批判破坏生态平衡的作品也未免委屈了它。人与自然的感应，生命与宇宙的交流，这才是小说揭示的美学境界。这种体现了中国传统文化精神的自然意识，是文化寻根意识的一个重要组成部分。它在创作构思中无法用因果关系给以解释，取而代之的，常常是人与自然的感应思维形态。

　　因果律在文化寻根作品中地位越来越小，这反映了人们的思维形态由一种转向多种。随着科学的进步和发展，大至天地宇宙，小至自身生命，都不断地涌现出新的课题，使人感到困惑，进而认识到，传统认识中对宇宙和对生命的自信是盲目的。先是盲目于神学，后是盲目于科学（指牛顿时代的经典科学），每一种文化的形成，都是人类认识能力的进步同时又是一种限制。因果思维模式地位的动摇，正是人们冲破对传统科学水平的盲目自信，向新的科学领域探索的标志。另外，这对中国新时期文学来说还有别一层意义，文化寻根意识的产生，促成了原来的文学传统观念——那种以为文学就是社会的说明书——的彻底破产，因果律本来是最有利于用来说明社会意义与作政治宣传的，然而多种思维形态的出现，从根本上改变了这种单一指向的文学意义。神秘主义、感应关系以及其他各种非因果性的关系将会导致人们对世界的多种解释，丰富人们的思想和文学观念，因此也可以说，这又是新时期文学繁荣壮大的标志。

五

当"文化寻根"作为一种文学思潮产生的时候，无论它在人生态度还是思维形态上的创新，都只能以审美的形态表现出来——文学语言、文学意象、文学形式以及作家独特的创作个性。文化既然是人类精神活动的结晶，它的最高形态应该是人类的审美境界。这一派文学作品一问世便给文坛带来耳目一新的感觉，主要也是它们体现了与过去的文学传统完全不一样的审美经验与美学境界。

如果以个人的文学风格而言，中国新文学历史上从来没有哪一个文学思潮或文学流派能像"文化寻根"文学那样，包容了各种各样的创作个性。由于中国文化起源的多元性特征，决定了每一个地区作家独特的创作个性。贾平凹追求的秦汉风采，究竟达到了什么程度尚且难说，可那种厚重、朴实、浑放的风格，俨然呈一枝异葩。李杭育身处吴越文化地，孜孜不倦地研究南方民间传统中的英雄人物：济公与徐文长，以此与北方燕赵慷慨悲歌之士摆开了擂台唱戏，唱的自然是另一出。有些作家，虽然同处一个地区，追求亦有不同：韩少功的豪放奇诡与何立伟的雕琢典雅便是一例。可以说，融中国各家文化之长，呈千姿百态之貌，正是文化寻根文学区别于以往为人生文学、乡土文学、解放区文学、山药蛋派以及荷花淀派等流派的重要特点之一，它在艺术风格的含容量上，达到前所未有的丰富性。

但是，作为一种文学思潮，这些风格迥异的作家之间仍然存在着内在的同一性，这除了表现在他们对传统文化所持的肯定态度以及大致相接近的理解以外，更重要的还是共同的美学追求。在纯洁祖国民族语言、恢复汉文化的意象思维，以及对完善传统文学审美形式的追求上，他们都作出了大致相近的努力。

几乎这一批作家都注意到，文学的美不仅仅属于它的思想内容，更重要的体现在文学的直接构成材料：语言。文化寻根派许多作家都把兴趣转向民族文化自身的语言系统：意象语言。中国古典文学作品（主要是诗歌）中语言常常无规范的逻辑可言，虚词少，实词多带意象的具体性，有时一首古典诗词，完全是一组意象的自然衔接。中国当代的"文化寻根"作家们，自觉地从这种古典诗词意境里吸取小说的营养，也包括了对这种语言的审美特征的借鉴。值得一提的是湖南作家何立伟对此作了可贵的尝试。虽然，这种语言美学的探索的艰难性远远越过思想内容与艺术形式的探索，目前看来，这类探索还存在着不少瑕疵，为人所诟病。但作如此探索的精神与探索道路是应加以肯定的，也许，语言的自觉探求正反映了中国新文学真正的成熟。

关于文学审美形式的探索，也是近年来令人瞩目的成果之一。当这一派作家有意识地把美学观念带进小说创作时，传统小说的叙事模式受到了严峻的挑战。"文化寻根"文学的作家们更多地在小说中表现个人的性灵所至，表达他们对古典美学境界的追求。就是在这种追求动机的刺激下，近年来短篇小说与中篇小说在形式上越来越明显地出现了分界。《商州初录》《遍地风流》《一夕三逝》等作品，都冲破了原有的短篇小说的局限。他们在中国古典话本小说与西方近代短篇小说之外，又寻找了另一种传统，即古典笔记小说的形式，从《世说新语》到《浮生六记》，都是以表现主体性极强，篇幅短小以及散文化的结构形式为特点，回荡着浓烈的艺术气韵。一批年轻作家也开始了这种短篇小说向散文靠拢的转化，再配之语言的探求与意象的营造，使短篇小说艺术起死回生，完全达到了另一境界。②

六

有两本小说值得对照起来读。一本是毛姆的《刀锋》，出版于第二次世界大战行将结束的1944年，写了一个欧洲青年对西方文化感到幻灭，转向去印度研究东方文化，终于获得了对宇宙对自身的新认识，由此确立了新的人生观与伦理观。据说这个青年的原型是维特根斯坦，这一形象的塑造，表现出二次大战期间西方文化发展的某种动向。另一本是钱锺书的《围城》，发表于抗战胜利不久，写一个留学归来的青年在国内学术界教育界所经历的种种失望，尖刻地讽刺了一些留学西方的知识分子的不学无术与愚而兼诬，实际上也反映了对西方文化的失望。两种寻求，两种结果，结论倒是一致，表现了四十年代知识界对西方文化的普遍看法。这种文化发展动向在本世纪初已经发轫（有斯宾格勒的《西方的没落》一书为证），至半个世纪以后，方才成为一种普遍的趋向。

自上世纪以来，西方一些敏锐的文化界人士如叔本华、尼采、波特莱尔、郭尔凯克尔、陀思妥耶夫斯基等人，已经对西方文化的没落产生了强烈的忧虑。本世纪初西方神秘主义倾向正产生于此。当爱因斯坦的相对论打破了西方传统科学理论框架以后，人们的这种忧虑被证实了，于是神秘主义开始与东方哲学靠拢，西方人士第一次自觉地从科学的意义而不是仅仅从伦理与美学的意义上来重新认识东方文化。这种文化趋同的潮流，汹涌澎湃地贯穿了至今为止的二十世纪文化史。也许，西方人面对文化的渺渺大洋终究难以抵达东方彼岸，也许，东方人在穿透重重时间迷雾的努力中也未免能有所获得。总之，东方文化究竟在何等程度上可能与世界科学进步实现真正的合作，这是未来科学的任务，而不是文学的任务。

"文化寻根"意识的真正意义在于科学，但它既然反映到文学中来，那就应该通过人们的审美活动成为一种历史证明：它向未来的人们宣告，在许多年以后方为实践所证实的科学结论，将是历史上一代又一代的人们长期探索的结果。自然，它真正的、现实的意义还在于对当代文学的审美领域的贡献，这是已为大量的优秀作品所证实了的。

注释：

①据报道，辽西牛河梁遗址出土的一尊基本完整的女神头像表明，其脸型是蒙古利亚种，与现代华北人的脸型近似。

②近年来"文化寻根"文学在审美经验上的探求还包括对中国文化传统中意象理论的重新发现。意象，在中国文学传统中不仅仅是技巧，更重要的是一种思维形态与审美方式。关于这方面的理论探讨，李陀、胡伟希等许多同志都发表了很好的见解，在此不赘。

原载《文学评论》1986年第6期

历史的命题与时代抉择中的艺术嬗变

——论"寻根文学"的发生与意义

季红真

导　论

"寻根文学"现在已经成为一个通用的专有名词。尽管它在概括一种文艺思潮的时候，有着不尽如人意的模糊性，未必是居于这个思潮的所有作家的自觉追求，但作为约定俗成的概念，而迫使我们接受它。在这股思潮（主要是指作为论争的热点）基本沉静下来，并且有与之反动的新思潮方兴之时，本文期望通过追溯其缘起，分析其发生的各种因素，并在它与其前后文学思潮的特殊关联中，发现它的意义与价值。为此，我们首先面临几个不容回避的问题。

1. "寻根文学"的缘起

讨论它的缘起，应该分为两个层次说。首先是作为文学创作潮流的缘起，这需要以创作实绩为基石；其次则是这个概念的缘起，这主要反映在理论论争当中。

新时期文学在"伤痕""反思""改革"等具有轰动效应的主潮之外，从一开始就潜动着一股更平缓、更深沉的潜流。有不少作家在寂寞中耕耘，出现了一批以不同人文地理区域的风情营造风格，同时又以各自不同的哲学意味而有别于传统"乡土小说"的作品。譬如老作家汪曾祺的《受戒》《大淖记事》等作品，以江苏高邮地区的旧日生活为素材，在深挚的乡情怀恋中又蕴含了对人生人性的感悟。及至1984年，人们突然惊讶地发现，中国的人文地理版图，几乎被作家们以各自风格瓜分了。贾平凹以他的《商州初录》占据了秦汉文化发祥地的陕西；郑义则以晋地为营盘；乌热尔图固守着东北密林中鄂温克人的帐篷篝火；张承志游荡在中亚地区冰峰草原之间；李杭育疏导着属于吴越文化的葛川江；张炜、矫健在儒教发祥地的山东半岛上开掘；阿城在云南的山林中逶巡盘桓……尽管这些作家分别同时受到了评论界的注意，但作为一种总体的趋向却并没有引起足够的重视。于是，作家们按捺不住了，开始发表自己的宣言。

1985年4月，韩少功在四月号《作家》上，发表了《文学的根》，指出"文学有根，文学之根应该植于民族传统文化的土壤，根不深则叶难茂"。六月，阿城在《文艺报》发表《文化制约人类》，着重强调要重视民族文化自身的价值，指出："中国文学尚没有建立在一个广泛深厚的开掘之中，没有一个强大的、独特的文化限制，大约是不好达到文学先进水平这种自由的，同样也是与世界先进水平对不起话的。"并且，迅速引起反响，展开讨论。九月，李杭育在《作家》发表《理一理我们的"根"》，一发而不可收，在《文学评论》等刊物上发表《文化的尴尬》等多篇论文。郑万隆在《上海文学》发表《我的根》，宣称"我想开辟一片生土，又植根于我的那片赫赫的山林"。与此相关的，还有张承志发表于《读书》1985年9月号上的《历史与心史》，他以一个民族情感与心灵的路程，作为解读《元朝秘史》的新角度，不能不说是与"寻根派"作家们的追求相一致的。

此后，一场文化问题的大论争以空前的规模开展起来，创作也在同步发展。林斤澜的《矮凳桥传奇》发表，郑万隆的《异乡异闻录》问世；张辛欣、桑烨的《北京人》引起广泛的注意；韩少功的《爸爸爸》《诱惑》等作品带给人极大的困惶，阵容强大的湘军崛起；《西藏文学》于1985年7月，扎西达娃《西藏，隐秘的岁月》为首篇，推出魔幻现实主义专号；《上海文学》发表马原《冈底斯的诱惑》；莫言的"红高粱家族"陆续发表，开辟了一个"高密东北乡"的神话世界；李锐的《厚土》一鸣惊人，继而是《吕梁山风情》源源不断；王安忆的《小鲍庄》、铁凝的《麦秸垛》、洪峰的《瀚海》、张炜的《古船》等等，带有寻根意向的作品一再出现。一些并没有主张"寻根"的作家，也在这个潮流中作出了新的姿态。陆文夫的《井》、王蒙的《活动变人形》、冯骥才的《三寸金莲》都不同程度地与寻根潮流相呼应，从自己的立场与之对话……1985年、1986年、1987年，真是中国文坛充满奇迹，近于神话的时期。

这使人们，无论是否愿意，都必须接受这个事实，"文化寻根"是这几年文坛最重要的现象。

2. "寻根文学"与新时期小说中的文化意识

在上文新提到的作家中，有许多人都没有悬挂"寻根"的旗帜。譬如，王蒙、林斤澜、冯骥才、陆文夫等人。他们是缘着另一条路线与"寻根"的作家会合的。这就是从对政治批判到对民族文化的思考。也就是说，他们在对当代社会生活的思考中，渗透着浓厚的文化意识。这是由于新时期文学一起始，就与整个民族现代化的历史要求密切相关，与各种社会文化思潮相互渗透。从刘心武《班主任》，"救救被'四人帮'坑害的孩子"的呐喊，到1986年的"刘晓波旋风"，新时期文学在自身的发展演进过程中，容纳了整个民族现代化进程中文化抉择的痛苦。这时代的作家都不同程度地具有文化意识，并且以不同的方式在作品中表现出来。"寻根文学"无疑是使普泛的文化意识发展到登峰造极的重要一环。所谓登峰造极是指寻根派作家，将文化的意义由一般的文明教养，扩展到民族精神的本相生存的根基及命运前途的高度来认识。并且，在这个前提下，把民族的传统文化看作文学发展的重要母体。因此，"寻根文学"与新时期小说中普遍具有的文化意识之间既有联系又有区别。联系在于新时期文学中普遍的文化意识，相当程度地构成了"寻根文学"产生的部分背景；区别则在于主张"寻根"的作家更重视本民族文化的原生形态，这首先体现在重视上古文明遗风尚存的民间文化，以及非规范的文人文化。

鉴于这种联系与区别，本文立足于分析论述典型的寻根派作家作品，同时为了比较，也将涉及并不以"寻根"为旗帜的一些作家作品。

3. 历史命题的时代延续

"寻根"者所寻的首先是民族文化之根，其前提是外来文化的参照。从这个前提看"寻根文学"的缘起，就溯寻到了文明古国的近代命运。近代西方的工业革命导致了全球物质化的潮流，致使战争、革命频频不断。这潮流以侵略的战争形式冲决了文明古国闭封的国门，使中国的几代知识分子都必须认识这样的事实：我们已经丧失了祖先那块在多数情况下，相对稳定的生存空间，也丧失了在封闭中相对平衡的心理空间。一百多年来，这个民族躁动不宁，有识之士穷究极索，无非都是被生存的危机感困扰着，在被动的局面中作出主动的或被动的反映。"寻根文学"正是在东西方文化大冲撞大交汇的总体背景中，此一时代的人们在被动的局面中，所作的主动反应，希望变通传统以进入现代文明。这是历史命题的延续。唯其如此，在文化寻根的论争中，"五四"运动以及它所诞生的一批作家，一再在积极的或消极的意义上被提及，也就不是偶然的现象。

为此，从两个时代的比较入手，开始我们的工作是必要的。

两个时代的同与异

毫无疑问，"五四"和今天都是开放的时代，而所面临的又都是如何改变中华民族的落后现状，赶上人类整体前进步伐的共同历史任务。

鸦片战争以后，闭锁的国门被入侵者的坚船利炮轰开，中国人从泱泱大国的迷梦中醒来，面对一个陌生而奇异的世界，第一次意识到民族积弱的巨大危机，有识之士开始用理性的眼光重新审视自己民族的历史与现状。明代末叶即开始的西学东渐，遂由无足轻重的自然状态，成为一时代人们的自觉运动。康梁一代鸿儒由亡命日本到考察欧洲，大批留学生出洋求学，都使西方的社会政治思想与学术思想得以在中国传播。加上日本明治维新以后国力渐强的启示，维新之声遍及朝野，洋务运动反反复复。及至"五四"前后，从马克思到尼采，从达尔文到斯宾塞，各种西方的社会与学术思想，已成为中国先进知识分子的常识。而一般激进的知识分子，多以科学民主精神为武器，希望改造社会与民生。加上军阀连年混战，难以形成集中统一的政局，遂出现春秋以后，又一个百家争鸣的局面。

今天也是一个开放的时代。十年浩劫的结束，政治的转机，使中国又再一次睁开眺望世界的眼睛，重新用理性的目光反省当代中国的历史与现状。思想解放运动与改革的浪潮，使对外开放与对内搞活，成为一时代的大势，东西方文化的各种思潮流派随着先进的科学技术一起涌入，其冲击力之猛，影响之大，也迫使人们做出迅速的抉择。

"五四"与今天，都是中国近代以来，两个新旧交替的时代，又都是东西方文化在这块国土上大冲撞大交汇的时代，两个时代面临的都是民族图强的基本任务，这个时代的人们也和"五四"时期的知识分子一样，面对着这个充满厄运、灾难沉重的民族无法回避的历史命题。"文化大革命"的结束自然是

中国当代文学史资料丛书

政治的转机，但也使中国人一下从世界革命的中心，跌落到现代文明的凹地之中。精神失落的迷惘，价值抉择的痛苦，都使一些看似陈旧的命题，搅扰着这时代的国人。"中西文化异同论"，"东西方文化价值优劣论"，以及最为尖锐的"体用之争"①，在文学艺术界则是"土与洋"的问题，都一再重复，延续至今。但社会毕竟已经发展到了今天，历史也不会简单地重复，要面对这个时代的社会人生，要分析这个时代的文学现象，也许看到两个时代的差异，对于我们更为重要。我以为至少有三点是不同的。

1. 民族传统文化在社会生活中的地位不同

"五四"时期，居于统治地位的意识形态，是儒家的道统，皇权至上的封建伦常关系，成为窒息着整个民族精神的巨大桎梏。今天不仅意识形态更弦易辙已有三四十年，而且人们刚刚食过文化虚无主义的恶果，经历了这样的"历史嘲讽"：当传统文化一概被斥为封建主义，人们梦想建立一个没有任何"封、资、修"因素的崭新文化的时候，却被更残酷、更野蛮的文化整整禁锢了十年之久。不仅眺望世界的窗口被封闭，和传统的联系也被割断。于是，传统以一种更阴暗的方式，报复了人们的无知。封建积习在愚昧的国土上四处滋生，经济凋敝，社会动荡，人民饱经祸患。一个久经战乱，原本已经破碎不堪的世界，变得更加破碎。不仅如此，更严重的是民族精神被形而上学所窒息。传统的悟性的思维方式没有了，真正的科学理性也没有建立起来，庸俗实用主义成为通行的思想方法。

面对一个这样窘迫的文化困境，更需要我们对文化问题取审慎的态度，再满足于空话的口号争论是没有意义的。需要深入扎实的研讨与综合性治理。否则，引进的可能是瞬息万变的概念，而丧失的则是宝贵的人文精神。而且，现代语言学也告诉人们，一个民族只要他的习用的语言不废弃，文化传统总是以这样那样的方式束缚着人们。现代化的文化建设不可能以废弃本民族的语言为前提。那么，与其无视和一概排斥传统文化，不如在限制中积极地变通传统，以适应现代社会的生存。

事实上，"五四"前后的学人们，对文化传统也取审慎的态度。梁启超明确地说："我自己和我的朋友，继续我们从前的奋斗，鼓吹政治革命。同时，'无拣择'地输入外国学说，且力谋中国过去善良思想之复活。"②就连鲁迅这样激进的呐喊者，也以"拿来主义"为原则。即使批判儒家道统也没有忘记区别"孔子"与"孔家店",只是由于黑暗社会的压迫,而多用激烈的言辞。

2.参照系发生了明显的变化

近代以来的先进中国人,探索强国富民之路,在对传统文化进行反思的时候,大多以西方文化作为参照系。经过半个多世纪的发展,特别是二战以后,西方文化本身发生了很大的变化,科技的飞速发展,新的产业革命,使后工业社会迅速形成。适应超自然工艺社会的边缘学科层出不穷,不仅爱因斯坦取代牛顿,存在主义与结构主义两大哲学流派消长起伏,延续数十年,而且,老三论、新三论,嬗变速度极快。语言学也由一般的人文学科,一跃成为人文学科的带头学科,明显地影响到哲学思潮的沿革。更有意思的是,现代物理学的昌明,科技史的发达,又使魔术一样神奇的现代科技文明,在东方找到了思想的源头。而且这不仅是宇宙观方面的混沌相印,就连西方广泛应用的电算技术,也由莱布尼兹新创立的二进制数学而上溯到伏羲八卦所使用的数字意义。

与此相对应的,是国际政治局势的明显变化。由殖民运动而至民族解放与民族独立运动的兴起,由东西方两大营垒的形成到各自的分化瓦解,以及由冷战到逐步缓和。都使一个更适应人类整体生存需要的东西方文化对逆现象波及全球。东方在落后的生产与生活方式中,向往西方的科学技术来改造自己的民生,西方人则在后工业社会的危机中,希望在东方古代的原始思想中,获得克服危机的启示。

这一切,都极大地改变了中国人的视野。今人所面对的世界与"五四"时期的人们有了极大的不同。"五四"时期的人们所参照的西方文化,大致是十九世纪与二十世纪过渡时期的社会与文化思潮,十九世纪乐观的历史意识,实物为中心的世界观,欧洲为中心的文化价值观。今天的中国人所参照的则是相对论、耗散理论这样崭新的世界观、系统为中心的思想,重视普通人活动的历史意识,文化上承认各民族文化自身的相对价值,以及强调人的感性存在等思想观点。仅就文学而言,"五四"时期的作家所熟悉的是托尔斯泰、陀思妥耶夫斯基、歌德等十九世纪的作家。而今天的作家,所参照的是以二十世纪的哲学与文化思潮为背景的,从现代主义到后现代主义的一大批作家,他们都诞生于两次战争前后。文学思潮起起伏伏,艺术手法一再革新,都不可能为"五四"时期的作家所了解。

这种参照系的明显变化,也使今天,特别是今天的中国作家,无论是从

中国当代文学史资料丛书

科学认识的需要，还是文学创作的实际，都不可能简单地效法"五四"时期的人们。"五四"的精神固然辉耀今日，但完全以"五四"时期的价值择取为标准，无论是就现实的文化建设而言，还是就单纯的文学创作来说，都是荒谬的。

3. 目的发生了极大的变化

"五四"时期，对传统文化一切激烈的批判，最终都要导向诉诸暴力的社会政治革命。因为当时外战与内战频繁，军阀连年混战，民族危在旦夕，使一切"拿来"的改良设想皆成为泡影。政治革命是民族克服生存困境的唯一出路。所以才有鲁迅与英美派教授们的冲突，有一般主张"教育救国""实业救国"，本意并不欢迎革命的自由主义知识分子，在政治斗争激烈冲突的社会夹缝中，瞻前顾后的狼狈。

今天的时代，无论从任何意义上来说，都不是一个激烈的政治革命的时代。不仅百年来战争与革命的轮番磨难，使民族的元气大伤，国力疲弱，各阶层人民都迫切地需要休养生息，生产力水平低下，管理混乱，法制不健全，文化素质下降，也都不是靠革命所能够解决的问题。而且，国外商品充斥国内市场，商业化的浪潮席卷整个社会，教育萎缩民族精神涣散，在"片断式"的生活与"平面化"的文化制约下，知识贬值、文化贬值，社会结构、价值观念，与人际关系，都发生着明显的变化。如果说，十年前的"文化大革命"是一场政治革命的话，十年后的今天，面临的是一场严格意义上的文化革命。在这样的物质与精神生存现状面前，革命就像神话一样缥缈。

几种张力

美国著名文化人类学家罗杰·门·基辛说："没有哪个社会和文化是一元的，也没有哪个社会和文化是完全整合的，任何社会和文化总是代表某种冲突观点和冲突利益的复合体。"③一个时代文化价值的择取也必然裹挟着人们的多种意向。在"寻根文学"明显地表现出的多种意向，这既是现实文化价值择取中"冲突观点与冲突利益"的折射，又造就了相近的美学追求中风格的差异。由于作家们都是运用汉语进行写作，本身各自差异的文化背景中，又有同一母语的共同限制，因此，有时看似对立的观点中，却有着明显的或潜在的相似性。譬如思维方式、动机与目的等等。事实上，各自交错的意向，本身也是同一文化形态中，自身冲突的反映。我宁可把这种现象看作是一个文化群体在急剧变动的时代际遇中，在外来文化与新的文明冲击挤压下，内部运动所形成的张力。大致有如下几种情况：

1. 批判性与认同感

批判性是指对民族文化（不限于精神文化还包括民族生存的历史与现状）的反省与批判；认同感则指对传统自身的区别与扬弃，以及有选择的承诺。

新时期的小说就其批判性来说，一直是非常强的。这种批判性来自人们对十年动荡刻骨铭心的惨痛记忆，也来自对阻遏着整个民族进入现代文明社会的残破现状与巨大历史因袭的思考。因此，基本主题自然而然地由政治的批判深入到民族文化的思考。"寻根文学"以及与在它前后一齐问世的一大批具有极强文化意识的作品，都不同程度地体现着这种批判的精神。但中年一代的作家，大都从经济、政治改革的现实要求出发，将批判的锋芒指向小生产的落后意识与小农经济滋生的封建保守观念。张贤亮对此，有明确的宣言，他说："在这开放改革的挑战性年代，剖析、批判、改造中国文化的潜在结构已经迫在眉睫。"④

典型的寻根派作家的批判性，则主要体现为对愚昧、落后、贫困的生存现状的情感否定。譬如，郑义谈到自己的创作动机时，明确地说："'人不如狗'吗？我没想透。我从来肯定'历史'、'进步'、'文明'等字眼，从来不否定人类文明在某种意义上的成功，更绝对不打算把包括自己在内的人类贬低到不如狗的地步，但现实生活中，为什么确有'人不如狗'的现象？问题留给理论家，情感留给我自己。于是，我吟唱了一首太行牧歌，歌唱顽强的生命力和自由的灵魂。"⑤

同样基于对现状的不满，一些作家更侧重社会发展的现实要求。"五四"以来的个性主义，以及与此相关联的人道主义，仍然是他们主要的思想武器。这无疑是由于反封建仍然是当今中国社会的重要课题。陆文夫的《井》以人道精神和社会变革的要求，解剖封建礼教深入民族心理的影响，它渗透在人们日常的行为方式中，并且与现行的许多制度一起，形成巨大的约束力，荼毒与残害着善良者对社会创造力的阻碍。冯骥才的《怪世奇谈》系列作品，则借助市井风习的铺陈、夸张荒诞的故事，揭示出民族文化心理的病态与畸形，无论是荣华尊卑观念，还是以残缺为美的病态趣味，都反映了民族心理的扭曲与精神的不健全。林斤澜的《溪鳗》，则进一步深入到被政治生活扭曲与压抑的性心理中，由"鱼水交欢"的古老性爱主题，容纳悲凉的现实感受，非常艺术地表现了这种文化（主要是政治化的人际关系）对自然人性的扼杀。溪鳗身为女人，在只有性而没有爱的时代氛围中，由那处于权力高峰的男人酒醉后的幻觉，而变成一条"鱼"，她前半生的价值仅是一个性的符号；而这样畸形的两性关系也不能见容于那个时代，政治地位的明显悬殊，使两人之间最原始的自然要求，也难以实现。待到世事沉浮，彼此之间的政治差异消解的时候，那男人已经瘫痪了，"这说的是性的枯萎"⑥。溪鳗收养了他，自然的情欲化为平淡的温情，溪鳗不再仅是"性的符号"，她升华为善良的道德精神，但也丧失了人应得的生活机会。这被扭曲的一生，生动地揭示了这种文化的残酷性。高晓声的《觅》则揭示了传统的家庭关系中长子所承担的过多义务使他们事实上处于被剥削的地位。他所批判的不仅是封建的意识形态，而且是这意识形态所维系的家族制度与村社传统。

一般说来中年作家们的批判精神，主要体现在对传统文化心理的冷静解构，而青年一代的作家则对生存（物质与精神）的现状，表现出更多的激愤。朱晓平的《桑树坪纪事》，李锐的《厚土》，郑义从《远村》到《老井》，张承志的《黄泥小屋》，莫言的《筑路》《飞艇》，史铁生的《我那遥远的清平湾》，阿城的《聚餐》、李丑的《野草莓》，都着力表现精神之所以被扭曲的物质生存现实，乡土社会食的匮乏与性的压抑，以及在这匮乏与压抑中蒙昧的生存现状。矫健的《河魂》、张炜的《古船》则进一步展示了在这样的生存状况中，惨烈的仇杀与专制的家族主义传统。洪峰的《奔丧》，把激愤的批判精神，凝固为冷淡得无以认同的局外人立场，对乡土社会混乱蒙昧的生存状况，表达了极端的厌恶。及至《瀚海》，他将这种心态直述了出来，"到那里寻根，不如去寻死更痛快"。洪峰并不是一个典型的"寻根"派作家，但他的创作相当程度地受到"寻根"思潮影响。在他们作品中，批判精神并不完全指向乡土社会的生存，也包括变革中的城市现状。短篇小说《蜘蛛》，写一个经济上富裕起来的个体户婚姻瓦解的故事。主人公平静地听任有外遇的妻子弃他而去，平静得近于冷漠的态度，也正表现了物质化的生存现状，把人异化得丧失了爱（不单是性）的能力。莫言晚近的《红蝗》等作品，对传统与现实的生存也都表现了由衷的否定态度。他们的批判是双向的，既包括对传统的批判，也包括对现代城市文明疲劳症的批判。女作家要温和得多。王安忆的《小鲍庄》、铁凝的《麦秸垛》，前者偏重于食，后者偏重于性，都表达了对农业经济中普遍生存状态的否定倾向。但她们在表现维系这古旧生活的生存信仰方面，有着各自不同的发现，王安忆注重于民间唱词中所表现出来的忠孝节义观念；而铁凝则更注重朴素的良知。

而在另外一些青年作家中，批判精神更多地体现为对现实的文化批判，乃至于对这个时代民族精神的批判。李杭育在《文化的尴尬》、史铁生在《答自己问》中，都非常明确地表达了对现实的文化批判态度。李杭育并且以他的葛川江，形象地表现了在传统与现代交汇的乡镇社会中，金钱逐渐取代传统的人情与信义；而传统的文化心理又怎样在变化了的观念形态中顽强地保存下来。"娘娘俱乐部"⑦生动地表现了这个时代，各种文化杂陈俱生的复杂局面，"文化宿命"的意识，隐隐地笼罩着他的作品。作为寻根文学的主要发起人，韩少功在其宣言之后，以《归去来》《爸爸爸》《女女女》等一系列作品，把对文化的批判深入到民族精神的批判，民族生存为原始状态，被他高度抽象地切割为贫困的物质生存，压抑变态的性心理，蒙昧的生殖状况，残酷野蛮的社群关系，最终体现的愚昧的精神信仰。他的批判精神几乎到了绝望的程度。

无论是对封建意识形态的批判，对民族文化心理的解构，还是对现实文化困境的揭示与对民族精神的批判，都源自作家们变革的热切希望。而这种批判的成熟性质，也正在于没有导向纯粹个性化的反文化结论。作为文化更新的准备，几代作家在对民族文化进行批判的同时，也对文化传统进行新的价值抉择。就主体的感知特征而言，这便是认同感。如果说批判精神，主要来自对民族生存历史与现状的不满与变革的时代要求，认同感则更多地来自对民族精神困境的状态，来自对现代城市文明疲劳症的反抗，也来自民族精神自动协调的需要。此外，另外一个重要的原因是文化人类学的兴起。

就文学领域而言，尽管对文化传统的认同，从新时期文学的起始阶段就存在，毕竟到"寻根文学"才发展到高峰。其中一个重要的原因，便是随着文化禁锢的解除，拉美落后地区文学被介绍到中国，拉美文学的爆炸，对于青年一代的作家有决定性的启发作用。使他们克服了对经济大国的文学迷信，克服了接受的盲目性。更自觉地寻求植根于本民族的文化土壤，注重对民族情绪的艺术提炼，以期达到对人类生存永恒命题的思虑。

文化是一个非常复杂的问题，不可能简单地区分为价值与使用价值。特别是具体到作为艺术门类的文学尤其是如此。文学自身的规律运动，就使文学中的认同感，不可能完全等同于一般的文化价值择取，它不完全是理性的产物，而更多的是情感的升华表现。具体的价值取向常常取决于作家自身独特的经验世界与美学偏好。这使在"寻根"思潮中，活跃着的几代作家的认同感，对象与方式都有着明显的差异。

一般说来，老一代作家与部分中青年作家，大多认同儒家的传统，这与社会性的思潮密切相关。譬如著名的史学家周谷城说："西方向来生产技术发展较快，比较起来，伦理与人生观似乎不如中国的突出。""本人以为中国的礼、乐之类的精神，可能优先活跃。"⑧这与杜维明、汤一介诸先生主张"新的儒学"大致是一个思路。在文学创作界，汪曾祺以"世道人心"为自己的创作目的，杨绛《干校六记》"怨而不怒、哀而不伤"的美学风范；孙犁以"老吾老以及人之老，幼吾幼以及人之幼"阐释人道主义；在形式上被加冕为"现代派"的王蒙，也以此来阐释共产主义，都不同程度地表现出对儒家思想的认同。他们主要是在儒家的大同理想中，容纳了对和谐的伦理秩序（主要是人际关系）的期望。

青年作家中认同儒家学说的不多，但山东的两位青年作家矫健、张炜有些例外。他们的作品尤其注重表现商品经济的活跃对淳朴的乡土社会的影响，尽管他们也相当程度地揭示了乡土社会中家族主义的残酷性，以及对社会发展的严重阻碍，但他们主要表现的是，在这场变动中，人们内心所承受的巨大痛苦，精神的迷惘。他们也注重合理的伦理秩序，但由此生发开去，表达了对民族整体命运的忧思。矫健的《河魂》这一意象的深层语义，即在推衍为民族精神的魂魄，所以那沉默的老人内心的情结，在于战争所激发的民族情绪，曾使他杀死了一个无辜的日本妇女，这一几十年的旧案。张炜的《古船》更象征着民族生存的风雨之舟，隋家两代人的命运，狭义地说是中国民族资产阶级命运的缩影，广义地说，则与中国近代以来的民族命运相联系。这两位作家都以艺术的方式，探索了这个民族外部的历史命运，对其原有伦理秩序的冲击，并在这个基础上建立起深重的历史感，表现了近代工业文明与古老农业文明的冲突、搏击、较量，以及带给民族心灵的巨大创痛与精神的困惑。儒家的伦理之道，在他们的作品中并不是作为最高的生存理想被认同，而是相当程度地作为一种民族的心灵形式被承纳，以适应他们对民族命运的思考，因此，他们对儒家思想的认同表现为对民族命运的痛苦的情感承诺。

而多数典型的"寻根派"作家，大多认同老庄与民族民间文化。这种选择不是任意的，首先由于道家学说与近代科技文明的某种联系，由于表示哲学对中国文化的深远影响⑨。其次则由于老庄与民间文化，作为封建时代的非规范文化与规范文化的儒家文化相抗衡，它们朴素博大的精神与自由的活力，适应了思想解放了的一代人，自在自为自由自重的人生人性理想。正像西方近代的人道主义思想与儒家的民本、大同等思想相汇合，而使老一代与部分中青年作家认同了儒家的思想或形式；近现代西方科技所创立的世界观与近代以来的人文思潮（其中也包括人道主义），与老庄哲学宏大的宇宙观与民间文化蓬勃的抗争精神相遇，而使典型的"寻根派"作家认同了老庄与民间文化。此外，老庄与民间文化原有其相同的文化渊源。老庄在中古以后儒家独尊的局面中，日益沦为"旁门左道"的道教形式，流风则长久地保持于民间。彝族学者刘尧汉，在批评李泽厚"孔子塑造中国民族性格和文化"的观点时，提出他"忽视了一件众所周知的重要事实，就是孔庙只居城，道教散处广大山野林谷。孔庙只允许有功名的乡绅士大夫即知识分子登门，且只限于男人，女人即便夫荣妻贵也不许跨夫子庙门槛。至于常居山野的各少数民族并不知孔丘其人，更不懂孔庙祀奉的是什么圣贤之类神灵。由此可知，是孔学是帝王将相和乡绅士大夫之学，汉族之学，是男子之身。其群众基础相当狭窄"⑩。

韩少功，"……常常想一个问题，绚丽的楚文化流到哪去了？""那么浩荡深广的楚文化源流，是在什么时候，什么地方中断干涸的呢？"⑪李杭育在《理一理我们的"根"》中，特别指出"五四"运动要挖的是儒家的根，而推崇老庄哲学宏大的宇宙观，民间文化中属人的浪漫主义精神。譬如，吴越文化"游戏鬼神，性意识的开放"等特征。阿城在《文化制约人类》中，举"《易经》的空间结构及其表达的语言，超出我们目前对时空的了解"为例，强调对中国文化重新认识的必要性。在创作中，无论是捡烂纸老头的论棋之道，还是"树王"中宇宙、自然、人高度混一的生命意识，都带有明显的道家宇宙观的意味。贾平凹驻足商洛，遥想秦汉，对世风民情的体察中，感悟着汉唐的恢宏气度，借助古老的观物方式，在"浮躁"的时代气氛中，试图以老庄的思维方式来调适民族心理。张炜在《古船》中，让他的主人公手里拿着两本书，一本是代表着西方近代先进思想的《共产党宣言》，一本是与楚文化、庄子同出一源的屈原《天问》，可见他以儒家的伦理之道为形式去洞悉这个民族的近代命运，却以老庄的宇宙观容纳现代人对宇宙人生的玄想。郑义在太行山林社的"拉旁套"这被扭曲的爱情婚姻关系中战栗地发现"竟深蕴着那么朴素无华而感人至深的东西"⑫。莫言在《红高粱家族》中，借助先辈中国人壮阔的生活场景，满怀崇敬地讴歌民间村野自由的抗争精神。洪峰在贫瘠荒凉的《瀚海》中，投入了一束明亮的光，那便是民间女艺人浪漫的爱情故事。另一位完全没有被列入"寻根"作家的女作家刘索拉，是由现代人痛苦的内心体验，而在精神上与"寻根"的作家相遇。《寻找歌王》中，近于莫须有的"歌王"，在不断的语义转换中，生成"灵魂"的语义，而"B"寻找歌王的本事，也就具有了现代人寻找灵魂的隐喻意义。她以朴素的生存意识为纽带，完成了与民族民间远古精神的心灵维系。

少数民族作家虽然并没有人声称寻根，但独特的文化素养，使他们在现代化浪潮的冲击中，本能地注目于自己生长的民族的原生文化。乌热尔图在鹿的意象中，发现了鄂温克人朴素的生存信仰，并借助老人、孩子与鹿的神秘情感⑬，表现了一个行将解体的民族，在被遗忘的历史命运中，近于肃穆的巨大感伤。扎西达娃在《系在皮带扣上的魂》《西藏，隐秘的岁月》等作品中，发现藏民族在现代化的物质潮流中，与传统难以中断的精神维系。古老的生殖崇拜、女性崇拜、母性崇拜等神秘的生存信仰，周而复始衔接起藏民族的精神血脉。另一位生长在北京的回族作家张承志，一直置身于"寻根"的论争之外，但却如血缘回归一样，认同了中亚民族的信仰。他由远道而归的阿萨克歌手，飘荡在月夜的《歌声》⑭中，走向穆斯林神圣的"新月"⑮，又在《金牧场》的勇士神话中，使游荡的灵魂最终皈依了伊斯兰教⑯。

这两代作家的认同感，不仅认同的对象不同，而且价值取向也很不一样。老作家及部分中青年作家，显然是以人伦日用为标准，而青年作家则更具有重视个体感性经验的浪漫主义倾向。因此，后者的认同感要复杂得多。其中既有普通人命运的认同（譬如：郑义、贾平凹、阿城、铁凝、王安忆等作家的创作有这种明显的倾向），也有对民族命运的情感承诺（乌热尔图、矫健、张炜等作家这种意向比较明显），既有对人类生存普遍境遇的了悟（譬如郑万隆的创作，这种意向最突出），也有对精神价值（包括情感价值、信仰的力量与生命意识）的认同（李杭育、阿城、刘索拉、张承志、莫言、扎西达娃、乌热尔图等作家都不同程度地具有这种倾向），最后还包括对民族民间保存的，悟性直观的原始思维的认同，几乎所有的寻根派作家在这一点上都是共同的。

这种充满矛盾差异的认同感，有着不可理喻的执着。究其根源，寻根作家大多数在小时经历过家庭惨变或精神创伤，在平静的乡土社会接受了一份情感的馈赠。以理性的精神，难以不对乡土社会的生存持批判的态度，而以情感的方式，又难以忘怀那曾使创痛平复的情感慰藉。于是，情感的记忆规定了认同的对象，简而言之，便是文化恋母的情结。这样复杂的认同感，相当程度地摆脱了历史必然律、简单的经济决定论，以及一元的文化价值观的束缚，更为重视普通人活动的历史意识，重视普通人命运的人文精神获得了相应的体现。因此，这种认同体现着鲜明的现代意识。所以，"寻根文学"中的认同感，与批判性并不是截然对立的。如果说，批判性主要来自生存的危机意识，认同感则来自对危机意识的超越。也意味着在传统范围内打破传统，认同感与批判性相克相生，在冲突中构成张力，共同体现着突破现实文化困境的精神活力。

注释：

① 经历了一百多年的社会延革，"体"和"用"概念的内涵和外延都发生了明显的变化。在近代学"体"主要是指政体，这与反清革命有着意识形态关联，"用"则是指生产技术。今人李泽厚以人为"体"，以为科学技术与生活方式的变化，必然影响到人的素质的改变。他以人为中心，试图将"体"与"用"合二而一。（参见李泽厚《中国现代思想史论》）

② 见梁启超《中国近三百年学术史》第30页。

③ 见罗杰·M·基辛著《当代文化人类学概要》，北晨编译，浙江人民出版社，第90页。

④ 见《社会改革与文学繁荣——与温元凯书》，《文艺报》1986年2月23日。

⑤ 见《永恒的流浪》，《作家》1988年5月。

⑥ 汪曾祺《林斤澜的矮凳桥》，《晚翠文谈》。

⑦《土地与神》。

⑧ 引自周谷城《中西文化的交流》，见《多维视野中的文化理论》第1页。

⑨ 闻一多说："中国人的文化上永远留着庄子的烙印"。见《庄子》，《闻一多全集》第二卷。

⑩见刘尧汉《中国文明源头新探——道家与彝族宇宙观》第161—163页。

⑪见《文学的根》。

⑫郑义《永恒的流浪》。

⑬见《七叉犄角公鹿》。

⑭⑮见《白泉》《残月》。

⑯见《金牧场·作者小传》。

原载《当代作家评论》1989年第1期

寻根文学研究资料

历史的命题与时代抉择中的艺术嬗变

——论"寻根文学"的发生与意义（续）

季红真

2. 乐观情绪与忧患意识

乐观情绪是随着政治的转机，禁锢的解除，特别是改革开放的开始，整个民族带有的相当普遍性的情绪。即使是在"伤痕文学"中，感伤主义的倾向，也是痛定之后的回味，严格地说也是浪漫主义的情调。在"文化寻根"思潮中，乐观情绪常常是以相当明朗的情绪色彩与情绪表现出来。譬如，汪曾祺的《受戒》《大淖记事》、铁凝的《哦，香雪》等作品，都以其透明温馨的情调，而使太过长久地充斥着硝烟味的文坛耳目一新。

乐观情绪表现得最典型的，当数张洁的《沉重的翅膀》、张贤亮的《龙种》到《男人的风格》等一系列作品。这些作家把对现实文化困境的批判，寄托在改革事业上，期望经济生活方式的变化，会更新整个民族的文化心理结构。

忧患意识则要复杂得多。历史的变革预支给人们的东西总是很多的，而真正能够兑现的，却总是很少。这种意识不仅来自对十年动荡的惨痛记忆，也来自对变革时代生存的焦虑。此外，也正如恩斯特·卡西尔所说："我们更多地是生活在对未来的疑惑和恐惧、悬念和想象之中，而不是生活在回想和我们当下的经验之中。"[①]人的发现带给主体的自觉，便以心灵的自由活动而发展着多种心智能力。忧患意识也是人类心智中的基本能力。它表现在文学作品中也是非常复杂丰富的，它以各种各样的情绪状态表达出来。

首先是对普通人命运乃至于民族命运的忧患。郑义从《远村》到《老井》，王安忆的《小鲍庄》与《大刘庄》，贾平凹从《商州》到《浮躁》，铁凝的《麦秸垛》，都在普通人或沉滞或动荡的生存境遇中，寄托了主体深挚的忧患意识。矫健的《河魂》，张炜的《古船》，则以情感承诺的方式，对近代中国的厄运与前途，表达了痛苦的忧患意识。其次则是对无可奈何的民族文化现状乃至于民族精神的忧患，李杭育的《红嘴相思鸟》《土地与神》等作品，对商品经济对自然经济的冲击，金钱对情感的胜利，以及混乱的多种文化共生现象，作了生动的描绘。而其不加评说的冷静态度，则非常节制地表达了自己的忧患。何立伟的《小城无故事》等作品，则以"淡淡的哀愁"，叙述出在无可逆转的商品经济潮流中，行将荡然无存的朴素人情故事；阿城从《棋王》到《孩子王》，在传统近于沦丧、而取而代之的又是更荒谬更野蛮的文化这一现实中，以平淡的叙述，掩饰起自己的沉郁。韩少功的《爸爸爸》是这种忧患意识登峰造极的表现。丙崽这个先天畸形的人物，作为愚昧生存的产物，他的心智退化到对全部生存现实，只会用两句话作出反应，要么"×妈妈"，要么"爸爸爸"，这是对半殖民地心理的高度抽象概括，也是对民族病态精神愤激之极的形象概括。此外，寻根文学中的忧患意识，还来自对现代城市文明疲劳症弱化了的生命素质的忧患。张承志从《北方的河》以后的人量作品，都借助平凡艰苦的执着生存，从躁动不宁的生命体验与精神体验，反抗人类物质化、商品化，也是平面化的生存现实。郑万隆的《异乡异闻录》，借助东北边陲少数民族与移民，迫于原始态的生活场景，描写人类残酷野蛮的生存现状。莫言的大量作品，从《红高粱家族》以直述态句式道出的"种的忧虑"，到《红蝗》等晚近作品，对人类原欲罪愆的揭示，都体现着这样的忧患意识。他的忧患意识更多地来自生命本能的冲动，自觉不自觉地沟通了许多二十世纪的文学命题。

如果我们能够意识到近代以来，在东西方文化大冲撞大变化的背景中，事实上这个民族始终处于被动的局面，就不会忽视"文化寻根"潮流中涌现出来的许多作品中的忧患意识所具有的普遍人类性。从这个高度反观民族的历史，也就不难发现即使是"文化大革命"这样空前的浩劫，也不是一个民族偶然的灾难，实在也是近代工业革命推动的商品化、物质化潮流所引起的普遍性后果。只是特殊的本土文化基因，使其结果也是标准的民族化的。从这个角度反观中国现代文学的进程，所谓"悲凉之雾，遍布华林"，也正是内外交困的民族的真实情感的记录。而"寻根文学"也正是以具有人类感的忧患意识而承袭了"五四"以来的多个文学传统。同时由于这些作品都不同程度地汲取了民间的精神活力而一洗感伤的情调，乐观的情绪的认同感的方式，溶入肌骨，而具有了这个时代特有的精神品格。因此，分别来看，忧患意识虽然要比乐观情绪深厚得多，而整体地看，也正是由于两者之间的张力，造就了这些独具品格的作品中丰富的情感内蕴。

3. 理性的回溯与感性的复活

在典型的"文化寻根派"作家的认同感中，还有一个重要的内容是对民族民间原始思维的认同。李杭育说："作为一种开拓的工作，强调新观念是对的，这是'破'的工作，而说到真正的文学建树，就应当是融合，是涵盖，以至最终是超越，即超越一切观念，达到混沌的境界……"②他所谓的超越正是对诉诸知解力分析的理性思维的超越，这与他对老庄哲学的推崇有着直接的关系。老庄禅宗等对中国文学发生过决定性影响的，被称之为东方神秘主义的中国古代哲学，大多以发展人的感性官能来认识世界，观物方式带有明显的审美性质，这与二十世纪西方"直觉说"、体验派及表现论等美学流派相契合，而适应了中国青年一代作家对文学审美本质的认识。重视悟性直观，发展"直觉、经验、想象力构成的智慧"来加强主体自身的建设，这是许多"寻根派"的作家不谋而合的追求。由于民间艺术中较好地保留着这一原始思维的特征，也是吸引许多青年作家重视它的重要原因。

在不同的作家那里，对民族原始思维的认同是以不同的方式来完成的。张承志从直接借助蒙古族古歌的旋律来结构《黑骏马》，进一步发展到《金牧场》更为强烈地表现自己的生命体验；郑义、阿城等则直接引用民歌的素材，并与朴素的直接相融合；贾平凹从始至终发挥着自己的直觉，保持着虚静的审美态度，作品中按捺不住的议论，除了暴露他理性思维的薄弱之外，从来没有给他的作品增色。韩少功则要更多一些矛盾。在文化价值方面他对传统持强烈的批判态度，但在美学风格方面则是认同的。总的来说公开宣言寻根的作家，无论其在文化价值的择取方面有多少差异，但在美学风格方面，都倾向对民族民间原始思维的认同。这些作家大多是经历了一段创作的摸索，首先在理论上解决了审美态度问题。譬如郑万隆曾明确地说："你不认为远古和现在是同构并存的吗？""重要的是感觉，它比理性的理解在记忆中留下更深的刻印。"③

另外一位汉族作家马原，不远数千里，从重工业城市的沈阳，跑到西藏，目的是寻找养育了原始艺术的激情与灵感。他说："毕加索和马蒂斯都到过非洲，他们从现成的原始艺术品上得到启发和美感。""我想，那么原始艺术品的创造者，他们又是从哪汲取灵感和激情呢？"④

与此相对的另外一些作家，则几乎是直接复活了感觉。汪曾祺评价林斤澜的《矮凳桥传奇》的风格"云苦雾罩"，且指出其"老实态度"，正在于写出了"自己就不怎么明白"的意思，因为"人为什么活着，是怎么活过来的，真不是那么容易明白的"⑤。矫健的《河魂》，张炜的《古船》等作品，虽然少数说理部分显得生硬，但整部作品谋篇布局的安排，都突出渲染了人物的感觉。莫言则进一步将对感觉的重视，深入还原到视听知觉基本形式中。女作家王安忆、铁凝，得益于始终保持得良好的直觉，稍有自觉，就更为细腻敏锐，这使她们极善于捕捉那些细小而富于暗示性的细节，这使《小鲍庄》与《麦秸垛》两部作品都比较自然丰满。少数民族作家乌热尔图、扎西达娃，原来就较少意识形态化的正统规范的限制，加上有意识地排斥其他民族思维方式的影响，这使他们在艺术思维方面，更多地带有本民族感觉的神秘特征。

尤论是由埋性的溯寻，还是直接的感觉复活，作家们对原始思维的认同，最直接地催动了小说的艺术嬗变，全面革新了当代小说的认知模式，而且带动了叙事方式、语言形式等重要小说因素的变革。对当代小说的风格化趋势起了重要推动作用。

多元的主体性

这几种张力的形成，从整体而言是一个民族在激变的时代生活中，为了适应变动的宇宙而爆发的活力运动。就个体而言，来自人们不同的审视角度与价值取向。首先是对文化价值的不同理解，甚至是对文化一词的语义分歧。对于一些有着较强文化意识，而并不以寻根为目的的作家来说，"文化"意味着文明教养，意味着适应现代化要求的社会秩序。对于典型的"寻根派"作家来说，"文化"则是一个民族全部的生存历史，是她精神的原生状态，是她的现实命运，也是她的情感历程。由于这一种明显的语义分歧，造成了作家们千差万别的主体态度，从而导致充分个性化的风格形成。

我们大致可以发现一些如下的差别：

1. 理想主义的态度

理想主义的态度是指对文化建设的一种理想状态的表达。张洁的《沉重的翅膀》，张贤亮的《龙种》等一系列作品，大致体现着这样的态度。因此，他们重视现实的经济改革对民族落后积习的扫荡，社会文明教养水准的提高，对人的价值与尊严的回复。这无疑出于极善良的动机，但前者偏于小布尔乔亚的趣味，后者则带有马基雅弗利式的急功近利，因此，在洞察历史与现状方面，显然都有些简单化。

2. 实用主义的态度

实用主义的态度，指在现实的文化抉择中，带有更为功利化的特征，但在洞察历史方面，有了较为开阔纵深的视野。代表这种态度最典型的作家是王蒙。他的长篇小说《活动变人形》，大跨度地展开了东西方文化对逆的现实，在这个背景中，叙述了一个封建家庭几代人的命运，揭示了封建家族制度的黑暗。并通过倪吾诚这样一个深受封建积习影响与残害，同时又非常皮相地接受了一点西方近代思想的知识分子，在东西方文化冲撞的夹缝中，在民族危亡的动荡时代，怀着朦胧的民主理想，无所适从，无所附丽的精神悲剧，揭示了中国近代以来知识分子的精神命运这样一个重大的命题。尽管作者一再强调重申革命的不可避免，理想的绝对正义性质，但最终是在与"恍悠"这个典型的"中学为体，西学为用"人伦的比较中，以儒家的传统"人伦日用"为价值尺度，完成了对倪吾诚这个人物的批判。"儒"并不一定是坏东西，"人伦日用"也是人类生存的基本要求，但问题在于当近代工业文明强制性侵入的时候，它是否有助于一个民族克服生存的危机。此外，个体的人生抉择，在大时代的混乱中，也未必能改变民族悲剧性的历史命运。用人伦日用及个体的道德为尺度，来解决中国近代知识分子的精神矛盾，无异于用小学一加一的算术方法，解决"哥德巴赫猜想"中一加一的问题。这是这种态度最大的局限性。

3. 现实主义的态度

现实主义的态度，指作家将民族的文化心理作为人生的背景，重视它对民族精神与社会情绪的影响，以及对普通人命运的无形制约，也表现在作家对当代现实生活的更深开掘。林斤澜的《矮凳桥传奇》，大致取材于温州地区村镇的现实生活，贾平凹从《商州初录》到《浮躁》，都以陕西商洛地区的现实民生为载体。前者注重历史沿革中个体人生的际遇；后者则进一步揭示这种际遇中文化心理的巨大影响。山西作家李锐、郑义，则努力在变动的生活中，去体察发现不变的古老生存模式。前者不动声色地状写出村社生活的沉滞与压抑；后者则以饱满的激情讴歌着在这沉重的压抑中不屈的精神。山东作家矫健、张炜在对民族传统文化心理解构的同时，不屈不挠地探索着民族的历史命运。在似乎永难挣脱的封建羁绊中，探索走向现代社会的现实可能性。沉重的历史感，使这两位作家的文化意识中，充满了内在的矛盾：价值的批判与命运的认同，情感的承诺，近于宿命的理智与绝望的精神抗争，造成了作品深厚的悲剧底蕴。

4. 浪漫主义的态度

所谓浪漫主义的态度，是指作家以艺术的审美理想为动力，在文化价值的择取方面，相当程度地超越了现实功利与理性思辨之后，带有更多个体感性的审美表现性质。此外，在思维方式上也带有相当成分超现实的特征。上文提到的所有认同老庄与民间文化的作家，大致都持这样的态度。

李杭育在《理一理我们的"根"》一文中，曾设想假如中国文学不是沿着《诗经》所体现的中原规范发展，而能以老庄的深邃、吴越的幽默，去糅合绚丽的楚文化，将歌舞剧形式的《离骚》《九歌》发扬光大，作为中国文学的主流发展到今天，将是什么局面？"还有上古的神话假如也能充分地发育，还有汉民族文化能更多地汲取少数民族文化的精华，象汉唐时代那样……"这不能不说是非常浪漫的设想。阿城的《遍地风流》的多数作品，有意忽略了社会单层面的内容，在表现边地少数民族与内地民间淳朴开放的民风时，注重其自然舒展的生命形态，以表现世界人生的神秘感与博大的生命形式。而其"悟"的思维特征与重直觉的语体特征也都带有超现实的特征。这种浪漫主义的态度，在乌热尔图的作品中，表现为对本民族神秘的情感中原始的自然观等，一系列朴素信仰的执着，以及深挚得近于感伤的情绪基调。郑万隆的浪漫主义态度，更明显地表现为认知方式的超现实性质，他借助东北边陲移民的生活素材，完成了对人类生存基本境遇的洞察。莫言则以极度夸张的情绪体验与感觉的夸张，宣泄出对民族过往历史生存的情感评价，强烈的自我意识，使他对民间朴野精神的讴歌，近于图腾崇拜式的神圣信仰。张承志从《黑骏马》到《金牧场》，以不断变化的风格，记叙着自己精神的游荡与灵魂的皈依。主观性极强的时空秩序，充满结构意识的叙述方式，发挥到极致的语言张力，都有助于以个体的生命体验去容纳更深广的历史人生内容。文化对于他，意味着全部浸透着人类情感的历史，浪漫主义态度，表现为现代人对于情感价值，对于精神信仰，对于神圣感，永无止境的追求。浪漫主义的态度在韩少功的作品中，表现为极度的孤愤。对民族生存困境与精神危机，乃至于人类命运前途夸张的讽喻，使他的《爸爸爸》绝望得近于世界末日的寓言。扎西达娃说："你感到脚底下的阵阵颤动正是无数的英魂在地下不甘沉默的躁动，你在家乡的每一个古老的树下和每一块荒漠的石头缝里，在永恒的大山与河流中看见了先祖的幽灵、巫师的舞蹈，从远古的神话故事和世代相传的歌谣中，从每一个古朴的祀仪中，看见了先祖们在神与魔鬼、在人与大自然中为寻找自身一个恰当的位置所付出的代价。就这样，脑袋'吱'的一声。你开窍了，你的自信来了，你的激情来了，你的灵感来了，你开始动笔了。"⑥也正是对本民族生存这种浪漫主义的观照，造就了扎西达娃作品中神秘主义的倾向与魔幻的风格。

这种浪漫主义的态度，无论在文化价值抉择上，有多少理性的失误，但都在审美领域中拓展了艺术表现的空间，顺应了现代人作为对理性片面发展的积极制衡，而兴起的神话复兴运动。持这种态度的作家对民族原始思维的溯寻，正是艺术领域中现代意识的表现，最直接地推动了小说艺术的决定性蜕变。被称为"新锐小说"的绝大多数作品，几乎都出自持这种态度的作家之手，这一事实也说明，文化意识作为新时期小说艺术嬗变的重要中介，主要是由这种浪漫主义的态度承担了承前启后的作用。

5. 历史主义的态度

所谓历史主义的态度，是指一些作家有意隐蔽起自己的主观评价，而与浪漫主义的态度相对立。持这种态度的作家，更多地表现自己理智到的世界人生。也就是说，他们对文化基本采取客观的认知态度，并且在思维方式上也大致不超过常规的思维习惯。

王安忆明确表示不同意李杭育对中国文化的设想。她说："我觉得历史的事情你是不好去讲错和对的，它已经发展到今天了，你怎么好去假设它呢？""我觉得历史就是历史。我现在就给我自己规定了一条路，……我是从现代出发的，是从逆向上去找，就是说我们中国人今天会变成这个样子，究竟是为什么呢？"⑦这种历史主义的态度，几乎代表了几位被裹挟到寻根潮流中的女作家们共同的态度。王安忆的《小鲍庄》《大刘庄》，都在中国人日常的生活情态中，着力表现了民族的文化特征，包括食、性，生育制度、婚姻关系中体现出来的特有观念形态与集体无意识。除了温馨的关注以外，作者并没多加评说。铁凝的《麦秸垛》，则主要表现了乡下农民与城里的知青，共同被压抑的性意识，不同的流露与发泄方式。精彩之处在于对村社中，开放而又蒙昧的两性关系，所体现的朴素人性内容，细致入微的描写，而作者的情绪又非常地节制。这两位作家，都是在共时性的生活中，去洞见民族历时性的精神心理。而另一位女作家张辛欣，则更重视这个民族共时性的文化现状。她与桑烨合作的口述实录文学《北京人》，在上百个普通中国人的自述中，展开了这个时代各阶层构成的文化断面。医生、工人、个体户、浴池师傅、红卫兵、绒线编织优胜者……每一个人都是一个文化的载体，这些活的感性载体，最生动地展现了当代文化的全景图像。作为一个观察者的作者，也就非常成功地淹没在这群体之中。

多元的主体性，既是几种张力形成的主要原因，也是风格化得以发展的必要环节。而文化只是一个中介，一个契机，使多元化的艺术嬗变找到了一个共同的突破口。

"寻根文学"的意义

经过几年来创作的实践与理论的论争，经历了新的艺术反动和挑战之后⑧，"寻根文学"的价值与意义已经比较清楚。特别是经过上文对其发生及形态的论述，我们可望对她作出一个比较公允的评价。

首先，我们需要区分两个概念，即作为文艺思潮的"文化寻根"，与作为一种文学现象的"寻根文学"。

作为文艺思潮的"文化寻根"，是这个民族近代以来，在东西方文化大冲撞大交汇的时代背景中所孕生的历史母题，在这个时代的延续。她以文学的形式，参与了东西方文化价值的抉取，这正是这个时代民族文化重建与更新的重要途径。同时，她又是这个充满矛盾与痛苦的时代，这个民族在这个时代精神状况的记录，反映了这个民族在现代化的艰苦跋涉中，痛苦的心理历程。

文化寻根的思潮，将文学置身于东西方文化价值的多维时空中。她强化了作家的文化意识，开阔了他们的文化视野，促进了文学观念的变革。由于文学观念的变革，文化寻根思潮事实上把新时期文学推到了一个新的水平，不仅此前的许多分散的主题获得集中深化，而且也开拓了艺术表现的新领域，譬如，由社会学而至人类学，由人性而至人本问题，等等。这使新时期文学基本上完成了艺术的嬗变。这既反映在一批具有新的精神品格的作家与作品问世，也反映在许多人们熟悉的作家创作风格的发展。这一艺术的嬗变极大地改变了新时期文学的原有秩序，作为第一个十年的最后一股思潮与第二个十年的第一股思潮，文化寻根绝非偶然地成为新时期文学的一个里程碑与转折点。

在这股思潮中居于中心地位的"寻根文学"，首先也是作为一个时代的精神现象而具有独特的认识价值。正如荣格所说："就好象在一个人那里，对自动调节的无意识反应，纠正了他片面的意识情态，艺术也体现了民族与时代生活中一种精神上的自动调节"。⑨尽管"寻根文学"的作家，大多是从个体的理解与感受出发，介入了时代的文化抉择，但由于他们对传统的重新发现，对文化概念的崭新理解，对民族自我意识的重视，这许多方面的独特敏锐，使他们更自觉地承担着民族精神"自动调节"的职责。因为"无论诗人多么傲慢自尊，他们中每一个人都代表了成千上万个声音说话，预言着他的那个时代意识观的种种变化"⑩。

其次，由于典型的"寻根派"作家，理论准备比较充分，艺术修养比较全面，他们重视民族的原生形态的本土文化，对文学的首要作用，又敏锐地感应到二十世纪的学术与艺术思潮，植根于民族文化与民族情感的土壤，在传统与现代的沟通方面，做出了积极的贡献。

其三，由于这些作家站在时代潮流的汇合处，具有开阔的文化视野，同时又重视个体的人生体验，因此，他们的作品具备前后两代人的特征，既有对民族历史命运与现实矛盾的高度责任感，又有充分个性化的感性特征。为此，他们承袭了"五四"以来的许多优秀传统，又沟通了许多世界性的文学母题，在历史感与现实性、民族性与人类感，理性认识与感性还原，以及艺术的审美特征等一系列问题上，都以自己的创作实绩，处理得比较有度。使他们的作品一般具有丰厚内蕴与新颖的形式，也为理论界的工作，提供了成功的例证与更高的要求。在经历了长久的文化禁锢之后，在这个混乱而重物质的时代，能产生出这样的一些作品，也已经很不容易。

其四，"寻根派"作家在艺术技巧方面的全面尝试，虽然并不都很成功，不少作品留有生硬的模仿痕迹，但毕竟是先行者的探索。他们在叙事意识、时空形式、结构安排、语义层次、文体形式等方面，充分个性化的勇锐尝试，为后来者铺平了道路，也使他们的成功之作，具有文学的多种品格。譬如：写实的技巧，浪漫主义精神，史诗的气魄，神话的形式，象征的氛围，魔幻的风格与现代派的心理深度等等。

注释：

① 见《人论》第68页。

② 见李杭育《通信偶得》，《文学自由谈》1985年2期。

③ 见《我的根》。

④ 见《我的想法》，《西藏文学》1985年第1期。

⑤ 见《林斤澜的矮凳桥》，《晚翠文谈》第20页。

⑥ 见《我在逆向中寻找》，《文学自由谈》1988年第2期。

⑦ 见《你的世界》，《文学自由谈》1988年第3期。

⑧ 所谓新的艺术反动与挑战，总体来说，有影视等大量传播媒介的冲击，"寻根文学"中的绝大多数作品，由于它们的精英倾向，由于它们在艺术表现上的先锋性质，既难与影视相抗衡，又难以改编为影视的形式而为大众所接受。就文学内部而言，新的报告文学热潮譬如苏晓康的《神圣忧思录》等一系列作品所引起的轰动，也是"寻根文学"所无法比拟的；另一方面，更为个体感性化的文学思潮，譬如残雪、苏童等人的作品，作为对"寻根文学"的艺术反动，也开始进入纯文学领域。

⑨⑩荣格：《心理分析学与诗的艺术》，见张月译《荣格心理学纲要》，黄河文艺出版社，第162页。

原载《当代作家评论》1989年第2期

札记：关于"寻根文学"

南 帆

"寻根"是八十年代中期的一个重大的文学事件。如今回忆起来，"寻根文学"似乎是一夜之间从地平线上冒出来的。不知道什么时候开始，"寻根文学"之称已经不胫而走，一批又一批的作家迅速扣上"寻根"的桂冠，应征入伍似的趋赴于新的旗号之下。"寻根文学"很快发展为一个规模庞大同时又松散无际的运动；一系列旨趣各异的作品与主题不同的论辩从核心蔓延出来，形成了这场运动的一个又一个分支。当代许多活跃的作家、批评家纷纷从不同的位置对"寻根文学"发表感想，表示臧否。所以，尽管有人断言"寻根文学"出现之后不久即已式微，但这个文学事件至少一直在人们的言论中存在，而且，反复地被谈论甚至被夸大。

找到最初几篇"寻根文学"的肇始文章——诸如韩少功的《文学的"根"》、阿城的《文化制约着人类》、郑义的《跨越文化断裂带》——并不困难。然而，这些文章只能看作"寻根文学"的一个引子，人们没有理由将哪一篇文章视为"寻根文学"的一份精思熟虑的纲领或宣言。在我看来，"寻根文学"并不存在公认的纲领或宣言。这场运动仅有一个不约而同的大趋势而已。愈是仔细阅读围绕着"寻根文学"所留下的种种文本，人们则会愈加强烈地感到人言言殊的状况。实际上，"寻根文学"这个称谓的界说即是含混不清、各执一词的；同时，诸如"根""文化""传统""断裂"这些人们所常用的概念、术语也未必有一个相对统一的含义。因此，诚如陈平原所言，谈论"寻根文学"出现了"众多的语义场"。作家与批评家们处于不同的语义场之中立论，这导致了许多不解、误解或者曲解。一些貌似悬殊的意见实际上并未形成真正的冲突——这些意见所包含的理论锋芒因为并不处于同一理论维面上而相互岔开了。这种状况显明：第一，"寻根文学"并非一个内涵单纯的文学事件，它包含了多种分歧的意图，"寻根文学"的出现实际上牵动了当代文学的许多方面；第二，如此众多的作家、批评家介入"寻根文学"，从这里可以看出，"寻根文学"至少提出了一些多数人所共同关心的问题；第三，许多时候，作家与批评家的论述并未仅仅局限于八十年代的"寻根文学"，他们往往联想"五四"时期的新文学运动，从而将他们肯定或否定的态度上溯至当年的历史事件——这就是说，"寻根文学"所触及的问题很大程度上是长期以来悬而未决的。

现在看起来，"寻根文学"的开场似乎是马马虎虎、漫不经心的。首先，"寻根"并不是一个经过严格批判的理论概念；"寻根"的提法毋宁说只是顺手借用了一个外来语，这个外来语得自七十年代的一部美国畅销书《根》。另一方面，引导出"寻根文学"的不过是作家的几篇随想式的文章。这些文章并未显示出足以承担一场文学运动的理论说服力。既然如此，人们就无法回避一个疑问："寻根"的口号为什么刚刚提出即会拥有如此之大的号召力？在我看来，除了理论之外，造成这种状况的原因更多地在于一种心理状态，"寻根"之说不过是适时地为这种心理状态指示了一条对象化的途径而已。

人们不能不察觉到，"寻根"的口号后面包含了某种渴求皈依、渴求寄托的愿望。这种愿望是来自放纵之后的惶惑。当代文学曾经一度陶醉于精神解放的历史使命之中。文学被囚禁于樊牢里的时间太久了，获得自由已经成为一种不可遏止的冲动。当种种森严的戒律在某一日失去效力之后，文学骤然体验到了解禁的快意。

不过，看来许多作家并未在这种自由状况中轻松多久。他们很快从轻松之中感到了精神上的空洞。尽管这些作家并没有跋涉多久，但他们疲倦了，并且开始再度怀念文化上的家园。他们觉得漂泊无依，目的地不明，他们渴望看到归宿，渴望依附，更为具体一些，他们至少渴望在行走时能够摸到一个坚实的扶手。这时，本体、信念、终极价值的考虑重新显得重要起来，迫切起来。

正当作家为文化孤儿的状况而苦恼时，中国传统文化的慈祥面容及时地浮现了。太极两仪，阴阳相生，《易经》八卦，儒墨道禅，中国传统文化一方面显出了熟悉和亲切，另一方面又显出了玄秘与深不可测。显而易见，间隔了一段文化空白的年代之后，中国传统文化所包含的这两个方面都将对中国作家显出巨大的吸引力。于是，出于一种恋旧怀古之情，出于对中国传统文化早慧、早熟的自豪，出于找到家园、重获文化遗产的欣喜，可能还出于某种由于无知而导致的新奇，一种返回文化母体的冲动在作家心目中油然而生了。

我相信，以上所述大致上是"寻根文学"后面所潜藏的心理动机。寻找——寻找信念或者寻找依靠——仍然是许多人最为常见的精神动力。还暴露了某种精神上的软弱。换言之，"寻根"的口号表明作家尚未具有精神自立的足够信心，或者说，相对于历史上他们所钦慕的文化巨匠，作家尚未具有足够的自创能力。

尽管作家们最初几篇倡导"寻根"的随想式文章不能算作严谨的理论作品，但是，我感到有义务将作家观点中所隐含的理论转折引申出来，进而考察这个转折对于当代文学意味了什么。

如所周知，从七十年代末至八十年代初，当代文学出现了一个现实主义的恢复期。在理论上，文学与现实的关系重新被置于人们面前。虽然"文学是现实的忠实镜子"这一类论点已由前人再三地阐述过，但是，人们仍然结合前一段伪浪漫主义的泛滥重温了这些见解。不论人们心目中的现实主义概念还存有多大的分歧，这次重温至少使文学与现实的命题恢复了应有的地位。

意识到文学与个性的关系，还是当代文学的又一个意义深远的觉悟，当然，如果单纯地将文学个性的强调归结于现代主义文学的影响，至少是遗漏了一些同样重要的方面。事实上，作家毋宁说是从艺术的本性、风格学、主体的哲学意义以及古典文学大师的杰作这些方面同时看出了文学个性的重要性。

"寻根"的口号向文学展示的第三个命题：文学与文化的关系。韩少功毫不含糊地说道："文学有'根'，文学之'根'应深植于民族传统文化的土壤里，根不深，则叶难茂。"这就是说，在现实、个性之外，文化同样是一个不可或缺的文学之源。

迄今为止，"文化"的定义不胜枚举。简单地说，文化指的是一个民族生活方式依据的共同观念体系；文化是知识、信仰、艺术、道德、法律、风俗、习惯等等所构成的观念综合体。毫无疑问，一个民族的文化先于作家个人而存在。它将以一整套知识背景与符号体系强有力地规定作家的文学写作。作为超越个人的观念体系，传统文化宛如波普尔所说的"世界了"。在波普尔看来，这些观念构成了一个庞然而威严的客体，成为人的精神寄存之所。作家的心灵并非一个完全自由无羁的个性，作家心灵只能存活于文化传统之中；即便作家所处理的文学素材是当下的现实，文化传统也将参与于他们的感觉、推断、分析、预测之中。

正是考虑到上述这种状况，阿城认为，"文化制约着人类"。事实上，阿城对于这种"制约"满怀欣喜。在他看来，当代文学的前途恰恰在于向传统文化敞开大门，引入传统文化的宝藏。这才是文学与世界文化相互对话的真正资本。

从这个意义上可以说，"寻根文学"的出现同时还意味了当代文学观念的一个重新选择。

对于当代文学而言，从个性到文化，这里存在了一个重心的转移。如果作出一个类比，这多么相似于哲学上存在主义到结构主义的重心转移。

不可否认，"寻根"的口号已经一定程度地包含了对于个性的失望。作家似乎未能看到某种光芒四射的个性。这些个性卓然独立，气宇非凡，坚强而又宝贵。相反，那些强大的、令人着迷的性格，那些出类拔萃的、独往独来的人物已经远离这个世界，难以寻觅。一些小说勉为其难地推出"乔厂长"式的男子汉，但这些人物常常让人感到了虚假与矫饰。另一方面，尽管徐星的《无主题变奏》这种小说展示了另一类型的个性，但这一类个性归根结底是无力的、颓丧的；这些个性只能表现出愤世嫉俗、远离庸众的意义，它们无法发出召唤，自然而然地形成真正的表率。

提出"寻根"口号的作家至少将个性视为文化的产物。他们将个性纳入文化结构，或者通过文化结构解释个性形态。这种观点认为，空泛地谈论个性仅仅涉及了表象，实际上，更为重要的是看到个性之中所保存的文化传统基因。对于作家说来，个人风格并非首位的，个人风格只有同文化传统相互衔接才会显出足够的分量。从秦汉文化、吴越文化到回族文化、楚文化，作家不应斩断他们赖以生存的精神脐带；种种神话、传统、风俗习惯、道德观念都应成为作家文学构思的酵母，成为种种故事原型或环境；另一方面，不论是屈原、李白还是施耐庵、曹雪芹，这些文学大师并非仅仅是已经过往的历史，当代文学应当是这些大师身后文学传统的血缘嫡亲，这些大师的精髓应当蕴于当代文学的深处。这就是说，一个作家不仅靠个人才能征服读者；他必须和历史站在一起，一部杰作的成功实际上借助了整个文化传统的惯性力量。所以，郑万隆感到，远古和现在是同构并存的，他在《我的根》一文中说道："我不仅是生活在'现在'，而且是生活于'过去'的'现时'；'过去'就在'现时'里，不是已经逝去了而是还在活着还依然存在。"

根据以上的逻辑，在另一方面，作家必然十分强调他们小说主人公性格中所体现出的传统文化意蕴。阿城的小说出示了这样一批人物。他们为人处世的方式可以追溯至悠久的文化背景。《棋王》之中王一生的棋道与禅、道，《树王》之中肖疙瘩与天人感应思想，《树桩》之中李二爹与民歌，《遍地风流·茂林》之中的老妇与民间剪纸——这些人物的性格似乎都通向了一个个传统文化的渊源。换言之，在"寻根"作家看来，深刻的性格应当成为某种抽象的文化传统的感性显现。

当代文学还出现了一个令人注意的迹象：家族小说开始流行。在这方面，莫言即使不是一个开创者，人们也应当将他视为最有影响的一个作家。《红高粱家族》用钦慕的口吻叙述了"我爷爷""我奶奶""我父亲"的故事，剽悍的性格与英雄风度同家族谱系联系到了一起。稍后，在洪峰的《瀚海》、苏童的《1934年的逃亡》、叶兆言的《五月的黄昏》以及一大批回忆家族史的小说里，人们可以看到相同的倾向：作家不约而同地喜欢在家族关系中考察个人性格。这显然是另一种"寻根"方式。如果联想到鲁迅、巴金、曹禺这些现代作家所热衷的一个主题是逃离家族，那么，人们将明显地察觉到返回家族的倾向中所包含的回归行动。

从这里可以看出，"根"这个字眼含有对于文化传统连续性的高度重视。"寻根"不仅想知道过去的历史，而且还想将过去与现在联结成一体，并且沿着从中体现出的逻辑瞻望未来。个人并非一个纯粹的、单独的、自由自在的个体，他必须置于文化传统连续性之中加以定位。仅仅从这个意义上才可以说，"寻根"亦即寻找自我，或者用李庆西的话说，"寻找自我与寻找民族文化精神并行不悖地联系到一起了"。个性是一个放纵的概念，它强调了人的自由精神，相反，"根"是一个规约性的概念，它强调了自古至今绵绵延续的文化秩序，强调了个人只是作为这个文化秩序之一环而存在。

我是谁？从何处来？到何处去？——尽管这已成为一连串著名的追问，但人们仍有理由怀疑三者之间的逻辑必然性，人们一定要知道从何处来，能判断往何处去吗？人们再也没有其他更为现实，更为直接的判断依据了吗？文化传统的连续性已经彻底拒绝了自由意志吗？这种怀疑当然也包含了对于"寻根"意义的某种怀疑。

对于"寻根文学"来说，作家始终必须警觉地意识到另一个更为基本因而也将更为隐蔽的问题：文学的意义是表现人性，抑或是表现文化？更为精确地说，"寻根文学"的最后旨归是从文化引向人性，还是从人性引向文化？

如同当代文学所屡屡发生的情况一样，当"寻根"作为一个响亮的口号被津津乐道时，一些过于兴奋的作家常常因之冷落了文学的真正主人公——人。

因为急于从人物性格表现之中抽象出某种传统文化思想，"寻根文学"的部分小说出现了人物观念化的迹象。当然，某些作家机智地使用了"象征"的艺术手段加以弥补，从而绕开了人物观念化的陷阱，按照黑格尔的看法，象征表明某种抽象观念迫切地寻找与之吻合的具象。这种抽象观念在诸多具象之中徘徊不定，骚动不安；它最终只能将自己勉强贴之于某个具象，甚至不惜歪曲、割裂、夸张具象的自然形态使之上升至观念的高度。尽管黑格尔不无贬义地断定象征是不成熟的艺术，然而，当艺术的具象闷住了艺术意蕴的普遍性质时，象征毋宁说是以复杂的艺术能力使具象与抽象达到更高的平衡；换言之，象征并非使具象更为生动，而是使具象更为耐人寻味。从韩少功的《爸爸爸》或者王安忆《小鲍庄》里可以看出，丙崽与捞渣恰恰是由于某些"非人"的怪异而产生了额外的寓意，进而使人物成为某一方面传统文化的神秘暗示。对于作家说来，成功的象征出现于形而上与形而下之间恰到火候的交融。

然而，人们不难发现，许多"寻根文学"无法驾驭具象与抽象之间的高度平衡。作家无意地纵容种种风俗民情，掌故逸闻淹没了或者置换了性格。人物仅仅成为种种野史、传闻片断的连缀，成为大批文化资料展览的解说员。这与其说是文学，不如说更像民俗志。从阿城的《遍地风流》之中的某些篇什到冯骥才的《三寸金莲》《阴阳八卦》，可以看出，即便一些才华出众、经验丰富的作家也难以幸免这种艺术缺陷。这时，人们不得不再度重申一句古老的文学格言对这种状况矫正：文学是人学——尽管人们可以对这句文学格言作出种种宽泛的解释。

文学与文化的关系被确认之后，许多作家理所当然地将当代文学的不足之处归诸两者关系的不完善。阿城、郑义等作家都对文化传统连续性的中断痛心疾首，他们不约地提出了"文化断裂"的看法。他们认为，"五四"运动与"文化大革命"是本世纪斩断民族传统文化的两柄利刃。虽然人们不必从逻辑的严密性方面苛求作家，但是，由于涉及了重大历史事件的评价与不同文化趋势的倡导，各个层面上的争辩即刻蜂拥而来。

断言"寻根文学"信奉复古主义，这显然是不公之论。"寻根"不是返回远古的文化环境，不是"克己复礼"。"寻根"毋宁说是企图在今日与未来的意义上重估中国传统文化。不可忽视的是，"寻根"作家对于传统文化的判断之所以不同于许多"五四"作家，这在很大程度上由于参照了世界文化的趋势。他们觉得，在未来的世界文化格局之中，中国传统文化的某些遗产可能重现异彩。东方的悟性，宁静淡泊，天人和谐，神秘的《易经》八卦，儒家的仁义道德，道家的自然无为，诸如此类的观念作为一帖帖解毒剂正在西方后工业社会得到愈来愈多的重视。当代世界的某些艺术思想、哲学思想、科学思想与经济思想正在从不同方向提早预告了中国传统文化的特殊价值。这种状况当然不仅在文化上赋予作家强烈的民族自豪感，同时，许多作家还由此看到了一条文学走向世界的重要途径。可以预见，当代文学的未来前景可能与中国传统文化在世界范围的复兴联系在一起。由于古老传统文化的带动，当代文学甚至有望超出经济实力的排名而一跃成为世界文学之中的首席小提琴。

然而，从另一方面看来，"五四"时期激烈的反传统态度已完全过时了吗？"五四"作家所抨击的文化环境已完全改换了吗？当代作家所面临的中国文化进程已与世界文化同步了吗？世界文化所强调的思想同样适合于中国的当代现实吗？对于许多"寻根"作家而言，上述问题并非没有意义。许多作家意识到，假如提前将后现代文化的判断作为现实指南移诸前现代文化环境，这可能导致巨大的误差。于是，在中国与世界之间，作家的文化选择到了两难的局面；如果用李杭育的语言加以形容，那么可以说，作家面临了"文化的尴尬"。

从不同的立场看来，文化传统的意义变幻不定——这无疑是人们对"寻根文学"歧见丛生的一个原因。

首先可以指出，当代文学对于世界往往表现出复杂的，甚至是不无矛盾的态度。这种状况很大程度上源于中国与世界在文化上的落差。

许多作家不约而同认为，当代文学价值的判断最终必须取证于世界。这种见解无疑基于下述理论观点：一部作品如果赢得了世界上不同民族读者的响应，这将表明文学成功地越出了国别文化的局限而汇入世界文化。在这个意义上，世界是文学价值鉴别的权威机构，世界文化代表了高于国别文化的一个判断标准。

"寻根文学"的出现显然期望得到世界文化的赞许。许多作家仿佛突然在传统文化中呈现了安身立命之所。在传统文化的丰富遗产面前，他们甚至为曾经被现代主义文学所引诱而追悔。他们为当代文学拟定了一个策略：用本土特产作为走向世界的文化交流资本。然而，在这个时候，许多作家无意地遗忘了文化交流的本义。当许多国家不约而同地表现出探索中国传统文化的愿望时，作家应当从中看出什么？除了全面展示中国传统文化，他们是否还应当为这种交流方式所启发——他们是否还应当以同样积极的姿态探索、吸收其他国度的文化？

从另一方面看来，世界是一个牢牢不可分的整体吗？事实上，世界文化毋宁说是一个许多国度文化相互汇合的综合体。这就是说，某些时候可能出现这样的状况，一些在经济、文化方面享有较高威望的国度可能挪用"世界"的名义提出一套价值判断标准；这些国度可能按照自己的口味鉴别其他国度的文化。一度盛行的"欧洲文化中心观"即是如此。在这样的时候，一个国度是否应当抑制本土的特殊问题而取悦世界？

对于"寻根文学"说来，作家理应考虑到这方面的一系列差别。世界文化对于某些中国传统文化表示好感——这是基于一种真实的，甚至是痛苦的生存经验，抑或仅仅是制造一种文化的平衡？中国传统文化将被视为一种新的人生观、自然观、世界观，抑或仅仅在某一范围内煽动猎奇之心，被当成观赏对象？在判断传统文化意义的时候，当代作家应根据自己所置身的文化环境提出价值判断，还是应当根据"世界"名义之下其他国度所表示出的兴趣？他人可能比自己更理解本民族文化吗？进而言之，当代文学应当源于生存经验的强烈感情与世界对话，并且在这种反复的对话交流中获得一种世界意识，还是仅仅揣摩、投合他人的意愿而提供种种悦人耳目的文化资料？

显而易见，"寻根文学"表示了对于文化传统的尊重。当代文学中，恐怕再也没有哪一次文学运动像"寻根文学"那样直接地涉及文化传统的全面估价。这无疑卷入了一个巨大的理论旋涡。在近代历史上，传统始终是一个争辩不休的对象。如果说，世界文化趋势形成了当代文学的一个重要参照物，那么，文化传统则是当代文学所经常环绕的一个无形轴心，不论作家想依附传统还是想反抗传统，他们都不得不经常地谈论传统。很多时候，"寻根文学"所引起的争论并非由于艺术价值的高下，而是由于看待传统的态度分歧。

在我看来，许多人在心理上产生了"传统情结"。无论考虑什么问题，传统都是一个绕不过去的礁石。的确，经历了数千年文化史的演变和积聚，传统已经成为一个庞大的存在。传统所包含的内容十分驳杂甚至相互矛盾。现实的种种状况均可以从中获取解释，找到根源。这就是说，传统不仅可能被一些人当成护身符；在另一方面，传统也常常被另一些人当成替罪羊。这甚至导致一个倾向的出现：无论成功还是失败，人们赞颂或者诋毁传统常常超过分析当事者的能力与责任。

然而，令人奇怪的是，尽管传统的意义引起如此剧烈的辩论，人们对于传统内涵的认识并没有多大进展。传统这个概念更像一个显明态度的象征，一个划分阵营的界限，一个区别立场的标签。这表明，传统在许多人的意识中乃是一个不可分割的整体。传统之中的种种成分与倾向并非诸多个案的混合，它们统一于传统的基本特性之上。只要归附于传统名义之下，就像一句俏皮话所形容的那样，"一张夜幕使一切猫都变成了黑猫"。因此，不论肯定或者否定，人们似乎都是对传统整体发言。一旦摒除了解析、区分传统内部不同倾向这道工序，一切有关传统的言论都显得简单浮浅；由于简单浮浅的言论往往有利于作出感情化的夸张，于是，论辩传统问题常常成为双方态度激烈程度的竞赛。既然传统被当成一个整体，那么，断定传统面貌的种种以偏概全的结论四处盛行。这个时候，人们的观察与批判与其说进入了传统内部，毋宁说远离了传统，仅仅从远处将传统视为一个模糊的整体。

沿用种种以偏概全的结论看待传统，这常常可能对某些反传统的观点形成讽刺。不分青红皂白地对一切传统文化施予粗暴的否决，这种作风本身亦即传统之一部分——这种处理方法早在焚书坑儒时即已出现。用传统的方式反传统，这在很大程度上恰恰由于尚未全面认识传统。在一个更为深刻的意义上看来，试图通过反传统冲出现实困境，强调思想、文化对于解决现实问题的重大意义，这种观点本身即是脱胎于传统的儒家思想模式。

另一方面，许多"寻根"作家对于传统的推崇在理论上同样是仓促的。他们常常轻率地将一些局部例子推向全称判断，他们的许多观点常常由于气魄有余，证据不足而引起了非议，事实上，这些作家的"寻根"更多的是个性化的，他们毋宁说对于传统文化的某一局部、某一派别颇有心得。在我看来，考察这样的具体问题似乎更有趣一些：传统文化的哪些内容更易于引起文学的兴趣？

如前所述，"寻根文学"仅是一个松散的大趋势？一批作家共同对文化渊源表现出前所未有的关注，但他们所关注的具体层面远非一致。如同批评家所区别的那样，韩少功追慕的是楚文化的绚丽狂放，贾平凹迷恋的是秦汉文化的朴实深重；阿城、李杭育都对老庄、佛、禅以及种种非规范的民间文化表示喜爱，而张炜则多少为儒家精神与人格理想所感动；张承志不顾一切地投入草原，投入一片回族的黄土高原，郑万隆则坚定地植根于他的"那片赫赫山林"。在如此纷繁的头绪和景观后面，是否可能潜藏了一个更为深刻的统一主题？

期望上述作家忠实无误地阐发某一典籍、还原某一段历史原貌、实录某些风俗民情，这显然是迂腐之念。毋庸置疑，作家是借他人酒杯，浇自己块垒。在"寻根文学"中，传统文化并非在学科的意义上逻辑地发展，作家不如说是将传统文化的某些内容重新提取出来，用以阐释、制约或针砭当代文化中的某些基本问题。这是引证往昔向当今发言。事实上，在人类生存过程中，某些基本问题时时困扰人类，丹尼尔·贝尔将这些问题称之为"原始问题"。他指出："这些问题困扰着所有时代、所有地区和所有的人。提出这些问题的原因是人类处境的有限性，以及人不断要达到彼岸的理想所产生的强力。……答案尽管千差万别，但问题却总是相同的。"

所以，丹尼尔·贝尔认为，"文化原理就是一种不断回到——不在形式上、而在关心的问题上——人类生存的有限性所产全的基本模式的过程"。许多作家显然从当代的人文环境中再度察觉到这些原始问题。作为一种拯救或者作为一种超越，他们不约而同地走上了"寻根"之路——他们不约而同地从传统文化的比较中看到了当代文化的某些缺陷，并且拟定了矫正的处方。在我看来，洞察这些"原始问题"在当代人文环境中的表现形式，表明对于人类生存方式的某种设想或者态度，这可以看作"寻根文学"的一个总体主题，也是"寻根文学"的意义所在。

如此看来，"寻根文学"在接交传统文化时显出了某些一致之处：这些作家都表现出对于礼教的不屑，对于拜金主义的批判，对于人格上猥琐、蒙昧、造作、虚伪的厌恶，对于工业文明的异化以及城市综合征的警觉；另一方面，这些作家又表现出对于自由脱俗、独立精神的向往，对于旺盛生命力以及勇敢、胆魄的赞叹，对于感性、感情、热血义气的推崇，对于原始自然景象的由衷欢悦——总之，这些作家都共同表现出了季红真称之为"浪漫主义"的生存观念，"寻根"不过是借助了某些传统文化构思出一幅幅寄寓理想人格与理想生存方式的图景而已。

不能不看到，"寻根文学"所出示的生存图景有强烈的美学意义。这些生存图景常常是超功利的，可向往而不可企及的。一些远古蛮荒之地，一些奇异的风俗人情，一些十分陌生的传奇事迹，这些材料很容易为作家转换为审美形态；另一方面，这些图景又多少和当代的文化习惯产生了某种疏离。"寻根"不仅意味着考察当代文化的根源，同时还指出了当代文化与源头之间已经存在了多大的沟堑。这时，"寻根"并非劝诫人们返回远古，而是通过传统文化的镜子喻示当代文化的欠缺。所以，尽管许多"寻根文学"所出示的生存图景看起来古风犹存，但实际上它们是作为一种彼岸的景观与现实之间产生相互参照。"寻根"的积极意图毋宁说是引入一套传统文化的价值观念参与现实。需要说明的是，作为一种彼岸的理想之光，"寻根文学"并非为未来的社会根供一套经济学指标，或者展示一个社会规划远景；事实上，"寻根文学"仅仅力图从美学意义上规引未来的趋势。换言之，美学乃是"寻根文学"将现实引渡向未来的桥梁；归根结底，"寻根文学"仅仅力图表明人的生存怎样更富有美学意义而已。

既然如此，对于"寻根文学"来说，传统文化很大程度上被赋予美学性质——而不是赋予学术性质。反过来，传统文化的美学处理又进一步充实了当代文学，使之绚烂多姿。这个时候，我不能不提到"寻根文学"的一个重要启迪：拉美文学依靠本土文化而崛起无疑使许多作家看到了一个成功的美学范例。

在这方面，吴亮显然更多地考虑到了"寻根"对于创造文学想象的美学意义。他说："把这样一种富有想象力的艺术命题混同于历史学、考据学、神话学、民俗学、宗教史以及人类文化学范畴，就会丧失该命题在推进文学中的生命力，至少也会减弱其本应具有的酵母素。"事实上，传统文化从多方面驱动了文学想象：它可能提供一种环境或者背景，也可能提供一种性格原型，可能提供一种神话思维方式，也可能提供一种叙述风格或者语言风格。总之，传统文化并非一堆毫无生气的典籍资料，而是全面激活作家心智的触媒。

不论作家是否已经找到真正的"根"，不论作家是否准确描写了传统文化；对于文学说来，一种新的想象力已经被"寻根"的口号激励起来了——这不是足够了吗？

原载《小说评论》1991年第3期

寻根文学：更新的开始（1984—1985）

李洁非

缘起和背景

1988年，评论家李庆西在一篇文章中说：

> 在一部分青年评论家的记忆中，1984年12月的杭州聚会，至今历历在目。这番情形就像一个半大孩子还陶醉在昨日的游戏之中。也许对他们来说，像那样直接参与一场小说革命的机会难得再能碰上了。①

文中所说的"杭州聚会"，是一次由《上海文学》发起的务虚性质的小说研讨会，拟就与小说创作态势和前景有关的颇为宽泛的问题进行磋商，但后来正是这次研讨会上搞出了一个名为"寻根文学"的运动和派别，这本身多多少少也令组织者感到意外。

尽管事情看来有点出乎偶然，或者几乎如李庆西所说带有一种"游戏"性，但可以肯定的是，在1984年，中国的小说思潮处在转变的边缘，即便没有一个"寻根文学"，这种转变也会以别的名目出现。

在这之前，我们曾叙述了自从"文化大革命"结束后到1982年，小说艺术取得的各种进展。这些进展突出体现在使被政治运动中断了的小说规范有所恢复，称之为"补课"也罢，称之为"温习旧课"也罢，总之，人们开始重新运用过去若干个世纪以来一直在用而却被我们一度抛弃的常规手法写作，开始重新把小说写得像"小说"。这个过程为时不长，而且实际上也无须太长的时间，大体上，到1982年、1983年和1984年，大部分有一定写作经验的作家，对如何描述一个头尾连贯的故事，都可以应付裕如了，不至于再像1977年、1978年那样把故事讲得很生硬或很笨拙。

总起来看，"寻根文学"被正式鼓捣起来前，小说艺术处于某种养尊处优的状态。因为"文化大革命"后小说历史的第一个阶段所面临的主要问题已经解决，人们可以很轻松地构思出通畅的情节，可以像30年代作家或19世纪作家一样运用自如地施展有关人物刻画的基本技巧，前几年捉襟见肘的局促和窘态已不再来打扰他们。在这个意义上，1983年、1984年两年的小说创作，就像是心满意足地照料自己门前草坪的中产阶级。我们读到的绝大多数作品，从技巧上说，都是既不好也不坏的作品；一方面，它们不像前几年小说艺术幼稚时期的作品，即便屡获殊荣，也仍然大有可以挑剔之处；另一方面，要说它们有何特异新奇之处，也是绝对谈不上的。可以说，一切都很习见。以1983年短篇小说获奖作品为例，《围墙》《抢劫即将发生》《阵痛》《秋雪湖之恋》《兵车行》等等，你必须承认它们写得颇为圆熟，但是在艺术上比之于前人究竟向前多走了几步却无法说清楚。这种状况，当张贤亮的《绿化树》发表时，我以为达到了极致：这部中篇小说把作为传统的小说叙事手法几乎做了一次集中，人物命运的悲剧冲突、精确而逼真的细节描写、陀思妥耶夫斯基式内心独白、托尔斯泰式心灵忏悔、屠格涅夫式自然风景描绘……所有你曾经在传统小说中看到的因素，在这里都能看到，而且表现得都挺得当；问题是，你除了说它很像过去的某某作家的某某作品，也并无太多可说的。

也就是说，"寻根文学"以前，小说在艺术上陷入了徘徊。每个人肯定知道，小说必须往前走，但是怎么走也还只是人们正在脑海里不断思索的问题。一条明显的现成的道路，是走向"现代派"，这种可能性早在80年代初就成为文坛的热门话题，包括冯骥才、李陀、刘心武围绕高行健的《现代小说技巧初探》展开的书信讨论以及《文艺报》就徐迟的《现代化与现代派》一文提出的批评，都属于这类现象；此外，创作实践中也出现了王蒙的那些借鉴意识流技巧的作品，所以应该说，小说衍向"现代派"的呼声相当高。然而，事实并不是这样，比"现代派"浪潮更早出现的，却是在文化上带有民粹色彩的"寻根思潮"。

这也许是一个很复杂的现象，许多现实原因都可能在其中起作用，就文学以内的现实原因来说，显然有以下两点在促成"寻根文学"上产生了有力影响。其中之一是自汪曾祺重新发表小说作品以来，以文化、民俗、风情这类角度切入叙事的做法取得了很大成功，有不少切实的佳绩。除汪本人的作品以外，像邓友梅的《那五》、冯骥才的《神鞭》、贾平凹的《商州初录》，都因以"文化"而越出于一般的写实作品格局之外而备受好评。另外，在汪的直接影响下还出现了阿城的《棋王》和何立伟的《小城无故事》《雪雾》《白色鸟》这样一些作品。于是，借助某种文化色彩的浸染来谋求小说创作从题材到语言的新的美学趣味，是人们眼前都看得到的较好途径。作为第二个现实的文学原因，"寻根文学"这种意念的生成，与不久前马尔克斯因《百年孤独》一举获得诺贝尔文学奖显然有着很密切的关系，这一事件，提供了一个"第三世界"文学文本打破西方文学垄断地位的榜样，亦即以民族的文化、民族的情绪、民族的技巧来创作民族的艺术作品这样一种榜样；实际上，还从来没有一位诺贝尔文学奖得主像马尔克斯这样在中国作家中引起过如此广泛、持久的关注，当时，可以说《百年孤独》几乎出现在每一个中国作家的书桌上，而在大大小小的文学聚会上发言者们口中则屡屡会念叨着"马尔克斯"这四个字，他确实给80年代中期的中国文坛带来了巨大震动和启示。

1984年12月的"杭州聚会"，正是在上述背景下开始的，当与会者就"新时期文学：回顾与预测"这样一个主题展开讨论时，他们能谈些什么呢？客观摆在大家面前的话题就那么多：要么谈谈王蒙的"意识流"，要么谈谈汪曾祺的"文化的美"；要么谈谈反文化的法国"新小说派"，要么谈谈蹈扬热带丛林精魂的拉美"魔幻现实主义"。而这些话题彼此对比起来，王蒙的"意识流"显然不像汪曾祺的"文化的美"那样成熟、令人信服，"新小说派"的反文化则更不如"魔幻现实主义"所发扬的古老的民族精魂合乎与之同属非主流文化圈的中国作家口味。

既然小说的艺术视野被"社会、现实"所屏蔽，那么，搬出"自然、文化"以打开视野，便成了1984年文学为当时的"思想"所能接受的一条突破传统小说封锁的"驼峰运输线"。

"寻根"的理论

尽管整个"寻根"潮流风靡起来之前，已经诞生了它的代表作《棋王》（有人甚至把早在两三年前发表的《商州初录》也算作"寻根"小说，这似乎失诸勉强），但我们仍然认为其发展过程的特点在于浓厚的理论色彩，甚至于"寻根派"小说作品引起人们的高度重视在相当程度上也是因为他们的理论先鸣于天下。

这并不含有贬义。

首先，作为事实，"寻根"运动的的确确产生于一次务虚性质的文学研讨会。随后，"寻根派"的主要人物几乎在同一时间抛出了他们各自的理论宣言，而这些宣言所用字眼如此相近，以至于令人很容易产生一种"串通一气"的印象——韩少功文章的题目为《文学的"根"》（《作家》1985年第4期），李杭育则是《理一理我们的根》（《作家》1985年第6期），郑万隆用的是《我的根》（《上海文学》1985年第5期）。这当然就不是什么巧合，而是磋商的产物，是观点的认同和协议，是主动结成的文学联盟。

其次，"寻根派"作家以理论推动现实的做法，开创了此后文学操作的一个基本模式。使小说现象从自发变成有组织的，从盲目和偶然变成按一定观念预先设计的，从散兵游勇变成"山头主义"……凡此一切，均自"寻根派"始；在这之前，像"伤痕文学""反思文学"那些称谓，则是当创作现象积累到一定程度后，再由批评界"赐"名。如果说"伤痕文学""反思文学"的命名是先有鸡后有蛋，那么，"寻根文学"大约就可以算作先有蛋后有鸡了。自"寻根文学"这样做以来，效仿者竞起，以后的"新写实"也罢，"后现代"也罢，"新体验"也罢，"新状态"也罢，可以说都是这种思路的翻版。这种率先命名、率先树旗的做法，不仅仅显示了新锐作家主动出击的精神，更主要地，它表明概念、理性、观念因素在文学现象中比重的提高，从而使创作行为一开始就限定在某种明确的目的之上。

应该说，这种做法对"寻根文学"有着异常重要的意义。根据1985年整个文坛围绕着它展开的热烈讨论来看，人们对其创作很少有所争议（阿城的"三王"，韩少功的《爸爸爸》《蓝盖子》《女女女》，郑万隆的《异乡异闻》系列，王安忆的《小鲍庄》，受到了几乎一致的好评），真正的争议都引发自

寻根文学研究资料

"寻根派"作家的理论，特别是以上提到的那三篇文章，加上阿城发表于《文艺报》1985年7月6日的《文化制约着人类》。这证明了作为一种文学派别，对理论建设投入较大精力的好处；可以想象，如果"寻根派"没有这样做，仍旧跟以往作家一样单纯埋头于创作，它的影响就闹不了这么大。显然，理论比之于创作，其自身的特点尤其是局限性，都鲜明得多，因而引起争议和反诘的余地也更大；"寻根派"一开始自觉追求着理论建设的同时，其实也就是在自觉暴露它的疑点和局限性，自觉挑动人们与之争辩，但恰恰是这种似乎不知藏拙的做法，把它推上了1985年文坛头号热门话题的位置。

"寻根派"的理论（而非作品）所引起的一个最大诘疑是，它到底是一种先锋派文学思潮，还是保守的文学思潮。一些批评家认为，"寻根派"无疑是"先锋的"；例如李庆西在上述那篇文章中就这样写道："一些具有先锋精神的小说家的思维形态发生了很大变化，他们正在从原有的'政治、经济、道德与法'的范畴过渡到'自然、历史、文化和人'的范畴。"另一些批评家则断然否定了这一点，他们宁肯把"寻根派"视为原本走在"现代化"进程中的当代文学的一次历史的、哲学的、审美的倒退；这些人当中，刘晓波的言辞最为激烈，他把一个响当当的在中国几乎称得上十恶不赦的谴责掷在"寻根派"作家脸上，这就是"复古主义"！

因此，问题集中到如下的字眼之上：先锋，还是"复古"？抑或，现代，还是传统？其实，并不只是批评家在就这些字眼争来争去，"寻根派"作家本身所谈的也不过是这些，然而，他们彼此之间的话语分寸却有着微妙的差别。阿城的看法相对来说最简单明了，在《文化制约着人类》这篇文章中，他旗帜鲜明地表示，"五四"新文化运动因其"全盘西化"的偏颇，而造成了一次中国文化的"断裂"，而当代的作家（也许还包括其他人文知识分子）所要做的，就是接续上这个断点——阿城这种观点，或许确确实实有一些"复古"的意味。韩少功则不是这样直截了当地肯定中国的传统文化，首先，他把传统文化分为"规范的"和"非规范的"（相当于主流与次流），然后说应该恢复的是后者（即以楚汉文化、老庄文化为代表的那种文化），其次，他采取了一种迂回的路线来肯定中国的传统文化，颇类似于"天下文章数钱塘，钱塘文章出故乡；故乡文章数家兄，家兄向我学文章"那种弯弯绕——他这样写道："西方大历史学家汤因比曾经对东方文明寄予厚望，有意味的是，西方很多学者都抱有类似的观念。科学界的笛卡尔、莱布尼兹、爱因斯坦、海森堡等等，文学界的托尔斯泰、萨特、博尔赫斯，都极有兴趣于东方文化，尤其推崇庄老，十分向往中国和尊敬中国人民。传说张大千去找毕加索学画，毕加索也说：你到巴黎来做什么？巴黎有什么艺术？在你们东方，在非洲，才会有艺术。"李杭育则又有不同，在提倡复兴传统文化的"左道"这一点上，他跟韩少功看法一致，但他没有像韩少功以"溯源法"最终把西方文化艺术置于中国之下，而是主张"嫁接法"："理一理我们的'根'，也选一选人家的'枝'，将西方现代文明的茁壮新芽，嫁接在我们的古老、健康、深植于沃土的活根上，倒是有希望开出奇异的花，结出肥硕的果。"虽然我为"根"，彼为"枝"，与近代以来讨论中西文化关系时常见的本末、体用之分一脉相承，但毕竟他承认这两者各自是独立的，跟韩少功的"一视同仁"有些差别。

由上可见，不论是"寻根文学"的提倡者、实践者，还是它的讨论者，都把这种文学现象放在"文化"意义上来解释、检讨、阐发和争訾。结果，一场文学运动似乎并没有引起多少文学上的话题，而主要地导向了有关一般性质的人文价值取向的辩白。当然，这种话题本身并非毫无意义，它可能是有趣的，也可能十分切合了当时文坛的焦点，但由于过分偏重于这个侧面，一个最重要的问题却被错过了、疏忽了，这便是：作为一种艺术（而非文化）过程的"寻根文学"，它究竟想做什么，它会给1984年、1985年的小说形式带来什么？

也许受了当时思考问题的角度、工具因素的制约，人们还无法越出上述窠臼。十年后的今天，这就不再是个障碍。现在看来，当时围绕"寻根文学"出现的文化之争（传统还是现代，复古还是先锋……），其实是一场关于文学互文性的选择的争论。简单来说，"寻根派"和它的非议者之间所争论的实际上就是，当代小说应把怎样的文学语言文本系统当成自己的对象；其中有一方认为应该发掘和再现本民族的文学语言文本系统，而另一方显然恰恰要撇开这种东西，将"西方"（或者说"世界"，因在这些人心目中，事实上这两个概念是等同的）的现代文学语言文本系统作为唯一的参照系。所以，归结起来，这场争论，其文化意义仅属表层，真正的或者说最终将落实到创作实践上的争论，乃是关于小说话语形态的争论。

搞清楚这一点，我们发现问题变得简单多了。应该说，两种互相争论的观点之间无所谓对和错。如果"寻根派"不愿意使自己的作品艺术面貌混同于某种"国际流行趋势",而要发展自身的美学和技巧上的特色,这究竟有什么可以指责的呢?况且,这种选择从纯艺术角度看还有着十分充足的理由,是一种获得和确定小说创作的形式规范的现实途径。作为中国的作家,他们最熟悉、也最善于掌握的,当然是历史上积累起来的那些本国文学语言典范,而通过揣摩和消化,把这些养分吸收到今天的创作之中,以改善当下小说在艺术上的粗陋和不足之处,甚至进而走出一条新路,这是完全可能的,甚至是非常重要的。我想,"寻根文学"的最好结果即在于此,而不是它自己纠缠不清的"中国传统文化优劣"问题。实际上,"寻根派"作家在理论上走入了一个误区,他们大可不必去谈论什么"五四"造成了历史的"断裂",甄别传统文化中的规范和非规范类别,或者汤因比、爱因斯坦、毕加索对中国文化的崇拜;他们本该更多地谈谈中国几千年的叙述智慧、成就、技巧,特别是唐宋以来小说手法、结构、叙述方式,我们历来研究得就很不够(甚至简直没有什么研究),有多少尚待认识和总结之处,而这些财富对于20世纪80年代的当代小说艺术发展具有怎样的理论和实际价值等等这一类问题,那样的话,"寻根派"的理论显然会更切合文学的主题,也更有久远的意义。

当然,在80年代中期,人们习惯于插手"重大"问题,恐怕也习惯于把每场争论导向"重大"的层面,因此,看上去,本来仅仅作为一个文学话题的"寻根文学",在讨论中就演变成了似乎关系到民族、国家文化价值走向的"权力意志"之争。不光反"寻根派"的人士,颇有不能容忍"倒退""复古"的义愤,不可否认的是,"寻根派"自己又何尝不是隐隐约约把这看成反抗西方文化"霸权"的一种姿态?例如,韩少功就十分地担忧,文学如果照有些人鼓吹的世界化方向走下去,会出现"一个中国的'外国文学流派'"。不管这种担忧有多少依据,总之,"寻根派"确实抱着与西方现代派文学争一争话语权的目的。

关于"寻根派"的组成

直到今天,"寻根派"作为一个文学派别,究竟包括哪些作家,仍然没有定论。这种困难与法国"新小说派"颇为类似。因为事先并未准备一份正式文件供大家签约,签上名了的就算,没签名的就不算——当然,那就简单了。

我们现在所知道的情况，一是1984年12月的"杭州聚会"，一是那几篇夹以"根"这个字眼的宣言式文章。在"杭州聚会"上，与会者确实触及了与后来所谓的"寻根文学"有关的话题，但显然不能说，所有与会作家都算在"寻根派"内。看起来，比较可靠的凭据就是那几篇以"根"而名的文章，再加上阿城的《文化制约着人类》——将这几篇文章的作者称为"寻根派"作家，应该没有疑问。

另外，还有一些作家，也经常地或偶然地被评论家列在"寻根派"之列。例如，李庆西的文章就历数过如下一些作家：《小鲍庄》的作者王安忆，《琥珀色的篝火》的作者乌热尔图，《商州世事》《天狗》《远山野情》等"商州系列"的作者贾平凹，《透明的红萝卜》《红高粱》的作者莫言（李庆西甚至认为莫言"将'寻根派'的某些风格特点推向了极致"）。此外，他还有一个"山东'寻根派'"的提法，并开列了包括《鲁班的子孙》《三个猎人》的作者王润滋，《一潭清水》《古船》的作者张炜，《天良》《河魂》的作者矫健等人在内的名单。

李庆西作为"寻根文学"的主要批评家，他的上述划分自有其道理。不过，可能有点失诸宽泛。既然"寻根派"本身是一种具有明确的与民族义化和审美态度对话的关系的小说创作流派，我个人认为，将莫言和山东诸作家列入其内就略嫌勉强，相反，当时发表《一夕三逝》《花非花》的湖南作家何立伟倒更有理由被目作"寻根派"。当然，这都是仁者见仁、智者见智的问题。比较稳妥的办法似乎是，区分出"寻根派"的主流作家和外围作家，比方说，韩少功、阿城、李杭育、郑万隆四人属于主流作家，而王安忆、乌热尔图、贾平凹、何立伟或别的一些人属于外围作家，这样，大家彼此易于认可。

两位代表人物：阿城和韩少功

限于篇幅，我们不可能全面描述"寻根派"每一位成员的创作，同时这样做也没有太大的必要——时隔十年，我们已有足够的时间认清他们当中最具代表性的是哪几个。所谓"代表性"，一是指对于"寻根文学"的理想和特点而言，有最典型和最充分的表现的作家；其次也显然是基于其作品本身的艺术分量。我相信，用这两点来衡量，我们应该选择阿城和韩少功。

阿城：《棋王》（中篇，发表于《上海文学》1984年第7期），《遍地风流》（笔记体短篇，发表于《上海文学》1985年第4期和《钟山》1985年第3期）。

《棋王》是"寻根文学"最早的作品之一，也被多数人认为是"寻根文学"最成功的作品。故事和人物取材于"文化大革命"中的"知青生活"，笔墨集中在一个名叫王一生的知青对于象棋和吃的态度上。此人出身贫寒，家境甚苦，自幼衣食无着，且母亲早亡；于象棋却迷之甚深，谓其可以"解忧"，但有棋下便万事不顾（唯吃除外），"似无所见，似无所闻"，超然于烦扰的时事之外，人见人奇。

许多的评论家——季红真[②]、南帆[③]、许子东[④]、李劼[⑤]等等——都谈到了《棋王》及其主人公同传统的道家哲学、狂狷文化之间的联系；从这个意义上，季红真还称赞说，"王一生已超越了个体人生的存在，作为人类的象征，汇入历史人生、宇宙生命古老而弥新的旋律中"[⑥]。不可否认，作者在王一生的身上很寄托了一些老庄之类的生命观，但他究竟是在主动实践这种生命观，还是迫于生活而不得不放弃更多的欲求和意志，却还值得研究。我以为，阿城在这二者之间，是有些自相矛盾的。一方面，他确如许多评论家所说，很想把王一生写成老庄哲学灵魂的象征式人物，他的痴呆气，他的木讷，他的随遇而安、知足常乐，他对除温饱外更多欲望的嘲笑，都来自对老庄哲学的演绎；但另一方面，小说为故事安排的特定现实背景，以及作者对于这种背景所持的或含蓄或明显的敌视，却把王一生其人其行置于被动位置，使人们感到这个人物和他若干性格特征的存在与发生，乃是迫于他的生活处境。评论家们在王一生"吃"的问题上，尤其做了不少文章，把这些细节说成作者"'禅'的平常心"[⑦]的表现，是一种"饥来便食，困便睡"的悟性，尽量往深处、虚处解。而根据情节来看，王一生先前衣食没有保证，到了农场后，有饭可吃，每月还领着二十几元工资，这时候，他说出了表示知足的那种话："咱们现在吃喝不愁了，顶多是照你说的，不够好，又活不出个大意思来。"显然，他这种态度里包含着对自己前后生活状况的实际比较，却不是如评论家所分析的那样象征着一种人生"哲学"。当然，归根结底，问题并不出在评论家的解释上，而是仍然出在阿城的情节叙述本身的两难处境上，评论家看出了他有很强的动机，通过王一生的形象刻画来推崇老子"虚其心，实其腹，弱其志，强其骨。常使民无知无欲，使夫智者不敢为也。为无为，则无不治"[⑧]的主张。但小说终于无法把这一切作为抽象理想表达出来，因为它的人物并不是主动追求着这种生活态度，而是由于其"物质性际遇"的现实所限只能采取这种态度，这样，王一生的形象，与其说是一个哲理的象征性形象，不如说仍旧是社会图景的写实形象。过去，对于这一人物的种种"精神内涵"，评论家未免夸大过甚，试图在他同普普通通的饥者（例如《绿化树》中的章永璘）当中划出一条线，似乎章永璘的食欲是"个别肉体"的欲望，王一生的食欲却是什么"文化"。

我个人认为，《棋王》这篇作品对于老庄、道禅之类"传统文化"精髓的演绎，不值得过分地重视。且不说它在这方面只是做了一些皮毛的、粗浅的表现，并且与人物的"身世"没有圆通地融合起来，就算作者真的做到了把这些哲学或文化因素注入人物的血肉之中，对于一件小说艺术作品来说，也没有特殊的价值。关键的问题还是在于阿城的"写法"提供了些什么，而对这一点，当时人们谈得并不多。

《遍地风流》是一组系列短篇，但严格说来称之为"短篇小说"已不尽合适，后来李庆西提出过"笔记体小说"这个概念，用在《遍地风流》这种作品上就比"短篇小说"来得合适。《遍地风流》的"含意"比之于《棋王》单纯得多，换言之，它向评论家提供的讨论哲学、文化问题的机会已微乎其微，相反，作品的价值愈益转到了小说文体方面，所以能让人更清楚地看见作者对小说写作所持的美学理想。

韩少功：《归去来》（短篇，发表于《上海文学》1985年第6期），《爸爸爸》（中篇，发表于《人民文学》1985年第6期）。

一般而言，"寻根派"作家中间，真正有哲学头脑的——或者说，真正善于把自己的哲学意识转化成小说情节的——只有韩少功，这正是一位人们所称的那种"学者型作家"。韩少功小说中的哲学，不是剥离于情节之外的理念，更不是以明显的议论方式塞到故事和人物嘴中的变相的掉书袋，而是弥漫于整个情境之中的事物本身所处的状态。令人奇怪的是，以我的感觉，韩少功作品中的哲学远远比他以理论文字方式说出的哲学深刻得多，这一点，在《归去来》和《爸爸爸》这两篇作品里面有着卓尔不群的表现。

《归去来》明显来自于对据说曾在湖南一带隐居的东晋大诗人陶渊明的思想的追念——首先，小说标题脱胎于陶氏《归去来兮辞》当属无疑，其次，小说开头所写"我"偶然闯至山中某僻村，也跟陶氏《桃花源记》开始处叙述武陵渔人"缘溪行，忘路之远近，忽逢桃花林……"一脉相通。但比这些表面的相似性更重要的是，韩少功对他笔下的那个闭绝的山村，做了跟陶氏一样的描写和渲染，陶诗所谓"荒路暖交通，鸡犬互鸣吠。俎豆犹古法，衣裳无新制……"⑨搁在小说中则是："这里没有服饰，没有外人，就没有掩盖和作态的对象，也没有条件，只有赤裸裸的自己，自己的真实。有手脚，可以干点什么；有肠胃，要吃点什么；生殖器可以繁殖后代。世界被暂时关在门外了……"最后，小说中的"我"也跟陶氏的武陵渔人一样，偶然地闯入又永久地离开。短暂的经历有如梦境，不能辨其真假。作者所要呈现的，是一个他既陌生又熟悉的世界；从理智上说，它是陌生的，但在梦幻性的感觉（记忆）层面上，它又是熟悉的。那个山寨——不拘它叫什么——实际上是作者自我分裂的一个象征。最初，"我"与这寨子之间存在着很大的距离，但随着他慢慢走近它并进入它，某种记忆从心底浮起并且被寨里那么多男男女女旧相识的话语所验证，以至于他开始相信原先他认为是错觉的东西，然而在他几乎已完全进入角色的最后关头，某种逃跑的力量将他拉回到了起点，但这时起点其实已不存在——"你是叫我黄治先吗？"他逃出来后这样问着长途电话里的朋友。曾有不少评论认为"我"的逃出，是不能忍受那封闭环境的压抑感。压抑感的确是存在的，但照我看却并不仅只表示"我"对于静止、凝固的山寨的拒绝和反感——应该看到其中还有另一种情绪，亦即"我"自觉无力负担那种梦一样的生活，它太古老，太淳朴，太沉寂，也狭窄了，以至于另一半身子置身于"外部世界"的"我"已无法泰然处之。整个小说看起来是一种矛盾、绝望心情的产物：一方面，"我"对于青春少女四妹子困于山寨感到窒息，鼓励并想帮助她投考卫生学校，但另一方面，当他在幻觉中与老阿公相遇时，两人又有如下一番对话：——"孩子，回来了么？自己抽椅子坐下吧。吾对你说过的，你要远远地走，远远地走，再也不要回来。"——"可是，我想着你的酸黄瓜。我自己也学着做过，做不出那个味来。"正是这种两难的情绪，把《归去来》同公元4世纪的《桃花源记》从本质上区分开来，也正是它，才揭示了作为当代作家的韩少功在传统与现实的夹击之间内心无法释然的苦闷。

《爸爸爸》的故事情境跟《归去来》大同小异，也是一个埂塞、滞止的山寨。但这一次，没有像《归去来》那样，出现一个"误入花丛"的外来者；

它的语义，集中在一个名叫丙崽的人物身上。许多评论家从丙崽联想到了鲁迅的阿Q，这或许很有一些道理。不过，从另一个角度看，这种联想是毫无意义的，如果最后仅仅是证明了韩少功写出了第二个阿Q的话。依我看，不管丙崽和阿Q有多少相像之处，作者的用意却肯定不是塑造一个阿Q式的人物；一来这未免无聊，二来，鲁迅于阿Q采取着明显的批判态度（"哀其不幸，怒其不争"），而韩少功于丙崽却很难说得上"批判"，甚至也不是如有的评论家所说将批判化解到"黑色幽默"中去⑩，因为，这个人物本质上是作为一种抽象精神象征描写出来的。这个长着葫芦脑袋的家伙，无父无母（如果"父""母"的概念确实是在人类的家庭伦理的意义上，而非自然生殖的意义上），无荣无辱（喜怒哀乐惧，七情俱亡），无生无长（既像未老先衰的孩子，又像永远长不大的傻子）——总之，作为个体生命的诸多一般特征，从情感的意志到肉体的意志，在他身上都奇妙地消失了、模糊了、混沌了。据此，我宁愿把这个人物看作老子的"道""静"这一类哲学范畴的显像，所谓"寂兮寥兮，独立不改，周行而不殆"，所谓"化而欲作，吾将镇以无名之朴。无名之朴，夫亦将无欲；不欲以静，天下将自定"⑪。所以，丙崽不是阿Q，阿Q是一种文明或至少是一种历史的产物，而丙崽身上却表现出"零文明"的状态；他麻木，痴傻，无知，无所作为，嘴里只会念叨着人类最简单的音节"爸爸爸"，可以说，恰恰是呆傻使他侥幸处于文明大门之下。就像在《归去来》中，韩少功借"我"表达了置身传统文化与现代文化之间的疑惑一样，在这里，他则借丙崽这个人物，表达了置身于文明与非文明之间的疑惑。"文明"及其历史的产物，困扰着山寨中除丙崽之外的每一个人，不论是宗族的观念，不论是巫师代言着的神意，不论是老人仲满挣扎着要捍卫的长幼之别、礼数之规，也不论是青年人仁宝所热衷传播的新文化，这些由"文明"而加诸山寨居民的种种理念，看来只是造成了人们欲念的骚动不安直至械斗、杀戮和毁灭。在这里，"追求"的意志被打上了问号，对于信念的执着（以宗教形式也罢，以道德形式也罢，以私有制的权力形式也罢），任凭它被描绘得再美好、再理想化，也只是把人导向狂热的自戕。《爸爸爸》结尾时老人仲满制毒药以结束山寨弱者生命的情节，令人油然想起70年代美国宗教派别"人民圣殿"的领袖琼斯的所作所为。当着血光冲天、人相噬食的骚乱景象，丙崽这混沌的生命，反倒成了仅剩的一片无言的和平，以至于毒药也对他失去效用——他以他的麻木，痴傻，无知，嘲讽和消解了"文明"的价值，隐隐然传递出老子"不尚贤，使民不争；不贵难得之货，使民不为盗；不见可欲，使民心不乱"[⑫]的文明怀疑论。韩少功骨子里恐怕始终就是文明的怀疑论者，时隔多年，我发现他仍旧习惯于站在某个遥远的过去，来对文明的"进步"表示怀疑："如果让耶稣遥望中世纪的宗教法庭，如果让爱因斯坦遥望广岛的废墟，如果让弗洛伊德遥望红灯区和三级片，如果让欧文、傅立叶、马克思遥望苏联的古拉格群岛和中国的'文化大革命'，他们大概都会尴尬以及无话可说的"[⑬]。这是韩少功在1993年写下的一段新的文字。这段文字对帮助我们理解他多年前在刻画丙崽形象时所寄托的思想，应该是有用的。

"寻根文学"为80年代中期小说艺术提供了什么？

我们将主要结合上述两位作家的作品来谈谈这个问题。

应该回顾一下本文开始时提到的那种情形，亦即，当"文化大革命"结束后的头几年小说终于从一种非艺术状态中恢复过来，从一些最基本和最普通的方面（例如"讲故事"）接续了它的既往的形式、技巧的联系之后，到1983年前后却陷入了艺术上的徘徊境地。这并不是说当时的小说创作缺乏成功的作品，相反，依据一般的要求来看，很多作品都写得颇为纯熟，甚至于还出现了像《绿化树》模样的近乎优秀的作品；但显而易见，作为艺术探索，小说却没有获得重要的进展，人们一度寄希望于70年代末和80年代初崭露头角的具有"现代小说"技巧因素的创作，可是这种作品在王蒙的《春之声》《蝴蝶》，李陀的《七奶奶》《自由落体》以及宗璞的《我是谁》《泥沼中的头颅》发表之后，不仅没有新的起色，简直还渐渐趋于式微，连王蒙后来在《悠悠寸草心》里面似乎都回到了较为习见的写法。

这种徘徊，一方面有小说来自其发展过程本身的原因，另一方面，也应看到客观上某些外部舆论的影响。当时文化艺术界面临着"反精神污染"的问题，搞"现代派"也被列在批判之中，不仅如此，纯形式的"探索"也成为可疑的，例如有人在一个座谈会上发言说：

那些露骨地宣扬色情与低级趣味及商品化的作品，固然是一种污染……但还有一种污染，比较起来，更不易识别，更为危险……这就是一些貌似用严肃的探索态度，表现出的却是违背四项基本原则、与马克思主义世界观格格不入的、阴暗的心理和情绪的作品。⑭

　　作家和批评家自身的艺术观念更新迟缓，对陌生的形式技巧缺乏经验、运用生疏和不自如，再加上外部舆论的影响，使得"新时期"的小说在补完写实之课后变得困顿，没有取得很明显的艺术进展。关于下面的路怎么走，表面上没有形成热烈的讨论（鉴于当时的条件，指望充分地展开这种讨论也是不现实的），但作为显而易见甚至是很迫切的问题，它仍然盘旋在人们的脑际，引起了勤奋的思考；其中，思考最积极也最接近于有能力解决这种问题的，却是那些"文化大革命"以后才登上文坛的、几乎无一例外有着"知青"背景的青年作家。

　　最早意识到必须摆脱"伤痕文学"的正是他们，虽然起初他们的注意力只是放在"哲学"上。他们不满足于小说创作中太多的泪水，以及被动地"反映"社会现实，所以，以哲学入小说，以思辨入小说，力图这样来打开小说的视野。略早的《公开的情书》《晚霞消失的时候》，和后来梁晓声的《这是一片神奇的土地》《今夜有暴风雪》，都是这种努力的一部分；这种思路到了张承志那里，在其《大坂》《北方的河》中，被发挥到了极致，小说创作很大程度上成为作者为自己精神世界所立的石碑，坚硬、强有力而又沉重无比。

　　但他们当中还有另外一批人，一批对"文化"更感兴趣的人。他们也谈哲学，然而却不是像张承志那样崇尚个人哲学意志的表现，而是希望从文化看哲学。这些人，人数可能更多一些，彼此似乎也有更多的可以交流的东西，因此，到了1984年底的"杭州聚会"，他们终于一拍即合，以"寻根"的名义达成了一致。也许，人们会感到困惑，为什么张承志们的"哲学"倾向没有促成一场小说运动，"寻根派"的"文化"倾向却做到了这一点？这的确是一个很有意思的问题。我想，差别乃是在于，张承志们向小说创作中引入"哲学"因素时，把这种因素本身当成了目的，而"寻根派"在杭州讨论"文化"问题的一开始，就很清楚地意识到，"文化"只是一种手段，确切地说，是用来改造小说艺术的一种手段。仔细阅读韩少功、阿城、李杭育的文章，就会发现其中有着很强的文本的语言的意识，例如，韩少功的《文学的"根"》一开始就提到了《离骚》和引用其中的词句，来探讨他所关心的楚文化的流向问题，李杭育的文章中也出现了不少典籍的名称并主动把它们当作今天文学的参照对象，所以，后来李庆西将"寻根派"特征之一归结为"重新构建的审美（表现的）逻辑关系"，也并非偶然。

于是，"寻根派"作家们的作品，不光提供了某种"文化"观点，也提供了对小说的审美观点——从我的角度出发，后者比之于前者更显重要。刚才我已经说过，《棋王》中的"文化"并不特别值得在意，它至多显示了作者阿城颇为庞杂的闲识别趣而已（我甚至觉得小说后半部被某些人目为极具"文化"含义的对王一生大战九位棋手的描写，是作者移植金庸的结果）；但是，这篇小说的语境却大大突破了近四十年来的陈规。至关重要的一点在于，这不是那种以往一贯主张的"生活化的语言"，而是从"书本"中来的语言——具体地说，是对元末明初以《水浒》为代表的那种风味的小说语言的摹现。例如这样一些句子：

> ……说完就去看窗外。（而不是：说完转过脸去，看着窗外。）
>
> ……我父亲在时，炒得一手好菜，母亲都比不上他。（而不是：菜做得极好；或：很会做菜。）
>
> ……说得大家个个儿腮胀，常常发一声喊，将我按倒在地上。（而不是：常常气得大叫起来。）
>
> 大家都凝了神看。（而不是：大家都看得入迷。）
>
> 只见老者进了大门，立定，往前看去。（而不是：站在那儿。）

很多人喜欢《棋王》，或者说，《棋王》令他们耳目一新，实际上就是因为这样一些句子及其特殊的情调在发生作用。这些句子无疑勾起了读者对古典小说语言魅力的记忆，而且，在见惯了从生活中来、与当下实用语言相对应的小说话语的时候，人们忽然面对着一种直接从文本到文本的语言，这本身就造成了很大的震动。作者采取这样的叙述语言，大约有两层动机：首先，这种语言与人物对当时社会现实漠不关心、格格不入的态度相映成趣，如果说王一生是用迷恋象棋表示着拒绝，那么作者则是机巧地通过这种语言表示着拒绝；其次，与小说内容无关，作者显然受着这种语言的节奏、韵味的吸引，很想在自己笔下将其再现出来，以此来打破因过于习见而成平庸的一般的小说语言风格。

从《遍地风流》来看，后一动机是真正主要的。在《棋王》中，尽管阿城对古典小说语言有着灵活生动的运用，而不仅仅是滞止于模仿，但毕竟"相似性"大于"相通性"，"形"的东西多于"神"的东西。这个很聪明的人在积累了一定经验后——写《棋王》的时候他还是一个地地道道的小说新手——他终于撇开了一切表面因素，进入到对古典文学语言的深层研究和运用上。《遍地风流》的语言，延续了古典化的道路，但是，跟故事无关，跟人物无关，语言本身被剥离出来，成为单独的探讨对象和表现对象。《遍地风流》里的每一篇，几乎都没有故事，自然也就没有"发展着的"人物，只有场景。故事和人物变淡了，变轻了，剩下一些片断性的场景，这对阿城来说就便于他追求中国古典小说叙述上的"遣形取神"的韵致——情节的脉络和演化、人物命运的起伏和收煞……都可撇下不论，只管去捕捉和营造那一片刻之间场景的气氛。如《峡谷》所写的独行骑手忽然闯入静得森森然的峡谷及谷中野店，《溜索》所写的马帮过横亘于怒江之上的铁索，《洗澡》所写的蒙古族骑手裸浴和他跟偶然路过该处的一蒙古族女子的调情……。在这些场景片段的描写里，阿城越过了他在《棋王》中对某种古典小说语言"风格"的摹现，转而深入到古典小说甚至是所有古典叙事散文所用的"叙事方法"的研学上。这种"方法"，更多地见于古代文人笔记；笔记体叙事，与演史、话本的铺叙不同，重瞬间，重动态，而轻交代、轻再现。如明方孝孺一篇《越巫》，写行巫者自己终于被"鬼"吓死的故事，极短，仅数百字，只撷取瞬间、动态的场景：

> ……巫真以为鬼也，即旋其角，且角且走，心大骇，首岑岑加重，行不知足所在。稍前，骇颇定，木间砂乱下如初。又旋而角，角不能成音，走愈急。复至前，复如初。手栗气慑不能角，角坠；振其铃，既而铃坠，惟大叫以行。行闻履声及叶鸣谷响，亦皆以为鬼，号求救于人，甚哀。⑮

写足气氛，则不言其惧而自惧。显然，《遍地风流》对这种叙事法心仪甚深，亟愿师法之；应该说，收效还是不错的，有了六七分的意思，特别是

《溜索》一篇，写马、写鹰、写涛鸣、写首领、写汉子、写"屎尿数撒泄"的牛们，将一个"险"字写得不着一字、尽得风流。但笔力终究还不是十分地浑厚，或者是不得不间杂以白话文的缘故，有些词句显得不够爽净精练，如《峡谷》头一句：

> 山被直着劈开，于是当中有七八里谷地。大约是那刀有些弯，结果谷地中央高出如许，愈近峡谷，便愈低。

如将那些带着重号的字词弃掉，是否更好一些呢？当然，这是求精。至于阿城从《棋王》至《遍地风流》的尝试，应该说替当时的小说文体打开了一条思路，亦即，当代的小说可以和古典作品建立互文性的关系，可以从古典小说文本模式寻找语言、技巧以及审美情调。严格地说，在阿城之前，汪曾祺、贾平凹已经这么做过，不过，他们的作品都不及阿城表现得这样明显，也不及阿城表现得这样纯粹（汪、贾两人都很注重乡土意识，有时候，这种民间风味会冲淡或掩盖他们作品的古典情绪）；所以，真正引起人们对小说的"复古"意识（不论赞成它，还是反对它），使之成为一个理念和趋势的，是阿城的尝试。我们虽不必把后来的《妻妾成群》《宋朝故事》等"新古典小说"说成是远远地接受了阿城的影响，但似乎可以说，如果阿城不在1984年、1985年以《棋王》《遍地风流》突破多年来的习见，那么，以古典文本为参照系的思路就不会出现。

但是，从文体形式上看，显然不能笼统地说"寻根派"都是"复古派"。否定这一点，并非是替"寻根派"辩诬，因为实际上我从不把艺术复古看成一桩"坏事"[16]。在这里，我仅仅想实事求是地指出，"寻根派"成员的文体追求有着不少的差异，例如，在阿城和韩少功这两位代表性作家当中，他们所实际运用的手法就截然不同。

前已指出，韩少功在谈论文化问题时也曾流露出"复古"的意绪，小说《归去来》在理念上也跟古代作家文本有着这样那样的联系，然而，作为一种艺术语言的分析，我们却很难从他的作品中找到类似于阿城的作品与《水浒》或古代文人笔记的那种直接对应和参照的关系。无论《归去来》还是《爸爸》，至少在风格和写法上都相当地个人化，未能将其放入某一既往的文本模式内，这倒是值得深思的问题。我考虑其中可能有如下几点原因：一、韩少功所追溯的"楚文化"是作为正统的中原文化对立面提出来的，而究竟什么是"楚文化"，他心中大约只有朦胧的意识。他曾提到多年前在汨罗江边插队时，当地"有些方言能与楚辞挂上钩"，但这点痕迹毕竟太模糊不足以表示整个"楚文化"。后来有个诗人去了一趟湘西，回来说"在湘西那苗、侗、瑶、土家族所分布的崇山峻岭里找到了楚文化的流向"，那里的人"披兰戴芷，佩饰纷繁，索茅以占，结茝以信，能歌善舞，唤鬼呼神"。韩少功对此是认同的，于是，他最后实际上把"楚文化"的概念与一种有原始遗风的部族文化（而非书写形式的古典典籍文化）等同起来，这跟阿城所追溯的道释文化是完全不同的。二、由上，摆在韩少功面前的"楚文化"，便不是一个从语言形式到审美指向都确定、明晰的现成文本系统；阿城有可法，韩少功则无可法，只有通过个人的綦想、猜测来发挥它的"精神"，而在语言表现上更是无所傍依，必须自铸其词。三、这一切决定了作为艺术实践，韩少功的"寻根"乃是由"入"而"出"，从某个遥远对象返回当下的自我语言经验，以后者镀亮前者；阿城的方向则正好相反，他是要把当下的自我精神投入到遥远的语言对象中，借前者来镀亮后者。当然，这两者都是诠释，只不过诠释的方法不一样。

正是因此，其结果看来是令人意想不到的：韩少功的作品成了真正的"先锋派"。他一点也没有摆弄外部技巧，一点也没有亦步亦趋地从西方现代派作品中"参照""拿来"些什么"意识流"或者多重视点之类的东西，但《归去来》《爸爸爸》对当时中国小说艺术面目的革命意义却是毋庸置疑的。确实没有人这样写过：故事被虚化了、悬搁了，情境的"真实性"变成了"或然性"，人物是他们自己又不完全是他们自己，读者对于情节的"结局""结论"的寻求被迫转向接受一种"象征"和"寓言"……事情仿佛真的被韩少功不幸而言中——追寻原始确实可能与现代性、先锋性在某一处会师、握手，《归去来》中的那个迷宫似的山寨跟博尔赫斯笔下的迷宫的"花园"，隐隐地在遥相呼应。

小　结

　　1983年后，当小说艺术处在乏味的徘徊状态，在"现代派"的试验没有新的进展，而外部舆论又造成颇多限制的情况下，"寻根派"找到了一条独特的、温和的同时也是充满艺术潜能的变革途径。撇开人们关于"寻根文学"的种种理论上的争论，单就创作实践来看，作为一次文学运动，形成了以下一些小说的新的艺术认识：

　　（1）小说创作可以不同当下的社会现实和语言现实保持参照关系，它的参照系应是开放的。

　　（2）描写当代生活的作品可以让传统文本语言复活，以此构成现实与历史的"回声"。

　　（3）写实主义的小说模式不是唯一的模式，情节、人物、主题的完整性不是不容侵犯的。

　　（4）欧化的"现代派"方式也不是超越写实主义的唯一途径，仅仅运用固有的汉字学语言，如韩少功所说不"模仿翻译作品"，不用它们的摆弄长句频繁分段、加黑体字、废弃标点符号的手法，同样可以变革小说的文体。

　　确确实实，"寻根文学"催发了80年代中期的小说文体革命，不管以后这场革命的方向有了哪些变化，但小说的语言、技巧的变革意识却是由它提到文坛的议事日程上的，而以往谈题材、谈主题、谈生活、谈作家的观察力等的意识则退居次要。由此，小说艺术结束了70年代末以来的"复苏阶段"，开始走向它的第二个阶段——"更新阶段"。

注释：

①李庆西：《寻根：回到事物本身》，《文学评论》1988年第4期。以下所引，皆出此文。

②⑥季红真：《〈棋王〉序》，载阿城《棋王》，作家出版社1986年版。

③南帆：《小说艺术模式的革命》，上海三联书店1987年版。

④许子东：《当代文学印象》，上海三联书店1987年版。

⑤⑩李劼：《个性·自我·创造》，浙江文艺出版社1989年版。

⑦李庆西：《寻根：回到事物本身》，《文学评论》1988年第4期。

⑧⑪⑫《先秦文学史参考资料》，中华书局1962年版。

⑨《魏晋南北朝文学史参考资料》下册，中华书局1962年版。

⑬韩少功：《夜行者梦语》，载林建法选编《中国当代作家面面观》上册，时代文艺出版社1994年版。

⑭《中国作协党组召开贯彻二中全会精神座谈会》，载《光明日报》1983年11月3日。

⑮刘盼遂、郭预衡主编：《中国历代散文选》下册，北京出版社1980年版。

⑯关于"艺术复古"，1986年我在《复古论》一文中写道："很显然，一个相当长的时期内，只要一接触到这个概念，便会有人以为张勋将军的那群'可爱'的辫子军又重新杀回北平，复辟的阴云又笼罩着大地。历史上发生了多次的反动政治家的此类丑愚表演仍然令人耿耿于怀，以致根本不可能思考这个概念的哲学意义和美学意义。事实上，艺术思想的复古情绪与出于某种实用需要如政治上的复辟倒退风马牛不相及。"实际上，当时有些人对"寻根思潮"做出的反应，的确如此。

原载《当代作家评论》1995年第4期

寻根文学研究资料

历史神话的悖论和话语革命的开端

——重评寻根文学思潮

张清华

在今天的角度看来，"文化寻根"仍然是80年代中期最重要的文学现象。对于这一现象，理论界业已做了深入多向的研究，但在取得了时间距离的今天，重新在整个新时期文学发展的历史轨迹中来考察这一现象的时候，对它产生的历史动因、它的内在文化特质，它在文化选择上的一系列矛盾与悖论，它所发生的实际效用等等，却不能不做出新的审视和思考。在我看来，寻根文学思潮不但是新时期启蒙文学主题的纵深推进和结束的预言，而且也体现了一个全面的写作转移和话语革命的历史趋向，当我们把寻根文学与嗣后的先锋小说，特别是"新历史小说"联系起来进行考察的时候，就会发现它们之间密切的内在联系，寻根文学的一个不期而至，并未反映它的初衷的意外结局正是它对新时期文学变革所做出的最重要的贡献，即，它引导了新时期小说由狭隘的当前化社会话语立场向广义的历史与文化话语的逻辑转递，这场话语的革命，正是新时期文学历史变革的根本所在和关键结局。

一、"后殖民主义"现象的朦胧启示？
历史神话的悲剧示演与方向逆变中的乌托邦

研究和审视80年代中期的这场运动，首先必须回答的问题是：寻根文学为什么会出现？它的本质又是什么？

1985年，一向埋头于文学创作的作家韩少功，在一片新的骚动的声浪中领理论家之先，提出了他的振奋人心的"寻根"口号。随之，一个新的乌托邦在历史的期待视野中出现了。韩少功把那些带有浓厚和传统东方文化色彩的民俗事物与现象描述当作"重铸"灿烂的古代文化改造振兴当代文学的有力凭借："俚语、野史、传说、笑料、民歌、神怪故事、习惯风俗、性爱方式等等"，这些"大部分鲜见于经典、不入正宗"[①]的事物与现象既迥异于西方文明，也不同于现代中国人以西方文化为蓝本而制造的中国现代文化，因此它们可能是中国民族文化的根系所在。

在很短的时间里，"寻根"思潮已蔓延为一股文化的洪流。众多作家都对此寄寓了极高的热忱，甚至不少人都按捺不住，不但通过作品，还通过评论或宣言的方式来表明他们的热情与态度，如李杭育、郑万隆、阿城等人都有专文论述。[②]那么，寻根作家们为什么会在传统（民俗）文化上表现出如此巨大的热情呢？这首先来自一个文化的幻觉，一个单纯的前提，即他们认为研究和发现传统文化，会给中国现代化建设中文化和民族精神的重建提供历史依据甚至灵丹妙药，这仍然是一种强烈的启蒙主义神话和救世情结在笼罩的缘故。而作为他们的先辈，鲁迅等一代五四启蒙作家曾对中国传统文化作过无情的批判。面对这个传统，他们又将何为呢？然而他们正是在与鲁迅等前辈作家的不同中找到了自己的价值。他们确信这样一个前提，即在中国文化中存在着一个判若分明的二元对立的结构，一边是传统中见于经典、也即居于"中心"和"权力"地位的虚伪腐朽和封闭没落的政治——道德文化；另一面则是与之截然对立的生存于民间也即居于"边缘"地位的民俗——生命文化，它们相对于权力文化所表现出的对野性生命的崇扬、浪漫幻想的思维方式、以神话话语为结构和表达方式的文化精神，都是今天人们所缺少和急需的，因此，找到这些文化遗存，就意味着他们对当代民族文化的重振做出了自己的贡献，但是，在社会功利的意义上，包括韩少功在内的这些作家们显然又是相当"气虚"的，他们似乎已经意识到他们只是在谈论一个书生气十足的邈远神话，因此，他们在更多的情形下又或明或暗地重申他们是在"审美"的范畴内来谈论这个话题的，在审美文化的层面上，他们是有足够的信心和依据的，因为他们已经得到了众多外国作家，尤其是一些第三世界作家的成功范例的启示。

很明显，正像几年前人们业已认识到的那样，寻根意识在很大程度上来自一场世界性的拉美文学旋风的吹拂。从许多寻根作家的言论中都显示了这种影响，博尔赫斯、马尔克斯这些名字经常出现在他们的言谈中，李杭育还曾以十分赞赏的口气谈及一位墨西哥作家胡安·鲁尔弗，在创作了几部轰动文坛的小说之后，一头扎进了热带雨林，去寻觅古代玛雅文化遗迹去了。③除此，更兼许多评论家当时就指出了这种影响的事实，早在1986年陈思和就指出，"拉美魔幻现实主义作家关于印第安文化的阐扬，对中国年轻作家是有启发的。那些作家都不是西方典型的现代主义作家，而是'土著'，但在表现他们所生活于其间的民族文化特征与民族审美方式时，又分明是渗透了现代意识的精神，这无疑为主张文化寻根的中国作家们提供了现成的经验。马尔克斯的获奖，无法讳言是对雄心勃勃的中国年轻作家一种强刺激"④。那么，为什么这些寻根作家一面在对一味西向学步的趣味给予反思抨击的同时，又一面孜孜以求地通过表现自己的民族文化去得到西方世界的承认呢？我以为这种悖论正好构成了近年来评论界所热衷谈论的所谓"殖民文化"和"后殖民文化"意识的区别。尽管"殖民文化"的概念在中国的广泛使用仅仅是一两年的事，但它的事实却早已被认识。"后殖民文化"，简单地说是"后期资本主义"的一种文化逻辑与策略，同时也是对应于第三世界的文化受动者——"被殖民者"的文化现象，它是发达资本主义文化霸权的新的表现形式，即，它不再同于前期殖民主义文化时期那种单向输入和强权式的征服，而是常常反过来对第三世界和早期殖民地早已被压抑、割断、埋没了的本土文化（如印第安文化）表现出兴趣，并充当其认可和"评价"机构，相应地，殖民地的文化叙述者正是在这种颠倒了的关系中感受到了民族文化复兴的兴奋，他们一转原来对本土文化的失望和厌弃而兴致勃勃地投入到对民族古代文化的发掘与研究中去。但是，资本主义世界固有的文化权力仍然是无可动摇的，因此，本土文化的复兴和"走向世界"只好最终又依赖于资本主义文化的认可、欣赏与欢迎。这样一来，只不过是发达资本主义世界文化权力的表现形式变换了一下而已。阿里斯图亚斯、博尔赫斯、马尔克斯等拉美作家，甚至其他的一些亚非作家之所以受到西方人的青睐并荣膺诺贝尔文学奖，皆是这种文化逻辑转递的结果。不管怎么说，"后殖民主义"时代所透露的文化趋势和信息终究可以算得上是第三世界文化的"福音"了，在历史造成的民族文化的不平衡格局中，后殖民主义时代毕竟在一定程度，哪怕是在形式上显现了文化的"民主"趋势。但有一点是悲剧性的，那就是第三世界的文化表达者或讲述人必须是以被无形的力量规定了的方式"走向世界"的，即他只能讲述发达国家的文化看客们喜欢和感兴趣的那些内容，讲述那些不同于殖民者国家文化的特定的现象与特征，这就决定了他们常常自觉不自觉地，甚至是必须地去寻求自己民族文化中那些旧有的民俗性内容，并且将它们集中、放大、强化，然后举案齐眉，端上西方人的文化餐桌。

当然，从根本上说，文化的"后殖民主义"时代并没有表明第三世界人民和其文化的耻辱，这种表面"民主"实际又不平等的文化格局是历史的遗留和经济地位决定的。而且显然，中国的寻根作家们并没有敏感地意识到他们的努力与"后殖民文化"特征的重合，他们只通过马尔克斯看到了不同民族文化的"民主"前景，看到了自己民族文化走向世界的可能性，而没有觉察到那背后的由历史遗留下的不幸。因而他们是自信的，他们对重振民族精神的承诺是充满了激情和力量的。这就足以给80年代中国的文学注入一针强兴奋剂和强催化剂，促使它在渐愈接近由一味表现当代社会生活表象所带来的困境时，转向了一个广阔的历史空间世界。

来自这种"后殖民文化"现象的启示，使中国作家们不再一味迷信西方人近代以来的社会神话，因为中国人对这种以"科学"和"民主"为口号、同时又以侵略和压迫为手段的近代工业文明的神话一向是既心向往之又惧恨之的，整个20世纪中国启蒙（开放和西化）与救亡（拒外和独立）的二重文化主题既结合又悖谬的状况给了中国知识分子以多少深入骨髓的折磨与煎熬。尽管30年代一些中国作家（如老舍、沈从文等）曾表现出一些民族文化的热情，但那主要是文化保守主义心理驱使下所采取的立场。而当代的寻根作家们却坚信他们同样可以制造一个东方民族文化复兴的神话。这种意识相对于此前所谓"伤痕""反思"等以民主、科学、理性、人道等西方近代神话为精神根柢的文学努力应当是一种巨大的历史转折。

然而，当代中国的作家们并没有完全拘于某些第三世界作家所造就的模式，热情和信念的参与使他们对这一文化取向又作了改造和放大。概括而言，寻根集群的作家们的努力大致可以归纳为两种，一是关注于文化的历时形式，即选取历史题材和具有明显的历史遗存特征的"板块文化"，这一群体的作家，前有韩少功、冯骥才、张承志，后有马原、扎西达娃、莫言。冯骥才和莫言曾在一些富有文化内蕴的历史题材中获得了惊人的发现，传统文化的一些典型的表征如被现代文化"革"掉了的"辫子"和消失在历史背影中的青纱帐里的"绿林土匪"，竟有效地承载起中国人辉煌不屈的英雄气节和生命神话。张承志所矢志以求的回族黄土文化、韩少功笔下重现的湘西苗裔人的风俗与宗教，马原、扎西达娃笔下神秘魔幻的西藏宗教文化，这些迥异于"现代"一统的中国汉文化的古老遗存都放射出了神秘的光芒，透示出抵抗现代理性文明的生命力量。然而作家们在极尽想象力来展示这些生存神话的同时，也按照现代文化的理性指引融入了他们的悲剧性理解，从而使这种展示获得了价值与悲剧的二重特性，它们互为悖谬，又互为因果依存，由此体现出文化本身的历史命运，体现出作家的理性透射的力量，也呈现出这种神话的深厚的审美内蕴与不朽价值。

另一种倾向是关注于文化的共时形式，即传统文化意识的现代"积淀"和折射。这曾是鲁迅等前代作家所曾掘地三尺的领域，他们对"民族根性"、传统文化心理的揭示和批判曾是中国现代启蒙主义运动的前提和主要内容，现代文明的理性之光照射并打碎了中国人的传统神话，而寻根作家们却在这个精神废墟上试图重建东方民族的道德（对抗于历史逻辑）神话和乌托邦。因为他们在心中存在着一个巨大的历史疑问，持续了将近一个世纪的文化暴力，包括五四、包括"文革"，中国人打碎了传统道德的神话，然而又看到了什么？这种自我的文化暴力与近代以来西方文化强权的压迫和侵略的结果不过是殊途同归罢了。中国人在这个世纪里精神的乌托邦已历经了两度崩溃，现在似乎又到了重建的时候了。因此，从传统乡土文学中蜕变而来的一支，前有贾平凹、李杭育、郑义，后有张炜（王安忆在短期内也算一个，另外郑万隆和阿城也与他们接近），他们发起了一场重建民族道德精神的乌托邦运动。一个个象征着传统文化精灵的神话符号如"最后一个渔佬儿""商州""捞渣""老井""古船"相继诞生，尽管我们不能说这批作家对他们所描绘的传统生存方式与场景没有作深刻的悲剧体察和批判，但传统道德和古老生存方式却在他们的笔下弥漫成真正具有自足意味、文化秩序、牺牲精神和崇高价值的充满生存幸福的神话。

很明显，对自我民族文化的第二次发现——第一次是自我批判——所产生的自信是十分宝贵的，至少在艺术上是这样。民族文化特色将成为民族艺术走向世界、比肩于其他民族艺术的必要前提和第一步，哪怕是在这种自我展示的背后隐藏着深刻的"后殖民文化"悲剧。难怪所谓"诺贝尔文学奖"曾是80年代的热门话题。尽管诺贝尔奖至今还与这些作家无缘，但被有些评论家阐释为

"后殖民文化"心理的这种"诺贝尔奖情结"却意外地延伸到艺术特别是电影艺术领域，并在西方文化的"权力"机构那里获得了巨大的成功，这是不能不让人联想和深思的。

二、选择的悖论和变革的动力：历史主义与启蒙方向的冲突

　　面对祖先和历史神话必然会产生一场类似宗教祭奠和体验的非理性精神运动，离开当代社会氛围与话语场所而产生的凌虚高蹈必然是一场充分审美化了的宗教节日狂欢，这种"节日"的气氛同任何实用目的无疑都是根本悖逆的。自西方18世纪启蒙主义运动以来，文学已被赋予了一个不可摆脱的社会学模式，它同启蒙主义的功利性使命紧紧地连在了一起。20世纪的中国文学作为从文化与美学领域中对于古典主义的背叛者和对抗者，必然具有更加明显的启蒙主义特征，因此，尽管寻根小说所呈现的精神努力的基本特征是要再造一个有关历史传统和民族精神的乌托邦，但其根本悖论仍在于其历史主义动向和整体启蒙主义文化语境之间的错位状态。因为十分显然，类似于19世纪浪漫主义那种纯正的历史神话已经不存在了，在20世纪以来愈渐深湛精微的科学理性和现代文化哲学意识的烛照下，在几乎完全"科学化"了的总体社会语境中，浪漫的、回到历史话语的寻根思潮就注定了不能不是一个虚拟的神话，这一点连它们的制造者和倡扬者也是在心理上无法排除的。事实上，自从五四以来中国现代文化一直未最终完成的启蒙使命所带来的整整一个世纪的"焦虑情结"，使寻根作家们根本就缺少对历史神话本身虔诚的、非功利的、自由自在的创造或重历的心境，他们无法不在一种强烈的功利目的与理性观念的支配下去营造现代人精神中的历史幻象。这种幻象完全是他们在80年代中期兴起的"文化哲学"思潮中所领会和悟出的文化观念的历史虚构。

　　这种根本的矛盾导致了寻根文学主题内部深刻的精神分裂。首先，在启蒙功利意识的引导下，寻根作家不是在历史或神话语境中去寻求纯粹感性的审美体验，而是时时在当代文化的理性准则中去寻求历史文化的价值。非理性的信仰、神话与宗教情绪，同理性的启蒙功利与批判精神之间形成了内在的分裂状态。其次，传统本身的悖论式结构，即"文明与愚昧"的二元同构性也注定了"寻根"意识与行为的悲剧性悖谬，在这种意识引导下的操作中，必然隐含

着两个相反的指向：或者回到社会批判的起点，在主题与话语表达上都退回到鲁迅等上代作家的位置（这又是寻根作家们不甘心的）；或者抵达二元消解的终点，即对传统文化无选择的颂赞或纯粹审美的呈现——这种颂赞或呈现固无不可，但它又必须脱去其"启蒙"的语境，完全在神话语意或叙述本体中展开（这一点，似只有韩少功和随后的莫言等人较为接近）。这一方向无疑将完成对前者和上个时期以人道主义思潮为核心的"准启蒙"主题的反拨和消解，终点和出发点无疑是相抵的。

在我们把寻根小说所达到的实际功效与他们所作的承诺进行对照的时候，不难发现一个巨大的反差。虽然"重铸传统"是比"改造国民灵魂"更加虚远的神话，不应当让我们按图索骥，把承诺和结果、目的与功效一一对应起来，但回顾和自省总是有意义的。让我们先以1984年寻根思潮初起时公认的两部典型作品《北方的河》和《棋王》为例。它们问世之初，确使人们看到了传统中某一板块或气脉的巨大存在，也显示了当代文化思维的巨大创意与理解深度。但当它们在确立这种具备了中国传统体验哲学、禅宗思想和审美人生观念的复杂的美学立场的时候，就已经给它埋下了深刻的矛盾和危机。

《北方的河》是一篇近似于文化学考古"研究论文"的作品，虽然它也充满畅想、诗意和抒情意味。在其追寻历史的向度上，与其说它是在寻找祖先的文化遗产，不如说是在寻索东方古国的自然遗产；与其说它是在探寻民族古老的文化形态，不如说是在寻找和求证一种抽象的亘古不灭的东方精神。小说除去展示了一种诗性的向往、感验与慨叹之外，没有提供出具体的分析、评判的答案。

在这里，话语所传达的能指是诗性和象征的，但却显得相对陈旧，没有逃离旧式的语境。这种抒情性的叙事话语不但有着自我矛盾，而且对后起的浪潮也缺少借鉴或指征意义，它对文化本身的思考深度由于其旧式的语意构成而显得外在和含糊。

从上述意义上说，《棋王》和《北方的河》面临了更深刻的悖论。《棋王》这篇作品对传统文化的关注和探求主要是通过一种近乎庄老与禅宗思想的人格来表现的。在风暴扫荡的生存环境中，王一生这个天性柔弱的人物可说达到了"结庐在人境，而无车马喧"的超然境地，这个无力适应社会的人把它的生存场所由社会行为转向了个体的精神体验，吃食——哪怕是最粗糙的食物、棋艺和交游自然，构成了他内在生命与精神的自足自在。尽管作者在这里并未有意在理论上贯通王一生与传统文化的客在和表层的继承联系，但这样一种人格行为与精神存在方式却无疑是一种中国传统哲学与人格精神的延伸和折光。小说最后用富有传统体验美学意味的笔法，将王一生下棋的绝技与境界写成了一种与茫茫宇宙气息相融通的生命至境，充分表现了一种生命的自在与自由状态，使富有禅宗色彩的传统人格与生存方式焕发出自由创造的力量。

但是，《棋王》所表现出的文化悖谬是更为明显的，它对传统文化的观照甚至没有借助现代文化精神的洞烛，而是切向了以传统文化方式为依据的原点体验。毫无疑问，只有我们在以纯然的审美测定去观照它的时候，才会对它作出不折不扣的肯定。而当我们在注定担当与具有启蒙功能的"文化寻根"思潮的文化氛围和理性话语中来审定它的时候，就不能不对它的文化立场与价值准则发出诘问与怀疑。

前期寻根作品如此，那么随后的作品又如何呢？在韩少功所描绘的那种充斥着简单与神秘、仁厚与暴力、崇高而卑琐的二元复合的湘西文化里，在郑义所表现的充满执着、淳朴、勤劳善良，又充满着封闭、愚昧、恶和悲剧的高原文化中，在马原、扎西达娃所描述的那种种藏民族的原始风俗的神话里，我们能够找到韩少功、郑万隆、李杭育们所承诺的重振民族文化的灵丹妙药吗？启蒙主义话语中注定的二元对立和一元选择在这些复杂的历史文化现象中是无法实现其判断的，这一点，即使是处在最后位置的莫言，也无法解决。他曾多次声明，要通过表现农民文化中那些善的东西"为中国指一条道路，使中国文化有个大体的取向"。但他又不得不犹豫地自我否定了这种乌托邦，"有时觉得这是不可能的，这样发展下去，又是一个恶性循环，又回到原来的起点上去了"。⑤由文化启蒙的起点出发，却最终又走向传统的泥淖之中，这不仅是莫言的担心和困境，也是整个寻根思潮在文化立场上所面临的悖谬。也正是这一点，促使80年代后期的作家们，脱下"重铸民族文化"的启蒙主义神话的重负，轻装而进，以一种"新历史主义"的文化态度与叙述本体的话语走出历史的实体而步入文化的虚境之中，这正是新时期文学由启蒙功利主义和意义中心时代向着文学本体和审美文本时代转折的一个关键契机。

三、结局或开始：话语革命的不期而至

作为一场文化乌托邦运动，寻根文学思潮的作用是十分有限的。然而我们在整个新时期文学发展的历史轨迹，特别是联系了80年代后期文学的历史性变迁的总体趋势中来考察它的时候，又会发现它的另一个巨大的历史作用，那就是它引发并完成了当代小说话语由现实层面向历史—文化（神话）和其叙述本体的转化，完成了新时期小说艺术蜕变和整体革新的最根本和最关键的一步，当它完成了自己的历史使命、并不情愿地退出它曾独领风骚的当代小说舞台的时候，它所取得的关键成果却仍为先锋小说所继承和享用，并在它们那里完成了最后的蜕变。

当然，置身80年代中期的寻根小说家们并没有从"话语变革"这个角度来思考寻根小说的意义，但将小说的叙述对象由现实引向历史却成了话语变革的前提、契机和诱因。叙述对象的空间转移，必然导致话语氛围——语境的变化，最终又引发语意的变革与话语构成的整体转递。这一切，也是在不期而至中进行的。但是他们的两种努力却直接推进了小说创新与发展的进程。一是从对立于当代政治中心的民间文化——民俗中去寻求新的可能；二是从对立于当代文化表征的存在时空的历史文化——传统中去寻找对抗的依据。前者是空间上的位移，由"中心"向"边缘"地带逃逸，题材主题的逃逸必然带来叙述上新的风格的建立；后者是时间上的回溯，由"此在"到"永恒"（过去）、由"客在"到"虚构"的迁移，因为"历史""根""传统"这些概念在实际上已是今人的想象性虚构了，是他们文化记忆的方式，而文化本身的多维结构和多向的悖论特性却注定了它无限的内容含量及其构成的可能性。由现在、当下到历史情境，必然又会引发叙述内容与叙述语境的整体"虚化"，由事实描摹到体验的虚拟将更加促进小说叙述方法、内容与风格的全面转移。

那么，寻根小说是从哪些层面上完成了对当前化政治与社会话语的革命的呢？不外这样几个方面。首先，话语的历史维面的恢复，语意的现实和政治化承载得到补充和替换。从1982年张承志的《黑骏马》中所不断穿插引述的那首古老的民歌开始，历史语意和它所影射挟带的历史情境已成为一个挥之难去的幽灵，不断地徘徊回响，《北方的河》中黄河"父亲"的意象，《棋王》中王一生超然出世的生存方式都更加明确地呈现出语意的历史维度，简言之，这

些内容、特征和形象已较多地成了民族历史的某种当代映象，这种趋势到1985年便已势不可挡了，甚至在许多作品如王安忆的《小鲍庄》中，当代话语已经险些成为被"戏用"的对象。再到后期的1986年前后《红高粱》问世的时候，叙述话语已完全看不出"当前化"的语意特征了。语言不但完全进入了历史空间，而且再度上升到了"神话"的境界之中，历史逻辑与文化内容也成了被超越的对象。

其次，对历史空间的抽象化和平面压缩，使叙述话语在进入历史时空时轻巧自然，不受阻碍，不留斧痕。时间逻辑及其客在特征的淡化和消失使语意构成和存在的空间变得极为广阔，其体验的虚构特征也变得极易为人接受，而少有被诘问、判断和怀疑的依据与根由，读者在阅读过程中更把注意力引向深层的文化感验、认知与人性的体察之中。在这样的条件下，叙述话语完全打破了当前话语的构成逻辑，反而在历史的情境中更加自由和富有文化含量。如韩少功的"楚文化系列"，基本上就完全抽掉了时间的概念。在马原和扎西达娃等人的作品里，时间在叙述的结构中更形成了反逻辑的特性，现实与幻境、死亡与永生、客在与虚构、真实与神话、此在时空与彼岸时空都构成了交错状态，在这样的时空混合所构成的语境中，话语的宗教与神话特性便得到了充分的展现。

其三，在历史题材和文化视域所决定的语意表达中，原有的由政治意识形态所导致的二元对立对语意的一元论限定消失了。二元对立的取消不但是主题政治层面上升至文化层面的重要前提和标志，而且也是语意得以从政治概念的牢笼中逃离的前提。在冯骥才的《神鞭》中，"辫子"这个在启蒙主义时代被讽刺为"传统文化"的最后形式的丑恶意象，这个封建残余的同义语，已被赋予了新的意义；在《老井》中，"井"的意象和干涸的高原厚土的意象都传达出了进步与封闭、生存与死亡、雄壮与卑琐、苦难与幸福的二重复合的语意，而绝非一元论的简单所指；在《爸爸爸》等作品中，语意由文化的二元复合式的审视视角而导致的戏剧性的分裂与统一，更生发出令人深思的文化张力。语意在这里不仅是复合的，而且是含混的，是思维和评判的混沌状态，具有了近似神话的无限的可阐释性。在后期的寻根作品如莫言的"红高粱系列"中，这种语意的反逻辑追求与神话特性更得到了夸张到极致的表现。

其四，以传统、宗教、风格、仪式等为内容的民俗题材本身就体现了文化创造者的神性思维与魔幻体验，以此为表现对象叙述内容的寻根小说话语自然也便带上了神话思维的色彩。马原和扎西达娃两位作家的作品在这方面最具有代表性，藏族的喇嘛教文化是世界上最神秘的宗教文化之一，置身于这种宗教的魔幻氛围与超现实力量之中，他们的叙述方式以及语意构成自然便完全摆脱了客在逻辑而进入魔幻时空和神话语境之中，在扎西达娃的《西藏：系在皮绳扣上的魂》中，活佛桑杰的预言竟与作者"我"在两年前所构思的一个短篇小说中的情节完全相同，当"我"按照这个显而易见的虚构开始了漫长的征程去寻找这个纯属"子虚乌有"的故事中的两个人物的时候，竟然在时空的突然倒置与交错中，在现实与幻境的连接处找到了那两个人物。这种魔幻的奇异魅力、叙述的自由度、话语的可信性和可读性均来源于宗教氛围与民俗文化的依托。

其五，对历史记忆中事件的叙述还导致了讲述者的"非第一体验者"的元小说处境，导致了小说的"故事化"文本趋向。尽管小说无论是对现实还是历史的叙述都来自作者的虚构，但这种虚构的视角与处境又是不同的。身置当前时空的叙述者，其虚构的过程必须以经验的形式作为当前的体验者来讲述，但对历史——过去时间中事件的讲述则导致了叙述者的超验式感受，并直接导致了叙述空间的大幅空白，话语的传达留下了更多的疑问和故事性；当前化的题材内容会给读者以更多的现实逻辑对证与拷问：它们是真实（或可能）的吗？而在历史（过去）的时空中，对真实性的追问往往是可笑的，故事性和传奇性却成为合理而不可缺少的审美要素，因而我们看到无论是民俗文化还是历史事件的讲述者，他们都呈现出对故事文本的兴趣，而且愈到后期愈为明显，莫言的小说就是一个生动的例子。由意义文本到故事文本，标明了叙述话语中心的逐渐解构——这种解体不仅是针对政治中心的，而且也针对了文化寻根者自身所致力制造的"文化重铸"神话的语意乌托邦——和本体的愈渐回归，叙述话语不再是意义和神话的宣讲者，而仅仅是故事结构和叙述程序的完成者而已。

十分明显，由"寻根"取向所导致的这些话语特征全面体现出了下一个小说时代的必然要求和条件。在以"新历史小说"等为主的先锋小说的故事王国里，语意的历史、文化和神话维面乃至其叙述的本体、时间逻辑、价值二元对立在实际上的取消、普遍的魔幻情境，神话化、故事化的叙述方式与风格——这些特征早已为许多评论者所阐释和解说——都是其最根本和最明显的特征。

可以断言，没有寻根小说的崛起和延展，就不可能有在80年代后期风骚独领的"新历史主义"小说的问世，这是一个显而易见的内在逻辑。

从冯骥才的《神鞭》到莫言的《红高粱》，从乔良的《灵旗》到格非的《迷舟》再到苏童的《妻妾成群》《我的帝王生涯》、叶兆言的《追月楼》、余华的《鲜血梅花》……过渡和渐变特征是何其明显。另一方面，没有寻根思潮对政治和旧式社会话语的释解，余华、格非、叶兆言等人的大量表现当代人精神和人性结构的作品同样也不可能凭空出世。

站在今天的位置上回首新时期以来文学的历史，人们会清楚地看到，以1985年分界，一个政治中心主义、意识形态中心主义的社会话语时代已经永远结束了，一个开放的、自由的、现实与历史互补、真实与虚构交错、神话与本体互现的话语时代早已来临，在这个意义深远的革命性进程中，寻根文学运动是历史所选择的唯一的也是最好的方式和途径。

1994年孟秋于济南舜耕山下

寻根文学研究资料

注释：

①韩少功：《文学的根》，见《寻找的时代》，北京师范大学出版社，第7页。

②郑万隆：《我的根》，见《上海文学》1985年第5期；阿城：《文化制约着人类》，见《文艺报》1985年7月6日；李杭育：《理一理我们的根》，《作家》1985年第6期。

③李杭育：《理一理我们的根》。

④陈思和：《当代文学中的文化寻根意识》，《文学评论》1986年第6期。

⑤莫言：《我的农民意识观》，《文学评论家》1989年第2期。

原载《山东师范大学学报》1996年第6期

启蒙角色再定位

——重读"寻根文学"

孟繁华

新时期文学可以整体地看作是一个"启蒙的故事"。"伤痕文学""反思文学"是政治启蒙；现代主义、人道主义思潮是"人"的启蒙；而1985年兴起的"寻根文学"则是一场文化启蒙。强烈的英雄的悲壮、忧患、使命心态贯穿80年代文学的全过程。文学在一个时期里成为全社会关注的焦点就在于它这一心态对历史构成的挑战性。但是每一次潮流都相继受到怀疑并同样面临挑战，现代主义的命运同样不能幸免，"西方现代主义给中国作家开拓了艺术眼界，却并没有给他们带来真实的自我感觉，更无法解决中国人的灵魂问题。也就是说，艺术思维的自由并不等于存在的意义。正如有人认为的那样，离开了本土文化，人无法获得精神自救。于是，寻找自我与寻找民族文化精神便并行不悖地联系到一起"①。在这一表达里，既有对现代主义强烈的失望情绪和超越欲望，又有一种寻到出路的溢于言表的喜出望外。与现代主义的激进情绪相比较，"文化寻根派"确实平和了许多。但是，包括"寻根文学"的权威代言人在内，似乎并没有意识到他们与现代主义在精神上的联系，同"五四"以来激进的"现代性"梦想的联系。因此，在精神向度上，"寻根文学"仍然是世纪之梦的延续，它的关切视点没有超越宏大的叙事目标和国家话语的范畴，它的启蒙角色的意识依然强烈地存在，它的文化使命感里仍然隐含着鲜明的百年传统的内容。

"寻根"作家的几个主要成员不仅在创作上另辟蹊径，而且在理论上也亲自披挂上阵，亲自阐释他们大体相似的"寻根"主张和缘由。韩少功在他那篇被称为"寻根派宣言"的文章中提出："文学有根，文学之根应深植于民族传统文化的土壤里，根不深，则叶难茂。"他认为，"不能模仿翻译作品来建立一个中国的外国文学流派"，"中国还是中国，尤其在文学艺术方面，在民族的深厚精神和文学艺术方面，我们有民族的自我，我们的责任是释放现代观念的热能，来重铸和镀亮这种自我"。②阿城认为："文化制约着人类"，要使我们的文学能与世界"对话"，"对中国文化的重新认识应该是重要的一部分"。③郑万隆则肯定地说："我们的根就是东方，东方有东方的文化"，他宣布，要"不断开凿自己脚下的'文化岩层'"。④这些表述再清楚不过地说明了"寻根"的动机和目的，它的价值目标是明确的，它同百年来的中心话语是紧密相连的。"民族性""民族精神""东方文化"这些话语被他们重新激活，从而成为"寻根作家"的精神支点。透过这些话语，我们仍能感到这些作家内在的焦虑，这一焦虑是"无根"的焦虑，同时也是"作者"话语压抑的焦虑。自现代主义二次崛起，文学的话语形式被认为是"他者"的。在欧风美雨的强刺激下，我们主动输入了异质文化，在反规范的尝试中它屡屡奏效，陈旧的文学话语不战自退。1985年之前的文学实绩，大体上是现代主义二次崛起的成果，无论观念还是形式。但是，"民族"的声音和形式被认为受到压抑，这一压抑的焦虑成为反抗"他者"最适当的理由。

但是，在文学的功能观上，"寻根文学"并没有从本质上超越文学的传统功能观。如果说现代主义又一次对人进行全面书写，帮助人认识了自身，争取了人的合法性存在，那么，"寻根文学"则从反面帮助认识了人的有限性、劣根性或中国人的"国民性"。视角不同但目标却是一致，建立关于"人"的主体性神话和认识人的有限性，都是为了让人能够更真实地了解把握自身，从而实现人的真正解放。为了实现这一目标，"寻根文学"与现代主义文学在形态上的区别是：前者与现实拉开了距离，它不像现代主义文学与现实构成一种黏着状态，直接书写不满和反抗，作家与作品和读者没有距离，作者往往直接跳出来痛快地发表各种议论，毫不掩饰它的启蒙性。而"寻根文学"则要含蓄得多，它往往只呈现形态，并不过多地发表议论，但在它呈现选择的对象中，隐含了作者鲜明的倾向性。"寻根文学"的经典作品如韩少功的《爸爸爸》、阿城的《棋王》、郑万隆的《老棒子酒馆》、王安忆的《小鲍庄》、莫言的《红高粱》、郑义的《远村》《老井》等等，都有很强的故事性，这些故事完全可以称为"东方寓言"。鸡头寨里只会说两句话的丙崽、达观而平常的王一生、豪侠仗义的陈三脚、被小鲍庄称颂的捞渣、民间神话"我爷爷""奶奶"或"人不如狗"的杨万牛、走不出"老井"的旺泉子等等，这些人物和由他们编织起来的故事都是寓言性的。这些故事仿佛是久远的传说，神秘朦胧、若隐若现，但故事所要传达的"意味"读者一下子就能领悟，故事的语境和主人公们的生存处境似乎与我们无关，但它指涉的仿佛就是我们的生活或现实的处境，它的寓言性使这些故事有相当强的概括力。杰姆逊教授在解读鲁迅的《狂人日记》等小说时指出："第三世界的一切本文都是必然的，寓言式的并呈现为非常特殊的方式：它们将作为民族寓言（national allegories）被阅读，尤其是在它们的形式发展脱离占优势的西方描写方法时。"他认为："阿Q在寓言的意义上就是中国本身。然而使整个问题复杂化的是他们的迫害者——那些懒汉和恶霸，他们从惹恼阿Q一类悲惨的受害者中寻欢作乐，在寓言的意义上，他们也是中国。"⑤"东方寓言"的所有本文，几乎都有一个指涉的意义存在。《爸爸爸》很容易让人联想到《阿Q正传》，未庄不时传来各种新消息，动荡的时代大潮在不远处轰鸣作响，但这一切与阿Q是无关的；鸡头寨在时空上虽然如一不明之物，但它仍存在于喧哗骚动中，但世事变迁同丙崽也毫无关系。将近百年过去了，拿阿Q取乐的人群仍没有散去，只不过阿Q换了丙崽，阿Q死于"二十年后又是一条好汉"的"悲壮"中，丙崽则险些成为祭品。当然，这样的比较是过于简单化了，丙崽显然要比阿Q来得复杂，在这样一个怪物面前，评论常常感到无从下手，但有一点肯定是明确无误的，丙崽体现了人类生存的某种畸形状态及悲惨境遇。这一切似乎与现实无关，似乎是千百年文化衍生发展的一个产物，但现实的人们参与着文化的延续和发展，在进一步创造性地促进文明发展的同时，也促进了它的负面的同步发展，这样一来丙崽又与现实必然是有关的，因为他就生存于鸡头寨的"现实"中。

当人们为丙崽这一形象究竟是现实主义的还是现代主义的争论不休的时候，韩少功提出了"好作品主义"，他自己认为，丙崽和幺姑这两个人物他非常熟悉，他"曾经是他们的邻居或亲友"，"当我在稿纸前默默回想他们的音容相貌，想用逼真的笔调把他们细细地刻划出来时，自觉是在规规矩矩地现实主义的白描，但写着写着，情不自禁地给丙崽添上了一个很大的肚脐眼，在幺姑的身后垫上一道长城，甚至写出了'天人感应'式的地震什么的，就似乎与其它什么主义沾边了"。韩少功并不在乎对作品标以什么主义，他更看重的是作品的"真诚与智慧"，因此他提出了"好作品主义"。但有一点则很清楚，即无论《爸爸爸》或《女女女》，都在字里行间渗入了他的"理性思考"，这表明了以韩少功为代表的"寻根文学"的精神向度，他的"或是关于人类社会历史的思考"，"或是关于个人生存状态的思考"[⑥]，可以说是整个"寻根文学"的集体思考。因此"寻根文学"在这一层面上延续了现代主义的"深度模式"，他们体现出的"忧患意识"和使命感，同为百年来的文化信念所培育，同样坚持了百年来的历史精神。这些寓言式的故事带来了丰富的可认识性，它不是激烈地批判现实的不合理性，唤起人们的反抗意识，而是带领人们走进中国文化的纵深处，认识到现实与历史文化的密切联系，从而对传统的中国文化引起警觉与批判。人是文化的产物，文化制约或规范了人的行为方式和思考方式，"我们不能随心所欲地说话"[⑦]，我们当然也不能随心所欲地行动。这不是说"想说"或"想做"本身一定具有妨碍他人的后果，而是我们自己认为那会冒犯或违反了某种"规约"，这一规约是无形的，但它又真实地存在于人与人之间，它限制着人的"说"与"做"。也正因为如此，郑义才痛切地呼唤"向往自由"[⑧]。杨万牛和叶叶过的都不是人的生活，"'离婚再结婚'——这是叫杨万牛和叶叶想得心痛的梦。'打伙计'的苦楚，他俩尝够了"。但杨万牛最后仍拉着他的"边套"，叶叶也终没有与四奎离婚，倒是牧羊狗黑虎，洒洒脱脱，跋山涉水去寻找爱情，人不如狗自由是一个让人震惊的现实。而《老井》的"主人公本是英雄小龙再世，自带几分神气。但积历史、道德、家庭、个性的包袱于一身，渐渐，竟由人变作一口井，一块嵌死于井壁的石"。是什么阻碍了杨万牛与叶叶的结合吗？是谁阻止了旺泉子像巧英一样去寻找自由吗？没有。是他们自己无法走出几千年封闭文化铸就的"规约"——人创造了文化，人也吞食了文化的苦果。"黑虎"没有规约，因此它是自由的；巧英渴望自由和平等，"由狐狸精变作人"，她走出了规约，因此她也获得了自由。郑义以鲜明的对比方式猛烈抨击了旧文化的残害人性，使"寻根文学"接通了自《狂人日记》以来的新文学传统，也使这一文学思潮接通了百年来的历史精神和作家的"角色"自我定位。

对"寻根文学"的研究，除了其艺术形式表现出的新特点被议论得较多之外，对其精神向度的议论同样是一个焦点。肯定这一思潮的研究者认为："寻根文学""带有深刻的历史检讨意识和自觉的文化批判意象"。[⑨]"它积蓄了我们民族由封闭状态向现代生活迈进过程的全部痛苦、全部焦灼与全部希冀。"⑩他们"所体验到的幻灭、失望、荒谬、实际的苦难……不是远古的文物，而是切身的体验"。⑪它表现了"对当代社会生活中所存在的旧文化因素的挖掘与批判""对国民性或民族心理深层结构的深入批判"。⑫这些评论也从另一方面印证了"寻根文学"的精神向度和价值目标。对文化的关怀实质是对人的关怀，传统文化扭曲了人性，使人不成为人。人生存的依据是人自己规定的，它是"虚设"的。而这一切被揭示出来，人才意识到自己生存于怎样的处境里。因此，"寻根文学"仍然有启蒙的意味。郑万隆有两篇小说（《陶罐》和《狗头金》），讲的都是淘金者的故事。赵捞子活得"有滋有味，脑门发亮，两只眼跳火，活现一股仙气"，因为他有自己的"念想"，他有"满满一罐子金儿"，但"倒开江"时，赵捞子死命去抢救他的"金罐"，那个红布包裹的陶罐在山坡上摔碎了，一声闷响不仅摔碎了陶罐，同时也摔碎了赵捞子生存的"念想"，那原来是个空陶罐。《狗头金》的"意味"与《陶罐》有相似之处，强悍的王结实也有自己的"念想"——"达拉拉台高家那个小寡妇正等着我呢！"在这一"念想"的驱使下，王结实在绝境中仍充满了生命力，他独个又去刨金了，但他最后刨回来的却是一块石头，不是狗头金。王结实的希望彻底幻灭了。

郑万隆在这里其实是在向当代人发问：人靠什么活着？那些深山老林的淘金人被放逐于知识分子的话语之外，放逐于人类进步与文明的符码之外，他们身处文明与野蛮的边缘，但他们仍需要一个精神的"支点"，仍靠一个"念想"活下去，许多复杂的纠缠不清的道理在这里简化为一个形而上的"问题"，一个"超时空的哲学冥思"⑬，这里所要表述的同样是当代人的精神焦虑。因此简单地指责"寻根文学"是"多描写距离现实人生极其遥远的、与世隔绝的闭塞、愚钝、蛮荒、落后的地域故事"，是"描写千奇百怪、荒唐可笑的原始愚昧的风情习俗"⑭，是过于简单了。郑万隆自己认为"我意识到自己的时代，那是因为我在时间中。我不仅是生活在'现在'，而且是生活于'过去'的'现时'；'过去'就在'现时'里，不是已经逝去了而是还在活着，还依然存在"⑮。所以"寻根"显然首先是基于对现实的关切，基于民族文化惯性的滑行依然对今天发生影响，"开凿自己脚下的文化岩层"正是希冀于通过历史来求证今天。因此，对"寻根文学"在价值层面的指责显然来自于一种

当代中国文学史资料丛书

误读，来自于习惯"主题明确"而对陌生化文本无所适从的烦躁。

应该说，80年代初期短短的几年中，当代文学在形式与观念中的匆忙翻检，"死角"已经所剩无几，作家在意识形态范畴内的思考要远远多于艺术本体的思考，禁忌几乎全部被浅尝辄止地触及过，精神解放以大获全胜的姿态矗立在自己开拓的领地。但胜利者的庆典尚未结束，新的关切焦虑迅速掠过心头，这是一种"悲凉"的文化情绪，是两手空空的胜利者的"悲凉"。这是富有使命传统的作家所不能接受和容忍的。因此"寻根文学"完全可以看作是"精神重建"的一次努力。这一努力不仅表现为对民族文化的重新开掘和认识，同时也表现为作家们的"视点下移"。曾写出了"寻根文学"重要作品《厚土》系列的小说家李锐说："如果不是曾经在吕梁山荒远偏僻的山沟里生活过六年，如果不是一锨一锄的和那些默默无闻的山民们种了六年庄稼，我是无论如何也写不出这些小说来的。……此刻已是备耕的节气，吕梁山的农民们正在忙着下种前的农活：整地、送粪、选种、修理农具。等到种下了种子，他们就盼着下雨、盼着出苗、盼着自己一年的辛苦能换来一个好收成。他们手里握着的镰刀，新石器时代就已经有了基本的形状；他们打场用的连枷，春秋时代就已定型；他们铲土用的方锨，在铁器时代就已流行；他们播种用的耧是西汉人赵过发明的；他们开耕垄上的情形和汉代画石上的牛耕图一模一样……和他们比，六年真短。世世代代，他们就这样重复着。"⑯字里行间，处处是动情的忧患。另一位"寻根"作家贾平凹在同阿城谈话时也指出："知青的日子好过。他们没有什么负担，家里父母记挂，社会上人们同情，还有回城的希望与退路。生活是苦一些，但农民不是祖祖辈辈这么苦么？"这段话阿城不仅认同，而且使他"反省自己"⑰。除此之外，一些少数民族的"寻根"作家们也对本民族的文化表示了空前的热情和关注，鄂温克族的乌热尔图，达斡尔族的李陀，都对本民族的文化流失表示了失落或忧虑。这些来自作家自述的使命与责任，同百年传统是一脉相承的。尽管这仍然是知识分子的话语，但它表述的对象不同了。"苦难的叙事"和反抗欲望是知识分子讲述自己的故事，并用这些故事唤醒民众的记忆，从而达到启蒙和重新确定价值的目的。而"寻根"作家则讲述民众的故事，这一视点下移有作家重归文化母体，重寻精神依托并自我救赎的潜在动因，是渴望解决精神关怀，终结"他者"话语，重新自我定位的策略选择。他们知道，这些类似传说般的文本"是不会捧在那些捏锄把的手上的", 而且, "和他们时时刻刻也是世世代代操心的问题相比, 文学实在算不得什么, 或者说实在是一件太奢侈的东西"。[18]

但"寻根"作家在反省自己的同时却也膨胀了另一份热情。当代中国文学长久地被西方所忽视, 这刺伤了中国作家的自尊心, 同时也激起了强烈的"走向世界"的悲壮感、神圣感和光荣心。因此"走向世界"便成了中国作家的一个情结, 一个梦想。而这一口号在"寻根文学"提出之后更为普遍地流行, 它甚至成为全面肯定这一文学现象的重要理由。高尔泰曾认为:"在辽阔的中国土地上, 在古老的文化背景下, 这实在是一条转悠不尽的道路, 也是一条中国文学走向世界的道路。"[19]这些作家所表现出的痛苦与焦灼, 并不是"二十世纪八十年代的中国所独有, 而应当说是一种世界性的现象, 我国新时期的'寻根'文学思潮, 正是适应这种世界潮流应运而生的"[20]。"对民族审美文化追根溯源的切望, 便与整个世界文学潮流的发展, 呈现出相一致性。"[21]在这些空洞的表述中我们完全可以体察这些作家、批评家急于走向世界的焦灼心态, 一种想象中的被拒绝于世界文化之外的恐惧、被西方世界日益边缘化的激烈反抗和对"西方中心论"潜在认同的文化心理, 这一既反抗又认同的背反心态在当时被忽略了。

还需要指出的是, 触发"寻根"的原因除了上述指出的之外, 拉美"爆炸文学"成功地"走向世界"启发了中国作家的想象, 尤其是拉美文学的魔幻现实主义"化腐朽为神奇"的奇思妙想, 也为中国作家注入了产生奇迹的冲动。对魔幻现实主义的研究和介绍, 我国始于七八十年代之交。但拉美文学真正产生影响并进入中国作家的创作实践, 是哥伦比亚当代著名作家加夫列尔·加西亚·马尔克斯的著名长篇小说《百年孤独》中译本问世之后。《百年孤独》是本世纪最有影响的长篇小说之一, 它通过布恩地亚一家七代人充满神奇的经历和马贡多镇百年来的兴盛衰亡, 深刻地反映了哥伦比亚甚至美洲大陆的历史演变和社会现实。在表现这一题旨时, 马尔克斯使用了"变幻想为现实而又不失为真"的魔幻现实主义手法。在作者奇异的想象和夸张中, 也融进了大量的印第安传说和阿拉伯神话。飞毯的想象, 下了四年十一个月零二天的大雨, 好汉弗朗西斯科同魔鬼对歌, 雷梅苔丝白日升天, 以及失眠症在马贡多流行时, 人们白日做梦并能看到别人梦里的景象, 然后竟集体丧失记忆等等。这些丰富的想象力大大激发了中国作家的好奇心和一显身手的欲望, 它的特殊性和灵验性被中国作家无形中大大夸大。拉丁美洲由于地域的特殊性，比如以印第安人为主的土著民族有本民族的神话、图腾、禁忌、巫术、仪式、宗教等等；有奇特的地域特征，比如除了密林、草莽、荒原绝谷、深山大河等绮丽风光外，还有虎豹、鳄鱼、蟒蛇、吸血蝙蝠、食肉植物等可怖动植物以及土著民族的轮回思想、宿命观念。这些为拉美作家的写作提供了特殊的想象力，他们的写作会面临一种特殊的问题，但是，正如拉美的批评家安·马拉所指出的那样："拉丁美洲是西方传播文明现象的一部分。"博尔赫斯也指出："我认为我们的文化传统与西方的文化传统是一脉相承的，同时我们也有权力拥有这种传统。"[22]因此，魔幻现实主义不仅仅是"民族的"产物，地域的产物，它的产生本身就蕴含吸收了世界其他文学成果，这也正如中国新文学不仅是东方古国土生土长的产物一样，它本身也是人类其他文化刺激、滋养的共同产物。因此，所有民族的文学共存于同一时空下，"走向世界"的说法不仅是一个不存在的命题，同时也隐含了这些人的文化自卑感。

但在这一启示的诱发下，"寻根文学"表现出了强烈的地域性，它的潜在心理同刘绍棠坚持的"乡土文学"有许多共通之处，这就是所谓的"越是民族的就越是世界的"。于是刘绍棠抓住"运河"不放，以"感恩图报"的心情走"乡土文学之路"，这就使他经常重复自己的故事甚至细节，以至于发生光从运河里捞媳妇就有"六七个"之多的笑话。他的"悲剧"性"不是他在作品中宣传解放的观念、开拓的观念、四维空间的观念、新方法的观念，他的遗憾在于他宣传一些老的观念，经常用'忠'、'孝'、'目无长上'、'性逆'甚至'对党性逆'这样一些思想观念"。因此虽然他不乏"'精彩的民间语言'，但对时代、对人物的把握并不深刻"。[23]王蒙对刘绍棠的批评虽然不能用于对寻根作家的批评，但他们在"越是民族的就越是世界的"这一点上是有相通之处的。那些被谈论一时的"楚文化""葛川江文化""黄河文化""商州文化""狩猎文化""关东文化"等带有文化割据意味的"诸侯分封"，仿佛真的寻到了各自安身立命的"文学之根"，于是，各具特色的地方文化纷纷被写进了各种"寻根"文本。但是，当我们耐心地读过了大多数"寻根"主要作品之后，却得出了两种很不相同的印象：一种是对中国传统文化的深刻忧虑和矛盾的心情；另一种则陷入了民间文化的汪洋大海，把民间文化当作了对"奇观"的挖掘与展示。

我们曾分析过《爸爸爸》文本的深刻意蕴，丙崽的象征意味是残酷的，但这一形象所隐含的文化内容使我们不得不深刻反省传统文化顽固的惰性和它巨大的生命力。丙崽生存于一个具体的文化处境中，鸡头寨是一个荒谬而愚昧的存在。炸鸡头峰引起的"打冤"是不可思议的，韩少功没有写具体的打斗过程，却写了一个带有仪式性的场面：

> 火光越烧越高。人圈子中央，临时砌了个高高的炉台，架着一口大铁锅。锅口太高，看不见，只听见里面沸腾着，有着咕咕嘟嘟的声音，腾腾热气，冲得屋梁上的蝙蝠四处乱窜。大人们都知道，那里煮了一头猪，还有冤家的一具尸体，都切成一块块，混成一锅。由一个汉子走上粗重的梯架，抄起长过扁担的大竹钎，往看不见的锅口里去戳，戳到什么就是什么，再分发给男女老幼。人人都无须知道吃的是什么，都得吃。不吃的话，就会有人把你架到铁锅前跪下，用竹扦戳你的嘴。

这是一个惊心动魄的场面，也是一个"同仇敌忾，生死相托"的仪式，民间的悲壮和不可思议的愚钝混合在这仪式中。仿佛听到了亘古不变的伟大召示在久远地回响，它是摄人心魄的，但它不能观赏和玩味，它原初的形态和含有明显冲突的文化内容是不可思议的：它是捍卫尊严的不容冒犯的誓师，是一种旧式的崇高的正义的伸张；但它又是以这样一种残忍的形式出现，含有一种浓厚的狭隘的初民意识，它使鸡头寨不可能进入现代。

与此相似的是郑义的《老井》，那里也有一个仪式场面，在民间它被称为"恶祈"。这是设坛祈雨的最高形式，是用"罪人"自甘受罪受罚的惨状来触动神祇的恻隐之心：

> 孙石匠除一短裤，全身赤裸。善祈取水时那柳枷，现已换作刀枷。那刀枷是六把二尺许的小铡刀绑扎成的：三把铡刀成一三角形，套在罪人肩颈上；在这三个接点处，再各立起一把铡刀，在头顶上交于一点，六把刀片，都是刃朝里，罪人的头颅便枷禁于刀丛之中。稍不留意，头上颈上便会被那刀刃创伤，流出血来。

这就是"恶祈","要这血与苦难贡献以飨神灵"。被当作"罪人"的孙石匠血流不止，但仍然微笑着，"勇敢地踏上祈雨长途"。这民间的悲壮和献身精神是纯朴的，它的力量源泉来自于对乡亲邻里的深切同情和朦胧的使命。在这样的仪式中，可以看到深藏于民间的伟大的崇高。人无法与自然抗衡，但人的不屈不挠却显示了人所具有的精神力量，因此它感人至深。

马林诺夫斯基在《巫术科学宗教与神话》一书中，单辟一章专述"原始教仪的公共性与部落性"，他认为："最神圣的动作都是在集团里执行"，它不允许有"分裂或异端"。[24]因此鸡头寨为了"同仇敌忾"，必须吃着同煮一锅的猪与尸体，否则就可能被视为"分裂或异端"，作为原始"部落"的鸡头寨也正是通过这一合理性获得了"精神上的律法与治安"。马林诺夫斯基同时指出："全社会来一心一意地举行典礼，便会产生威力无边的空气。"[25]这种威力来自一种道德的力量，它是维系公共社会的手段，也是普遍的行为标准。因此，无论鸡头寨还是老井村，都恪守了这一标准。但无论是韩少功还是郑义，面对这些"文化事实"，他们表现出了深切的忧虑和矛盾。韩少功既想能为"热热闹闹的东方文明大建设拉载点什么东西"，但在这一"文化事实"里，又"感到自己正在这个陌生的世界里迷失，乃至消失"[26]。"文化事实"的惰性难以改变，甚至可以说它太强大了。郑义写完《老井》之后说："提笔之前，我自然偏爱赵巧英的。不料写来写去，对孙旺泉竟生出许多连自己亦感到意外的敬意。诚然他有许多局限，但现实大厦毕竟靠孙旺泉们支撑。若无一代又一代找水的英雄，历史之河便遗失了平缓的河道，无从流动，更无从积蓄起落差，在时代的断裂处令人惊异地飞跃直下。"[27]这一情感矛盾显然是出于对中国"乡土社会"的现实考虑。一方面，郑义迷恋于"现代性"，他对巧英以现代方式管理农田发出了热情的赞美和向往，对巧英的"现代性格"也多有肯定，但他最终还是对孙旺泉充满了"敬意"，这一矛盾和困惑的心态不只郑义一人。我们在李锐、郑万隆、李杭育、扎西达娃等人的作品中，同样可以发现这一矛盾的存在。李锐《眼石》中的性观念，郑万隆《陶罐》《狗头金》中的生存依据，李杭育《最后一个渔佬儿》的恋旧感等等，都有一种欲说还休的悲凉。这些作家的两难处境是真实的，他们切中了传统文化的要害。但问题是，对这些"东方故事"寄予那样多的同情甚至是留恋值得肯定吗！

另一方面，还有一些被认为是"寻根"的作品，则用另外一套话语方式调动了作家的全部想象力，在奇观的展示中交出了东方文化的全部"私密"。这里不仅有丑陋、愚昧、顽冥不化，而且有乱伦、野合、性变态等畸形的民间生存状态，更有"三寸金莲"、"阴阳八卦"、"烟壶"、八旗子弟等著名的"国粹"，形成了蔚然的奇观的较量，这里丧失了耻辱心。在许多作品中，作家兴奋地谈论、展示着几千年来的文化之根——那些奇绝陈腐的历史遗迹。在竞相展示中，"腐朽"化为"神奇"，它们成了可以把玩，可以细致观赏的、余味无穷的文化景观。他们把读者引入这样一种境界，使一些具有认识性的文化资源变成了纯粹的消费性的东西。这一后果肯定是这些作家始料不及的。这使"寻根文学"的宣言在一定程度上变成了一个与文本没有多大关系的"文字事件"，它的期望与指望之间有了一条不能逾越的鸿沟，这大概是"寻根"文学的最大的不幸。

其实，这些作家一开始就预示了它的冒险性。原本企图在古老的文化和土地上寻找新的可供开掘认识资源的愿望，一旦进入民间文化的汪洋大海，本来出身于"乡村知识分子"的作家极容易被迅速同化，在自己出生的温床上找到自己的文化母体，原来的拒抗心理很容易被熟悉的亲切感所替代。这一担忧不是没有根据的，它为一些作家的心态和作品所证实。贾平凹到了商州之后，诗性地写道："商州，实在是一块神奇的土地呢。它偏远，却并不荒凉，它贫瘠，但异常美丽。……其山川河岩，风土人情，兼北部之野旷，融南部之灵秀；五谷杂粮茂生、春夏秋冬分明；人民聪慧而不狡黠，风土纯朴绝无混沌。我……真所谓过起温庭筠曾描写过这里的生活了：'鸡鸣茅店月，人迹板桥霜。'遇人家便讨吃讨喝，见客店就歇脚歇身，日子虽然辛苦，却万般的忘形适意。"㉘这是十足的士大夫浪迹四方的情怀，它让人无法相信在这一情怀里，在一个城市文化逃亡者的快乐中，在乡村文化颂词的想象中能"寻"到什么"根"，或者说这一"寻根"意向与我们会有什么关系。

"寻根文学"的异军突起与迅速衰落恰成对比。这是新时期文学"国家话语"终结的最后仪式，也是文学"圣化"的最后努力。"寻根文学"的衰落使文学从"国家话语"开始走向了"个人话语"的时代。

注释：

①李庆西：《寻根：回到事物本身》，《文学评论》1988年第4期。

②韩少功：《文学的"根"》，《作家》1985年第4期。

③阿城：《文化制约着人类》，《文艺报》1985年7月6日。

④郑万隆：《我的根》，《上海文学》1985年第5期。

⑤弗雷德里克·詹姆逊：《鲁迅：一个中国文化的民族寓言——第三世界文本新解》，《鲁迅研究月刊》1993年第4期。

⑥韩少功：《好作品主义》，《小说选刊》1986年第9期。

⑦福柯：《论语言的话语》，《最新西方文论选》，漓江出版社1991年版，第522页。

⑧郑义：《向往自由》，《远村·代跋》，人民文学出版社1986年版。

⑨解志熙：《历史追寻小说：记忆的层积与艺术的重构》，《文学自由谈》1988年第3期。

⑩陈剑晖：《喧哗与骚动》，《当代作家评论》1986年第3期。

⑪高尔泰：《当代文学及部分评论的印象》，《中国》1986年第5期。

⑫陈思和：《当代文学中的文化寻根意识》，《文学评论》1986年第6期。

⑬黄子平：《黑空儿、白空儿、灰空儿——关于郑万隆的三篇"异乡异闻"》，《沉思的老树的精灵》，浙江文艺出版社1986年版，第196页。

⑭尚文：《失去重心的倾斜》，《文艺理论研究》1988年第3期。

⑮郑万隆：《我的根》，《上海文学》1985年第5期。

⑯李锐：《〈厚土〉自语》，《上海文学》1988年第10期。

⑰阿城：《一些话》，《中篇小说选刊》1984年第6期。

⑱李锐：《〈厚土〉自语》，《上海文学》1988年第10期。

⑲高尔泰：《当代文学及部分评论印象》，《中国》1986年第5期。

⑳乌热尔图：《我属于森林》，《文学自由谈》1986年第5期。

㉑宋耀良：《十年文学主潮》，上海文艺出版社1988年版。

㉒《拉丁美洲当代文学评论》，漓江出版社1988年版，第3、192页。

㉓王蒙：《自由与限制——当代作家面面观》，《中国当代作家面面观》，时代文艺出版社1991年版，第512—513页。

㉔马林诺夫斯基：《巫术科学宗教与神话》，中国民间文艺出版社1986年版，第38页。

㉕马林诺夫斯基：《巫术科学宗教与神话》，中国民间文艺出版社1986年版，第49页。

㉖韩少功：《好作品主义》，《小说选刊》1986年第9期。

㉗郑义：《太行牧歌——谈谈我的习作〈老井〉》，《中篇小说选刊》1985年第4期。

㉘贾平凹：《在商州山地》，《小月前本·代序》，花城出版社1984年版。

原载《天津社会科学》1996年第1期

论《棋王》

——唯物论意义的阐释或寻根的歧义

陈晓明

　　1985年的春天，阿城风尘仆仆来到上海，怀着急切的心情召集王安忆几位朋友小聚。多年后，王安忆回忆道："这天晚上，我们聚集到这里，每人带一个菜，组合成一顿杂七杂八的晚宴。因没有餐桌和足够的椅子，便各人分散各处，自找地方安身。阿城则正襟危坐于床沿，无疑是晚宴的中心。他很郑重地向我们宣告，目下正酝酿着一场全国性的文学革命，那就是'寻根'。"①

　　阿城对"寻根"如此热心，当不难理解。1984年底，在杭州西子湖畔举行了一批青年批评家和作家的对话，主题就是"文化寻根"。而在此之前，阿城的《棋王》在上海发表，轰动一时。在写《棋王》之前，阿城这个名人之后并不如意②。70年代末，阿城就从云南边陲回到北京，但因家庭政治问题错过高考机会，他在社会上很艰难地寻找自己位置。苦于没有文凭，他辗转于几个杂志社的编辑部，但都是干些杂活，"以工代干"自然难以在文艺圈子里有长久立足之地。通过范曾，他结识了袁运生。那时袁运生在首都机场画壁画，正是颇受社会瞩目的艺术举动，阿城能充当助手干些粗活，已经是他最风光的时刻了。据说袁运生很看重他，认为阿城悟性颇高。袁运生还和范曾一起联名推荐他报考中央美院，但未能被录取。他后来依然试图进入一些编辑部和机构，都未能如愿。搞过一些画展，也并不十分成功。甚至和朋友办公司也以落败告终。后来结识李陀转向文学，他才开始上路。那时他经常在李陀家吃涮羊肉，以凶狠狼狈的吃相与精彩动人的讲述惊异四座，李陀总是鼓动他把讲述的故事写下来。1984年，阿城时来运转发表《棋王》；1985年，阿城要抓住机遇，在当代中国文学史上最重要的一次事件"寻根"中，找到自己的历史位置。后来事实证明，阿城的敏感是对的，"寻根"成就了并不充分的他；正如他给并不充足的"寻根"提供一份证言一样。

《棋王》作为"寻根文学"的代表作，一直是与"寻根文学"互相诠释的，《棋王》的意义依赖"寻根"的历史语境；而"寻根"的意义也通过《棋王》之类的作品得以建构。"寻根"既放大了《棋王》的意义，也遮蔽了《棋王》更为原本的内涵。《棋王》如何被定位为"寻根"，它包含的大量的文化蕴含来自文本中哪些标志，这一直是令我怀疑的地方。当然，不想去探讨关于《棋王》如何被指认为"寻根"代表作的那样一个知识谱系——那肯定是另一篇有意思的文章的目标。在这里，我更想去分析《棋王》文本，看看它实际更有可能的意义何在，这种意义如何与"文化"南辕北辙，它更有可能反感于文化（那些精神活动、思想谱系，乃至于思想斗争），它要寻求的是极为朴素的唯物论的生活态度，一种最为朴实无华的生活之道。

当然，历史既在文本中，文本也在历史中重建意义③。到底是一些作家或作品文本酿就了时代的潮流，还是时代潮流重新建构甚至定义了文本，有时还真难以说得清。在我看来，还是时代潮流的力量要强大得多，"寻根文学"及其《棋王》就是最突出的事例。那些"寻根"的代表作品大都是后来指认的结果，按说，这更能说明是先有一大批作品而后才有潮流，这样的潮流难道不是更有真实性吗？事实上，潮流总是概念化的和整体化的，而作品是另一种事物，另一种无数的个性化的他者事物，如何被指认为一种同一性的潮流？这无论如何都是难以协调的文学行动。但事件、潮流构成的整体性和概念化，都是历史（也是文学史）所必需的，没有事件、潮流，我们就没有历史，历史就没有力量，历史就没有宏大性和普遍性。我们都生长在一种文化中，生长于特定的历史语境中，所有个别行动都会表达出整体性和普遍性，这就是历史意识可以疯狂生长的缘由。《棋王》所代表的"寻根文学"，既是对现代意识的追踪，又是对它的躲避。追踪与躲避的悖论就最有效地建构起"寻根"的内在矛盾和复杂的神话意义。

本文并不是去怀疑或否认《棋王》的艺术价值或美学意义，恰恰相反，即使离开了寻根，它依然具有自身作为文本的那种意义和价值。因此，我们依然要找到文本顽强地自我存在的那种品格和力量，没有这种素质，文本就没有自己真正介入历史的能力。另一方面，我们也不相信有一种文本自主性的思想，文本总是在历史语境中被解释，文学性并不是牢固而确定地存在于文本内的，它与字词有关，但并不是字词使一部文学作品具有全部的文学性价值。文本总是以它的方式激发了历史建构的想象，这种想象反过来形成了文本的审美光环。在这里，我们不仅注重读解《棋王》的作为个别独立文本所具有的文学性特征，也同时去看待文学性如何与时代潮流形成一种互动关系，如何被历史语境建构的那种想象关系。

一、"吃"与"下棋"的非文化特性

《棋王》在当时发表给人以最鲜明的艺术震撼之处莫过于它对王一生下棋的痴迷的描写。在陈思和主编的那本影响卓著的《中国当代文学史教程》中写道："小说最精彩的地方还在于对他痴迷于棋道的描绘。王一生从小就迷恋下象棋，但把棋道与传统文化沟通……他不囿于外物的控制，却能以'吸纳百川'的姿态，在无为的日常生活中，不断提升着自己的人生境界。"④文中还写道，王一生看似阴柔羸弱，但在无所作为中积蓄了内在的力量，一旦需要他有所作为时，他就迸发出了强大的生命的能量。很显然，这一"下棋"行为被投射了深厚的民族精神意义，这种意义是那个时期所需要的时代意识形态。1984年，《棋王》发表后，王蒙撰文《且说〈棋王〉》⑤高度赞赏了这篇小说，指出小说对王一生下棋的描写相当成功，这是在那个特殊的时代"对人的智慧、注意力、精力和潜力的一种礼赞"，王蒙虽然是在当时的"人性论"的框架内来讨论问题，但他关注到小说对"下棋"这个行为的描写所具有的决定性意义。王蒙按他一贯的文学观念，还是觉得"下棋"格局太小，题材有局限性，算不上"重大题材"。文学作品在特定的历史语境中存在，总是被那种语境赋予历史意义。曾镇南则认为，《棋王》的意义也正在于它对"棋王"性格开掘中"写出了扑不灭、压不住的民族的智慧、生机和意志……"⑥。时代的宏大意义诉求压抑住了文本最初给人的艺术感觉，这种感觉迅速被过度阐释。这种阐释后来被进一步放大为"文化寻根"也就顺理成章了。时过境迁，意识形态的时效性褪去后，我们可以更单纯地面对文本，不是去看"下棋"反射的时代意义，而是看看"下棋"在文本构成中所起的作用。

尽管我们可以剥离当时语境赋予的时代精神或文化的意义，但王一生"下棋"在小说叙事中还是具有基本的象征化冲动，那就是意味着一种精神性的活动。"下棋"无疑可以被归结为一种智力活动，"下棋"的竞赛性会被提升为一种精神境界。《棋王》之所以后来被当作"文化寻根"的代表作，被赋予了那么多的精神性意义，也不冤枉。但阿城在小说叙事中，"下棋"的意义始终存在着矛盾：那就是精神性与去精神性之间的矛盾。因此，需要在文本的建构过程中，或小说的叙事过程中加以梳理的是：王一生"下棋"所反射出来的那种"无所作为"到"有所作为"的变化，并不是人物性格的必然显现，人物性格是否真的有这种内在统一性和一致性是值得怀疑的。在流行的文学评论和文学史阐释中，王一生的"下棋"总是被当作性格内敛的一种表征，在关键的时刻，那种原本存在于性格中的潜能就会爆发出来。我更乐于去理解的是，小说叙事是如何在情节的意义转向、人物的性格和心理的转化方面来展开的。也就是说，"下棋"在王一生的行为中，并不是一开始就具有了一种本质规定的积极潜能，到时就能爆发出来，实际上，"下棋"在王一生的身上要体现的更有可能是一种逃避和自我隔绝。

当我们说《棋王》是在表达一种庄老之道时，主要是通过"下棋"这个动作表达出来的。所谓庄老之道是崇尚自然，去圣却智，也可以说是一种反智主义，是"去精神化"的一种哲学。庄老之道的哲学是悖论式的，一方面要超出事物的功利性去达成一种虚无的精神境界；但另一方面这种"虚无"的精神境界本身成为一种存在性，存在一种自我肯定的可能意义。否则"虚无"也无法存在和确认[⑦]。"下棋"要摆脱的是对世事的过度关切，对眼下利益和前途命运的忧虑。但"下棋"在王一生最初始的心理学意义可能是一种逃避。就从小说叙事而言，小说一开篇就写到王一生下棋，在火车上乱哄哄的现场，王一生瞄了"我"一下，眼里突然放出光来，摆上棋盘与"我"对弈起来。王一生倒是很坦然，"我他妈要谁送？去的是有饭吃的地方，闹得这么哭哭啼啼的"[⑧]。如此杂乱却能安下心来下棋，那确实就是棋痴了。不要人送，或没有人送，王一生的心境真是那么坦然么？小说写道：

> 我实在没有心思下棋，而且心里有些酸，就硬硬地说："我不下了。这是什么时候！"他很惊愕地看着我，忽然像明白了，身子软下去，不再说话。[⑨]

这"忽然"一词，且"身子软下去"，还是道出了王一生内心的虚弱。王一生"下棋"似乎是自觉的精神追求，是一种独立人格的证明，身处逆境而自强不息的典范。事实上，在这种痴迷于棋局中的是对家庭的一种逃避，对父亲亡故/缺席所承受的心理压力的一种逃避。在王一生后来与"我"以及与"脚卵"交往的日子里，王一生实际很敏感"我"和脚卵的家庭。依然是在小说的开头部分，"我"对王一生说："你妹妹来送你，你也不知道和家里人说说话儿。"王一生却看着"我"说："你哪儿知道我们这些人是怎么回事儿。你们这些人好日子过惯了，世上不明白的事儿多着呢！"随后一路下去，"我"与王一生开始有了互相的信任和同情。王一生总是问"我"与他认识之前是怎么生活的，尤其是父母死后的两年是怎么混的。但王一生还是要在他和"我"之间做出区别，王一生认为，我家道尚好只不过是想"好上加好"，王一生当然不相信"我"可以轻易理解他的苦衷。他说道：

> "我当然不同了。我主要是对吃要求得比较实在。唉，不说这些了，你真的不喜欢下棋？何以解忧？惟有象棋。"我瞧着他说："你有什么忧？"他仍然不看我，"我没有什么忧，没有。'忧'这玩意儿，是他妈文人的作料儿。我们这种人，没有什么忧，顶多有些不痛快。何以解不痛快？惟有象棋。"⑩

看来"下棋"是解脱的唯一方式。这里的"我们这种人"当然是指家庭出身，王一生的母亲当过窑姐儿，从良做小，生父是谁都不知道，王一生是遗腹子，母亲再嫁，跟养父长大。没想到母亲也死了。养父是卖力气活的，解放后，养父年纪大了，干活挣钱就少了，要养活他们一家四口，力不从心。王一生母亲死后，养父整天喝酒。可想而知，王一生处于这种家庭境遇，他的日子如何难过。就是打小时候起，他的家庭生活就过得艰苦。很小跟母亲去印刷厂叠书页子，看到象棋书，从那开始迷上了象棋。王一生的母亲死于贫病，死前把王一生叫到床前，拿出一副牙刷磨就的无字棋。王一生说，家里多困难，他都没有哭过，可是看着这副没字儿的棋，他就绷不住了。"下棋"可以进入到另一个世界，这是逃避、摆脱，也是精神世界的延展。在阿城的叙述中，王一生关于"下棋"有双重态度，王一生说，他常常烦闷的是："为什么就那么想看随便一本书呢？电影儿这种东西，灯一亮就全醒过来了，图个什么呢？可我隐隐有一种欲望在心里，说不清楚，但我大致觉出是关于活着的什么东西。"⑪这就是说，下棋还有一种关于活着的精神价值追求，这就是主动性的精神提升了。"呆在棋里舒服"，就是消极与积极的统一，被动与主动的结合。

实际上，在王一生那里，下棋所具有的积极和主动的精神意向相当有限，阿城并不想给予王一生在"下棋"的行为中太多的意义，那实际上是与"有饭吃"平行的一种最低限度的精神活动方式，恰恰是去除太多的精神抱负，太多的现实革命热情。要知道，在那样的时代，知青中的政治激进人物多如牛毛，"扎根派"和张铁生式的反潮流英雄比比皆是。就在每一个火车站，知青上山下乡送行场面，都是激昂的革命现场，"毛主席挥手我前进，广阔天地炼红心"，是那个时期青春激情燃烧岁月的基本精神面貌。至于寻找一切机会推荐上大学，招工、招干，在知青生活中也充满了竞争和荣辱。王一生的生活态度，显然是表达了无助的平民子弟的无奈。没有背景没有门路，他除了下棋来找到自我安慰外，再也别无他法可完成自我确认。对于王一生来说，有饭吃，有棋下，就是生活的全部意义，就应该知足了。这种人生观，在当时知青激烈的争斗中，实在是无奈之举。下棋不过是回到个人的志趣，极为有限的自我肯定，而不是时代的抱负。对于阿城来说，写作"下棋"也不过是写作个人在大时代的潮流中最平实本分的个人行为，这与他这个人一直不得不采取边缘化的生存状态显然更加合拍。

小说另一被推崇之处在于描写了王一生的"吃"，把"吃"写得如此津津有味，《棋王》也因此被认为精彩绝伦。小说有几处关于吃的浓墨重彩，首先开篇在火车上，坐定下来要下棋，王一生拿到饭后，马上就开始吃，"吃得很快，喉节一缩一缩的，脸上绷满了筋。常常突然停下来，很小心地将嘴边或下巴上的饭粒儿和汤水花儿用整个儿食指抹进嘴里"⑫。这里整整长达一页描写王一生的吃相，还有两页讨论吃的问题，涉及杰克·伦敦《热爱生命》和巴尔扎克的《邦斯舅舅》等，古今中外，平民百姓，家长里短，总之，关于"吃"，阿城是下足功夫渲染一番。另一处大费笔墨的是王一生到知青点吃蛇肉，在这个吃的现场王一生并无多大表现，主要是脚卵表现他在吃上的丰富经验，关于吃螃蟹、下棋、品酒、作诗，以及关于吃燕窝的记忆，脚卵家庭的高雅生活，让王一生听得一愣一愣的，这对于一直秉持"有饭吃，有棋下"的人生观的王一生来说，无疑有一点小小的触动，但也不可能对王一生构成更严重的冲击。

这里关于吃的描写有一种多元性，既有王一生贫苦人家的穷酸吃相，又有知青点对吃的津津乐道和馋相，也有脚卵叙述的富足文人家庭高雅的吃。阿城如此不厌其烦对吃津津乐道，明显是在表达一种唯物论的生活观。人的生物性（物质性）最基本的特征就反映在饮食男女上，当"男女"受到严格的限制时，"饮食"就成为生物性存在的人的全部内容。尽管"吃"在中国还是一种文化，并且是文化中一个重要的内涵。但在阿城这里，在知青生活中的吃，实在是在表达人的最基本的生存欲求。脚卵说的那么高雅奢侈的"吃"，对于王一生们来说有多少意义呢？充其量只是表明还有如此富贵的生活，那不是他的生活，不是他们的生活。眼下的生活就是"有饭吃"就行。小说中不断地谈到王一生对饥饿的记忆和叙述。王一生第一次听"我"说起父母双亡，没有饭吃的饥饿经历，非常投入且一再追问计较细节，如干烧馒头、油饼之类充饥的作用，王一生显然在这样的时刻找到了一种同病相怜的感觉。"吃"在《棋王》中从整体上来说还是一个唯物主义的问题，"吃"被当作生活的第一要义，吃的贫困是生存最根本的困窘。由此，就不难理解，在阿城的叙事中，王一生的生存事相关注于"吃"的问题，"吃"一直是个严重问题，王一生甚至极端到对"我"所描述的困境不以为然，认为，"我"总是有过家境好的时候，只不过是想吃得"更好"罢了。而他则是在饥饿线上挣扎，一直为满足生存的最基本需要困扰。如果小说是以王一生的生存态度为基准的话，那么，"吃"就谈不上有什么文化意味，吃如此牢固顽强地与饥饿感联系在一起，与王一生的生存绝境联系在一起，如此贫穷困苦中的吃，能有多少文化的含量？小说叙事中借脚卵之口说出的那些关于"吃"的文化品位，与王一生相去甚远，实际上也是作为一个逝去的年代的经验来回忆，他不是作为现实追求的目标，只是作为现实不可能性的一种对照。

1984年底，《中篇小说选刊》第6期在转载《棋王》的同时，登载了阿城写的《一些话》。阿城表示自己的写作只是为了抽烟，为了伏天的时候"能让妻子出去玩一次"，"让儿子吃一点凉东西……"，说得可怜巴巴，文学全然没有多么远大的文化寻根。但说他没有现实的针对性也不对，他关注的恰恰是

当代中国文学史资料丛书

更为平实的物质生活，他写道："我不知道大家意识不意识到这个问题（吃饭的问题）在中国还没有解决得极好，反正政府是下了决心，也许我见闻有限，总之这一二年讨饭的少了，近一年来竟极其稀罕，足见问题解决得很实在。如果有什么人为了什么目的，不惜以我们的衣食为代价，我和王一生们是不会答应的。"⑬80年代中期，中国政治领域的左右路线斗争十分激烈，改革开放，还是保守倒退，在那个时期中国社会发展的方向并不十分明确，因此那时的知识分子大都关切意识形态领域的思想斗争，阿城肯定不能例外。"如果有什么人为了什么目的"——这句话显然包含着十分尖锐的斗争意味。应该说，阿城是站在改革派一边，以此推断，阿城当然是从改革开放后百姓有饭吃这一唯物主义的立场出发来看待中国社会的发展方向。作为知青下到西南贫困地区，阿城一定目睹过农民饥饿的状况。一个农业大国，农民却要挨饿，这无论如何是巨大的历史失败。阿城通过王一生表达的"有饭吃，有棋下"就好，这也是对政治意识形态领域还在论争的姓社姓资问题的回应。人民的生活有着极其朴素的唯物论的立场，与那些政治制度、主义、道路、方向、社会性质……无关。唯物论一直是中国意识形态的哲学基础，但在实际的社会实践中，唯物论则只是一种政治象征，并不具有日常生活的实践性意义。在五六十年代直至70年代，社会意识都是要求人们从精神上超越物质，日常生活实践是彻底反唯物论的"精神辩证法"（因而也是精神胜利法）。只有到了80年代，唯物论才与社会的改革开放实践联系在一起，社会的经济发展，物质生产的丰富才与人们的日常生活相关。因而，在整个80年代，人们对物质性的追求成为一个巨大的社会精神力量。它既是物质主义的，又是推动社会变革的精神力量。

人民首先要吃饱饭，民以食为天，如果人民连饭都吃不饱，"主义"有什么用呢？另一方面，80年代上半期，中国社会开始给予人们追求物质利益和生活多样化的可能性，对人性也不再那么压制。不管是清除精神污染，还是反对资产阶级自由化，都无法抑制人们对身体自由和物质欲望的向往。尽管非常有限，但欲望的闸门初次打开，里面涌动的力量无法遏止。邓丽君、龙飘飘和走私的录音机对沿海开放城市进行了一场声势浩大的洗礼，舞厅在社会上的各个角落，在大学的校园里怂恿着年轻的人群激情荡漾。长头发和喇叭裤已经成为年轻人的生活方式，对思想自由解放的追寻与人们对物质的追求相混淆，排队买彩电的盛况与热情奔放的文学讲座交相辉映，构成了那个时期思想解放运动的各个激动人心的现场。只要想想那个时期居然有一个如此广泛的美学热，"人的本质力量的对象化"这个费解的定理居然构成了时代审美的心声，就不难理解人们对自我意识的追求构成了时代精神强有力的内核。在理论界，关于人性论、人道主义的讨论，关于马克思异化理论的讨论等等，实际上已经明显脱离社会实践。普通民众开始理直气壮地关心自己的日常生活，不再把虚无缥缈的乌托邦世界看得比自己居家过日子还更重要。最要命的是，自从1984年以来，物价正在飞涨，人们一方面憧憬"生活比蜜甜"，另一方面却也忧心忡忡，担心高涨的物价会让人们重回艰难的日子里去⑭。显然，作为一种时代心理，强调物质生活、强调饮食居家过日子，也是那个时期刚刚滋生的朴素的人本主义思想。

在这一意义上，《棋王》的"吃"是一种朴素单纯的"唯物论"，他要回应的是当时现实，一方面是人们看到了日常生活的"美好明天"，另一方面对昨天的物质匮乏的记忆犹在眼前。不管是阿城本人的声称，还是《棋王》中王一生实际的表现，都表明它对物质性生活的关注，对物质性书写的刻骨真实。王一生身上的文化冲动既不明显也不深沉，除了把他的平淡泰若与庄老之道联系起来外，也难以确定其他的文化意味。但平淡朴实本真何以就是庄老之道呢？回到物质性就是一种素朴的"唯物论"，就是一种吃的"唯物论"，别无其他的深意何尝不可？王一生不要文化人那么多的忧患，也不羡慕脚卵父辈的高雅，他时刻记忆的是母亲给他的无字棋，他时刻要保持的也是贫困中的人们更加本分朴实的生存之道。"人要知足，顿顿饱就是福。"这就是一种人生信条和训诫了。1984年，在反传统的潮流中，说阿城那时就笃信庄老之道或儒道释的文化蕴含，那无异于痴人说梦。1984年，影响最大的是"走向未来"的那种西方科学主义理性思维；文学上声势浩大的现代派；美学上的信条是来自马克思的《1844年经济学哲学手稿》的"人的本质力量的对象化"。尽管说阿城有可能偏离时代潮流，在潮流之外领悟他个人的思想天地。但在1984年，在"寻根"命名之前，以文化上的自觉或哲学思想的自觉去回到庄老之道，这种可能性几乎没有。如果说文化的记忆也可以是以一种无意识的形式表现出来，在一种自然平淡的表达中达成了"复古的共同记忆"，但那也需要历史提供一种平静的反思性语境。在80年代激动且乱哄哄的历史现场，阿城写作《棋王》已经尽到最大可能性去削减时代精神的投影，那就是回归平淡素朴的日常生活。小说的结尾如此写道：

> 夜黑黑的，伸手不见五指。王一生已经睡死。我却还似乎耳边人声
> 嚷动，眼前火把通明，山民们铁了脸，搞着柴禾在林中走，咿咿呀呀地
> 唱。我笑起来，想：不做俗人，哪儿会知道这般乐趣？家破人亡，平了头
> 每日荷锄，却自有真人生在里面，识到人，那是幸，即是福。衣食是本，
> 自有人类，就是每日在忙这个。可圈在其中，终于还不太像人。倦意渐渐
> 上来，就拥了幕布，沉沉睡去。⑮

　　这是本真性的生活真理本身，它不再要承载更多的理念或历史意向。它不
是主动的承担与召唤，而是退却和平息，这正是它的可贵之处。
　　然而，关于小说结尾还有一段公案。据说小说原来的结尾是："'我'
从陕西回到云南，刚进云南棋院的时候，看王一生一嘴的油，从棋院走出来。
'我'就和王一生说，你最近过得怎么样啊？还下棋不下棋？王一生说，下
什么棋啊，这儿天天吃肉，走，我带你吃饭去，吃肉。"据李陀所言，小说故
事原来是这么结束的。李陀对《上海文学》要求阿城改动了结尾很不满意，他
认为原来的结尾更好。现在看来，原来的结尾也没有什么惊人之处，与现在的
结尾相比，各有特色。但如果说阿城的小说在那时的原来意义，是表达唯物论
者的生活态度的话，那原来的结尾就真正点出了题意。现在的结尾则包含着形
而上的冲动，但唯物论的色彩就很不鲜明了。根本是落在吃上，吃饱了是福，
这就足够了，这就是彻底的唯物主义。据说，阿城当年讲述的《棋王》的故事
就是在李陀家中吃涮羊肉神聊的故事，李陀一再鼓励他写出来，当时故事可能
已经很成形，甚至结尾都与李陀说过了。而这样结尾正是应了其"有饭吃"唯
上，这不过是"民以食为天"的古训的更直接朴素的表达罢了。《棋王》正是
回到最朴素的唯物主义这点上，把"有饭吃"推到最要紧的地位，甚至可以替
代"有棋下"这一精神活动。只是后来《上海文学》编辑要求的修改，使作者
原来的意思发生微妙的变化，而给"寻根"提供了捕风捉影的文化蕴含。

二、知青记忆与文化寻根的替换

"寻根"成为当代中国文学中一个最大的事件，这个事件只持续了如此短暂的时间，以至于与它在文学史上占据如此重要地位显得很不相称。实在是因为当代中国文学史中属于自发的事件少得可怜，"寻根"就不得不以其独特的"文化意味"引人入胜。"寻根"显然是一次追认的运动，作为一种文学史的事件，追认也未尝不可，但追认总是要建立这一行动：（1）有基本的潜在意向。（2）有可以归纳的更明确的历史目标。（3）被追认之后形成更加强大的形势。但"寻根"在这三方面都不充足。当然，这仅仅是针对"寻根"作为一个声势浩大的文学史事件的充分性的质疑，至于这个时期有这么一批作品，形成一个时期的文学高潮，其积极意义毋庸置疑。对于这些作品的艺术价值的确认来说，无所谓"寻根"不"寻根"。也许时过境迁，我们试图褪去其"寻根"的文化外衣，可以看到更加独特的文学性魅力。当然，"褪去文化外衣"的做法也是把文本还原到历史语境中去的行为，它不可能避免也是对文本进行文学史的探究。我们也可以这种方式看看一个文本是如何被建构起来的。

如果说《棋王》在阿城那里原来并没有明确的主观意愿进行"文化寻根"或表达特定的文化意味，那么这篇小说更为本真的意义何在呢？当然，作者的主观意图并不能全然决定作品文本的意义，以"作者死了"的后结构主义观点来看，作者的声明对理解文本并没有优先性。在"寻根"成为一个事件之前，阿城关于《棋王》的创作谈论与"文化寻根"无关，从当时的文学客观语境与写作主体的可能意愿来看，《棋王》都是一篇标准的知青小说。事实上，绝大部分后来被归结为"寻根"的小说，大都是知青小说的变种。

《棋王》写的是知青生活，其主题在三个层面上是典型的知青共同记忆，本章前面已经有所讨论，这里加以归纳：其一，关于"吃"的记忆。这篇小说对"吃"的描写令人惊异地细致和充沛，"吃"所表征的饥饿感是知青生活最重要的记忆。其二，关于"棋"或与世无争的记忆。"下棋"的态度并非与"吃"构成简单的二元关系，"吃"是物质性的，或"下棋"是精神性的，或者二者都被给予文化蕴含的提升。"吃"与"下棋"都可做庄老之道的阐释。在《棋王》中，要表达的是与世无争的一种态度，"有棋下"正如"有饭吃"一样，这就是人生的知足的素朴的人生观，并不要那么强大的关于"献身"

"扎根"和"出人头地"的抱负。"吃饱是福",做个朴素平常的回到生活的基本层面的普通人。相当多的知青在当时的历史情境中,因为家庭出身处于竞争的劣势,却又无可奈何,转而寻求自我安慰。但这种人生态度,在当时只能压抑在内心深处,无法被公开表达。现在阿城对知青生活的抒写,发掘了这种在当时应该是相当广泛的知青记忆。其三,关于家庭出身的记忆。《棋王》花费大量的笔墨在讲述和描写王一生、"我"和脚卵的家庭背景。"家庭背景出身"在"文化大革命"期间无疑是一个极其严重的问题,那是一个在政治上把人分成三六九等的年代,一方面是严重的政治歧视,另一方面则是无可置疑的政治特权。

王一生与脚卵的家庭背景构成明显的对比关系。王一生母亲临终嘱托有一副无字棋,那里面凝聚的是普通平民家庭的辛酸与无奈的希冀;而脚卵下乡,他的父亲给他一副祖传的乌木象棋,脚卵用于与文教书记做交换。脚卵的调动有了着落,王一生也可以比赛了。但王一生却对此并不买账,他不想参加比赛,并且对脚卵的交易颇有微词。小说是这样叙述的:

> 躺下许久,我发觉王一生还没有睡着,就说:"睡吧,明天要参加比赛呢!"王一生在黑暗里说:"我不赛了,没意思。倪斌是好心,可我不想赛了。"我说:"咳,管他!你能赛棋,脚卵能调上来,一副棋算什么?"王一生说:"那是他父亲的棋呀!东西好坏不说,是个信物。我妈留给我的那副无字棋,我一直性命一样存着,现在生活好了,妈的话,我也忘不了。倪斌怎么就可以送人呢?"我说:"脚卵家里有钱,一副棋算什么呢?他家里知道儿子活得好一些了,棋是舍得的。"王一生说:"我反正是不赛了,被人做了交易,倒像是我占了便宜。我下得赢下不赢是我自己的事,这样赛,被人戳脊梁骨。"……⑯

从字面上来看,王一生是个有骨气的人,他不想靠脚卵倪斌获得参赛的资格。但他对脚卵用父亲的乌木棋去做交换不满,他提到母亲给他的无字棋。这里隐隐包含的是对脚卵不珍惜祖传"信物"的批评,但更深的心理怨恨则可能是人与人的平等,家庭之间的不平等。王一生一无所有,他连参赛的资格都要靠别人帮助才能获得;这里的自尊还包含着一些赌气,赌气中又透出一些对不平等的怨恨。同为知青，同为人，何以出身家庭不同命运如此不同？王一生因为母亲出身卑微，显然要承受着物质生活贫困和走向社会的艰难。

在表达这一家庭不平等的状况时，阿城超出了伤痕文学的经典叙事，那就是老干部倒霉，连累了"狗崽子"，主人公总是落难公子或公主，而老子总是曾经权倾一时的大干部。另一种模式或者就是"地富反坏右"的子女，那里控诉的是极左路线。阿城这里讲述的脚卵的父亲却是一位文人，其政治身份也不清晰，阿城是有意避免直接的意识形态批判性，还是从更平淡和更普遍的知青的生活记忆出发来描写家庭背景的不平等。阿城关注的只是知青记忆中的事实性，而不是事后所要作的批判性，这就是阿城超出伤痕、反思文学的地方。

事实上，寻根群体基本上都是知青群体这一事实，决定了寻根小说本来就是知青小说的再命名。"知青群体"的写作，在个人记忆的经验范围内，它表达了个人青春失落的痛苦经历。在那些偏远的山乡留下的记忆，既有沉重的失落感，也有淡淡的眷恋。在个人记忆的意义上，它无疑具有感人至深的真实性。

说到底，《棋王》对知青经验的书写之深刻，并不在于所谓的文化意味，而是隐藏在文化表象之下的一代人的精神创伤，这种创伤之所以铭刻在心灵上，在于它是个人的最切身的感受。"文革"时期对青春期的知青最大的压迫感或焦虑感，当然是被政治认可和接纳，成为政治上的红人。但成为政治上的红人的第一先决条件，就是家庭出身，政治成分是知青那一代人的生命，所谓政治生命。如果出身不好，那就意味着前途暗淡渺茫，预先就被宣判了绝境。如果出身好，特别是有一个政治上红彤彤的父亲，如果再加上有权有势，那就是又红又专，前程似锦。对父亲的认同的焦虑感，是隐含在知青文化中最内在的焦虑，也许阿城个人有此经历，也许阿城对知青的创伤经验有深刻体认。因为触及这内在创伤，小说中的王一生的心理刻画才有那么多曲折、微妙，那么深挚的困惑和无望。阿城才可能不断地书写王一生在绝境中挣脱的那些努力。

因此，《棋王》中的知青记忆，最本质的东西就不会是"文化记忆"，而是一个关于无父的创痛。这是一代人的最内在的焦虑在王一生心灵里的积聚。这种心理表达出来则又具有弗洛伊德式的"反俄狄浦斯情结"——这就是俄狄浦斯式的"杀父娶母"改变为一个"寻父"的故事。如此说来，可能令人匪夷所思。但小说叙事对家庭的不平等的表现是如此深刻就令人深思。对于王一生来说，家庭经验是如此深重的内心创伤，他会如此关切别人家庭的"光景"，"家道尚好"时总是"有过好日子"，"不过是想好上再好"。王一生作为遗腹子，母亲早亡，继父又窝囊，在那样的年代，对他人父亲的敏感理所当然。脚卵的出现，对王一生内心的刺激无疑非常有力。王一生无父的创伤与脚卵对文人世家的炫耀，使王一生有可能产生寻父的潜在愿望。王一生之所以要以平静淡漠的态度处世，乃是内心深重创伤的一种掩饰和自我化解。小说叙述的故事最后出现一个老者与王一生对弈，这也是一个意味深长的情节。这是混合弑父与寻父双重矛盾的一种叙事，下棋就是一种搏杀，也如小说所渲染的王一生与老者对弈场面的紧张和壮烈，不亚于剑拔弩张的拼杀，或者说乃是武林高手较量的另一种象征形式。老者最后出现，提出与王一生和棋，还请王一生到家里歇了，"养息两天"，谈谈棋道，但王一生还是谢绝了。小说以王一生战胜老者结束，也不妨看成一种象征意义。王一生家道贫困，沉迷于象棋，少年时遇一老者，替他撕大字报，得老者传授棋道。下棋无疑是他自我证明的根本方式，在遍访高手，经历无数次的棋盘上的搏杀后，他成长为一个坚定而能平静淡泊的棋手。这个无父／寻父的心理在小说叙事中虽然不是作者阿城明确要表达的内涵，但小说叙事以无意识的方式给出了这种隐喻。

在80年代初期那些反思"文革"的岁月里，这些"个人记忆"被放大到意识形态的层面上加以历史理性的思考，这是时代打下的烙印。而在寻根的旗帜下，"个人记忆"中的生活经验也再次被时代遮蔽，不再向着"个人经验"或"自我意识"方面深化，却以偏远山乡的贫穷落后的生活状况为基础，刻意呈现原始粗陋或异域风情的文化特征。显然，一代知识青年上山下乡的去处都是偏僻的山村，那些贫困的生活和异域风情不过是"个人记忆"中保留的生活经历。既然回忆过去，寻找失落的青春年华，当然要写出那种生活经验和情调。它们本来无所谓"文化性"，更谈不上"根"之类的东西。而"寻根"的文学姿态夸大了"个人记忆"：原来处于附加地位的经验表象，而转变为写作和批评关注的中心。《棋王》，本来最内在的经验在于家庭经验在个人心灵上留下的创痛，或者另一层面上描写知青生活贫困却显示出另一种精神，而这种"精神"完全可以在一般的人生态度意义上加以阐释。而在"寻根"的姿态摆出之后，王一生的生存态度却在儒、道、释中讨生活，并且被进一步放大为"东方民族"特有的精神状态。大家的思路开始琢磨这种"精神"在现代文明中，在中国步入现代化的历史进程中的永久性价值。至于韩少功、李杭育和郑万隆等人讲述的那些异域风情的故事，在1985年以前是作为知青生活经历的回顾，1985年以后，"个人记忆"的痕迹被抹去，那些原本是作为个人生活环境的风土人情上升为故事的主体部分，因为它们显示了具有民族特征的文化价值，它们被置放到中国步入现代化的历史转折点上来观看而具有特殊的魅力。正如韩少功所说的那样："不光是因为自觉对城市生活的审美把握还有点吃力和幼稚，更重要的是觉得中国乃农业大国，对很多历史现象都可以在乡土深处寻出源端。"这样，知青经验的消沉迷惘现在改变为自觉的文学追求。自我意识的内在化和情绪化，被历史临时选择替代。

三、"寻根"魅力与歧义

根据当事者的回忆，酿就"寻根"的契机是1984年12月在杭州西湖边的一所疗养院里的聚会，据说那里幽静而适于清谈。与会者有"寻根派"的主要作家和批评家，如韩少功、郑万隆、李杭育、阿城、李陀、季红真、王晓明、李庆西等人。另外还有几位并未入伙"寻根"的作家和批评家。这是一次秘密的纯文学的聚会，记者被拒之门外，但是其神秘性并不足以夸大为一次历史性的聚会。确实，"寻根派"那些重要的文章和作品都是在这次聚会之后发表的，例如，韩少功的《文学的根》发表于《作家》1985年第4期，郑万隆的《我的根》发表于《上海文学》1985年第5期，李杭育《理一理我们的根》发表于《作家》1985年第6期，阿城的《文化制约着人类》发表于《文艺报》1985年7月6日。这些文章引起热烈反响，标志"寻根文学"形成阵势。显然，"寻根"的概念非常含混而不明确，各自的主张莫衷一是。

归结起来，"寻根"大体有两种意思：其一，指中华民族源远流长的文化精神；其二，指中华民族延续至今而又可能断裂的生命根基。这两种意思都可能有正反两方面的含义，正面的即是肯定性价值，反面的即所谓民族劣根性。

但是，杭州聚会充其量明确了或混淆了某些观点，酝酿"文学寻根"的是80年代的文化情境和文学的趋势。其一，"现代意识"的压力。"寻根"看上去与"现代意识"相悖，实际上，"寻根"是以"现代意识"为原动力，其结果把"寻根"推到一个无所适从的境地是不足为奇的。当代中国文学自"文革"以后，一直为寻找"现代意识"所困扰。看上去，"寻根"是因为寻找"现代意识"陷入困境的转向，其实"寻根"仍然不过是寻找"现代意识"的一个变种或延续。"寻根派"的作家感到骄傲和自豪的是能够在"现代化"的历史进程中，站在现代文明的高度来看待中华民族的生存状况，同样，其困扰之处也在于"现代意识"的匮乏。"寻根派"的作家大都是一度热衷于"现代派"的角色，他们对"现代文明"的看法大多得自西方现代作家、艺术家和思想家。其"寻根"不过是为了使"现代意识"与中国的现实更密切结合而已。那个时期，王蒙、刘心武、李陀和冯骥才等人都强烈表示过"现代意识"要和中国现实情况、民族传统文化相结合的观点。这既不是背叛，也不是变节，而不过是寻找"现代意识"不得不在中国现实和传统文化的背景上加以深化的一次集体选择。其二，中西文化碰撞的现实及其文化讨论的思想氛围。显然，对"现代意识"的急切寻求与紧迫的现代化进程密切相关。80年代中期，改革开放已经初见成效，至少西方的东西（物质的和精神文化的）已大量涌进中国。国人绝大多数立足于"现代化"的立场，对中国的民族传统持批判态度，由此酿就了一代青年反传统的社会情绪。民族的或传统的文化确实成为一个"问题"进入人们的视野。1984年、1985年正是关于文化讨论最热烈的时候，文学界当然不可能不为所动。尽管观点未必相同，但思想动机却是直接导源于此。其三，文学经验的压力。到80年代中期，"新时期"文学亟待突破现实主义规范的意识形态框架。现代主义实验，例如王蒙和李陀等人从事的"意识流"小说探索，显得力不从心，它既要承受主流意识形态的压力，又与中国的实际生活经验有所偏离。在这种情势下，能转向"寻根"则是一条最理想的出路：它既立足于中国本土的生存经验，同时又并未丧失具有思想优势的"现代意识"。总之，"文学寻根"并不是一次有组织有纲领的纯粹文学的运动，它更主要的是文学界对时代的思想文化所做的一种反应方式。

但是，这个反应方式不得不借助于知青经验，现成的知青文学中就有文化的印痕踪迹。只是那时为时代的意识形态所遮蔽，文化不能显现出来。现在则是要重新阐释知青的经验，从知青所处的乡土中国的文化地理学意义上来重新建构面向当下的文学创新。这样，"寻根"变成重新清理知青记忆，努力从知青记忆中发掘出一些文化碎片。韩少功在他那篇后来极负盛名的《文学的"根"》里写道：

我以前常常想一个问题：绚丽的楚文化到哪里去了？我曾经在汨罗江边插队落户，住地离屈子祠仅二十公里。细察当地风俗、当然还有些方言词能与楚辞挂上钩。如当地人把"站立"或"栖立"说为"集"，这与《离骚》中的"欲远集而无所止"吻合。除此之外，楚文化留下的痕迹就似乎不多见。如果我们从洞庭湖沿湘江而上，可以发现很多与楚辞相关的地名：君山、白水、祝融峰、九嶷山……但众多寺庙楼阁却不是由"楚人"占据的：孔子与关公均来自北方，而释迦牟尼则来自印度。至于历史悠久的长沙，现在已成了一座革命城，除了能找到一些辛亥革命和土地革命的遗址之外，很难见其古迹。那么浩荡深广的楚文化源流，是什么时候在什么地方中断干涸的呢？都流入了地下的墓穴么？⑰

　　从这里的叙述可以看出"寻根"的文学呼吁使韩少功想起插队的经验，在那里韩少功接触到楚文化，但这里面存留的楚文化非常有限。文化似乎在什么地方"中断干涸"。韩少功呼吁文学有"根"，文学之"根"应深植于民族传统文化的土壤里，"根不深，则叶难茂"。他认为："寻根不是一种廉价的恋旧情绪和地方观念，不是对方言歇后语之类浅薄的爱好；而是一种对民族的重新认识，一种审美意识中潜在历史因素的苏醒，一种追求和把握人世无限感和永恒感的对象化表现。"⑱显然，这是在寻根打出旗号后所秉持的理想情怀，被列为"寻根"代表作的那些作品，很难说是在这一意义上被书写的，后来的代表作，就是韩少功本人的《爸爸爸》也难有如此高远的理想。韩少功在具体的写作中，似乎更关注对民族劣根性的批判。

　　事实上，在1985年文化热之前，"寻根派"的作家就写下了一些很像样的作品，例如，贾平凹早在1982年就发表了《商州初录》；郑万隆关于鄂伦春的异乡异闻小说；李杭育的"葛川江系列"引起文坛关注；阿城的《棋王》已经引起批评家关于文化问题的遐想。问题在于，"寻根派"的前身大多可以说是知青群体，他们的写作经验主要得自知青的个人记忆。文学创作无法脱离个人记忆和个人风格化的基础，即使"寻根"的旗号亮出，写作还是在个人记忆的经验范围内去开掘。为了适应时代的思想文化氛围，个人记忆被再度放大，上升为寻求民族、国家生存之根的历史问题。当然，这次"放大"也是顺理成章，完全符合中国当代文学的本性。

"寻根派"的那些代表作在多大程度上是在追寻民族的"文化之根"是值得怀疑的。韩少功的《爸爸爸》名噪一时，迄今为止也被看成是"寻根派"的首选之作。这篇小说描写了一个尚处于蒙昧状态的落后部落的故事，这里远离现代文明，贫穷、野蛮、懦弱、无知。每个人都没有真实的自我，不过是这个愚昧集体的一个被动角色，他们自觉屈从类似部落长老的那种无形意志，祭祀、殉古、打冤、迁徙……一切都习俗化、仪式化了。不管是老辈人之间的冤仇结恨，还是有点改革意识的人物仁拐子，都不妨碍这种生活习惯的日常运转。作为故事主角的丙崽却是一个白痴，由他提示的视角则使整个村落的活动显得更加怪诞。《爸爸爸》无疑表达了对国民劣根性的寓言式的批判，但是这种批判既构不成文学的主要任务，也不构成文学的主要价值。那些落后愚昧的原始行径，充其量也只能在寓言的水平上来理解现实的制度化生活，而要把它看成是延续至今的"根"则难以令人置信。《爸爸爸》作为成功的小说，其成功之处在于有效地运用象征、隐喻等手法，特别是丙崽这一叙事视角的强制性运用，有效地捕捉住那种疯狂与麻木相交合的生存情态。而要谈到"寻根"则过于勉强。

我也无须在这里一一列举"寻根派"的代表作，以证明它们与"寻根"并无干系。持这样的观点看问题，不过是揭示"寻根"的虚幻，那种为外在于文学的功利主义态度左右的写作行为，肯定要引起一系列的谬误和误解。文学之外的形而上观念与其写作实际未必相符。当然，"文学寻根"作为中国当代文学从未有过的一次集体选择，它并非仅仅预示了一次错误。笔者说过它包含太多的混乱和似是而非的观点，但是它毕竟是当代作家站在一个历史高度来寻觅文学的出路。当作家执着于文学风格的探求，而不偏执于观念的极端时，"寻根文学"无疑有它特殊的历史内容。郑义曾经表示："我们民族的传统，民族的生命，民族的感受，表达方式与审美方式在我血肉深处荡起神秘的回音。"在美学风格的意义上，郑义及其"寻根派"同道的追求是合情合理的。80年代中期，中国当代文学急于寻找突破口，拉美魔幻现实主义的成功例子摆在面前，如何以民族化的感觉方式进入到民族的内心，写出它的历史的和文化的积蕴，正是它的出路。这是文学之"根"，而不是"文化"之根，"寻根派"的谬误正在于把二者混为一谈。如果不过分追究其写作动机与作品意蕴之间的矛盾，单从文学史的意义来看，"寻根文学"的那些代表作还是颇有价值的。即使像上面提到的那几篇小说，它们虽然证明了"寻根"的含混，但是却无疑是"新时期"文学难能可贵的作品，不这样看问题，同样是不尊重历史事实。能够站在现代文明困境的交叉点上来看待中国民族的生存问题，能有意识地去捕捉民族心理中的文化因子，这使得"寻根派"的作品有着比较深厚的历史底蕴。特别是那些并不刻意"寻根"的作家，反倒更真实地切进文化的和历史的深度。例如王安忆的《小鲍庄》，张炜的《古船》等等。不管如何，"寻根文学"在80年代中期展示了中国民族生生息息的地域性的文化特征，显示了中国作家少有过的那种风格追求：贾平凹刻画秦地文化的雄奇粗粝而显示出冷峻孤傲的气质；李杭育沉迷于放浪自在的吴越文化而具有天人品性；楚地文化的奇诡瑰丽与韩少功的浪漫锐利奇怪地混合；郑万隆乐于探寻鄂伦春人的原始人性，他那心灵的激情与自然蛮力相交融而动人心魄；而扎西达娃这个搭上"寻根"最后一班车、结果又落荒而走的异族人，在西藏那隐秘的岁月里寻觅陌生的死魂灵，他似乎在走着一条通往地狱的永远之路……"寻根文学"最终以莫言的《红高粱》（1986年）为终结却也理所当然。莫言撕去那层玄虚而神秘的文化面纱，而直接去触摸痛快淋漓的生命之根，"寻根"结果变成一场红高粱地里的生命欢娱。莫言企图给柔弱的现代文明注入生命强力，在感性层面上的肤浅的快感替代了"寻根文学"沉入民族历史生存底蕴的初衷。中国人没有那么深邃的心灵去感受无穷历史的深度，莫言的叙事方式及其生存哲学对于整个文学界，乃至对于绝大部分中国人来说，都是一次期待已久的解脱。随着《红高粱》被张艺谋改编成电影，那沉重的黄土地已经变成一片鲜艳，染红大半个中国，一曲"妹妹你大胆地往前走……"，唱得痛快，也唱得人心慌。是鼓励，是怂恿，是诱骗？中国人往哪里走？中国文学往哪里去？"寻根"能预示广阔的前景吗？事实上，莫言的狂野把"寻根"重新拉回到当下现实的历史情境中。在这一意义上，莫言毫不留情地断送了"寻根"，扫荡了"寻根"给文学划定的一条不可能的狭窄捷径。多年之后，我们可以从莫言远为大气的文学写作中，看到摆脱了直接文化标志和简单民族认同的那种文学意向。莫言在艺术上的持续力量也源自于这种更为广阔的文学观念。

多年之后，阿城似乎幡然醒悟，表明他早已洞察到中国文化之根已经丢失，没有寻的必要。在接受查建英的访谈时，谈到"寻根"文学，阿城认为：

"'寻根'是韩少功的贡献。我只是对知识构成和文化结构有兴趣。"阿城说道：

> 我的文化构成让我知道根是什么，我不要寻。韩少功有点像突然发现一个新东西。原来整个在共和国的单一构成里，突然发现其实是熟视无睹的东西。包括刚才说的谭盾，美术、诗歌，都有类似的现象。我知道这个根已经断了。在我看来，中国文化已经消失了半个世纪了，原因是产生并且保持中国文化的土壤已经被铲除了。中国文化的事情是中国农业中产阶级的事情，就是所谓的地主、富农、上中农，这些人有财力，就供自己的孩子念书，科举，中了就经济和政治大翻身。他们也可能紧紧巴巴的，但还是有余力。艺术啊文化啊什么的是奢侈的事情，不是阿Q那种人能够承担的。结果狂风暴雨式的土地改革是什么意思？就是扫清这种土壤，扫清了之后，怎么长庄稼？谁有能力产生并且继承中国文化？不可能了嘛。
>
> 无产阶级不产生文化，贫下中农不产生文化。从肉身或从意识形态上把商人、工业中产阶级、乡绅、农业中产阶级消灭，更不要说没有话语权，当然大跃进这种工业农业的愚蠢就会出现。如果这层土壤还在，还有话语权，是会抵制那种鬼话的。这之前，要夺天下，在解放区把这个扫清，没办法。得了天下，还这么扫，还谈什么中国文化？文化产生的那个土壤被清除了。剩下的，其实叫文化知识。[19]

至于把阿城的小说与庄老典籍表达的意义作某种重合，阿城现在可能也未必会接受，因为他认为：《诗经》《论语》《道德经》什么这那的，只能是文化知识的意义。可以清谈，做学术，不能安身立命，前人读它是为了安身立命。离开了生命的文化，不是活的文化。阿城自然不想在作品表达什么文化知识之类的东西。如此看来，阿城也曾跃跃欲试地对文化之根的"寻找"乃是一种不可能寻找，文化之根早已被历史切断，作为一次具有集体热情的文学行动，阿城不过是找到一次机会参与了这次象征性的集体出游。

三、平淡化的叙事与戏剧性效果

《棋王》的文化是时代想象的投射物，但它的叙述文字却有真功夫，这也是它被人们津津乐道的根本缘由。《棋王》在艺术表现手法方面显得十分老到，所谓老到，也就是传统的笔法做得圆熟出色，这同时意味着《棋王》在艺术上是相当传统的小说。

人们谈论《棋王》的艺术风格多数会从其平淡简洁来说。最早对《棋王》做出评论反应的许子东就撰文《平淡乎？浓烈乎？》[20]。许子东肯定《棋王》在艺术上平淡克制的叙述形式，在当时不少写作"文革"的故事，已经热衷于"荒诞奇特"，而阿城能以冷静的观照"更见其奇特"。何以"冷静"更见"奇特"，许子东并未作展开论述。在后来诸多的评论及文学史著作中，《棋王》的艺术特征也大都定位在冷静、平淡、简洁一路，就这一点，固然说出了《棋王》艺术上的主要特点，但并未深究这种平淡简洁所具有的审美的优越性根源所在，以及这篇小说还具有的戏剧性一面也少有论述。当然，更进一步的是去理解平淡之下所包含的更复杂的美学元素。

"平淡简洁"在中国当代小说叙事中，总是占据着一种优先性的地位，这与现实主义美学占据领导权（hegemony）地位有关。现实主义是一种可还原的叙事，叙事指向社会历史的实在性存在，它与曾经发生和可能发生的事件相连，在人们的经验和记忆的范围内产生同一性作用。因此，现实主义的文本以其语言的透明性直接与现实对等，语言越是平淡简洁，文学文本与现实的可等同性就越高。历史意义具有优先性，这在古典时代直到现代的文学中都是如此。特别是带有强烈的重建历史的愿望的时期，历史叙事就成为占据主导地位的意识形态建构自身的话语基础和表象体系。罗朗·巴特说："在我们的文明中，存在着提高历史的意义性的永恒压力；历史学家与其说是在搜集事实，不如说是在搜集'能指'；并且他把这些能指以这样的方式联合和组织起来，以取代受拘于固定意义的纯事实项清单的贫乏性。"[21]这就是说，表达历史意义的需要使得现实主义的文学叙事只是搜集能指，文本只是还原历史事实，文本自身无足轻重。巴特赞赏的是纯粹形式主义的实验文学，那是语言回到自身的言说，苏珊·桑塔格归结巴特对文学表达方式的看法时指出："不是写作对自身以外事物（对社会的或道德的目标）的承诺使文学成为一种对立和破坏的工具，而是写作本身的某种实践，这就是过渡的、游戏的、复杂的、精致的、感官性的语言，它决不能成为力量的语言。"[22]这就是说，写作不是对社会现实的表达，而只是表达自身，表达语言自身。它不会成为社会现实的力量的承载物，它只是作为感性的、美学的语言而存在。

在60年代至70年代的先锋派激进主义运动时代，巴特的观点无疑有其可贵之处。但巴特零度写作定位在语言自我表达的层面，无疑是过于偏激了。语言在表达社会现实，叙述事物时，同样可以显示出其自身美学魅力。在阿城的小说叙事中，平淡的文字并没有被现实主义规范美学所压制，它可以有着自身的力量，这个力量不是依附于历史的意义，而是文字本身进入到精神层面所产生出来的力。平淡的文字具有一种刻写的能力，它在把事实揭示出来的同时，也给出了一种事实的秘密。这显然是一个令人困扰的难题，同为平淡简洁的文字，在某些情形下，这些文字只是一堆能指；在另一些情形下，这些文字却具有奇妙的美学效果。平淡平静的叙述也可以做到字字珠玑，也就是文字在平淡中有一种自身的意味，也许这是表意汉字特有的功能。《棋王》中对王一生在多个场合的吃相的描写就十分精彩，除了火车上的那段吃饭粒的细节，关于大家伙凑在一起吃蛇肉也写得很有意味。当然，这些叙述文字都具有平淡简洁的特点。

如果追问《棋王》何以在艺术上以"平淡简洁"就获得如此高的声誉，那也一定令人费解。《棋王》不论故事情节，还是结构布局，或者情景描写，都十分平淡简洁，甚至被认为淡到极处。其意味由此而生。但艺术意味主要是一种个人判断，何以具有时代的效果，则是一个时期的艺术选择造就了它的成功。

在80年代中期，"寻根派"与"现代派"平分秋色，各自都并不显得理直气壮。现代派表达了时代变革的愿望，特别是美学变革的激进想象，它在改革开放时期具有时代的合法性。徐迟等人论证现代派的合法性时，并不是从艺术创新、从美学的正当性论述，而是从文学与时代的关系，即中国改革开放需要实现四个现代化，而文学艺术也要实现现代化，现代派就是文学现代化的体现[23]。但现代派一直承受着政治上的风险，仅只是依靠与现代化的关系勉强度日的现代派并不能得到作家群体的充分参与。更重要的在于，现代派是一种西方现代资本主义社会的产物，确实有着深厚的文化积累和制度根基，中国人搞现代派只求快捷与西方最先进的文学接上轨，因此，"现代派"只能是浮光掠影式地在文坛风行一时。从意识流小说到高行健的戏剧实验，再到1985年刘索拉和徐星的现代派，中国的现代主义运动实际上并没有形成多大气候。最重要的在于，现代派没有形成中国作家的个体经验，对发达资本主义文化的体验只是观念上的呼应，这种呼应要转化成个人的生存经验还有相当大的难度。韩少功就表达过对现代派把握吃力的困扰，那也是城市生存经验匮乏的同义语。

在这样的历史情境中，"寻根"被定义为"新潮小说"就解决了所有的难题。回到中国本土经验，并且具有民族的历史文化反思的强大基础，寻根派解决了中国作家观念和经验上与现代主义隔阂的困难。因为马尔克斯、博尔赫斯为代表的拉美魔幻现实主义做出的榜样，本土经验、传统主义同样具有现代主义的意义，也同样可以与世界接轨，极大地鼓舞了中国作家回到本土经验，回到他们所熟悉的乡村叙事。事实上，平淡简洁一直在中国现实主义的美学规范中具有主导的意义，这一方面是基于我们的文化传统，另一方面是出于对西方现代以来思想文化观念的躲避。这到底是积极的躲闪还是消极的逃避确实还很难说，或许二者兼而有之。回到简洁平淡，不需要面对西方现代主义庞大的思想文化背景，不需要在如此复杂的语义背景中来表达，中国作家可以有一种轻松自如的自在。中国作家其实无力走进现代主义的思想文化氛围和文学场域，尽管过去了20年，今天回过头来看看，80年代中期中国作家对"寻根"的兴奋，其实也包含着对当时具有某种历史正当性的现代主义的逃避。

事实上，在现实主义的简洁平淡中包含着历史性的戏剧性，或者说历史悲剧在叙事中起着决定作用。例如，阶级斗争、路线斗争、革命、历史暴力、戏剧性的矛盾冲突。这在《太阳照在桑干河上》《暴风骤雨》《红旗谱》《创业史》等作品中都可见到。新时期的"伤痕文学"或反思文学也可作如是观。"平淡简洁"实则是一种美学上的自我守成的托词。只有在汪曾祺这样的作家笔下才会看到这种美学的单纯性。无可否认，《棋王》就其字面叙述来说，也可说是"平淡简洁"，之所以如此，是因为它疏离了80年代的意识形态中心。不再是与时代精神的直接契合来写作，不再是在思想解放的喧哗声中来建构历史。只是知青记忆的某种重述，这种重述颇为个人化。阿城几乎是在文坛之外写作，他的状态介于业余和绝对之间。阿城的叙述几乎与时代没有直接关联，在这一意义上，看不到新时期惯常有的那种时代的大是大非，历史的选择之类的严重问题。是因为思想性的"轻"，使得《棋王》看上去平淡自然，简洁明晰。只是讲述文本自己的故事，文本只讲述自己的故事。

如果离开时代回到文本，《棋王》的文字平淡简洁，但故事和细节却是富有戏剧性，叙述也是在追逐戏剧性。从王一生出场下棋，到他学棋的一系列经历，以及他的身世，都充满了不平凡的戏剧性。小说也是按照向戏剧性高潮推进的结构来进展的，"下棋"本身就是一项竞赛活动，而更大规模的下棋比赛就是最典型的戏剧性了。小说花费很大篇幅在描写下棋比赛，最后的场面就是一场热闹非常的戏剧场面。这几乎就像武侠小说中的武林高手过招场面，也如同传统戏剧的那些高潮场面，这里面涌溢着最具有大众性的娱乐因素。经过一场较量，最后是那位老者出场，阿城的描写几乎是绘声绘色，充满了表演的欲望。经过一场较量，胜负已然分晓。这时，"只见一老者，精光头皮，由旁人搀着，慢慢走出来，嘴嚅嚅动着，上上下下看着八张残子"。而小说进一步的描写颇有奇观性：

> 王一生孤身一人坐在大屋子中央，瞪眼看着我们，双手支在膝上，铁铸一个细树桩，似无所见，似无所闻。高高的一盏灯，暗暗地照在他脸上，眼睛深陷进去，黑黑的似俯视大千世界，茫茫宇宙。那生命像聚在一头乱发中，久久不散，又慢慢弥漫开来，灼得人脸热。半晌，老者咳嗽一下，底气很足，十分洪亮，在屋里荡来荡去。王一生忽然目光短了，发觉了众人，轻轻地挣了一下，却动不了。老者推开搀的人，向前迈了几步，立定，双手合在腹前摩挲了一下，朗声叫道："后生……" ㉔

阿城的描写与细节刻画相当细致精到，语言简洁干脆，看似平淡，没有历史敌对冲突的巨大场面，但却隐含着风起云涌的那种情状。平淡简洁中孕育着戏剧性，这是《棋王》在艺术上最大的特色，既具有本色，那种艺术上的本真性，又有故事性和奇观性，可以说它在艺术上具有相当高的境界。这也是人们通常会认为《棋王》笔法不凡的缘由所在。

尽管人们对《棋王》的笔法老到肯定颇多，特别是作者一出手就让人惊异不已。但"老到"并不是那个追求创新时代主导的美学追求，"平淡简洁"也只是在传统路数上演练得比较圆熟而已，这对于有更大抱负的阿城来说，肯

寻根文学研究资料

定不会十分满足。事实上，阿城本人当时就对《棋王》的艺术成就并不十分踏实，他知道其中的传统痕迹过于明显——简单的时间顺序，故事性中的戏剧性因素，人物性格的怪僻化刻画……，其实也有明显的人工痕迹。但要谈到艺术创新，如果离开西方现代主义的水准，如何给出尺度呢？"寻根"从其根本意义上来说，依然不是艺术上或美学上的变革创新，只是思想文化方面给予文学以新的历史现实内涵。"寻根"说到底是中国作家集体对西方现代主义的规避，是在艺术上自己给自己找台阶下的借口。"寻根"关注文化，谈不上在艺术上的突破。就"寻根"搅乱中国80年代中期文学界渴望的艺术创新来说，其后果一直到90年代甚至直至21世纪都挥之不去。作家们几乎已经遗忘了艺术创新在美学上所具有的独立含义。先锋派的实验昙花一现，在当代中国小说中，只剩下语言方面的成果，而没有更深入的形式多样化的艺术深层次的探索。看看阿城本人当时对中国文学与世界文学接轨的看法，就可理解，民族性如何一直是当代中国作家抵御艺术创新的挡箭牌。1985年，阿城在《棋王》获文艺百家奖之后，发表笔谈，他说道："以我陋见，《棋王》尚未入流，因其还未完全浸入笔者所感知的中国文化，还属半文化小说。若使中国小说能与世界文化对话，非要浸出丰厚的中国文化。"[25]阿城能对自己的作品作如此严格的评判，实属胸襟不凡。但把小说的艺术高低定位为是否浸含文化，把文化看成小说的艺术生命这就不无个人偏颇了。

1985年7月，"寻根文学"正在酿就风云，阿城在《文艺报》上发表《文化制约着人类》，把文化与文学在艺术上的水准加以联系。对于在20世纪末中国文学"达到世界文学先进水平"的预测，阿城颇为不以为然，他的悲观根据是："中国文学尚没有建立在一个广泛深厚的文化开掘之中，没有一个强大的、独特的文化限制，大约是不好达到文学先进水平这种自由的，同样也是与世界文化对不起话的。"[26]在阿城看来，"文化是一个绝大的命题。文学不认真对待这个高于自己的命题，不会有出息"。阿城给出的命题是：人类创造了文化，文化反过来又制约着人类。但阿城的文化到底是指要回到民族文化本位才能与世界对话，还是要接受世界文化，融入世界文化才有"出息"，一直语焉不详，似乎想左右逢源。但从整篇文章的立论来看，阿城显然还是寄望于回到中国文化本位去获得文学深厚的能量。通过表达某种文化，小说具有文化意味，就可以达到世界文学先进水平，这在80年代中期无疑是极具魅力的说法。

这种说法使得中国文学再次进入到它熟悉的混沌的区域，那里既没有标准也没有方向，于是中国文学再次以自身的"特殊性"，以不可名状的玄虚美学获得创新道路上的间歇。这一间歇虽然后来被"先锋派"文学打破，但可以从这里看到中国文学骨子里在艺术创新方面的挑战性不足和对艺术难度的恐惧。

阿城在"小说与文化"的命题中看到了自己的希望，也看到了汉语小说的前途，虽然现在看来有点自欺欺人，但在当时阿城绝对是相当虔诚的，否则他不会花费如此大的气力去实践一番，这就有了后来人们不置可否的《遍地风流》。阿城在杭州会议之后又发表《树王》、《孩子王》、《遍地风流》（三篇）等作品。但《树王》《孩子王》应是写于杭州会议之前，《遍地风流》后来结集出版，有些作品写作于寻根之前，有些作品写于寻根氛围之中。《遍地风流》里的艺术风格并不统一，过去写下的作品朴素简单，描写小人物的生活情状，细节自然却总有意外之趣，注重生活的幽默感。后来的作品受到寻根的蛊惑，更加看重那种生命存在的质感，故事简洁精悍，情节淡到极处，有时连情节的安插也似乎不讲究技巧，在看惯了"先锋"的诡异和绚丽后，不由感到一股朴素的清香。阿城就如一个在村头巷口的讲书人，在满天的星光下给我们带来一个个悠远的传说和美丽的异乡见闻。《溜索》《洗澡》，追求的都是生命的韵味，其空间处于野性的自然环境，人与自然融为一体，生命经受着自由和艰险的考验，这是纯粹的生命存在的情状。与其说文化内涵丰厚，不如说自然人本主义的哲学意味深厚。其可贵处应在于，如此自然素朴的生命存在情境中，透示出人的精神力量和生命哲学。当然，我们也不得不看到，"文化"在阿城那里已经很有些观念的意味，阿城已经把生活彻底删繁就简，生命存在也只剩下精赤赤的骨头，骨感之美所给予的当然不会有多少文化蕴含，更多的则是形而上学的玄虚意味，"言外之意"那就真的近乎庄禅哲学了。这样来写小说，看似简洁到极致，但瘦硬奇崛实则是在一条极为狭窄的道路上行进，阿城到底能在这条路上走多远当时就令人怀疑，后来他的写作历史则给出了清楚的答案。

总之，《棋王》作为"寻根"的代表作，其创作动机并无明显的文化意味，更谈不上"寻根"。知青记忆中的最本质内容还是指向：其一，唯物论意义上的"吃"的记忆；其二，无父的家庭精神创伤。《棋王》说到底还是写出了知青一代人的独特经验，这种书写本身逃离依凭意识形态思想解放给定的反思意向，使它具有一种生活的素朴性和本真性。它以艺术上的简洁平淡及其内在隐含的戏剧性和幽默感，建立起自己的独特的文学性魅力。至于"寻根"形成一个声势浩大的运动，《棋王》被确认为具有文化方面的种种意味，具有庄老禅的玄妙意味，或者也具有儒家文化的君子自强不息的精神，那都是进一步阐释的结果，这种阐释无疑具有积极意义，但在进行这种阐释时，也有必要事先理清文本自身所具有的更为基本的原初的含义。这就是本文试图梳理清楚的文本与时代相互建构的那种历史语境。

注释：

①王安忆：《"寻根"二十年忆》，《上海文学》2006年第8期。

②钟阿城之父是著名电影理论家钟惦棐先生。

③文本并不只是单纯在其自足性的意义上呈现其美学品质，文本总是在特定的历史语境中被重新建构的，就这一点而言，布鲁姆关于"创新"的定义——陌生化，很可能无法决定一部作品的文学性品格。

④陈思和主编：《中国当代文学史教程》，复旦大学出版社，1999年，第282—283页。

⑤王蒙：《且说〈棋王〉》，《文艺报》1984年第10期。

⑥曾镇南：《异彩与深味——读阿城的中篇小说〈棋王〉》，《上海文学》1984年第10期。

⑦正是在这一意义上，尼采有"虚无"具有肯定性之说，可以参见巴塔耶和德留兹以及德里达对尼采的虚无的看法，这几人对尼采的阐释，都倾向于把尼采哲学解释为一种肯定性的哲学。

⑧⑨⑩⑪⑫⑮⑯㉔阿城：《棋王》，参见《中华中篇小说百年精华》，人民文学出版社，2000年，第258页，第263页，第271页，第263页，第295页，第289页，第294页。

⑬《中篇小说选刊》1984年第6期。

⑭⑮经济学方面有关资料表明，中国的物价改革从1986年开始，但1984年开始消除农业工业之间剪刀差，物价开始上涨，1984年本来是物价改革最理想的时期，经济学家认为中国当时错过了这个物价改革的最佳时期，因此，后来为物价改革付出代价，包括经济秩序的混乱和青年学生游行都与此有关。

⑰⑱韩少功：《文学的"根"》，原载《作家》（长春）1985年第4期。参见《中国新时期文学研究资料汇编》（乙种·韩少功卷），第20页，第21页。

⑲查建英：《八十年代访谈录》，北京三联书店，2005年。

⑳参见《文汇报》1984年7月25日，第3版。

㉑罗朗·巴特：《符号学原理》，李幼蒸译，三联书店，1988年，第59页。

㉒苏珊·桑塔格：《写作本身：论罗朗·巴特》，参见罗朗·巴特《符号学原理》，李幼蒸译，三联书店，1988年，第59页。原作中译为"巴尔特"，为求现在的通行译法，均译为"巴特"。

㉓参见徐迟：《现代化与现代派》，《文艺报》1982年第1期，第10—12页。

㉕参见《文汇报》1985年4月22日。

㉖阿城：《文化制约着人类》，原载《文艺报》1985年7月6日。转引自孔范今等编：《中国新时期文学研究资料汇编》（甲种），《中国新时期文学思潮研究资料》（上），第215页。

原载《文艺争鸣》2007年第4期

寻根文学研究资料

在"寻根文学"周边

程光炜

"寻根文学"从1985年提出至今已经24周年[①]，与它重要的文学史地位相比，对其中问题的质疑性讨论也同样醒目。[②]因此，有必要对这一文学史概念做重新观察。我感兴趣的问题有："传统"的"当代化"，"文化之根"的"国际化"，寻根小说与被建构的"穷乡僻壤"之关系，以及"寻根小说"与"乡土小说""农村题材小说"的共时性和差异性等等。不少研究者乐意将"寻根文学"从"当代文学"中拿出来并看作"完全不同"的东西，我不是要将它再放进去，而是想了解当年在它的"周边"究竟发生了什么。

一、"传统"的"当代化"

如何将"传统"充分地"当代化"，也许是中国现当代文学最主要的焦虑之一。梁启超说："过渡时代，必言革命。然革命者，当革其精神。""能以旧风格含新意境，斯可以举革命之实矣。"[③]陈独秀说："凡属贵族文学，古典文学"，"均在排斥之列"，应该"建设明了的通俗的社会文学"。[④]毛泽东写道："驳俞平伯的两篇文章附上，请一阅。这是三十多年以来向所谓红楼梦研究权威作家的错误观点的第一次认真的开火。"[⑤]周扬强调："新诗也有很大缺点，最根本的缺点就是还没有和劳动群众很好的结合，群众感觉许多新诗并没有真实地反映他们的生活、思想和感情。"[⑥]这些话语的背景虽然不同，它们所指的"传统"也比较含混、多元和矛盾，但它们所强调的"当代化"无疑都包含着如何排斥、改造、转译和重装传统资源的用意。这是我们认识"寻根文学"为何发生和为什么会以这种方式发生的一个关节点。

1985年文学界提出了"寻根文学"之说。寻根主张者显然与文学前辈一样有着强烈的焦虑不安。这种焦虑不仅表现在与当代文学其他现象的差异性上，而且也表现在其内部的差异性上。阿城是在"新儒学"立场上质疑作为当代文学主要"传统"资源的"五四"和"文革"的，他说："'五四'运动在社会变革中有着不容否定的进步意义，但它较全面地对民族文化的虚无主义态度，加上中国社会一直动荡不安，使民族文化断裂，延续至今。'文化大革命'更其彻底，把民族文化判给阶级文化，横扫一遍，我们差点连遮羞布也没有了。胡适先生扫了旧文化之后，又去整理国故，而且在禅宗的研究上栽了跟头。逻辑实证的方法确是科学的方法，但方法成为本体，自然不能明白研究客体的本体，而失去科学的意义。"⑦而韩少功对"文革"的反思明显是来自80年代"新启蒙"的资源。韩少功在"寻根"主张中注入"改造国民性"的因素，表明他对"传统"的理解没有超出"新启蒙"的范畴。也就是说，在同为"寻根派"的阿城和韩少功的理论储备里有两个"传统"，支持着它们的是两个不同的"当代观"。如果说，80年代新启蒙文化思潮试图以"五四传统"来改造"文革传统"，从而实现80年代的"文化环境"的优化也即"当代化"的话，那么，阿城则把"五四"和"文革"都看成近代以来激进主义"文化传统"的组件之一。在他看来，"五四"文化激进主义与"文革"文化激进主义实际来自同一个历史光谱，正是它们造成了民族文化的"虚无主义"并贻害至今，不彻底抛弃、遗忘这一"传统"，当代文学就不可能与"世界文化"进行真正的对话，它的"当代化"目标就无法实现。学界认为近代以来中国思想界有三种文化思潮，即所谓激进主义、文化保守主义和自由主义等，由于现当代中国社会的特殊性，后来激进主义文化思潮取而代之成为主要的文化思潮，这种说法当然还有进一步商榷的余地，但如果这样粗略点看，那么韩少功和80年代文化思潮对"传统"的理解方式，则应与从梁启超到周扬这一脉络接近，属于激进主义文化思潮的装置系统。而阿城走的可能是《学衡》和林纾这一路线，带有较浓厚的文化保守主义思潮色彩。我这样做不是像过去那样对文学现象进行一般的"知识归类"或"立场确认"，如果这样下面的讨论就失去了意义。我不得不如此表述，实际还是为了回应前面提出的，即去"认识'寻根文学'为何发生和为什么会以这种方式发生"的问题。由此可知，阿城等人的"寻根"主张虽然是80年代文化思潮的一个分支，但它的文化诉求却走向了另一方面。这种不同于大潮流的文化诉求表明，他们无意用一个被"虚构"的"五四传统"来修复被破坏的"传统"，而是想"绕过"近百年的中国革命，回到"古代"之中，请回一个"完整"的"传统"来重新构筑"当代"的社会根基。

从上述表述看，除韩少功外，多数寻根派都倾向用"文化保守主义"来置换"当代文化"的"传统"。这就使他们有意偏离现当代文学的"主流"知识谱系，试图将沉睡百年的那个"路不拾遗""夜不闭户"的"文化传统"纵向移植到"当代社会"中来。李庆西说："我们的文学批评是否也应该放弃那种宗教裁判式的权威架势，真正着眼于当今的文学潮流，从中领悟一些东西？"⑧郑义说："本来，对时下许多文学缺乏文化因素深感不满，便为自己订下一条：作品是否文学，主要视作品能否进入民族文化。不能进入文化的，再热闹，亦是一时。""《远村》、《老井》里多少有一点儿文化的意向，但表现出来的，又如此令人汗颜。不敢提及文化二字。《老井》初稿大约写了十口井，每一口井都有一段井史，也多少有点文化的意味。"⑨批评家对李杭育的"印象"是："他尊重切身经验，又能无中生有地重塑他心目中的村落、河流和人群"，"他毫不怀疑自己目前所做的事——采风、考据、实地察访、亲身体验、听野史秘闻、记录村夫老妪的风土掌故"。⑩这些"自述"和"他述"都让人联想到古代社会坐忘山林的名士遗老，它们显然在讲述一个"当代社会"不存在但又希望移植到这里来的充满"文化意味"的传统故事。80年代，鉴于"世界""现代化""文化批判"等等显赫叙事垄断一切、遮天蔽日，没人会注意"寻根"等一干人竟想从主流叙事中另辟一条曲折和寂寞的小路；他们无意像那些著名批评家、教授们高举"启蒙救亡"的大旗，把当时的文化舞台弄得天翻地覆，而是学着竹林七贤、顾炎武们悄悄地在精神生活上"归隐山林"。由于"寻根文学"当时已被"启蒙救亡"知识轨道招安，所以人们没有真正看清寻根主张者这一潜在的文化玄机。

当然我意识到，讨论这个问题太过复杂，至少现在时机还不成熟。我们一起来看一个作品个案。王一生是阿城小说《棋王》中的一个知青，但你感觉他被作者从"知青小说"题材中剥离出来，变成知青群体中的一个"异数"，言谈容貌和精神状态都类似"活在当代"的竹林七贤。这种处理，恐怕不是一个简单的"文学史事变"，不是题材革新，而是一种正在当代文学中出现的崭新的文化想象方式。"知青"是一种"政策"意义上的历史现象，"寻根"

则不想再按照这种"政策文学"的思路去出牌，它试图通过"文学变轨"的方式脱离文学对重大政治生活的过分依赖。就在这种变化中，王一生的"知青形象"经历了一个不被文学史家所察觉的被拆解的过程，他被重新组装成"另一个人"，被赋予了一种高于"当代人"的文化境界和精神水准。1949年后的中国社会，在不同历史阶段都出现过这种高于"一般群众"的"另一类"人，如"土改队员""宣传队""下乡干部""先进人物""青年突击手""三八红旗手""军宣队""工宣队""示范岗""知识分子的杰出代表"等等。通过这些精神抽象而且面目模糊的历史人物，顺理成章地建立起一种新的文化想象方式。作家阿城就生活在这一文化氛围之中，他尽管在80年代试图另辟蹊径，但他的文学思维不可能不受到这种文化想象方式的深刻影响。而在我看来，只有警觉"寻根"这种过于"理想化"的自我表达方式，我们才可能对它产生更深透的理解和历史同情。王一生原来是在以"避世"的方式反抗不理想的文化状况，从而为"当代"做出某种精神道德的承诺和示范，就像上述那些杰出人物经常为民众所做的那样："人渐渐散了，王一生还有些木。我忽然觉出左手还攥着那个棋子，就张了手给王一生看。王一生呆呆地盯着，似乎不认得，可喉咙里就有了响声，猛然'哇'的一声吐出一些黏液，眼泪就流了出来。"对当时读者来说，这里具有一种"看似无声却有声"的历史效果，因为他"发现"了生活的"意义"。请注意，这是他"个人"发现的，而不是通常所说的被一种更高级的力量所"事先知道"的。而这种发现是在告知人们，应该主动离开"宏大的教导"，而选择做一个"遗世独立"的人。这就是"寻根文学"的魅力和历史复杂性。它产生于当代文化土壤，但又发布声明与它"决裂"。这就是很有意思的历史一幕。莫言《透明的红萝卜》里也有这种精彩的"脱世"描写："刘副主任的话，黑孩一句也没听到。他的两根细胳膊拐在石栏杆上，双手夹住羊角锤。他听到黄麻地里响着鸟叫般的音乐和音乐般的秋虫鸣唱。""他梦中见过一次火车，那是一个独眼的怪物，趴着跑，比马还快，要是站着跑呢？那次梦中，火车刚站起来，他就被后娘的扫炕条帚打醒了。"说老实话，当年我读这两个经典的文学片段时，都曾产生过拍案惊奇的感受。但今天我终于知道，这些情景是故意从古代社会"纵向移植"来的。我当过知青，身边从未有过这类心境如此高古、超脱和忘我的知青伙伴。但在当时的文学氛围（实际是文学氛围的暗示）里，我还真有过为这些当代文学中"从未有过"的人物描写而激动的经历。当然，这么说不是要否定它们的文学价值，而是强调应该关注它们背后的知识逻辑和历史根据。我意识到，这种把古代社会"纵向移植"到当代社会的文学实践之所以获得成功，就是因为"80年代"的当代社会由于刚刚经历全面彻底的文化崩溃，它需要一种更自在、自足、平静和和谐的文化资源来加以修复。这种急不可待的心灵期待，使人们不至于怀疑这种被寻根作家如此大胆地"构筑"出来的理想化"传统"的真实性，也正因为这种期待，使寻根意义上的"传统"与"当代"成功对接，最终实现了它的"当代转化"。

二、"文化之根"的"国际化"

我想文学史研究有多种进入方式，最常见就是"顺着"已有的"成果"去说，另一种方式可能是找一找当时大家都不太注意的一个角落。

这个"角落"就是1985年前后许多中国作家的出国访问，迄今为止的"寻根"研究都不太注意这一点。1982年王蒙在美国纽约参加文学研讨会后，又到新英格兰地区游览了若干天，频繁会见各国作家。1984年接着去德国，"我们在西柏林度过了难忘的几天，住在美国的连锁酒店，Lnter Continental（洲际），大门是旋转的挡风玻璃门。按照那儿的习惯，我们的晚间应酬极多，常常深夜才回到酒店"。[11]在美国旧金山，韩少功虽然因为与西方作家、学者在"文革"和"格瓦拉"等问题上争论而懊恼，还嘲笑过对方对"中国历史"的"无知"，却不忘兴奋地写道"又有几家商店熄灯了。天地俱寂，偶有一丝轿车的沙沙声碾过大街，也划不破旧金山的静夜。弗兰姬扬扬手，送来最后一朵苍白的微笑"。[12]对80年代大多数中国人来说，"轿车"这个词是对"未来世界"的最富戏剧性的想象。王蒙在他著名的小说《蝴蝶》中，就为我们描述过主人公张思远"官复原职"之后如何在"轿车的沙沙声"里重返城市的情景（那时我在外地一个寂寞的中等城市教书和生活，这段描写构成了我对小说中出现的自己国家那个陌生而遥远的伟大首都极其新奇而激动的想象）。而我们知道，"弗兰姬—苍白的微笑"，让人联想起徐志摩50多年前的小诗《沙扬娜拉》对日本少女的经典记述。王安忆也告诉过研究者她在法兰克福国际书展一段"有惊无险"的"奇遇"。她在一次早餐上正为看不到一个中国人而感到

"很失望"时，一位不认识的爱尔兰商人走上来邀请她吃饭（估计是为表达潜在的爱慕）。等她紧张地回到房间，惊魂未定又响起一串"电话铃响"。不过，这次却是意大利男作家约她去汉瑟出版社谈著作出版事宜。⑬这个"文学史角落"告诉研究者，1980年代的"中国作家"开始具备"国际作家"的身份，他们飞行于东西方之间，正在丰富自己的"出国经验"，视野也已经相当地"国际化"。与此同时，"寻根文学"的旁边，正在堆积当时普通人难以想象的"连锁酒店（洲际）""旋转的挡风玻璃门""轿车沙沙声""爱尔兰商人追逐""西方美女"等等文化因素。（研究者不应该忘记，韩少功、王安忆和我是同龄人，当年我和很多寻根文学的热情阅读者都还蛰居在小城且默默无闻，他们已经在国际空域飞来飞去，作为中国人民的"文化使者"与外国友人握手、拥抱、碰杯并频频祝愿双方"身体健康"，我意识到这是我一生都难以填平的"差距"。）一定意义上，它就是我们这代读者与"寻根作家"难以拉近的时空距离。这种距离使我们费劲想象"寻根文学"的神秘、陌生、遥远、西化等等。为什么它至今还在文学史中巍然矗立，谁都不能不去阅读它、引用它、阐释它和传播它，这都是因为它当时就与广大读者有一个无法缩小的"陌生化距离"。

以前研究者习惯从"文学内部"的角度来看待"寻根文学"的发生。基于这样的考察维度，就会认为，出于对"文革文学"的不满，必然会爆发"伤痕文学""反思文学"浪潮；而由于前者缺乏当时最为推崇的"文学自主性""本体性"，于是"寻根""先锋"的文学主张便会水到渠成而没有悬念。仅仅从"国内文学"角度看，这种结论当然没有问题。不过，不要忘记这时候很多作家已经具有了"国际文学"的身份想象和期待空间，也就是"当代文学"有了新的参照，它不需要只参照"国内问题"（如"文革""反右"等等），更需要指出的是，也已经不再是80年代初的"文学想象"主要发端于中国社会科学院外国文学研究所的文学翻译的那种情形。后者的工作仅仅停留在"纸面"，它们与被翻译文本还隔着浩瀚无际和难以超越的太平洋（很多翻译家还未出过国呢）。如果说，此前人们与"被翻译"的"国际作家"只能在作品文本中交谈，那这时就可以看到真人，且面对面地与他们讨论文学、文化、国别、民族、前后殖民甚至私人问题了。"国际文学"不再是外国文学研究所意义上的"翻译文学"，而被转移并具体落实到了"轿车""纽约""旧金山"

"法兰克福国际书展""连锁酒店""骚扰女作家的爱尔兰商人""汉瑟出版社"等等现实的细节之中。中国作家此时都强烈地意识到，他（她）不应该只看到"国内"那点"当代文学"，眼里只有那么一点"文学论争"，什么"人道主义"呀、"主体性"呀、"向内转"呀、"意识流"呀等等；他们得登上新的国家文化的列车，更换另一种理解文学和创作文学的眼光。这种眼光就是按照国际惯例和标准评价国内文学，它的目的之一是从这种评价体系中"理出"一个自己的"文化之根"。

　　既然已经把"作家出访"作为寻根文学"外部研究"的一个立足点，我们就不妨继续深入关注与之紧密相关的其他元素，例如他们的"演说""论文"等等。一个时期当代作家这种文体的大量出现和密集增加，具有"文学史晴雨表"的作用，表明了它的转折、调整、转型、超越、态度等微妙的迹象。此刻，韩少功在"国际文学研讨会"上的演说明显引进了"比较文学"的视角，它在强化与人辩论的色彩。"比较文学"这个突然闯入当代文学之中新的"他者"，转移了这位作家对国内历史问题的兴趣，使他变成了忧心忡忡的文化史专家，"文化""语言"在演说中的重要性急速上升，成为他思考历史和文学问题时的"关键词"。他与一位正在散发左翼文化老照片的英国姑娘有一个深有意味的对话："你到过中国吗？""没有。"她脸上浮出苍白的微笑。"你为什么赞成'文化大革命'呢？""'文化大革命'是无产阶级的希望。没有革命，这个社会怎么能够改造？""我是中国大陆来的，我可以告诉你，就是在这些照片拍下来的时候（我指了指传单）……成千上万的人被迫害致死，包括我的老师，包括我的父亲。""噢，很抱歉……人民在那个时候有大字报，有管理社会的权利。"这种文化的差异，给了他极深的印象。[14]在巴黎一次文学酒会上，他为主人只讲英语把中国大陆文化人晾在一边感到恼怒："中文是世界上四分之一的人口所使用的语言，包容了几千年浩瀚典籍的语言，曾经被屈原、司马迁、李白、苏东坡、曹雪芹、鲁迅推向美的高峰和胜境的语言，现在却被中国人忙不迭视为下等人的标记，避之不及。"他还从都德小说《最后一课》联想到很严重的问题："我猜想一个民族的衰亡，首先是从文化开始的，从语言开始的。"在国际"文化""语言""氛围""境遇"等无形的压力下，这位作家伤感地写道："民族是昨天的长长留影。它特定的地貌，特定的面容、装着和歌谣，一幅幅诗意图景正在远去和模糊。"[15]他不禁从内心深处产生出极其强烈的试图"拯救"民族文化的历史冲动。我们翻阅1980年代中国作家、诗人出访归来后的大量"游记""论文""演说""随笔"，会发现"文化""汉语""多元""本土""传统文化"等等词汇遍布这些文章的字里行间。我们的感觉是，它们正在为徘徊在1985年十字路口的"当代文学"重新绘制一份新的历史路标。

另一个值得注意的现象，是世界文学大师的名字、作品在"寻根"作家文章中明显增多。这说明，"当代文学"在国内陷入困境，出现了"滞销"现象，寻根作家正在转移文学资本，"国际汉学界"事实上已经成为中国文学之外销的"海关"。而要"通关"就要认真研究并遵守诸多繁复的"国家质量标准"，对文学产品而言，这些标准正是由这些世界文学大师的经典作品为蓝本的。为此，我做了一个简单统计：韩少功那个时期文章中有萨特、海明威、艾特玛托夫、丹纳、大仲马⑯，郑万隆文章中有福克纳⑰，阿城文章中有巴尔扎克、海明威、福克纳、劳伦斯⑱，李杭育文章中有胡安·鲁尔佛、希腊文学、印度文学⑲，王安忆、陈村对话中有马尔克斯、福克纳、魔幻现实主义、《败坏了赫德莱堡的人》⑳，贾平凹文章中有川端康成、马尔克斯等等㉑。阅读这些文章，我觉得不能受其"字面"表述的影响，应该"由表及里"地读出真正的文本效果。这个文本效果是：这些世界文学大师日渐成为寻根作家创作的尺度、样板和目标，而屈原、司马迁、李白、苏东坡、曹雪芹、鲁迅在这篇描述当代文学大转型的文章里起着"注释"的作用。这些"注释"是要表明，中国文学的"根"已在"当代"中断，而要"激活"它的"文化传统"，需要的正是确立"世界文学大师"的新的质量标准。这些"注释"被用来"反抗"曾经蔑视、颠覆"文化传统"的"当代文化"，因此它们的作用表明反抗并不是最后的目的，而是通过另外的途径进行文学的重建。显然，寻根作家试图建构的不是以这些中国经典作家为线索、为根据的"文学的根"，而实际是符合上述世界文学大师要求、趣味和审美原则的那种"文学的根"。也就是说，这种"文学之根"是经过"国际标准"审核、符合其质量要求后出现的一种新的文学范式。否则就无法理解，为什么1980年代寻根作家会纷纷突出"中国形象"的"落后性"，放大人物原型的畸形状态，密集地跑到大兴安岭的鄂温克、黑龙江的鄂伦春、湘西、商州、吕梁等等那些甚至连普通中国人都不感兴趣的地方去玩命地寻求"文化珍宝"。因为在以欧洲文化为中心的"国际汉学"的视野里，这正是他们所希望看到的"第三世界国家""后发展国家"形象。这正是"翻译"中的"东方"，是被西方话语所"建构"的"中国"，它正是繁荣了几百年的"资本主义"可以向"东方"肆意炫耀的历史着眼点。就这样，"国际标准"匪夷所思地成为挽救"当代文学"之危机的超乎寻常的因素。

在这个意义上，被"国际化标准"的探照灯照亮的"文化之根"，正是1980年代的"文学的根"。过去我不明白韩少功等人为什么总喜欢暴露中国人的畸形形象，现在我渐有醒悟：丙崽"三五年过去了，七八年过去了，他还是只能说这两句话，而且眼目无神，行动呆滞，畸形的脑袋倒很大，像个倒竖的青皮葫芦"。（《爸爸爸》）我曾经佩服李锐对山西吕梁"原始乡村"近于"木刻般"的精彩描绘，现在却怀疑那文本早有暗藏着对瑞典皇家文学委员会的某种心理期许："他没笑，笑不出来。忽然觉得山里的白昼竟是这样地悠长，淡得发白的天上空荡荡地悬着一颗孤单的太阳。去驮碳的那个煤窑离村子二十五里路呢，真是太远，太长。"（《驮碳》，《厚土》系列）莫言的"红高粱"文学叙事在当时曾轰动一时，并被改编成电影广为人知，但今天我能够知道，那不是他最好的作品，至少不是他处在最好状态时的创作："余占鳌把大蓑衣脱下来，用脚踩断了数十颗高粱，在高粱的尸体上铺上了蓑衣。他把奶奶抱到蓑衣上。奶奶神魂出舍，望着他脱裸的胸膛，仿佛看到强劲剽悍的血液在他黝黑的皮肤下川流不息。高粱梢头，薄气袅袅，四面八方响着高粱生长的声音。风平，浪静，一道道炽目的潮湿阳光，在高粱缝隙里交叉扫射。奶奶心头撞鹿，潜藏了十六年的情欲，迸然炸裂。""余占鳌粗鲁地撕开奶奶的胸衣"，"在他的刚劲动作下，尖刻锐利的痛楚和幸福磨砺着奶奶的神经，奶奶低沉暗哑地叫了一声：'天哪……'就晕了过去"。（《红高粱》）这些小说描写，是读者过去在古代中国小说（包括民间传奇）中经常见到的场景，现在被"国际化"文学规则确定为中华民族的"文化之根"；过去是作家对故乡逸事飞石跑马般的想象，现在是福克纳、马尔克斯文学生产线上的"合格作品"；出国前这些都是寻常不过的"旧常叙述"，访问归来后却惊讶地发现这里原来蕴藏着"我们的根"。一场不可理喻的文学史之变，就在这高粱地里合乎情理地完成了。

三、不断被构造的"穷乡僻壤"

　　中国乡村向来没有讲述自己历史的话语权，人们所知道的乡村形象是被智者先贤的文章构造出来的。古代诗人把它比作精神生活上的"世外桃源"，这就是陶渊明的"采菊东篱下，悠然见南山"的美妙景象。到现代，乡村被"五四"作家描绘成不可救药的"穷乡僻壤"，他们在理想化的西方现代性镜像中，发掘出中国乡村的"落后性""愚昧性"，譬如鲁迅那些描写农民形象的经典小说。乡村形象在当代文学中经历的是过分浪漫化和再次妖魔化的历史。它之所以在80年代的小说和电影中被妖魔化或脸谱化，是由于"国际资本"这时开始参与中国市场的分配，文学艺术领域的"国际标准"（诸如"诺贝尔奖""奥斯卡奖""威尼斯电影奖"等），要求中国作家和电影导演再一次去开掘这一价廉物美的文化矿藏。寻根电影和小说作家都不约而同以突出"中国形象"的"落后性"，放大人物的畸形状态，来接受这些标准的"审核""验收"和"放关"。简而言之，就像"五四"时代一样，"世界文学"已经深度介入到80年代的"当代文学"的建构之中。正如阿城所指出的："最近又常听说，我国的文学，在本世纪末将达到世界文学先进水平。这种预测以近年中国文学现状为根据。"[22]当时，到处都响遍"只有民族的，才是世界的"的"主旋律"，很多人都在动脑筋怎样去参加文化意义上的"世界博览会"。但是，1980年代的中国不像今天有如此辉煌令人骄傲的奥运会开幕式、超强多的金牌、鸟巢、水立方、国家大剧院，当时社会经济与文化可以说是"一穷二白"，好像又回到"五四"时代的起点。于是，张艺谋、陈凯歌、韩少功、阿城、莫言们就拿最具"民族性"的中国贫瘠的乡村跟西方作家、读者和汉学家说事了，他们在那里建立了自己的"生活基地"。今天作为开幕式导演的张艺谋开始从容地抖落五千年文化的"画轴"了，可那时候，土得掉渣且形象委琐的他满目皆是"大红灯笼高高挂"的多妻景象，是"菊豆"的愚昧大胆，是"红高粱地"的粗野丑陋。极力寻找、挖掘和演绎中国乡村的"落后性"，以强烈地吸引"好莱坞"的眼光，这就是张艺谋和所谓"第五代导演"所进行的大概是近代以来对中国形象最疯狂和最愚蠢的历史叙事之一。

　　中国乡村为什么会被构造成"穷乡僻壤"的形象有其复杂的历史和文化原因，这显然不是本文讨论的问题，我感兴趣的是上述现象中有一个值得注意的

"秘密结构"。具体点说，就是在寻根作品中，对乡村社会和人物的"人道同情"这一装置正在被文化考察的装置所置换，它正在变成被"展示"的"文化饰品"。一种要拿出来"给人看"的文学理论诉求，正在影响着文学作品的主题、题材、结构和创作的具体过程。为此我想比较一下经济学家与作家韩少功心目中的湘西地区的差异性。

在从事区域发展战略与农业生态建设研究的中国科学院长沙农业现代化研究员王克林看来，湘西地区的"落后"已经到了非常危急的地步："喀斯特山区属于典型的生态脆弱地带"，"湘西山区中部和东部为逐渐递降的山地"，"为喀斯特裸露山地迭置和向深性发育区，多为碱性或中性石灰土及粗骨土"。个别地方"虽有较厚土层，但迭置发育漏斗、落水洞，易干旱缺水。因此宜农地仅占土地总面积的9%，可垦宜农地基本已垦完"，而"人口剧增与开发行为的短期化是近期生态环境退化的主导因素。该区为土家、苗等少数民族聚集地带，生育政策相对宽松，人口平均增长率比全国高3.9个千分点，这对承载力较低的喀斯特生态系统是一个沉重的负担。加之长期将农业发展的重点放在喀斯特洼地和谷地的粮食生产上，虽消耗了大量的人力、财力，仍难以从根本上解决基本温饱问题"。㉓在"伤痕文学"成绩不算很理想的韩少功，正是在这里发现了创作转型的"生活源泉"，他像是哥伦布发现新大陆式地宣布：一位朋友"在湘西那苗、侗、瑶、土家族所分布的崇山峻岭里找到了还活着的楚文化。那里的人惯于'制芰荷以为衣兮，集芙蓉以为裳'，披兰戴芷，佩饰纷繁，索茅以占，结茝以信，能歌善舞，唤鬼呼神。只有在那里，你才能更好地体会到楚辞中那种神秘、奇丽、狂放、孤愤的境界"。㉔我觉得一般性赞扬经济学家富有同情心和文学家过于无情可能是没有意义的，它们的差异只不过表现在具体性和抽象性的不同而已。经济学家是在使用80年代西方先进的土壤学、气象学的方法，为区域经济发展提出一个可供解决的救困济贫的方案。而文学家则想通过引进"比较文学"的方法，用"国际化"的因素为停滞不前的"当代文学"注入新的活力。正如他们所说："不少作者眼盯着海外，如饥似渴，勇破禁区，大量引进"，"介绍一个萨特，介绍一个海明威"，"连品位不怎么高的《教父》和《克莱默夫妇》都为成为热烈话题"，"都引起轰动"。贾平凹在商州，李杭育在葛川江，"都在寻'根'，都开始找到了'根'"。但他们也担心别人批评这是"出于一种廉价的恋旧情绪和地方观念"，因此辩解说：这种"对民族的重新认识"，"审美意识中潜在历史因素的苏醒"，正是"追求和把握人世无限感和永恒感的对象化表现"。㉕这是"具体思维"和"抽象思维"的不同之处。在这种情况下，具体的湘西地区不过是一个"文化活化石"，它是应该为建设更具"世界化"的"当代文学"服务的，那些具体的人的生存的苦恼又算得什么呢？

令人惊讶的是，阿城、郑万隆、贾平凹、莫言、郑义、李锐在"国际汉学"视野里发现的中国文化的"地方性"，都无一例外像韩少功的"湘西"一样，是各省"穷乡僻壤"之所在。如郑万隆的黑龙江边境鄂伦春猎人杂居地、贾平凹的商州、莫言的山东高密东北乡、李锐的山西吕梁山区，等等。在那些地方，一定会有上面经济学家所说"穷乡僻壤"普遍具有的"生态脆弱"、"干旱缺水"、土壤退化等问题，作家们应该都非常清楚，但好像这些都未成为他们作品所关心的"中心内容"。贾平凹《浮躁》写到的商州是："洲河流至两岔镇，两岸多山，山曲水亦曲，曲到极处，便窝出了一块不大不小的盆地。"莫言的《球状闪电》里的高密东北乡是一个光声电的世界："他暗暗地想着她。闪电继续撕扯着云片，冲击着空气，制造着壮美的景色。辽阔的草甸子像一幅巨大的水墨画，绿色的草皮在闪电下急剧地变幻色调。"刘恒《狗日的粮食》把主人公杨天宽与乡村女人的情欲等同于"地方性"的文化符号："以后他们有了孩儿。头一个生下来，女人就仿佛开了壳，一劈腿就掉下一个会哭会吃的到世上。直到四十岁她怀里几乎没短过吃奶的崽儿。"在"五四"后作家的小说里，这些景象往往是"人道主义""为人生哲学"所关注的对象；而在"寻根"作家笔下，它们是"客观化"文化价值的具体呈现。"五四"后作家会把"批判""反思"贯穿在"穷乡僻壤"的一山一水、人物生死悲欢之中，当然后者是明确要为这"批判""反思"服务的；在"寻根"作家这里，"批判""反思"等伦理内容被搁置一旁，他们更关注的是一种被强化的"地方性"，是上述人物、景象的最富戏剧化的审美效果。然而，"寻根文学"所携带的"穷乡僻壤"的"再次国际化"，正是萨义德所尖锐批判的地方："一位法国记者1975—1976年黎巴嫩内战期间访问贝鲁特时对市区满目疮痍的景象曾不无感伤地写道：'它让我想起了……夏多布里昂和内瓦尔笔下的东方。'他的印象无疑是正确的，特别是对一个欧洲人来说。东方几乎是被欧洲人凭空创造出来的地方，自古以来就代表着罗曼司、异国情调、美丽的风

寻根文学研究资料

景、难忘的回忆，非凡的经历。现在，它正在一天一天地消失，在某种意义上说，它已经消失，它的时代已经结束。"㉖

　　我之所以花这么多时间列举寻根作家在"构造穷乡僻壤"时异乎寻常的文学态度、形态和方式，说明我关心的不是萨义德的问题。这是因为我更愿意"客观"地看待这个问题。我注意到，"五四"后文学、"十七年"文学的价值系统，在"寻根"这里出现了一个很大的"拐点"。这个拐点是"启蒙论"的被搁置，是革命叙事的被抽空，是作家的主体性逊位于文学产品"出口"的现实需要。在"寻根文学"周边，"国际汉学"正在联手"穷乡僻壤"的历史叙事，挤兑启蒙文学、革命文学的生存空间。在80年代，这种对历史正剧内容的掠夺，被视为是"当代文学"重获"文学自主性""主体性"的根本前提和进步的标志。当然，我们也不能因为要重新处理这个题目，就说当年那些对"自主性""主体性"的艰苦追求没有它们的历史价值，完全不需要珍惜。如果说，中国乡村形象的"穷乡僻壤"构造曾经服务的是启蒙文学、革命文学的话，那么今天，它为寻根文学所服务也是历史的必然。但我们必须清醒地意识到，如果没有1980年代在世界各主要西方国家举办的"国际文学研讨会""国际笔会"和各种"国际出版计划"等，中国的"穷乡僻壤"也许还沉睡在历史的黑暗里，不会被国际汉学话语激活为光鲜亮丽的"寻根文学"。自然也应想到，寻根文学中的"穷乡僻壤"是受到弱势国家（拉美国家）的文学启发而获得"重新建构"机会的，但由此推出的"寻根小说"却是销往西方国家的，它的市场和读者都在那里。这种非常奇怪的情况，有一点像是在拉美挖到矿藏，然后运输到西方国家精加工并成为具有高附加值的文化产品的讽刺意味。因此不妨说，深层次上制约着"寻根"发生和发展的，仍然来自西方国家的文化霸权话语。

四、"寻根小说"与"乡土小说""农村题材小说"

　　当年人们在谈论"寻根小说"时，是不会想到它身边有这么多文学史的"兄弟姐妹"的。一定意义上，"寻根小说"可以说是"乡土小说""农村题材小说"近亲繁殖的产物，但过去人们并没有注意其地缘和血缘关系，而更相信它是一种"完全不同"的文学现象。

我这样说并不是一时的心血来潮，稍微翻阅一下寻根作家的个人档案，可以看到许多人在成为"寻根作家"之前，都有过创作"乡土小说""农村题材小说"的"历史"。比如，贾平凹此前写过《满月儿》（1978），《丈夫》（1979），《玉女山瀑布》、《阿娇出浴》（1980），《商州初录》（1983）；莫言写过《春夜雨霏霏》（1981），《为了孩子》（1982），《售棉大路》、《民间音乐》（1983），《雨中的河》（1984）；韩少功写过《七月洪峰》、《夜宿青江浦》（1978），《月兰》（1979），《吴四老倌》、《西望茅草地》（1980），《晨笛》、《风吹唢呐声》（1981）。这些作品，如果用上"伤痕""寻根"等来冠名，它们的取材方式、风格、审美眼光和文学气质与"十七年"的"农村题材小说"是难分难解的，再细读其结构、语言，应该说上面残留着许多赵树理、孙犁、柳青、李准、王汶石、马烽等小说的气息。事实上，一位著名的作家与"前代文学""前代作家"总是交错杂陈着的。我在前些时写成的《文学史研究的"当代性"问题》[27]一文受到艾略特的启发，发现作家创作中所谓的"当代性"，"实际包含着过去作品的'体系性'的眼光"。即是说，你总感觉这部作品是你个人的"创新"，然而，"前代文学"理解生活的方式、审美态度和语言形式早已内化在这种"创新"之中。很多事实证明，不少著名作家都曾经是"前代文学"图书馆、陈列馆里的读者，只是当他们成名后都不愿意承认这一点而已。

　　为把这个问题说得再清楚一些，我想先把"乡土小说""农村题材小说"的来龙去脉和主要文学观念简略做点介绍。严家炎称20年代的"乡土小说"是受到鲁迅创作和周作人文艺理论影响的一种小说现象。在周作人看来，"'五四'新文学是从外国引进的，应该在本国、本地的土壤中扎根。而提倡乡土文学，就是促使新文学在本国土壤中扎根的重要步骤"。严家炎认为乡土小说克服了问题小说"思想大于形象"的毛病，更注重"现代意识与真切的生活感受结合"，"近代中国原是农业国，'五四'以后文艺青年大多来自农村，在这样的历史条件下，'为人生'派的文学从问题小说开头而走上乡土文学的道路，几乎是必然的"。[28]严家炎有意把"乡土小说"纳入对"五四"的认识框架中，这种"乡土"显然是一种被"五四精神"所预设和规定了的"乡土观念"。它虽然与"问题小说"不同，开始具有了"真切的生活感受"，但是这种感受并没有超出"五四"思想、价值观念本身的局限。80年代研究者在评述50、60年代的"农村题材小说"时，也引入了"生活实感"这样的评价标准，但它的"现代意识"显然已由"五四意识"转移为"社会主义意识"。"在'十七年'的短篇创作中，农村生活是表现得比较充分的"，"这种情况，与农业在我国的重要地位、与'五四'以来文学发展的传统有密切关系"。但他们又指出，与乡土小说中"农民命运"过于"知识分子化"的倾向不同，在"农村题材小说"中，"农民的命运和斗争既是我国革命的重要问题，也是我们文学创作最为重视的表现领域"。其根本原因是，"建国以后，土地改革刚结束，农村就开始了互助合作运动。从互助组、初级社到人民公社，农村经济基础发生了重大变革"，"集体化""新旧思想斗争""摆脱私有观念束缚"等等，在"创作中有广泛的反映"。[29]从上面材料看，在"乡土小说""农村题材小说"最根本的书写特征"生活感受"上，原来堆积着很多社会潮流性的词汇，"五四""现代意识""问题小说""农民命运""我国革命""建国""土改""人民公社""新旧思想"和"私有观念"等等。历史证明，一旦时代变化，它们都会从"生活感受"上脱落，当然也会有另一些社会词汇再附加、黏滞上去。也就是说，不管换上怎样一种文学史命名，用怎样一种社会词汇来预设，"生活感受"是乡村小说中唯一不变的元素。这就像一个在乡村生活的人，你无论称其为"白领""经理""老板""进城务工人员""打工仔""打工妹""教授""领导"，用怎样一种新的社会身份和符号改变他的"历史"，精神生活中一些深沉、内在的东西都无法改变一样。

1986年的贾平凹已经是大名鼎鼎的"寻根作家""西安名流"，但在朋友的眼里，他身上的"乡土气""农村味"特征并未因这些赫赫身名而有所改变。"西北大学校园内的一座平房教室里，中文系近二百名师生沐着淋漓的热汗，倾听着又一次报告。三个小时过去了，秩序良好。没有人走动或离座位，没有人交头接耳或低声哄笑。什么人做报告？什么赢人？那是一个矮小如丁、屡弱如麻的约二十七、八岁的青年人。他头发有些蓬乱，面色有些发黄，仿佛缺少阳光照射或缺什么营养。他给人的第一感觉是不修边幅。要不是在这堂堂的大学讲台，人们一定会错认他是刚从哪个监狱里出来的。他发黄而纤瘦的右手食、拇指不停地变换着烟卷。""他讲话时的神情是拘谨的，有如一位腼腆的姑娘；他声调不具有一般男性公民的那种浑厚有力、抑扬顿挫，却有点像被赶上架的野鸭子叫极不自然；他的气质与他的外表相一致，谦和、温柔、内秀，好像永远与人无争，与世无争。"⑳一年前，贾平凹在《一封荒唐信》的文章中对自己也有一个"自画像"，他坦然承认："现在作一个作家似乎很热闹，每年都有许许多多的笔会、游胜地，上电视，演讲和吃请，且各地又兴起文学茶座，听音乐，嗑瓜子，品茶谈天。每一次不乏有一些很位重的人物和一些打扮得很美丽的女人。有一次我被人拉去，那大厅的门柱上贴有一副对联，是老对联改造的，一边为'出入无白丁'，一边是'谈笑皆高雅'。我怯怯地进去，呆在那里，茫然四顾，傻相可笑。后来跳舞，有几个令人动心的演员，传说是诗琴书画俱佳的女才子，邀我下池，我大出洋相，一再声明极想下池但着实不会。结果是我的朋友大加嘲弄我，说我的不开化，又帮助分析原因是'心理上有障碍'。"㉛自然，我们不能贸然认为这就是"寻根作家"的群体"自画像"。"寻根"人物有"知青"和"回乡知青"，生活经验与文学经验也千差万别。更不能说今天声名负重的贾平凹仍然一如当年，这可从其许多小说描写中得知。但我们从中剥离出一点"乡土""农村"的隐约的东西，发现"寻根"与"乡土"之间的某些相似性的因素。进而可以观察到，这些"新时期作家"虽然经常谈论如何受到外国作家影响，但此前他们的现实生活与"乡土小说""农村题材小说"是处在同一场域中的。其中不少人，曾经是"工农兵作者"和"文革作者"。在他们的"文学史书目"中，分明都储藏过"乡土小说""农村题材小说"的作品。这些作品，可能还构成了他们文学创作的"出发点"。

为把问题说得更清楚一些，我想暂时抹掉作品题目和作者，将两部小说中有关农村姑娘经验的描写抄在下面：

秀兰紫棠色的脸通红了。她全身的血，都涌到她闺女的脸上来了。在一霎时间，闺女的羞耻心，完全控制了她。直接感觉是人类共同的，随后才因不同的思想感情，而改变感觉。在一转眼间，秀兰脑中出现了一个令人难堪的场面——陌生的村子，陌生的巷子，无数双陌生的眼睛，盯着自己，人们交头接耳，谈论她的人样，笑着，点着头，品评着没过门的媳妇！……

小石匠怜爱地用胳膊揽住姑娘，那只大手又轻轻地按在姑娘硬邦邦的乳房上。小铁匠坐在黑孩背后，但很快他就坐不住了，他听到老铁匠像头老驴一样叫着，声音刺耳，难听。一会儿，他连驴叫声也听不到了。他半蹲起来，歪着头，左眼几乎竖了起来，目光像一只爪子，在姑娘的脸上撕着，抓着。小石匠温存地把手按到姑娘胸脯时，小铁匠的肚子里燃起了火，火苗子直冲到喉咙，又从鼻孔里、嘴巴里喷出来。

如果不说出作品和作者，它们都应该是典型的"农村小说"。前者通过主人公秀兰自己的视角写了一位未出门的姑娘在农村男女关系上的羞耻心，后者借助旁观者小铁匠的视角，折射出人们对违背这一乡村伦理观念的激烈反应。然而，如果我告诉大家，前者来自柳青的《创业史》，后者来自莫言的《透明的红萝卜》，那么上面"阅读经验"就会出现很大调整，发生激变。人们立即会对它们加以文学史的区分，即前者是"革命与性"，后者是"文化与性"，大家马上意识到它们是"不同"的"小说"。这种"实验性"的分析使我想到，小说只有到了"现代"之后它才成其为"现代小说"，因为有很多"题材""思潮""主义""主张"要分割它们，将它们进行各种归类。没有这种外在因素的归类，它们可能都是"乡土小说""农村小说"，但假如加以区分，那么就变成了"农村题材小说"和"寻根小说"。正是作为强者的现代性的文学经验，使它们割断了与其文化地缘、血缘的本来联系，让它们分属于好像是"完全不同"的"文学谱系"。

我用了一定篇幅，意在强调"寻根"与"乡土""农村"小说在文学史意义上的"兄弟姐妹"关系。但必须指出，"寻根"又与"乡土"和"农村"小说生活在不同的"当代"，它经受的文学压力与后者有根本的不同。如果说后者要承担"启蒙叙事"或"革命叙事"的话，那么它所承担的"文化叙事"明显存在差异。这就是说，"出访"、"文学国际化"、利用"穷乡僻壤"资源等等因素就布置在"寻根"的周边，"国际汉学"成为1985年后"当代文学"最具权威性的"评价体系"，它的读者、文学市场、文学生产方式、流通等已经发生了最根本的变化。它必须"超越""乡土""农村"等文学前辈的现实场域、历史经验和生存范围，才能在"国际大家族"中生存，取得21世纪的"身份绿卡"。我们也不能因此责怪"寻根文学"等先锋文学现象的"急功近利"。这是因为，80年代是中国社会政治、经济和文化全面"激变"的独特时期，它的头等历史任务是要与"世界接轨"并如何"接轨"。因此，"寻根""先锋"等更具"国际化"眼光、经验的文学，就容易处在其他文学现象等更直接和有利的"接轨位置"上。当"当代化"的"传统"、文化想象的"国际化"和被建构的"穷乡僻壤"等因素逼迫"当代文学"交出它所剩不多的权杖时，"寻根"对"伤痕""改革"等文学史位置的攫取就不会出乎人们的意料。

2008-8-23于北京森林大第

2008-9-10再改

注释：

①本文成稿于2008年，参见文末笔注。——编者注

②参见查建英在《八十年代访谈录》中对阿城的"访谈"（2004年9月8日），第15—65页，北京：三联书店，2006年。在对自己和那个时代的历史清理中，阿城使用的是"文化保守主义"的知识资源，不过，他对历史教训的反思和文化建设的设想，仍有一定的可取之处。在查建英的《八十年代访谈录》中，阿城表示："我的文化构成让我知道根是什么，我不要寻。韩少功有点突然发现一种新东西。原来整个在共和国的单一构成里，突然发现其实是熟视无睹的东西。"他认为，韩少功改变了"寻根"的方向，把它引向"旧有的意识形态"即"改造国民性"上去了，这是寻根文学出现问题的原因所在。（北京：三联书店，2006年）张旭东在《从"朦胧诗"到"新小说"——新时期文学的阶段论与意识形态》一文中，与阿城的看法不同，尽管他认为李陀关于寻根小说表面上的美学保守主义可视为向"中心话语"或"毛文体"挑战的语言策略的观点"富有启发性"，仍然批评"寻根文学"是一种"'遗老'气颇重"的现象。（参见他的著作《幻想的秩序》，第240页，伦敦：牛津大学出版社，1997年）张旭东与阿城、李陀观点的分歧，可能是来自年龄和历史经验的差异性，但也说明这个文学史概念本身还潜藏着许多需要重新挖掘、辨析和讨论的问题。

③梁启超：《夏威夷游记》，《饮冰室合集·文集之二十二》，上海：中华书局，1936年。

④陈独秀：《文学革命论》，《新青年》2卷6号，1917年2月。

⑤毛泽东：《关于红楼梦研究问题的信》（1954年10月16日），1967年5月27日《人民日报》《解放军报》。

⑥周扬：《新民歌开拓了诗歌的新道路》，《红旗》1958年第1期。

⑦参见查建英在《八十年代访谈录》中对阿城的"访谈"（2004年9月8日），第15—65页，北京：三联书店，2006年。

⑧李庆西：《论文学批评的当代意识》，《文学评论》1985年第4期。

⑨郑义：《跨越文化断裂带》，《文艺报》1985年7月13日。

⑩吴亮：《孤独与合群——李杭育印象》，《当代作家评论》1985年第6期。

⑪《王蒙自传·大块文章》第二部，广州：花城出版社，2007年，第232、237页。

⑫韩少功：《仍有人仰望星空》，《蓝盖子》，沈阳：春风文艺出版社，2002年，第299—302页。

⑬王安忆：《法兰克福》，《接近新世纪——王安忆散文新作》，杭州：浙江文艺出版社，1998年，第127、128页。作者对她下榻的"HOLIDAY INN（度假村）"周围美丽安静的氛围，以及在高速公路上，"心中不由骇怕起来，腾腾地跳着，眼睛紧盯着前边司机的后脑勺，不晓得此人会不会是歹徒"的缺乏出国经验的心态，也都有精彩的描述。

⑭韩少功：《仍有人仰望星空》，《蓝盖子》，沈阳：春风文艺出版社，2002年，第299—302页。

⑮韩少功：《世界》，《蓝盖子》，沈阳：春风文艺出版社，2002年，第321—342页。

⑯韩少功：《文学的"根"》，《作家》1985年第4期。

⑰郑万隆：《我的根》，《上海文学》1985年第5期。

⑱㉒阿城：《文化制约着人类》，《文艺报》1985年7月6日。

⑲李杭育：《理一理我们的"根"》，《作家》1985年第9期。

⑳王安忆、陈村：《关于〈小鲍庄〉的对话》，《上海文学》1985年第9期。

㉑贾平凹：《四十岁说》，《贾平凹研究资料》，梁颖编，山东文艺出版社，2006年，第16—18页。

㉓王克林、章春华等：《喀斯特斜坡地带资源开发中的环境效应与生态建设对策》，《农业环境与发展》1999年第16卷第3期。

㉔㉕韩少功：《文学的"根"》，《作家》1985年第4期。

㉖爱德华·W.萨义德：《东方学·绪论》，王宇根译，北京：三联书店，1999年，第1页。

㉗程光炜：《文学史研究的"当代性"问题——在华中师范大学文学院的讲演》，《文艺争鸣》2008年第11期。

㉘严家炎：《中国现代小说流派史》，北京：人民文学出版社，1989年，第42、43页。

㉙张钟、洪子诚、佘树森、赵祖谟、汪景寿：《当代中国文学概观》，第四编"小说创作"（上）第一部分"'十七年'短篇小说创作概述"，北京：北京大学出版社，1986年，第319页。

㉚刘建中：《人、作品及其它——贾平凹印象记》，《当代作家评论》1986年第4期。

㉛贾平凹：《一封荒唐信》，《文学评论》1985年第4期。

原载《解放军艺术学院学报》2011年第1期

寻根文学的历史语境、文化背景与多重意义

——三十年历程的回望与随想

季红真

1985年4月，韩少功在《作家》发表了《文学的"根"》，是为"寻根文学"的历史刻度。同年，李杭育的《理一理我们的"根"》，发表于《作家》6月号；郑万隆的《我的根》，发表于《上海文学》7月号；阿城的《文化制约着人类》，发表于7月6日《文艺报》。张炜、郑义、王安忆、李锐等知青作家也都有相关文章陆续发表。随着批评界的迅速命名，"寻根文学"声势浩大地展开。这一年也是中国小说的革命年，文学观念的多元化格局迅速形成，冲击着传统现实主义与现代主义平分天下的旧有局面，紧随寻根文学之后，先锋小说和新写实文学几乎同时兴起。在这一次文学哗变中，由知青作家推动的寻根思潮是其中最强劲的一股美学风暴，主要作家都已经有著作发表，不少作品赢得了国家级大奖，拉动了中国小说创作的整体转向。而且，至今作品源源不断，以2012年莫言荣获诺贝尔文学奖为高潮。今年，是"寻根文学"发动的第三十个年头，回顾当年的缘起与演进，是文学史写作的重要环节。

一

"寻根文学"的序曲可以追溯到八十年代初。1980年《北京文学》第10期的小说专号上，颇费周折地低调发表了汪曾祺的《受戒》，引起了出乎意料的轰动。1982年《北京文学》第4期，发表了汪曾祺的创作谈《回到民族传统，回到现实主义》；同年，贾平凹发表了《卧虎说》，表达了对茂陵霍去病墓前卧虎石雕的激赏，借此宣告自己的艺术理想：其一是对汉唐恢宏文化精神的

推崇；其二是对古典美学风范的感悟："重精神，重整体，重气韵，具体而单一，抽象而丰富"，从此确立了自己文学创作的方向。还应该提到的是几位少数民族作家，八十年代初，鄂温克族作家乌热尔图陆续发表了《一个猎人的恳求》《七岔角公鹿》等以山林狩猎民族生活为题材的短篇小说，顺应着整个民族感伤主义历史情绪的同时，也完美地表达了原始的自然观，以及瓦解过程中民族精神心理所承受的巨大苦痛，以抗拒遗忘的决绝姿态引起广泛的激赏。回族作家张承志以《黑骏马》等中短篇小说，表现草原牧民的生活命运，以丰沛的视觉效果与饱满起伏的情感旋律，以及富于中亚装饰风格的精致语言形式，赢得众多的读者。他们无疑是最早的寻根作家，汪曾祺四十年代以现代派的前卫姿态登上文坛，经历了三十多年沉浮坎坷的历史命运之后，以对抗战之前原生态乡土生活的诗性回顾与风俗画的抒写，迅速完成艺术转身，接续起五四以后沈从文、废名、萧红一脉乡土文学的诗性挽歌传统，也衔接起中国叙事文学的多种文体。来自乡村的贾平凹，试验了各种外来方法之后，回身反顾重新发现了被自己抛弃在身后的乡土，在现实的激变中寻找回归自然母体的精神通道。他们直接启发了经典寻根作家们的美学自觉，而且，都以鲜明的地域文化的特征与民族情感的独特心灵方式，呈现出鲜明独特的艺术风格。

他们的创作和历史的巨大转折同步。1976年10月，"四人帮"倒台，历史迅速急转弯。次年高考制度改革，由推荐改为考试入学。1978年12月，三中全会决定结束使用阶级斗争为纲的口号，把工作重点转移到经济建设上来，并且对一系列重大历史问题重新评价，大规模地平反冤假错案。关于真理标准的大讨论推动着伟大的思想解放运动，马克思主义作为人道主义被重新阐释。在这样的意识形态背景中，农村经济改革迅速铺开，实行联产承包制。城市经济的所有制有所宽松调整，个体户大批涌现。中美关系明朗化，政治外交全面解冻；设立特区，广泛引进外资，各大都市的空间由此迅速改观，涉外的大饭店大批兴建，不同肤色的人种混杂行走在主要商业大街，巨大的广告牌在街头闪烁。知青大批返城，带着历史的创伤与对新生活的憧憬，迅速进入一个新旧杂陈的世界。

经历了漫长的文化禁锢之后，改革开放、实现现代化、借鉴学习成为新的历史语境。国家大批派遣留学生，允许自费留学。外国文艺团体频繁来华演出，轻音乐兴起，邓丽君的歌声风靡全国，外国电影占领大份额的票房。外国美术作品大批公开出版，凡·高的《向日葵》点燃了青年一代的如火激情。民办刊物《今天》创刊，《星星画会》短暂展出，朦胧诗在青年中流行，美术界率先寻根，袁运生的壁画引起争论……一系列新艺术的潮汛冲击着传统艺术的堤坝。外国文学大批翻译出版，特别是长期被封杀的二十世纪现代主义文学解禁，卡夫卡、海明威等欧美作家成为最早的世界现代文学思潮标记，学习现代派的技巧成为艺术探索的主要趋向。1981年，《长春》（即《作家》的前身）发表了宗璞的《我是谁》，在"伤痕文学"的感伤潮流中悄悄开启了精神心理写实的向度与政治迫害中自我丧失的记忆。与此同时，沈从文、钱锺书、张爱玲的著作以各种方式再版，像出土文物一样从尘封的文学史中赫然涌现。而川端康成、辛格等东西方边缘种族的诺贝尔获奖者，则校正着中国作家的美学罗盘，克服了对欧美文学的迷信与盲目追捧。福克纳以故乡邮票大小的一块地方走向世界，更是鼓舞了中国乡土作家的文学壮志。特别应该提到1984年，北京十月文艺出版社与上海译文出版社同时出版马尔克斯的《百年孤独》，轰动了中国文学界。如果说前寻根时期的两位少数民族作家，主要是在艾赫马托夫等苏联的少数民族作家的抒情象征中汲取诗性的灵感，而经典的寻根作家几乎无一例外地受到马尔克斯与其他拉美作家的影响。毫无疑问，拉美作家把中国作家从俄苏文学的魔咒中解放了出来，也从文学的欧美现代化精神强迫中解放出来。文化人类学成为普遍的学科基础，宗教意识、生命哲学、叙事方式的借鉴等成为新的艺术革命向度。追寻民族生存之本、以生命伦理反抗文化制度的残酷压抑，对于民族民间原始思维的重新发现，拓展文学的表现领域，推进文学形式的变革，都冲撞着过于狭窄的旧有文学观念，形成一代归来者抵抗现代化焦虑的艺术反叛姿态。

历史的转机开启了一个浪漫主义的文学时代，伤痕文学、反思文学、改革文学，都是以对社会历史的感兴抒发记录民族心理的苦难历程。主要的向度还是在题材领域闯禁区，随着政治反拨的幅度亦步亦趋，感应着时代巨变而抒发个体的也是整个民族的情绪。对于艺术手法的探索，则是以现代派为起点，但多数作家策略性地解说为技巧问题，以1982和1983年"四只小风筝"的通信引起的风潮为典型事件。另一种策略则是以现代化的必然趋势论证现代派的合法性，以徐迟的《现代化与现代派》最为典型。尽管如此，所有的艺术探索还是受到了不同程度的打压，经历了这一令人眼花缭乱的历史晕眩期的青年作家，本身也面临着创作上的惶惑，1984年11月下旬，《上海文学》《西湖》杂志社和浙江文艺出版社，在上海——杭州联合召开了由新锐青年作家和评论家与会的关于文学创作的研讨会。寻根文学的宣言就是在这之后不久纷纷发表，多数作家的创作也因此面目一新，主要的寻根作品迅速发表。他们汇聚了现代派的形式革命，在东西方八面来风的冲击下，试图在民族生存之本的历史深层，开掘文化再造与艺术表现的精神、艺术资源。

经典的寻根作家几乎都是知青出身，在七十年代开始写作，急剧起伏的人生曲线使他们对世界的感受尤其错杂，昔日的家园已经面目全非，生存的窘困、没有家园的失落感都需要心理的调整，与城市的心理疏离与时代的隔膜，也需要精神的自我巩固。用朦胧诗人梁小斌的诗句概括，就是"中国，我的钥匙丢了"。知青经历形成了民间生活记忆的经验世界，这使他们不约而同地在时空都较为稳定的乡土生活中，以审美的凝视获得精神心理的稳定感，在历史的振荡、时代的纷扰与大都市的混乱生存中，完成艺术精神的自我确立。这是"寻根文学"出现的重要心理根源，也是几代结束了放逐归来的知识者共同的心理需求，获得读者的热切反应便是历史的必然。此后不久，"弘扬民族文化传统"进入了国家意识形态，学术界兴起了文化热，大批的文化学术丛书编写出版，成为八十年代中后期最醒目的意识形态特征，也是寻根文学被接受与驳难的最基本的义化背景。

二

寻根文学的主要美学贡献，是把中国文学从对欧美文学的模仿与复制中解放了出来，克服了民族的自卑感，使文学回归于民族生存的历史土壤，接上了地气。尽管每个人的意向各有差异，但是都是以民族生存为本位，形成审美表现的基本视角。而对狭小窒息的当代文化的失望与批判，对民族精神再造的努力，则是一样的。韩少功浩叹："绚丽的楚文化到哪里去了？"李杭育面对当代文化的尴尬，设想中国文化如果不是遵循儒家的规范，依照具有"宏大宇宙观"的老庄一脉浪漫主义潮流发展将会多么灿烂？！跨越文化断裂的精神探求，是在外来文化的参照下，重新发现文化传统自身的魅力。以现代意识镀亮传统文化的精神，是他们共同的愿望，尽管每个人的抉择不一样。

寻根作家另一个共同的意向，是对于民族传统文化与文学本末关系的清理，由此完成向文学本体的回归。韩少功说："文学有根，文学之根应该深植于民族文化的土壤。"阿城的《文化制约着人类》更是深入阐释了文学与文化之间的宿命关系，而且这样的关系是所有母语写作者无法逾越的限制，接受限制是艺术创作的前提。这样的意向使中国的文学观念，逐渐大踏步地向着世界观的高度攀升，克服"头疼医头脚疼医脚"急功近利的肤浅文学观念，向着历史的纵深层面拓展的同时，也向着整体把握世界的艺术理想挺进。

　　作为自我巩固的艺术行为，寻根的宣言中还包括对各自艺术自我确立的感悟，并且，由此迅速开辟出自己的文学地理版图。郑万隆的《我的根》宣示以东北故乡山林中先民们古朴的价值观念与道德坚守，完成对浮躁的现代社会心理的抵抗，《异乡异闻录》系列结集以《生命的图腾》为名出版，凝聚着他的美学理想。阿城继《棋王》之后，相继发表了《树王》《孩子王》和《遍地风流》系列，以第一人称的见闻，表现自己对民间社会的发现，对普通人英雄主义与质朴健康生命状态的敬佩与欣赏，而且他笔下的主人公都是文化英雄：下棋、护林与学文化。《棋王》叙述了一个以弱胜强的故事，以之探讨普通人和历史的关系；《树土》探讨了普通人和自然的关系，树死人亡就是大人合一的境界；《孩子王》探讨了普通人和文化的关系，一个普通劳动者对文化的向往与接受文化的艰辛，中国文化基本构成了个性鲜明的世界观整体。据说还有一部《车王》邮寄丢了，是探讨普通人和交通的关系吗？估计某一天会从潘家园的旧货市场中冒出来。李杭育的"葛川江系列"逐渐成熟丰满，张炜的《古船》等一系列以山东乡村为背景的小说引起持续轰动，矫健的大量作品、何立伟的《白色鸟》等一系列作品，都是以质朴恬淡的生存景观抵抗人欲横流的现代化进程，记录这些和谐的生活场景瓦解破碎的过程，大有"礼失求诸野"与"知其不可为而为之"的共同趋向。

　　当然，这些寻找回归传统文化精神通道的悲壮努力并不都是有效的。韩少功的《爸爸爸》等一批以湖南山地民间生活为内容的作品，以《诱惑》为名结集出版，可见对于无法抗拒的文化宿命感体验之深刻，表达了在落后愚昧的乡村传统与浮华浅薄的现代都市生存之间，精神心理挣扎的艰难，以新的方式演绎着"我是谁"等哲学人类学的命题。他的寻找以文化价值认同的失败为结局，美学回归的成功为结果，楚文化无疑为他提供了自《楚辞》开始的精神情感表达的独特心灵形式，所谓"末世的孤愤"，精神的矛盾与认同的危机都寄予在完整的、渗透着楚音的语言形式中。王安忆在寻找自己来历的同时，也探索着民族历史生存内在的稳定结构，以及转换为当代话语的方式，《小鲍庄》是探讨乡土中国社会结构的文化寓言，《长恨歌》则是探讨"海上繁华梦"金钱至上的意义空间；《纪实与虚构》记叙、回顾了在这样两种空间的身份转换中个体的心路历程，以及在血脉的寻绎中，通过边缘身份的确立而完成繁难的文化认同。对于乡土与现代大都市的双重心理疏离，是她表达认同危机的主要方式。

他们以不同的方式回应着自己时代的文化思潮，建立起属于自己的艺术世界，抵抗着全球化浪潮的滔天洪水，固守着精神的方舟。

三

寻根文学的思潮拉动了中国文学的发展。不少作家的创作因此而面目改观，史铁生由"伤痕文学"感伤主义的潮流中脱身而出，以《我的遥远的清平湾》和《插队的故事》等知青题材的小说重新审视乡村生存。张辛欣从自我出发的写作中掉头，纪实性的《北京人》系列以对当代中国人生存的个案搜集扫描出民族生存与心灵的当代史切片。铁凝从青春写作的格局中跳转，以《麦秸垛》为象征，表现乡土人生原始蒙昧的生殖气氛。1985年，《西藏文学》推出了"魔幻现实主义"专号，藏族作家扎西达娃发表了《系在皮带扣上的魂》与《西藏，隐秘的岁月》，由表现藏民族剽悍的原始生存状态，改为关注这个民族的精神失落、迷茫与无望的寻找，以及世代循环的生存模式。李锐迅速写作发表了《厚土》系列，带给文坛意外的惊喜。连先锋作家刘索拉在完成了精神的反叛与情感的抒写之后，第三部中篇《寻找歌王》也以对民族民间原始艺术精神的寻找，表达对浮躁的现代生存的心理抵触。也有的作家是以反驳的方式回应这股思潮，譬如，马原以《冈底斯的诱惑》登场，在展现小说虚构本质的同时，表达了科学理性与牧歌情调的冲突，矛盾的自我分裂外化在两个主人公身上。洪峰的《瀚海》干脆宣称："到那里（故乡）去寻根，还不如寻死痛快！"尽管反对的是艺术主张，而写实的审视则是一样的，只是放弃了对于整体结构的把握，而专注于审视生存的本相与表现心灵的体验。

此后不久崛起的先锋小说和"新写实"作家，也是以个体精神的体验与民众生存之本的表现刷新读者的阅读经验。他们和寻根文学的学科基础有着交集，苏童对于乱伦宿命的强调，对世界不可知的感受，明显可以看到对韩少功们哲学思考的深入。余华的大量作品表现了无法抗争的命运，还有迷宫一样的文化价值罗网中别无选择的尴尬与存在的遗失；格非表现了语言自身的混乱空洞与主体的有限性，都是对历史、文化与个体认知能力的质疑；孙甘露的《信使之函》以碎片化的情节与精粹的诗性联想，表达着对世界人生的个体感悟，延续着寻根作家主题多义的叙事实践。刘恒的《狗日的粮食》是对民生问题的悲情叙事，《伏羲伏羲》中被扭曲的不伦之性与杀父的故事，明显可以看到文化人类学的学术视野。刘震云基于民本立场的历史追问，池莉对于窘困生存的琐碎叙述，方方以亡灵的视角不动声色地展现底层市民生活的凄惨景观，都可以看到寻根文学凝视民间生活视角的延展与推进。这些作家的创作在宣告了一个浪漫主义文学时代完结的同时，也传递着新时期人道主义的文学基因，对于个体生命的关注，尤其是对物质生存与精神生存的双重关注。而对民间社会的审视，则调整开拓了寻根文学的视野，当下的生存依然非常严峻，存在的困苦消解了宏大的主题与浪漫的诗意。

影响最大的要数莫言，1985年之前，莫言的创作追求唯美的效果，可以看到沈从文等京派文人的遗韵，比如《乡村音乐》。从《透明的红萝卜》开始，他完成了艺术自我的确立，也完成了小说文体的革命，"高密东北乡"的文学地理版图迅速开疆破土日益壮大，至今势头不减。当然，他的艺术转变是克服创作困境的内在突破，不完全是寻根文学影响的结果，但是寻根作为一股思潮，是八十年代中期文坛的主潮，所有的写作者都不能无视。而且，他艺术确立的基本情感矢量和寻根作家是一致的，其文化背景也有着广泛的重合与交集，比如对川端康成的激赏，在福克纳的启发下立志把故乡"高密东北乡"写成"中国的缩影"和"世界史的片段"，《百年孤独》的决定性影响，等等，成为新一代世界主义的乡土作家。特别是他三十年持续不断的成功探索，主要是以乡土民众的生存为基本视角，在中国叙事传统中汲取文化资源，应该说是延续着寻根文学开辟的方向发展。当多数经典寻根作家放弃或者转变创作方向的时候，莫言却比别人走得更远，使中国小说彻底回归到了它古老的源头：边缘性、民间性与世俗性。究其原因是写作者的身份决定的，知青和农民之子的差异决定了叙事立场与文化认同的差异，童年经验的初始记忆也是文化资源择取向度差异的根源，以至于几乎无法对莫言进行文学史的归纳。"强大的本我"既浸润在潮流之中，又置身于潮流之外。

四

寻根文学本质上是一场浪漫主义的文学运动，在冲决了为政治与政策服务的狭窄轨道之后，完成了文学自我回归的嬗变。尽管寻根作家的意向差别极大，但是整体完成了文学由庸俗社会学僵硬躯壳中的成功蜕变，也挣脱了膜拜欧美发达国家现代主义文学，亦步亦趋模仿学步的精神桎梏。根据荣格的集体无意识理论，一个诗人无论他多么傲慢，其实都代表着无数个声音在说话。选择何种社会制度、制定何种发展战略，都属于历史理性的范畴。文学显然是非理性的，它更多的是一个民族的精神情感与广大无意识领域中的真切感受。实现现代化、与世界接轨，是中国人的历史理性经历了漫长曲折的痛苦磨难之后，在八十年初形成的全民共识；而八十年代的"寻根文学"则是中国人的民族集体无意识，对全球化浪潮一次本能的抗争，是对百年来现代化强迫症与文化乌托邦的艺术反动，更是改革开放之初民族精神情感与广大无意识领域中真切感受的艺术呈现。所以，它是民族精神心理的重要历史标记。

寻根文学的作家跨越断层的方式，其实接续着晚清至五四一代知识者的共同努力，梁启超以小说新民，在从事政治革命的同时，也希望复活中国古代善良之思想；鲁迅试图以文学来改造国民性，早期借助进化论，主张"拿来主义"，晚期在古代神话的意义空间中完成民族精神的发现与自我确立。韩少功《爸爸爸》中的丙崽，被批评界迅速与阿Q类比，当成同一系谱中的人物是典型的泛文本联想。阿城对民间英雄的讴歌，则是鲁迅思想一翼的延续，其"忧愤深广"、其"沉忧隐痛"的内在情绪也是近代以来知识者的历史情绪。李杭育"葛川江系列"和张炜、矫健等作家的创作，对于民间社会的凝视继续着五四新文化运动开辟的维度。王安忆对乡土民众的关注与对市民社会的心理疏离，也是鲁迅等一辈文人共同的创作主题。究其终极的历史根源，是现代性的文化时间焦虑在全球空间的迅速蔓延，使一些最基本的主题延续至今，譬如溃败、譬如文化抵抗、譬如民族精神再造，等等。无论怎样和世界接轨，有三道坎都是近代以来的中国知识者无法逾越的，这就是民族国家的问题、民生的问题与文化认同的问题。所以，无论寻根的结果如何，如一些批评家所讥讽的"寻根变成了掘根"，但是他们悲壮努力的思想史意义是不容忽视的。

寻根既是对民族精神之根的寻找，也是对文学之根的寻找，不仅是对文化精神的认同，也是对艺术形式的继承。经典的寻根作家在寻找寄托自己心灵世界相对应的外部世界的同时，也在寻找适应自己的叙事表达方式，而且试图和文学传统重新建立独特的联系。除了在主题学领域，他们衔接起现代作家们的抒写之外，在艺术风格领域也延续着他们的革命性贡献，就连他们对边缘种族文学不约而同的情有独钟，也继续着周氏兄弟当初翻译被压迫的弱小民族文学的动机，基本历史处境的相似性无疑是接受的心理基础，只是具体的历史情境发生了明显的变化，选择认同的标准也随之变化，二十世纪实在是一个人类苦难深重的大劫难。五四引诗文入小说带来叙事模式的转型，几乎是文学史转折的形式标记，经典的寻根作家几乎都继承了这个传统。譬如，使所有人都瞠目结舌的《棋王》，就其文体来说继承了司马迁开创的史传文学的传统，以弱胜强的类型故事，是抒写少年英雄的传统；《树王》也是英雄的故事，但是一个失败的悲剧英雄，故事寄托在吊文的形式中，结束于对萧疙瘩墓的凭吊；《孩子王》则是一首骊歌，送别的仪式感极强。这样的更续关系，使他们沟通了更久远的文学传统，也把诗文的精神升华到宗教的高度，具有超越情感的世界观与人生观意义。现代叙事学的传播，又使不少作家自觉地运用了叙事传统中的原型，王安忆最突出，《天仙配》是典型，建立在两种世界观差异上的故事叙事，置换出张爱玲式无奈的反讽语义。庄子的哲理寓言转换为文化寓言，也是寻根作家所普遍使用的形式，最典型的是张炜的《九月寓言》。莫言干脆以神话的基本思维方式不断地置换变形，容纳汪洋恣肆的想象力，接续起志怪、唐传奇、宋人平话、元曲、明清戏剧与小说，以及近代兴起的地方戏等一派富于想象力和文辞华艳的叙事传统。当然，他们的继承关系都不是单一的，是多元复合、中外古今混融一体，因而艺术探索也就沟通了更加久远的文学与文化传统，文化史的意义是显而易见的。

寻根文学的作家都有着语言的高度自觉，每一个人择取与提炼的方式又各不一样，但都把文学语言提升到艺术本体也是生存本体的高度。贾平凹对母语陕南方言的自由运用，成为质朴恬淡的心灵世界最直接的外化；李杭育强调小说语言的文化韵味，以语体风格容纳地域文化的风俗；阿城对书面语延伸出来的当代口语的精准把握，显示着感觉的独特与饱满，对话成功消解在叙述语言中的叙述策略，使独立自足的艺术世界形神完备。王安忆以诗文与白话两种语言的交错融合，完成对追忆与流逝的时间形式的模塑，使文化诗学的意味弥漫在字里行间。李锐以大音稀声式的浑朴风格，描摹吕梁山的民间生存与民间思想，凸显着语言文化的世界观意味。莫言更是广采博收，在诗文、民间口语与戏剧、翻译语言等多个源头汲取营养，突出对话，并且把方言融入叙述语言，汪洋恣肆的语言风格最直接地体现着独一无二的艺术个性。而且，经典的寻根作家都不同程度地体现着对话的精神，呈现出多种话语体系交错的复调结构，以及众声喧哗的狂欢美学特征，有的是自觉的，有的是不自觉的。正是这种对规范语言法典的成功艺术反叛，使他们的创作不仅在主题思想方面，而且在艺术形式方面都与二十世纪初开始的世界新艺术潮流会合，不仅是形式技巧的拿来，也包括哲学（特别是语言学转向）背景的重合；也使中国文学史的连续性获得长足的发展。"五四"开始的"文的自觉"经历了长时段的断裂之后，在寻根作家经典作品的语言风格中如泉喷涌，也使被阻隔的漫长文学史暗河涌流地表。不少寻根文学的代表作已经被确立为当代经典，这是他们对五四开始的汉语写作现代化转型进程里程碑式的独特贡献。只要是用汉语写作，每一个作家都是漫长文化时间流程中一个接力的选手，谁也无法彻底脱离母语自身的限制，创造性地继承是唯一的出路。

这就是寻根文学作为一场浪漫主义的文学运动，在历史转折的山体炸裂时刻，兴起于废墟之上、多重意义的历史贡献。

原载《文艺争鸣》2014年第11期

寻根文学中的贾平凹和阿城

许子东

1985年前后出现的"寻根文学",在中国现、当代文学发展中有着很特殊的转折意义。因为在20世纪五十年代后（或者说是在1942年后），中国作家逐渐丧失了用自己的文学干预社会政治的权利，也逐渐丧失了在文学中讨论文化课题并探索文学形式的兴趣。"文革"后的"伤痕文学"，标志前一种以文学干预社会政治的三十年代传统的局部恢复（于是出现了"新时期文学"这个过于乐观的概念）。但真正文学意义上的新局面是直到1985年才出现的。不少学者（如李陀等）后来都认为1984年11月在杭州128陆军疗养院所召开的一次小型文学讨论会，是导致"寻根文学"出现的重要契机。①一些后来成为"寻根派"主力的作家如阿城、韩少功、王安忆、郑万隆、李杭育等都是这次会议上的活跃的发言者。有份与会的一些青年评论家如吴亮、黄子平、许子东、陈思和、蔡翔、季红真等后来也都介入了有关"寻根文学"的批评。1985年后的诸多热门话题，比如"语言"问题、相对主义、道与禅（文化传统）、现代主义等，都在会上有所涉及。只是讨论者并不曾意识到，他们当时探索的问题探讨的作品，会成为"文化大革命"以后中国最重要的文学现象。

关于"寻根文学"的重要性，十年以后的批评是似已公认。但有关"寻根文学"当初的阵容、路向、定义、内涵，学术性的研讨似乎刚刚开始。这种情况鼓舞了我，来重读十年前的作品。

"寻根文学"大致有三个不同路向：一是在"文革"后重新认识和整理民族文化支柱或检讨当代革命对中国传统文化的伤害，代表作家是贾平凹和钟阿城。二是挖掘当代政治动乱在传统文化民族心理上的深层根源，最典型的作品是韩少功的《爸爸爸》和王安忆的《小鲍庄》。三是社会现代化的"危机"中

寻根文学研究资料

寻找"种族之根"或"道德之气",以解救当代（城市）文化的堕落及人的精神价值困境,郑万隆、李杭育以及某种程度上的莫言、张承志等,都比较接近于这个倾向。

本文主要讨论上述第一类的寻根文学。这也是开始得最早的一种"寻根文学"。

"寻根"这个概念是因为韩少功在1985年第四期《作家》上发表了他的短文《文学的"根"》而开始引人注目的。但"寻根"的作品却至少可以上溯到1983年《钟山》第四期上的贾平凹的《商州初录》。《商州初录》由一组散文体小说（或称笔记小说）所组成,题材并不醒目,情节也不奇特。最初发表时读者不多,但却在杭州的讨论会上由于阿城、李陀的大力推荐而成为同行们关注的中心。不过要讨论《商州初录》,则有必要先回顾贾平凹从起步到1983年写《商州初录》的创作发展轨迹。

贾平凹是以短篇《满月儿》（《上海文学》1978年第3期）而走进文坛的,严格说来,这是一篇从五十年代教化文学模子里印出来的较有乡土气息的复制品:一对乡村姐妹,姐姐满儿平静内秀热心农业科研,妹妹月儿天真调皮总是咯咯笑个不停。人物描写颇合"茅盾规范"——既有生动夸张外部细节特征,又能清楚归入某社会类型。小说可取之处在于文笔学步孙犁,自然而又流动。评论界通常认为贾平凹的创作起步于纯真的乡村赞歌,《满月儿》便是例证。这一概括颇值得怀疑。同后来贾氏在《商州》《黑氏》《天狗》《浮躁》等作品中所提供的农村景象比较,《满月儿》里所描绘的"二年建成大寨队"的"明丽的乡村画",显然是只有所谓"革命现实主义评论家"才会感到赏心悦目的墙报宣传画。这类宣传画在"文革"后"新时期文学"起步时期比比皆是,不足为奇。问题是,贾平凹何以当初也如此"纯真"?贾平凹出生于乡村教师家庭,自幼在农村长大,不可能没见过大寨队是如何建成的。与其说他当时"纯真",不如说他的创作个性在一开始就是"扭曲"状。写作《满月儿》（及《山地笔记》集中其他作品）时,贾平凹是一个刚毕业留城的工农兵大学生。他关在西安的一间六平方米小屋中面对墙上贴着的一百三十七张退稿鉴。撇开"文革"前后确有不止一代青年只会"纯真"地看世界不谈,即使已经到了北岛所谓"我不相信"的阶段,因动乱时期仕途不通教育荒废,对很多以文学为奋斗途径的青年来说,现实的退稿鉴是比《莎士比亚全集》更实际的教材。将二十年乡村磨难的切肤体会放在一边，只是"纯真"地唱出带泥土芬芳的"明快赞歌"——有意无意先谋取"发言权"再说，这时贾平凹的心态其实也是"浮躁"的。当然贾平凹并非特例，类似的先唱甜美赞歌然后逐步改变创作路向的情况，在张抗抗、王安忆、韩少功、陈建功甚至张承志那里也都存在。"文革"一代青年作家在"文革"刚结束后的作品出版尺度限制下，不得不先"变聋"（做天真状）以求发言权。难怪一旦作品获奖作家出名，贾平凹的"浮躁"便立刻向另一极端倾泻——于是便有了《晚唱》《厦屋婆悼文》《好了歌》《二月杏》等色彩灰暗的作品。他的创作进入了第二个阶段。

这一时期的贾平凹笔下，泥土气息依然浓厚，但渗透了乡民的麻木与愚昧。明月山石是清隽，却衬出了人生的无常和世态的炎凉。比如《厦屋婆悼文》，历数一乡村妇女艰难的大半生：有真情的恋爱被"捉奸"，穷困至极偷薯叶养猪却成"劳模"，同邻居怄气累死自己男人，当生产队长苦干反而挨批……一生辛苦一世凄惶，"命"在哪里？由于摈弃了政治说教且超越了道德评判，主人公的命运感慨里充满人道意味，反衬出几十年的社会背景（和李顺大、陈奂生所赖以生存的农村背景一样）确实灰暗。又如《鬼城》，贾平凹以传奇的戏剧性笔触描写"文革"中的武斗：一方在俘虏身上绑上炸药点燃后任其奔跑，另一派则将几十个对立者（敌人）捆上石头投江。最后两派的坟地在山中一角相邻，死气伴着山岚，人称"鬼城"。这种对"文革"残酷性的描述，同一时期恐怕只有郑义的《枫》可以相比。再如贾平凹的散文《文物》，以淡而涩的笔致，写一昔日为娼为妾的老妇人凄凉而又悠然的晚年，她在山间容身之处，"文革"时反成世间罕见一方"净土"……

原先喜欢读赏《满月儿》"纯真清新"的评论家们，这时对贾平凹感到失望和震惊了。偏偏1981至1982年间平凹情如潮涌才不可遏，不仅小说画面"灰暗"，散文也接连吟咏病树残月怪石颓花，而且在理论上还口出"狂言"，声称要寻找西方现代主义与中国传统美学共通之处。（十几年后，以《废都》引起争议的贾平凹访问香港回答有关近作《白夜》的问题，仍然坚持上述美学主张。）②1982年陕西省专门举办"贾平凹近期作品讨论会"。会上有人忧心忡忡地提问："一个诗人气质的作家，甚至在阴云蔽日的年代就唱着明快的赞歌，现在在一扫阴霾的晴空丽日下，怎么倒唱起了忧郁之歌？"这种批评意见是很有代表性的："（作品）里有对现实不合理现象的不满，有对普通劳动者命运的深切同情，也有不被人理解、找不到人生意义正确回答的孤独感。作者在书写这些感情的时候，看来都是真诚的，并非矫情做作。但是这些感情，作为对社会现实的一种情感反应，却不一定是准确的，有广泛社会基础的。"③

这真是一种非常典型的政策性批评：先肯定作家动机良好，态度真诚，富有才华，然后说你写得"不准确"，或"不典型"，或"只见现象没反映本质"——至于怎么才是"准确""典型"和"本质"，事关社会性质，最后的解释权当然在必然代表"广泛社会基础"的社论或文件那里。于是乎，只代表一个人的作家只好羞愧自己的眼光短浅、情绪偏激、只见树木未见全林……贾平凹在1982年碰到的情况，只是文学与政治（政策）矛盾关系的一次"正常"协调而已。

但对于刚刚动笔锐气方盛的青年而言，这种被关心帮助并深受感动的影响是深远的，与他（何止是他一人？）后来的"寻根"有着直接的关联。"研讨会"后，贾平凹沉默了一段时间，作了两点自我反省和选择。一是他在发现自己解释生活的权利有限以后决心重回家乡陕西商洛，不再轻易地为生活唱明快赞歌或凄厉哀调，"沉"到商州里面只写乡俗民风山景农事，并浸染其间的中原文化传统；二是他听到有人说他的散文优于小说，这种评论促使他产生了自觉的"文体感"，以为三十年代以来中国小说接受了西方模式而散文却承袭了明清笔记传统，于是他也有意以散文笔法为小说——这两个反省和选择，便是贾平凹"寻根"的背景，也是《商州初录》的背景。

《商州初录》由引言及十三个既似散文又像小说也可以说是采风笔记的短篇组成。其中《引言》述作者大写商州之用心立意，《黑龙江》是初入商州的游记，《莽岭一条沟》《桃冲》《龙驹寨》《棣花》《白浪街》诸篇均从容铺开某乡镇的地理风貌民俗野趣，间或夹入人情奇事，合成一种古朴淳厚的气氛，是《初录》中最佳的几篇，令人想到周作人的《乌篷船》或郁达夫的《浙西游记》。其余各篇则偏重写人写事，《一对情人》《石头沟里一位退伍军人》《屠夫刘川海》的反礼教内涵并没超越二十年代"乡土派"与沈从文《萧萧》的水准，《刘家兄弟》以传奇形式表达一种善恶观，《小白菜》《一对恩爱夫妻》则又写了两个现实社会悲剧。写人情最出色的，当属《摸鱼捉鳖的人》，尽管其间"我"的文人腔感慨显得多余，而某些细节也似曾相识。

比方说八十年代初的中国文坛像个新兴（或复兴）的都市，满街舞厅咖啡座酒家迪斯科争奇斗艳，其间却也有家青年人新开的茶馆——大众或许一时还不注意，细心人却立刻从中感受到那一份沉静从容，那一股清淡隽秀。说《商州初录》有意无意间开辟了"寻根"之路并不为过，这种开辟工作主要表现在两个方面：其一，《初录》提醒"文革"后的青年不要一味陷在"我不相信"的愤怒反叛颓放伤感的情绪之中，而应回头看看朴素平实的民间，也回头看看沉静中和的文化传统；其二，《初录》也提醒当代文学的"先锋派"（大都是青年作家），不要一味只沿着"五四"以来的小说模式西方化的方向去"探索"，不要一味只学步卡夫卡、福克纳的奇技异彩，还应回过头重新审视从《世说新语》到明清笔记再到三十年代散文的脉络线索，在语言和文体的意义上重新注意汉文学传统的魅力。

《莽岭一条沟》大致可代表《商州初录》的基本倾向。开篇先从容展开地理风貌，写沟里如何山深林茂，岭隔洛南丹凤两县，水分黄河长江两域，然后叙述和欣赏沟里人的"生态"——十六个人家如何联姻一派友爱和平，如何靠山吃山广种薄收自给自足，如何善良好客免费为路人提供草鞋茶水，如何自有一套文明和人道的秩序，如抬路人出山"……抬者行走如飞，躺者便腾云驾雾。你不要觉得让人抬得太残酷了，而他们从沟里往外交售肥猪，也总是以此为工具"。作品后半部慢慢引出一个足以体现"沟里文化"的神医老汉的传奇：老汉医术高明，想为山民造福，却也引来恶狼求医，半是害怕半是同情，老汉竟为一老狼施术。一月以后，狼叼来一堆孩童脖颈饰物回报老汉看病之恩，老汉痛疚自己的罪恶，疯跑跳崖而死。沟里人三月后追杀那狼，以狼油点灯祭神医老汉……这个有点"魔幻现实主义色彩"的传奇，不妨视为"莽岭一条沟文化"的戏剧性总结：你看，这里的狼也有它的仁义，人当然更有良心。总而言之，与动乱喧闹现实相隔绝的山沟里，仍有着淳厚悠然的文明存在。（更进一步的潜台词是：和这样淳厚悠然的文化相比，沟外那些动乱和喧闹，又有多少意义呢？）

同一个山沟（或山寨山庄山村），韩少功王安忆郑义会痛感其愚昧、封闭、"超稳定"，阿城会在其间得到"士"的顿悟超脱，郑万隆会歌颂其粗犷原始有野性，可贾平凹却在其间感受到善良、纯朴的乡情和仁义、健朗的儒风。在正面的意义上发掘乡情与儒风之间的联系，这确是贾平凹"寻根"的一个特点，不过他叹儒风却未深涉"士"如何自处的课题（他不像周作人朱自清那样从文人角度谈儒谈道，文人在作品里如成主角则更像法国小说《红与黑》中的主人公于连·索黑尔而全无士大夫气，如《浮躁》中的金狗）；他赞乡情却也不是真正农夫立场，在乡间他其实拥有秀才式的文化优越感，④进城后才更热爱据说是刨地耕土都可能掘到秦砖汉瓦的中原土地。所以贾平凹的"寻根"，主要不是寻给农人看的。其读者背景，应是处在浮躁动乱中的都市人。当然，若以"莽岭一条沟文化"来救"文革"后的中国，犹如靠板蓝根冲剂解急性肝炎之危一般，药性虽平和深远临床效果却难见效。整个商州系列中《初录》获好评后，又有《商州又录》《商州》《商州世事》等，带儒风的乡情一直贯穿其间，但那些篇什均无明显超越《初录》之处。《初录》好在理念较虚，淡化在山风野景之中，所以尚有回味。后来贾平凹在《人极》《天狗》等作品中将儒风乡情具体化为现实人物行为，客观上反而暴露了儒风乡情的"迂"和"伪"的一面（这是将美丽的"根"掘出来放在阳光下曝晒后的必然结果）。贾平凹不是一个理性力量很强的作家，《初录》以后他似乎一直在"寻根"，但数量很多（甚至得奖好评也很多）的创作却并未使他的"寻根"更深入一步。1984年后他接连发表了《鸡窝洼人家》《小月前本》《腊月·正月》三个写农村经济改革的中篇并接连赢得掌声，但由于对"农民改革家"的概念化处理和对农村社会图景的政治化（政策化）理解，作品的艺术纯度反不如《初录》。贾平凹后来又写了《天狗》《黑氏》和长篇《浮躁》。其中《天狗》的道德内涵最值得玩味：憨厚耿直的天狗暗恋师娘，待师父残废师娘真的"招夫养夫"后，天狗反而不再亲近师娘，后来客观上导致了师父的死亡……这篇后来为三毛激赏的作品，颇显示了贾平凹身上一种独特的"土气"（人们不一定欣赏这种气质，但毫无疑问，很少有别的当代中国青年作家真正具备这种气质）。《黑氏》与《天狗》正好相反，似乎有点受张贤亮等人的性文学的影响。贾平凹突然用了弗洛伊德式的心理学目光来匆忙地打量一直在他笔下生活着的善良不幸的农村妇女。我曾经在想，如果贾平凹能将他投入在《天狗》中的道德热忱和他放在《黑氏》里的心理学兴趣融合起来，该产生怎样的效果？后来在《浮躁》里，我们可以看到这一种融合的努力。贾平凹自称《浮躁》是他同类作品的最后一篇，事实上所有以前出现过的人物、场景、画面乃至细节都一起出现了。这个长篇在大陆受到过政治上的批评，因为其间描写了当年打游击的地方武装领导几十年后如何各霸一方欺压民众，大搞官僚特权；同时《浮躁》也得到评论界的溢美，并在美国获奖。人们称赞作品画面广阔，既写乡民发家自救，也写土干部欺侮民女；既有经济变革中买空卖空中的暴发户，也有"文物"般古朴的船夫和尚寡妇野汉……其实这个长篇本身也正体现了作家创作心态的"浮躁"；以上蹿下跳的"于连"式的知青视角，同时只凭借"莽岭一条沟"的善恶观，又试图解释描画整个当前中国城乡的复杂动荡现实，作品中的气氛便和被解释的现实一样"浮躁"了。直到几年后的《废都》，贾平凹才真正洗脱了"五四书生腔"，把从梁启超以来负载沉重的现当代小说往"闲书"传统的方向"倒退"了一下。这一"倒退"不无积极意义，《废都》里的城市，及各色人等，也都浮躁。但作者的叙说，却很平实自然。这种若无其事地叙说奇事的笔法，当然来自《金瓶梅》，有些细节更"偷步"得过于明显。但无论如何，从《商州初录》到《废都》，贾平凹要在小说中一洗"五四"书生腔的努力是很值得注意的。

我一直认为，贾平凹"寻根"，其文体意义大于其思想意义。早在1982年发表的《文物》等作品里，他就显示了超越（或至少是大异其趣于）同时代人的青涩平和的文笔品位。《初录》则将这种远承明清笔记近袭知堂废名的笔趣情致进一步文体化格式化了。虽然当时的文学界领导一时并未特别留意《商州初录》的悠然出现，但一些真正有心于文体、文字探索且不满于伤了汉语的风骨只学得海明威、福克纳的翻译腔的作家，很快就发现并发展了贾平凹文体实验的影响。1984年秋在杭州会议上阿城津津乐道谈论《商州初录》的原因，便是因为这一种笔记文体可能有纠正当代汉语文学的"翻译腔"倾向。倘若没有阿城的"三王"，《商州初录》在当代文学史上也不会像现在这么重要。阿城当时感兴趣的，自然一是对文化传统的重新观照，二是文体、语言的"复古"实验。不过在后者他是沿着贾平凹的方向继续跨步，在前者他们虽然做同一件事，却走了不同的路径。

阿城的文笔比贾平凹更瘦，更拙，更质白淡泊，也更精致用力。同样写悲愤，平凹是白描："大来脸色暗下来，不说话了，开始合上眼睛抽烟，抬起头来的时候，眼里噙着泪水。"⑤阿城则进一步制成版画："萧疙瘩不看支书，脸一会儿大了，一会小了，额头渗出寒光，那光沿着鼻梁漫开，眉头急急一颤，眼角抖起来，慢慢有一滴亮。"⑥同样写情爱，平凹是全不着色："她低着头，小伙背着身，似乎漫不经心地看别的地方，但嘴在一张一合说着，我叫她一声，她慌手慌脚起来，将那包鞋的包儿放在地上，站起来拉我往人窝里走。我回头看，那小伙子已拾了鞋，塞在怀里。"[⑦]而阿城则每每于调侃中留空白："又想一想来娣，觉得太胖，量一量自己的手脚，有些惭愧，于是慢慢数数儿，渐渐睡着。"[⑧]如《桃冲》《黑龙口》般从容舒展的写景，在阿城笔下是很少的。像"把笑容硬在脸上""喝得满屋喉咙响"之类的刻意考究的句子，在贾平凹那里也难寻找。乍一看，在文体上，平凹擅写散文，阿城长于讲"故事"。但实际上平凹的散文里颇多传奇故事，只是奇事淡写而已，淡写中有一种韵味贯穿始终；而阿城的故事则多述俗人事，如何"吃"，如何磨刀，如何吸烟搔痒等（奇人异事只在高潮处偶现），事虽细碎，讲得却有板眼，不慌不忙，有声有色，可谓"俗事奇说"，整个叙述过程皆充满张力。所以同样有意以传统笔趣来一洗"五四"小说语言，平凹近于文人写野史小品，阿城更像民间的说书艺人。从语言、文体追求看，小品笔记，再清再淡也讲究色调韵味，如龙井，有流动着的微碧微涩；而阿城说书，却是节拍顿挫，一字一斧，如砍削一块质地粗糙的树桩。

但精彩的是（当代中国文学常不乏这样的精彩），有文人视角的笔记小品出于乡村才子贾平凹之手，做民间说书状的阿城，却有着典型的"士"的家庭文化背景。著名电影评论家钟惦棐在1957年成为"右派"以后，其子钟阿城也受连累进入社会底层。"文革"前后，在北京在云南，阿城吃尽千辛万苦恐怕真的"什么事也干过"。这些事不是以"士"的身份干的，最大差异就在于，后者是从农村风土人情角度来关心中国文化传统的现实命运，而前者则是从"士"于乱世如何自处的角度，来考察"动乱"（何止"文革"）与中国文化的关系问题。如果说当代青年小说有城里人下乡和乡下人进城两大基本倾向，我以为贾平凹"寻根"，当是乡下人进城后重新看乡村（莫言亦然，这个传统可上溯至沈从文），而阿城骨子里却和韩少功他们一样是城里人下乡。不过一般知青作家多是"学生下乡"，而阿城有点"士"泊江湖的味道。

不妨看看阿城小说内在结构中"士"的位置。在贾平凹《商州初录》里都有个时隐时现的"我"，除了"我"在每篇所碰到所描绘的一二个主人公外，其要乡民被称为"他们"——"我"似乎自外于"他们"，"我"也好像不在邪恶动乱力量的危害之下。阿城的《棋王》《树王》和《孩子王》里，也均有一个知青"我"，每篇必有一二个"异人"与"我"对话、交流和沟通，其他人（主要是知青）则被称为"大家"——显示了"我"与"大家"的认同，"我"和"大家"一样面对动乱。我们可以将"异人"和"我"（"大家"）和色彩虽淡却无处不在的动乱现实三者之间的三角关系，看作是阿城小说不变的内在结构模式，这期间，共同面对动乱现实的"我"和"异人"之间的文化交流总是小说的核心所在。交流方式包括"我"听"异人"表白（王一生谈棋，萧疙瘩磨刀，王福作文）和"我"看"异人"行动（王一生"吃"与下棋，萧疙瘩护树，王七桶教子）。交流双方，一方总是极聪明极有文化极懂世道人情也已学会在乱世中克制忍耐的知识青年，另一方总是貌丑体壮木讷笨拙行为古怪却总有"异能"的山野之人（棋呆子虽是知青，行动也似江湖流浪汉而无学生腔），一精一呆大智若愚反差强烈。精彩的是，交流结果却不是前者（文化人）给后者（山野之人）以启蒙，而每每是后者启迪前者，前者在后者身上找到自己的文化追求和精神价值。"我"面对动乱虽已极清醒极冷静已不再轻易抱怨伤感，但仍无法摆脱内心的焦灼和困惑。困惑中我惊讶地发现，山野异人的古怪笨拙行为，倒反而更能抵抗动乱甚至解脱苦难，这时的"我"，其实正体现了"士"的现实处境，而"奇人异事"实际代表了"士"的文化思考和精神希望。"士"的现实处境是什么？看看"我"和其他知青的行为吧——"争得（下乡）这个信任和权利，欢喜是不用说的，更重要的是，每月二十几元，一个人如何用得完？"打草蛇待客，连酱油都缺少，大家却吃得津津有味，"刚入嘴嚼，纷纷嚷鲜"；知青"脚卵"低声下气走后门成功，其他人并不气愤，反而为之高兴，表示佩服……张贤亮也曾表达过中国知识分子在六十年代挨耳光喝西北风后的甜蜜幸福感，但因语言技巧上缺乏间离效果，招来很多正义的批评。阿城妙在他能不动声色地戏谑调侃，既写出知识分子于乱世的无可奈何的苟且状态，又表达了他对动乱中国的比较深层次的焦灼困惑——这种焦灼困惑的表达，不是通过"我"的牢骚感叹，而是通过"我"所感兴趣的奇人异事。"士"的困惑与思考，说到底就是看伪革命最终要"乱"什么东西，"乱"到什么程度。只有回答以上问题，才可能找到解释并抗衡动乱的力量。其实"文革"后的大多数作品，都企图回答上述课题，从维熙等人认为"文革"乱了党的正确方针路线，张抗抗等人觉得"文革"乱了青年一代的思想信仰，古华等人看到"文革"乱了善恶标准伦理是非，青年诗人们则发现"文革"乱了基本人权，乱了中国民主化现代化的进程……在我看来，阿城小说的独特意义就在于他关心了"文革"（何止"文革"）动乱对中国文化的伤害程度，以及这种文化力量对动乱的本能抵抗。在《棋王》里，动乱的含义不仅是民众被迫迁徙城里娃娃乡下受苦，动乱更威胁着人的文化性格，"我""脚卵"和"大家"均在生存中面临人格危机，好像唯有棋呆子不无道家色彩的"无为无不为"姿态才能独立处世（初稿结尾更悲观，连王一生最后也应召入地区棋队）；在《树王》里，那棵被萧疙瘩拼命护卫而被红卫兵李立砍倒的参天大树，不仅代表环境生态受破坏，更从天人合一角度象征动乱已伤及民族文化的自然生态；《孩子王》里王福抄字典的行动，则似乎发出了一个与激进的"五四"主张（为救中国而改造汉字）正好相反的宣言：只要有汉字在，中国就不会亡。史无前例的"文革"可以乱政治、乱教育、乱经济、乱道德，但乱不了中国文化最朴素的根基——这岂不就是阿城有意无意所寻的"根"吗？

严格说来，阿城小说是观念的产物，是文化之梦的产物。文字功力加艺术控制感加乡土素材，使"梦"变得像真的一样。其实奇人异事不是"士"在乡间碰到而是"士"太想看到——就像"三王"不是海外华人偶然叫好而是他们自己正想看到一样。八十年代中期不少评论家激赏阿城，多称道其小说中的道家气味，欣赏（也有指责）王一生如何处乱世却独善其身。但"我"在《树王》中的愤怒旁观，何止是"独善其身"？在《孩子王》中的知青教师"我"宁可丢饭碗也要教学生懂得汉字的纯洁，这种以捍卫汉文字（汉文化的形式与精神）来抗衡动乱的态度，简直有点像勇猛的儒将。这也可以见出中国的读书人，身上其实都有些"儒气"——甚至飘然虚无如阿城如王一生，亦不例外。

贾平凹和阿城，是1985年"寻根文学"的最初发动者，虽然平凹比较关注传统儒家伦理——心理观念的现实命运，阿城更想探究社会动乱与包括道家在内的整个汉文化自然生态的关系，但他们依赖、寻求和拯救传统精神文化支柱的出发点是相通的。所以简而言之，他们是想"寻中国文化之根"。

但贾平凹和阿城所尝试的这一种"寻文化之根"的文学当时并未成为八十年代寻根文学之主流。影响最大的寻根作品稍后出自韩少功、王安忆、郑义、莫言、张承志、郑万隆等作家之手。《爸爸爸》《女女女》《小鲍庄》是在挖掘社会动乱在传统文化心理及民族素质上的深层根源。贾平凹和阿城有着超越"五四"的某种倾向（在文体语言上，也在文学与国家的关系上），但1985年，"寻根文学"之主要倾向却仍然沿着"五四"的方向发展，仍是感时忧民批判社会并关心"国民性"问题。而莫言、张承志的创作，则倾向于在城市异化、现代文明膨胀面前寻乡土道德之根以解脱精神价值危机，这时的"根"可以说是被理想化（甚至西洋化、拉美化）的家乡地域文化，也可以是包含性心理因素的草原情结母爱意象甚至异族宗教或其他种种山水图腾……"寻道德之根"的目的，实在是想救当前中华之病患。

在整个寻根文学中，上述第二类寻革命病根的作品当时声势最大，第三类解救道德危机的创作，牵涉作家最多。而贾平凹、阿城所实践的"文化再认识"的寻根，起步最早，影响深远，但学步者甚少。

注释：

①李陀：《一九八五年》，《今天》1993年第3期。

②见戴平的专访《贾平凹近作在大陆被删》，香港《明报》1993年12月5日。

③刘建军：《贾平凹小说散论》，《当代作家评论》1985年第1期。

④有一个例子颇能说明贾平凹在乡里所能感受到的文化心理优越感。据孙见喜《贾平凹其人》记述，平凹十六七岁时被母催逼成婚，平凹不从，气极时"用石墨将一句李白诗刻到山墙上，道是'天生我才必有用'。至今，这字仍残留在那里，每有宾客或上头人到棣花，村人皆携其观赏，尽述作家昔日风流"。见《文学家》1986年第1期。

⑤《商州初录·一对恩爱夫妻》，《钟山》1983年第5期。

⑥《树王》，《中国作家》1985年第1期。

⑦《商州初录·屠夫刘川海》，《钟山》1983年第5期。

⑧《孩子王》，《人民文学》1985年第2期。

原载《文艺争鸣》2014年第11期

寻根文学研究资料

附录

寻根文学研究资料索引

一、报纸期刊研究资料

李陀、乌热尔图：《创作通信》，《人民文学》1984年第3期。

袁忠岳：《李贯通小说的寻根意识与批判意识示踪》，《山东文学》1985年第11期。

峭砥：《对寻根问题的看法——青年文艺理论批评工作者座谈会发言摘要》，《中外文学研究参考》1985年第8期。

张颐武：《寻根：新的文学意向——黄河笔会上的讨论及其它》，《中外文学参考资料》1985年第8期。

凯雄：《文坛上的"寻根热"——关于文学寻"根"问题的讨论综述》，《工人日报》1985年12月1日。

时空：《关于文学"寻根"问题的讨论》，《飞天》1985年第12期。

钱念孙：《文学之"根"的多向伸展和寻"根"眼光的扩大》，《文艺报》1985年11月9日。

吴亮：《文化、哲学与人的"寻根欲"》，《黄河》1985年第4期。

刘舰平、聂鑫森：《关于寻根、楚文化及出新——刘舰平与聂鑫森的通信》，《青春》1985年第11期。

凯：《他们在寻"根"》，《文艺报》1985年7月13日。

向荣：《并非偶然的"恋旧"——"寻根热"兴发的心理轨迹》，《当代文坛》1986年第3期。

袁铁坚、聂雄前：《当代寻根文学与魔幻现实主义》，《求索》1986年第6期。

许钢：《文化意识的觉醒——中国当代文学思潮论之一》，《浙江学刊》

1986年第6期。

方克强：《阿Q和丙崽：原始心态的重塑》，《文艺理论研究》1986年第5期。

陈平原：《文化·寻根·语码》，《读书》1986年第1期。

季红真：《宇宙·自然·生命·人——阿城笔下的"故事"》，《读书》1986年第1期。

吴秉杰：《文化"寻根"与"寻根文学"——评一股文学潮流》，《小说评论》1986年第5期。

钟本康：《当代意识关照下的吴越文化形态——评李杭育"葛川江"小说》，《小说评论》1986年第6期。

王东明：《若无新变　不能代雄——新时期文学散论之一》，《当代作家评论》1986年第5期。

张继麟：《"寻根"的文学与文学的民族化——文学当代发展的思考之一》，《江汉大学学报（社会科学版）》1986年第4期。

郑波光：《郑义的黄河恋：苦苦追寻失落的民族魂》，《当代文坛》1986年第5期。

钟秋：《归去来析——论新时期文学从"现代化"到"寻根"的转变》，《云南社会科学》1986年第5期。

韦平：《〈新星〉的当代意识及其背景——兼谈文学"寻根"》，《怀化师专学报（哲学社会科学版）》1986年第2期。

刘戈：《〈白色鸟〉的民族文化底蕴》，《怀化师专学报（哲学社会科学版）》1986年第3期。

杜平：《从民俗学看寻根文学》，《湘潭大学学报（语言文学论集）》1986年第S2期。

肖强：《寻根意识与全球意识的融汇——评韩少功的文学主张和近期创作》，《文学自由谈》1986年第4期。

张春生：《"寻根"，文化意识与文学发展》，《文学自由谈》1986年第1期。

闻则：《文学寻根与哲学反思》，《安徽省委党校学报》1986年第4期。

洁六：《文学"寻根"与思索中的文化青年》，《上海青少年研究》1986

年第7期。

王乃球：《关于"寻根热"的若干思考之一》，《韶关师专学报》1986年第Z1期。

陈思和：《当代文学中的文化寻根意识》，《文学评论》1986年第6期。

窦斌：《"寻根"及其它》，《世界建筑》1986年第5期。

林伟平：《访作家韩少功文学和人格》，《上海文学》1986年第11期。

钟丹：《关于文学"寻根"的对话——中国作协湖南分会中短篇小说座谈会侧记》，《文艺报》1986年4月26日。

本报：《公刘、韩少功各抒己见，探讨"寻根"的得与失》，《文学报》1986年12月11日。

纪人：《寻根、人种及自信心》，《文学报》1986年11月27日。

何孔周：《寻根意识与文学的深化——就〈漫长生命中的短促一天〉答陈继光》，《文学报》1986年5月15日。

吴奕琦：《"寻根文学"思考二题（之二）》，《研究生学报》1986年第3期。

刘纳：《"寻根"文学与文学"寻根"》，《文艺报》1986年1月4日。

缪俊杰：《"文化意识"和文学"寻根"》，《当代》1986年第2期。

李书磊：《从"寻梦"到"寻根"——关于今年文学变动的札记之一》，《当代文艺思潮》1986年第3期。

李书磊：《文学对文化的逆向选择——评寻根文学思潮及其争论》，《光明日报》1986年3月6日。

康濯：《治伤思过和"寻根"——韩少功小说集序》，《文学月报》1986年12月。

肖为：《关于"文学寻根"的探讨：我对"寻根"的看法》，《文学月报》1986年6月。

未央：《关于"文学寻根"的探讨：文学的功能与"寻根"》，《文学月报》1986年6月。

李元洛：《关于"文学寻根"的探讨：楚文学与湖南当代小说家群》，《文学月报》1986年6月。

韩少功：《关于"文学寻根"的探讨：寻找东方文化的思维和审美优

势》，《文学月报》1986年6月。

谭翠艳：《它必然给历史刻下深深的印痕——关于文学寻根的讨论》，《文学研究参考》1986年第9期。

康濯：《通俗文学和"寻根"——在话本小说与通俗文学座谈会上的讲话》，《文艺界通讯》1986年第3期。

范宗武：《也谈"寻根"——与尚涛同志商榷》，《文学评论家》1986年第4期。

许子东：《"文学寻根"五人谈：两个误解》，《作家》1986年第4期。

吴亮：《"文学寻根"五人谈：文学中的文化和文化中的文学》，《作家》1986年第4期。

毛时安：《"文学寻根"五人谈：文化的价值和文学的寻根》，《作家》1986年第4期。

李劼：《"文学寻根"五人谈："寻根"寻到了什么？》，《作家》1986年第4期。

蔡翔：《"文学寻根"五人谈：文化与心态》，《作家》1986年第4期。

袁铁坚：《当代寻根文学与魔幻现实主义》，《湘潭大学学报（哲学社会科学版）》1986年第3期。

吴德辉：《寻根与云南文学》，《滇池》1986年第10期。

宋耀良：《文学、文化、心态——文学中文化寻根问题的探讨》，《福建文学》1986年第3期。

郑义：《对当前文学中寻根倾向的理解》，《黄河》1986年第1期。

袁铁坚：《当代"寻根"热与民间文学》，《民间文学》1986年第10期。

李劼：《"寻根"的意向和偏向》，《文学自由谈》1986年第1期。

严军：《文学的寻根和寻根的文学》，《淮阴师专学报（社会科学版）》1986年第1期。

周平远：《"寻根"沉思录》，《上饶师专学报（社会科学版）》1986年第1期。

玉乃球：《关于"寻根热"的若干思考之一》，《韶关学院学报》1986年第2/3期。

郑世华：《应运而生　势在必行——也谈文学的"寻根"》，《昌潍师专学报（社会科学版）》1986年第2期。

费秉勋：《"寻根"是现代意识的表现之一》，《长安》1986年第8期。

邵建：《"寻根"论》，《批评家》1986年第6期。

邹广文：《文化寻根与民族意识自觉》，《社会科学评论》1986年第11期。

曹利华：《"寻根"思潮中的一种错觉——与李书磊同志商榷》，《光明日报》1986年5月29日。

戎东贵：《向现实生活寻根——陆文夫中篇小说〈井〉探》，《雨花》1986年第1期。

黄洁：《寻根能拓展民族文化意识吗？》，《当代文坛》1986年第3期。

李庆西：《谈点儿"文化"，谈点儿"寻根"，再谈点儿别的》，《当代文艺思潮》1986年第3期。

李文衡：《民族优根的曲折与延伸——从〈最后一枪〉谈别一种文学"寻根"》，《当代文艺思潮》1986年第6期。

樊星：《根与信念——关于"寻根"的思考》，《文艺评论》1986年第6期。

彭蕴辉：《"寻根"与"寻美"——〈爸爸爸〉审美艺术质疑》，《文论报》1986年12月1日。

滕云：《"寻根"的选择》，《小说评论》1986年第5期。

李杭育：《"文化"的尴尬》，《文学评论》1986年第2期。

蔡翔：《野蛮与文明：批评与张扬——当代小说中的一种审美现象》，《当代文艺思潮》1986年第3期。

基亮：《"寻根"的反思——评韩少功近作》，《当代文坛》1987年第3期。

李东晨、祁述裕：《缪斯的失落与我们的寻找——兼评〈爸爸爸〉和〈棋王〉》，《当代文坛》1987年第5期。

古朴：《传统意识 当代意识 世界意识》，《人文杂志》1987年第6期。

区汉宗：《文化的动态结构与新时期文学的两种审美流向》，《云南社会科学》1987年第2期。

缪思燕：《"寻根文学"的一点思考》，《楚雄师专学报》1987年第1期。

姚本星：《"寻根文学"中的知识分子形象略析》，《怀化师专学报（哲学社会科学版）》1987年第1期。

谢馨藻：《当代文学理论与创作刍议二题》，《湖南科技大学学报（社会科学版）》1987年第1期。

于慈江：《喧闹过后的沉思——关于"寻根"文学的历史反刍》，《运城师专学报》1987年第1期。

王东明、张王飞：《寻根文学：从亢奋到虚脱》，《文艺评论》1987年第3期。

解谭文：《传统文化与文学"寻根"——与李书磊同志商榷》，《文艺争鸣》1987年第2期。

郭小东：《相交的环：两代作家论略》，《小说评论》1987年第4期。

李以建：《"寻根"文学和民族文化》，《福建论坛（文史哲版）》1987年第1期。

刘亚湖：《"寻根"文学与少数民族义化》，《民族文学研究》1987年第5期。

田中阳：《"诱惑"和困惑——评韩少功的短篇小说集〈诱惑〉》，《图书馆》1987年第5期。

刘密：《人类意识：对寻根文学的一种理解》，《文学自由谈》1987年第6期。

陈剑晖：《反思：从悲怆到寻根的整体性蜕变——〈新时期文学思潮综论〉之一》，《海南大学学报（社会科学版）》1987年第3期。

张喜洋：《马克思主义的文化继承理论与寻根派文学》，《汉中师院学报（哲学社会科学版）》1987年第1期。

汪晖：《在历史与价值之间徘徊》，《文学评论》1987年第3期。

潘自强：《对民族传统文化的再认识——谈当前文学创作中出现的崇古情绪》，《朔方》1987年第10期。

徐岱：《也谈文学与文化——寻根文学得失谈》，《当代文坛》1987年第5期。

程文超：《现象世界的文化审美与文化现象的审美世界——阿城、郑万隆、李杭育小说创作鸟瞰》，《江淮论坛》1987年第2期。

蓝天：《〈爸爸爸〉给象征性小说带来什么》，《南充师院学报（哲学社会科学版）》1987年第3期。

宋丹：《魔幻现实主义：文化的寻根与现代的神话》，《文学自由谈》1987年第6期。

以民：《国家与文学——兼谈文学的民族性并与"寻根派"对话》，《温州师范学院学报（社会科学版）》1987年第4期。

李文方：《论文学的本土意识与当代北部文学的开拓》，《探索与学习》1987年第3期。

张先瑞：《"寻根"作品刍议》，《光明日报》1987年7月14日。

陈伯君：《民族文化与民族魂——近年来寻根文学及评论的思考（致A书简之二）》，《红岩》1987年第1期。

汪振军：《涌动的潮汐——寻根小说谈片》，《洛阳师专学报》1987年第1期。

单正平：《"寻根文学"论》，《江海学刊（文史哲版）》1987年第2期。

秦效成：《关于寻根的思考》，《徽州师专学报（哲学社会科学版）》1987年第1期。

颜屏：《被魔幻者寻根记》，《清明》1987年第1期。

方克强：《原始主义与寻根文学》，《萌芽》1987年第3期。

李杭育、何世平：《也谈"寻根"——李杭育答本刊记者何世平问》，《青年作家》1987年第2期。

郭长保：《寻根文学与回归意识》，《批评家》1987年第6期。

席扬：《历史、哲学与文化寻根的审美统一——论新时期文学发展的一个逻辑走向》，《批评家》1987年第1期。

高旭东：《当代中国文学的深化——"寻根文学"新释》，《文学评论家》1987年第2期。

刘长：《我看"寻根"——兼与白盾同志商榷》，《艺谭》1987年第5期。

吴奕琦：《"寻根文学"思考二题》，《艺谭》1987年第2期。

程灿：《在历史意识与现代意识的交汇点上——关于寻根文学的思考》，《南通师专学报（社会科学版）》1987年第2期。

汤一介：《"全球意识"与"寻根意识"——对中国文化发展的设想》，《瞭望》（海外版）1987年第30期。

赵志凡：《对"寻根文学"及相关批评的思索》，《湖南教育学院学报》1987年第4期。

王建明：《文学寻根与原始主义》，《光明日报》1987年3月11日。

陶小淳：《走向成熟的深刻——对当代文学寻根现象的再思考》，《广州日报》1987年12月30日。

陈剑晖：《"寻根文学"之我见》，《云南社会科学》1987年第6期。

李庆西：《新笔记小说：寻根派，也是先锋派》，《上海文学》1987年第1期。

邵建：《现代人寻找灵魂——追论寻根之"根"》，《当代文艺探索》1987年第4期。

田中阳：《论当代"寻根文学"的主题蕴含——从文学史的某些侧面来关照和思考》，《中国文学研究》1988年第2期。

田中阳：《论当代"寻根文学"创作方法的多元化》，《中国文学研究》1988年第4期。

田中阳：《论韩少功近作的嬗变》，《求索》1988年第1期。

刘琼、钟布：《中美"寻根文学"的比较》，《外国文学研究》1988年第3期。

李树榕：《从婚俗看乡土文学与寻根文学》，《内蒙古大学学报（哲学社会科学版）》1988年第4期。

康夏：《情绪化的寻根思潮》，《齐鲁学刊》1988年第6期。

张学军：《关于寻根文学的几点思考》，《山东社会科学》1988年第1期。

吴若增：《欧洲文艺复兴与中国寻根文学》，《文学自由谈》1988年第3期。

徐俊西：《新时期"文化小说"漫论》，《当代作家评论》1988年第2

期。

马大康：《文学时尚与作家的独立品格》，《东岳论丛》1988年第3期。

徐姓民：《躁动与寻求——对当代中国文学的一些思考》，《文艺争鸣》1988年第5期。

吴予敏：《〈孩子王〉纷说——充满了文化哲学的意味》，《电影艺术》1988年第2期。

刘再复：《近十年的中国文学精神和文学道路》，《人民文学》1988年第2期。

谭解之：《文学寻根综论》，《中国文学研究》1988年第1期。

金依俚：《文学如何民族化——对文学"源"与"流"的一点思考》，《娄底师专学报》1988年第3期。

杨宏飞：《也谈本能无意识与文化无意识——与李述一同志商榷》，《哲学研究》1988年第6期。

徐剑艺：《当代文化小说的南北先驱——陆文夫和邓友梅》，《浙江师范大学学报》1988年第1期。

王干：《等待唤醒：来自北国的悲哀——关于〈沉睡的大固其固〉》，《当代作家评论》1988年第2期。

宇文华生：《论新时期小说中的文化回归意识》，《东岳论丛》1988年第5期。

魏威：《寻根文学与民俗学》，《民间文艺季刊》1988年第1期。

梁庭望：《寻根、开拓、构建——壮族文学三十年的反思和展望》，《民族文学研究》1988年第5期。

陈建勤：《民俗生活相与文艺寻根》，《批评家》1988年第5期。

容少晖：《对寻根文学的再认识》，《中山大学学报（哲学社会科学版）》1988年第3期。

李玉衡：《"寻根"巡礼》，《徽州师专学报（哲学社会科学版）》1988年第4期。

丁帆：《批评的遗憾——与刘晓波谈"寻根文学"》，《文艺报》1988年7月2日。

周政保：《寻找小说与寻找……——"寻根"思潮的重新审视》，《文艺

中国当代文学史资料丛书

报》1988年11月12日。

吴士余：《批评思维的 "寻根"》，《文学报》1988年7月21日。

王晓明：《不相信的和不愿意相信的——关于三位"寻根"派作家的创作（韩少功、郑义、阿城）》，《文学评论》1988年第4期。

叶灵：《寻根与漂流——当代文艺态势追踪之二》，《文论报》1988年2月15日。

许文郁：《理性的支点——桑树坪的反思》，《文艺理论与批评》1989年第2期。

龚曙光：《邈邈玄思　耿耿孤心——说桑鑫森的文化寻根小说》，《理论与创作》1989年第2期。

邹健：《韩少功近期小说创作评论综述》，《湘潭大学学报（社会科学版）》1989年第1期。

张诵圣：《开近年文学寻根之风——汪曾祺与当代欧美小说结构观相颉颃》，《当代作家评论》1989年第5期。

孔慧怡：《苍茫大地的磅礴之美——郑万隆笔下粗犷摄人的生存情境》，《当代作家评论》1989年第6期。

丁少伦：《文化寻根与〈红高粱〉现象》，《山东师范大学学报（社会科学版）》1989年第2期。

潘天强：《冷却以后的思考——"寻根"文学得失谈》，《文艺争鸣》1989年第2期。

季红真：《历史的命题与时代抉择中的艺术嬗变——论"寻根文学"的发生与意义》，《当代作家评论》1989年第1期。

季红真：《历史的命题与时代抉择中的艺术嬗变——论"寻根文学"的发生与意义（续）》，《当代作家评论》1989年第2期。

程国政：《伏羲的困惑——我看〈伏羲伏羲〉》，《当代作家评论》1989年第3期。

宋炳辉、郜元宝：《李平易小说漫评》，《当代作家评论》1989年第4期。

李幼苏、张长青：《论新时期文学的三大潮流及其审美特征》，《学习与探索》1989年第1期。

陈平原：《佛与道：三代小说家的思考》，《上海文学》1989年第8期。

方克强：《寻根者：原始倾向于半原始主义》，《上海文学》1989年第3期。

张炯：《文化视角的艺术观照——〈"文化小说"选〉前言》，《烟台大学学报（哲学社会科学版）》1989年第3期。

季红真：《文化"寻根"与当代文学》，《文艺研究》1989年第2期。

何云波、张铁夫：《寻根，回到人本身——对当代苏联文学"寻根热"的思考》，《外国文学研究》1989年第3期。

蔡翔：《寻根派的文化自觉——郑万隆触及人文核心的人格重建》，《当代作家评论》1989年第6期。

赵宝奇：《文化：一个绝大的命题——八十年代小说民族文化探寻轨迹（一）》，《上海文学》1989年第3期。

方伟：《面对文艺"寻根"的思索》，《河北师范大学学报（社会科学版）》1989年第4期。

席扬：《二十年代"乡土派"与八十年代"寻根派"的历史考察》，《中国现代文学研究丛刊》1989年第4期。

蔡翔：《寻根派的文化自觉——郑万隆触及人文核心的人格重建》，《清明》1989年第6期。

杨聚臣：《对民族文化心理的探讨——略论贾平凹的商州人物》，《北京师范大学学报》1990年第1期。

张小元：《恳请你们不要背过脸去》，《当代文坛》1990年第4期。

黄健：《文化冲突与文学创作的深化——关于近几年文学创作趋向的思考》，《浙江社会科学》1990年第4期。

郭令瑾：《新时期若干文学潮流简评》，《福建论坛（文史哲版）》1990年第2期。

木易：《"寻根文学"的误区》，《文艺争鸣》1990年第6期。

李幼苏：《文艺理论与批评的迷误——兼评〈论丙崽〉》，《学习与探索》1990年第3期。

颜翔林：《论审美理想与当代文学的美学联系》，《辽宁教育学院学报（社会科学版）》1990年第3期。

傅铿：《论八十年代中国文化传统的复兴》，《当代青年研究》1990年第3期。

储福金：《关于"中国形式"的问答》，《上海文学》1990年第6期。

季红真：《无主流的文学浪潮——论"寻根后"小说（一）》，《当代作家评论》1990年第2期。

江冰：《"衣带渐宽终不悔"——中国人文精神现象之二》，《文艺评论》1990年第4期。

青人：《寻根文学研究综述》，《社会科学参考》1990年第23期。

苗军：《弥补传统缺陷的困惑——试论鲁迅与新时期"寻根派"作家》，《齐齐哈尔师范学院学报（哲学社会科学版）》1990年第4期。

艾斐：《"寻根文学"的误区——兼论"寻根文学"与拉美魔幻现实主义的关系》，《光明日报》1990年10月9日。

季红真：《形式的意义——论"寻根后"小说》，《上海文学》1990年第6期。

张凤武：《寻根：〈阿Q正传〉的文化反思意向》，《社会科学参考》1990年第23期。

赵歌东：《寻根文学在哪里迷失？——从知情心态看寻根文学的发生及取向》，《当代文坛》1991年第4期。

南帆：《札记：关于"寻根文学"》，《小说评论》1991年第3期。

李建东：《"寻根"文学及其历史使命》，《河南师范大学学报（哲学社会科学版）》1991年第3期。

王辽南：《民族深层心态的吟唱——略论乌热尔图近期创作的忧患意识及其美学嬗变》，《阴山学刊》1991年第1期。

黄景忠：《试论新时期小说中的人生感》，《韩山师专学报（社会科学版）》1991年第2期。

朱持：《浪漫的回忆——关于"还原"文学的哲学思考》，《文学评论》1991年第4期。

潘天强：《寻根文学中的文化意识》，《光明日报》1991年4月7日。

夏冠洲：《王蒙小说中的新疆民俗美》，《西域研究》1991年第4期。

刘斌、陈堂发：《亦谈新时期文学流向问题》，《安徽农师院学报》1991

年第1期。

王彪：《吴越文化小说的历程和未来形态》，《浙江学刊》1991年第6期。

李建东：《"寻根"文学及其历史使命》，《河北师范大学学报（哲学社会科学版）》1991年第3期。

丁帆：《韩少功：艰辛的"寻根"浪子》，《钟山》1991年第2期。

周政保：《"寻根"：现实主义精神的实验》，《青海湖》1991年第1期。

罗谦怡：《"寻根文学"的追求和误区》，《吉林大学社会科学学报》1991年第2期。

张志刚：《文化寻根的一种哲学尝试：卡西尔神话与语言研究述评》，《江淮论坛》1991年第5期。

刘海涛：《寻根：泪与歌的双重奏》，《当代文学研究资料与信息》1991年第3期。

季红真：《文化"寻根"与当代文学》，《文学自由谈》1991年第1期。

何向阳：《"审父"与"恋姐"——兼评寻根后文学文化主题的流变》，《文艺评论》1992年第5期。

聂雄前：《唱给黑土地的挽歌——姜贻斌小说世界的文化阐释》，《小说评论》1992年第3期。

李正西：《新时期文学对传统文化的认同与超越》，《安徽教育学院学报（社会科学版）》1992年第3期。

黄伟林：《素朴难能　本色可贵——赵清学创作简论》，《南方文坛》1992年第1期。

瑶莲：《土族之乡的执著耕耘者——土族作家鲍义志小说印象》，《小说评论》1992年第6期。

毛浩、李师东：《地域文化的现代化——在远处看东北文学》，《文艺争鸣》1992年第5期。

艾斐：《对"寻根文学"的社会思考和美学探寻》，《当代文坛》1992年第2期。

张荔：《"新写实"："寻根"的承续与发展》，《北华大学学报（社会

中国当代文学史资料丛书

科学版）》1992年第1期。

潘天强：《简论新时期文学中的文化意识》，《学术界》1992年第4期。

张贤亮：《追求智慧》，《文学自由谈》1992年第3期。

汪政、晓华：《李杭育与中国"文人"传统》，《文艺争鸣》1992年第2期。

缪俊杰：《粤北改革风云与客家地域文化——评程贤章的长篇新作〈神仙·老虎·狗〉》，《小说评论》1992年第5期。

王爱松：《寻找民族自我与生命意识的契合——八十年代中后期文学现象焦点透视之三》，《怀化师专学报》1993年第3期。

小耘、马成俊：《对寻根文学的文化思考》，《青海民族学院学报》1993年第4期。

丁念保：《对"人"的渐近把握——新时期文学述论》，《天水师专学报》1993年第Z1期。

张学军：《寻根小说与传统文学》，《山东师范大学学报（社会科学版）》1993年第4期。

李志卿：《王安忆与读者的对话》，《文学自由谈》1993年第1期。

李咏吟：《风俗文学与生命的阐释》，《文艺评论》1993年第6期。

费秉勋：《贾平凹与商州》，《唐都学刊》1993年第1期。

张韧：《寻找文学之根与追求精神的皈依——寻根文学得失谈》，《学习与探索》1993年第6期。

费孝通：《寻根絮语》，《读书》1993年第4期。

傅光宇：《民族精神的赞歌：读杨世光的"寻根"散文》，《民族文学研究》1993年第1期。

陈剑晖：《智慧的独语——关于韩少功随笔的札记》，《当代作家评论》1994年第6期。

张学军：《寻根文学的地域文化特色》，《山东大学学报（哲学社会科学版）》1994年第3期。

张学军：《寻根小说的美学追求》，《文史哲》1994年第2期。

应其：《寻根文学的神话品质》，《文学评论》1994年第4期。

李志远：《寻根文学派探究》，《楚雄师专学报》1994年第2期。

沈涌：《商州世界的新开拓——贾平凹乡村题材小说创作论（三）》，《韶关大学学报（社会科学版）》1994年第3期。

南帆：《叙事话语的颠覆：历史和文学》，《当代作家评论》1994年第4期。

南帆：《历史的警觉——读韩少功1985年之后作品》，《当代作家评论》1994年第6期。

陈晓明：《个人记忆与历史布景——关于韩少功和寻根的断想》，《文艺争鸣》1994年第5期。

张器友：《新时期文学中的文化批判主题》，《安徽教育学院学报（哲学社会科学版）》1994年第3期。

肖礼荣：《"酒神"精神与文化寻根小说》，《康定民族师专学报》1994年第1期。

俗子：《寻根的人生：读小说〈绝症〉随想》，《神剑》1994年第4期。

王琳：《论寻根小说叙事的象征性特征》，《新闻学研究》1994年第3期。

王林：《论寻根文学的神话品质》，《社会科学研究》1994年第4期。

张德林：《"寻根"文学与文化探寻》，《上海文化》1994年第6期。

王志桢：《在民族传统文化的祭坛上：论"五四"乡土文学中的寻根意识》，《河南大学学报（社会科学版）》1994年第3期。

李洁非：《寻根文学：更新的开始（1944—1985）》，《当代作家评论》1995年第4期。

李少君：《思想的份量——评韩少功随笔》，《文学自由谈》1995年第1期。

王一川：《传统性欲现代性的危机——"寻根文学"中的中国神话形象阐释》，《文学评论》1995年第4期。

孟颖：《贾平凹商州小说人格结构探析》，《吉林师范学院学报》1995年第12期。

孙兰：《从小说创作看新时期寻根文学思潮》，《中国煤炭经济学院学报》1995年第4期。

李继凯：《民族化·民主化·民间化》，《海南师院学报》1995年第4期。

吴奕锜：《所来各有自　因由两相异——"乡土文学"与"寻根文学"比较之一》，《华文文学》1995年第1期。

王喜绒：《论"乡土"与"寻根"小说中的现实主义文学精神》，《兰州大学学报》1995年第1期。

潘雁飞：《思父·寻根·问路——试论韩少功小说中的思父意识》，《零陵师专学报》1995年第4期。

李大鹏：《"神秘文化"小说漫论》，《天津师范大学学报（社会科学版）》1995年第6期。

陈发玉：《文化寻根热催开的一朵小花：评泰华诗人子帆的〈君子之交〉》，《惠州大学学报（社会科学版）》1995年第3期。

闫庆生：《比喻寻根：神话和神话思维》，《人文杂志》1995年第6期。

李忠效：《"寻根"的感觉》，《青岛文学》1995年第5期。

周宁：《寻梦，寻根，诗人，文人：风沙雁创作论》，《台湾与海外华文文学评论和研究》1995年第4期。

逢增玉：《"老家在山东"：东北作家创作中的"文化恋母"和"寻根"现象》，《文艺争鸣》1995年第5期。

徐侠：《生存的困扰：华文文学寻根之一》，《华文文学》1995年第1期。

田毅鹏：《说"文化寻根"》，《华夏文化》1995年第5期。

萌萌：《语言的寻根》，《当代作家评论》1996年第5期。

张清华：《历史神话的悖论和话语革命的开端——重评寻根文学思潮》，《山东师范大学学报》1996年第6期。

石杰：《佛教与新时期文学的融合》，《中国人民大学学报》1996年第4期。

陈焕新：《从"自恋情结"中走出——新时期乡土作家文化意识漫评》，《广西社会科学》1996年第2期。

赖闽辉、陈玉龙：《通往"大气散文"的桥梁——试评贾平凹散文的地域性特色》，《龙岩师专学报》1996年第2期。

李建盛、冯艳冰：《传统文化的文学误读：论"寻根文学"——理论视界中的八十年代中国文学论之四》，《南方文坛》1996年第4期。

贺志刚：《书写文明与话语重复》，《南方文坛》1996年第4期。

张诒：《不合时宜的最后守望》，《南方文坛》1996年第4期。

宗匠：《传统的否定与传统的新维度》，《南方文坛》1996年第4期。

孟繁华：《启蒙角色再定位——重读"寻根文学"》，《天津社会科学》1996年第1期。

林焱：《二十世纪中国文学与民族文化精神》，《文艺评论》1996年第1期。

宗匠：《否定传统的"寻根"思潮》，《西安教育学院学报》1996年第3期。

李显卿：《中国山林文学的人学意义》，《锦州师范学院学报（哲学社会科学版）》1996年第2期。

肖鹰：《艺术的可能：论当代中国自我的批判性重建》，《浙江学刊》1996年第1期。

赵毅衡：《孤独之必要——中国现当代文学中的文化批判》，《山花》1996年第10期。

吴奕锜：《张扬与觉醒"民族意识"与"民族文化意识"——台湾"乡土文学"与大陆"寻根文学"之比较》，《汕头大学学报》1996年第3期。

邓时忠：《魔幻现实主义和寻根小说之艺术比较》，《求是学刊》1996年第4期。

樊星：《当代文学与地域文化》，《文学评论》1996年第4期。

邓时忠：《民族性的挖掘、阐释和批判——寻根小说与魔幻现实主义》，《西南民族学院学报（哲学社会科学版）》1996年第3期。

丁润生：《文化历史情结与生命意识的探寻——论张承志的创作》，《黔南民族师专学报》1996年第1期。

刘蓓蓓、李以洪：《母神崇拜与"肥臀情结"——读莫言的〈丰乳肥臀〉解》，《文艺评论》1996年第6期。

孟金蓉：《精神家园的自我放逐："寻根后"小说一瞥》，《绥化师专学报》1996年第3期。

李阳春：《由奇峰突起到平落沉寂的寻根文学》，《中国文学研究》1996年第1期。

王轻鸿：《新时期小说的神话原型》，《当代文坛》1997年第2期。

贺绍俊：《在地域性屏障的背后——读白天光的小说》，《当代作家评论》1997年第2期。

吴家荣：《魔幻现实主义与寻根文学之比较》，《外国文学研究》1997年第3期。

叶舒宪：《文学与人类学相遇——后现代文化研究与〈马桥词典〉的认知价值》，《文艺研究》1997年第5期。

丁家栋：《新时期小说创作中的文化潮流与寻根意识的价值取向》，《重庆师院学报（哲学社会科学版）》1997年第1期。

杨春时：《人与语言的双重忧虑》，《湖南师院学报》1997年第1期。

钱理群、吴晓东：《文学的归来——〈二十世纪中国文学史略〉之五》，《海南师院学报》1997年第1期。

邱景华：《阿城〈棋王〉的叙述学分析》，《宁德师专学报（哲学社会科学版）》1997年第4期。

荒林：《〈遍地巫风〉与女性的视界——致叶梦》，《南方文坛》1997年第5期。

张志忠：《寻根文学的深化和升华——〈长恨歌〉、〈马桥词典〉论纲》，《南方文坛》1997年第6期。

慎锡赞：《从伤痕到寻根——新时期文学思潮流变回顾之一》，《南方文坛》1997年第6期。

韦永恒：《论寻根文学思潮的成因》，《南宁师专学报》1997年第2期。

皇甫晓涛：《众里寻他千百度：寻根文学的文化玄惑与审美失落》，《蒲峪学刊》1997年第1期。

程文超：《寻找新的文化支点——中国新时期文学思潮管窥》，《新东方》1997年第6期。

萧元、韩少功：《九十年代的文化追寻》，《书屋》1997年第3期。

锁小梅：《论"寻根文学"对现实主义的拓展》，《社科纵横》1997年第4期。

袁文杰：《论"寻根文学"的审美特征》，《广西师院学报》1997年第1期。

杨春时：《语言的命运与人的命运——〈马桥词典〉释读》，《文艺评论》1997年第3期。

索燕华：《从20年代乡土文学到80年代寻根文学》，《延边大学学报（哲学社会科学版）》1997年第4期。

李显卿：《社会的真实还是观念的图解》，《锦州师范学院学报（哲学社会科学版）》1997年第3期。

魏福惠：《乡土文学创作中的民俗描写与民俗文化批评》，《民间文学论坛》1997年第2期。

颜敏：《破碎与重构——绪言：界定、语境、方法》，《创作评谭》1997年第2期。

宋丹：《〈马〉、〈哈〉文本与寻根文学及昆德拉：兼同张颐武先生商榷》，《文艺报》1997年3月8日。

刘淮南：《文化的困扰与期望：从文化寻根小说和文化关怀小说谈起》，《忻州师专学报（综合版）》1997年第2期。

皇甫晓涛：《文化的困扰与期望：从文化寻根小说和文化关怀小说谈起》，《忻州师专学报（综合版）》1997年第2期。

贺仲明：《无"根"之累——中国新文学与传统文学精神关系试论》，《社会科学辑刊》1998年第1期。

姚文放：《中西方审美文化之异同》，《社会科学辑刊》1998年第4期。

张志忠：《试论90年代文学的文化视野》，《文学评论》1998年第1期。

张冠夫：《我与你：一种新的叙史语言的诞生——对〈心灵史〉、〈纪实与虚构〉、〈家族〉的一次集体解读》，《文艺争鸣》1998年第3期。

韦永恒：《当代寻根文学人物透视》，《广西师范大学学报（哲学社会科学版）》1998年第S3期。

张京军：《汪曾祺的乡土小说》，《江苏广播电视大学学报》1998年第4期。

邓晓芒：《张炜：野地的迷惘——从〈九月寓言〉看当代文学的主流和实质》，《开放时代》1998年第1期。

耿国林：《寻根文学理论的再评价》，《辽宁教育学院学报》1998年第6期。

潘年英：《"民间"的复兴——九十年代中国文学的社会学解析》，《黎明大学学报》1998年第1期。

唐戈：《人类学与中国现代文学》，《文艺评论》1998年第2期。

陆芸：《原始主义文学思潮的困惑和选择——略论寻根派小说》，《浙江师范大学学报》1998年第6期。

宋丹：《马桥事件：批评的尴尬》，《艺术广角》1998年第1期。

刘登翰：《精神漂泊与文化寻根：菲华诗歌阅读札记》，《南方文坛》1998年第3期。

熊召政：《文化寻根者的渴求》，《长江文艺》1998年第6期。

李裴：《自述体民族志小说——从〈高老庄〉看中国小说新浪潮》，《民族艺术》1999年第3期。

邓玉环：《韩少功思想性随笔的精神性存在》，《写作》1999年第10期。

何宜铃：《不可"终结"的模仿》，《文学自由谈》1999年第2期。

贺仲明：《"归去来"的困惑与彷徨——论八十年代知青作家的情感与文化困境》，《文学评论》1999年第6期。

李林荣：《〈务虚笔记〉：讲述人生的真实》，《小说评论》1999年第2期。

胡香、武凤珍：《讲个故事给你听》，《小说评论》1999年第5期。

刘泓：《1985年：寻根现象及其内在动因》，《福建论坛（文史哲版）》1999年第4期。

王学谦：《新时期小说与自然文化》，《黑龙江社会科学》1999年第2期。

包海贤：《从"寻根文学"谈对民族文学的思考》，《内蒙古民族师院学报（哲学社会科学版）》1999年第1期。

由文光：《文化：文学的生命之源》，《青海师专学报》1999年第4期。

刘昕华：《期望的乌托邦——新时期"回归文学"解构》，《求索》1999年第2期。

胡光凡：《湖湘文化与文学"湘军"》，《泰安教育学院学报岱宗学刊》

1999年第3期。

　　欧阳绍凤：《二十世纪中国文学的社会群体意识空间到个人化人性空间的流变》，《文山师专学报》1999年第2期。

　　林燕、乌尔沁：《"文学失足青年"——阿城如是说》，《中国对外服务》1999年第6期。

　　储昭华、李鲁平：《文化反思与文化忧歌：对"寻根文学"的询问》，《芳草》1999年第5期。

　　邹定宾、张晓敏：《走出"伤痕"：寻根小说的文体意义》，《中国人民大学学报》1999年第5期。

　　黄河浪：《从自我放逐到文化寻根：略论北美华人诗人的故国情怀》，《香港文学》1999年第11期。

　　李运抟：《"寻根文学"与"文化寻根"新论》，《当代文坛》2000年第2期。

　　格非：《存在与想象——吴洪森文论读后》，《当代作家评论》2000年第2期。

　　张法：《寻根文学的多重方向》，《江汉论坛》2000年第6期。

　　龙象：《我们的文学究竟缺少什么？——试论"寻根派"与"先锋派"的历史地位及其内在缺陷》，《文艺争鸣》2000年第4期。

　　杨小清：《走向"文化"的文学话语权——"审美权力假设及其合法性问题"续论》，《当代文坛》2000年第2期。

　　赵万法、丁增武：《寻找与失落——"寻根文学"再认识》，《安徽教育学院学报》2000年第4期。

　　彭富春：《寻根话语的批判》，《读书》2000年第8期。

　　宗匠：《传统／现代交织中的"棋王"——兼论寻根文学何以终结》，《广播电视大学学报（哲学社会科学版）》2000年第2期。

　　高有鹏、孟芳：《20世纪中国文学发展中的民间文化思潮》，《河北大学学报（社会科学版）》2000年第4期。

　　高雪梅、朱贵云：《论阿城小说中的中国传统文化精神》，《临沂师范学院学报》2000年第1期。

　　蒋济永：《世纪之交文化格局中的中国南方文学——作家与评论家的对

话》，《南方文坛》2000年第2期。

李晓辉：《魔幻现实主义对中国文学的影响》，《内蒙古民族师院学报（哲学社会科学版）》2000年第4期。

严海燕：《"乡土文学"与"寻根文学"比较三题》，《陕西广播电视大学学报》2000年第4期。

邓集田：《论寻根文学的内在危机》，《温州师范学院学报（哲学社会科学版）》2000年第1期。

柯玲：《论〈受戒〉的文化意味》，《盐城师范学院学报（哲学社会科学版）》2000年第1期。

王达敏：《在文化寻根中展现皖文化的魅力：谈文化系列片〈皖赋〉》，《清明》2000年第1期。

张木荣：《再论韩少功的寻根理念》，《当代文坛》2000年第4期。

胡国强、萧礼荣：《"文化寻根"小说再审思》，《云南文艺评论》2000年第4期。

游友基：《文化寻根小说的雅化、俗化、野化趋向：汪曾祺、冯骥才、郑万隆论》，《福州师专学报》2000年第1期。

张器友：《开放的民族化追求：寻根小说派特色讨论》，《安徽大学学报（哲学社会科学版）》2000年第6期。

祖丁远：《沙沙雨声中走出的王安忆》，《团结报》2000年12月12日。

刘梦岚：《乡土文学发展的新契机》，《人民日报》2000年7月15日。

王又平：《"母语化"：寻根作家和"中国式意象"》，《华中师范大学学报（人文社会科学版）》2001年第5期。

李运抟：《从文化角度研究文艺现象的三个把握》，《江海学刊》2001年第5期。

陈建光：《醍醐一种：超越困境 摆渡生命》，《社会科学辑刊》2001年第6期。

吴奕锜：《新时期"寻根文学"与台湾"乡土文学"之比较》，《社会科学》2001年第5期。

柳万：《文学里的文化什么样》，《文艺理论与批评》2001年第4期。

樊星：《论八十年代以来文学世俗化思潮的演化》，《文学评论》2001年第2期。

刘保昌：《寻找与背离：寻根派小说论》，《西南师范大学学报（人文社会科学版）》2001年第2期。

刘忠：《新时期文学中的浪漫主义及其走向》，《学习与探索》2001年第1期。

贺诗泽：《寻根文学文化主题形态的嬗变》，《阿坝师范高等专科学校学报》2001年第1期。

王宁宁：《浅议"寻根文学"的悖论与反讽》，《北京广播电视大学学报》2001年第1期。

谭桂林：《论〈心灵史〉的宗教母题叙事》，《常德师范学院学报（社会科学版）》2001年第3期。

朱水涌：《全球化与中国当代文学的格局研究》，《东南学术》2001年第1期。

任美衡：《80年代乡土小说"文化寻根"中的自我放逐与救赎》，《贵州教育学院学报》2001年第5期。

彭礼贤：《先锋与寻根——新时期文学分析》，《惠州大学学报（社会科学版）》2001年第1期。

董之林：《从容中的焦虑与焦虑中的从容——沈从文创作与80年代部分"寻根小说"之比较》，《吉首大学学报（社会科学版）》2001年第2期。

王衡霞：《文革文学与寻根文学的符号学比较》，《零陵师范高等专科学校学报》2001年第2期。

王占峰、姜丽娜：《生命与灵魂的拷问——〈黑骏马〉与〈沙漠里的爱情〉比较谈》，《绥化师专学报》2001年第3期。

喻继红：《寻根文学的地域文化特色》，《襄樊学院学报》2001年第3期。

叶舒宪：《月兔，还是月蟾——比较文化视野中的文学寻根》，《寻根》2001年第3期。

董小玉：《试析"寻根文学"对现代主义小说精神的汲取》，《宜宾学院学报》2001年第3期。

俞继红：《寻根文学的地域文化特色》，《襄樊学院学报》2001年第3

中国当代文学史资料丛书

期。

刘保昌、游燕凌：《寻根的小说与小说的寻根》，《中州学刊》2001年第4期。

陈仲庚：《韩少功寻根小说批评综述》，《当代文学研究资料与信息》2001年第3期。

樊星：《浅论80年以来文学世俗化思潮的演化》，《西藏日报》2001年7月12日。

杨剑龙：《精神的探究与艺术的追求——王安忆在当代文坛的意义和价值》，《文艺报》2001年2月20日。

顾明霞：《"自我"的历程——20世纪80年代中国小说的一种现代性考察》，《求实》2002年第S1期。

周丽英：《从当代寻根小说看台湾同胞的思归心理》，《本溪冶金高等专科学校学报》2002年第2期。

邓楠：《〈天狗〉：新古典爱情传》，《常德师范学院学报（社会科学版）》2002年第5期。

周新：《简析〈树王〉的原始主义倾向》，《昌吉学院学报》2002年第2期。

刘学明：《马桥方言与文化寻根》，《渝西学院学报（社会科学版）》2002年第4期。

石世明：《文化寻根与精神理想的探索——张承志文化小说分析》，《渝州大学学报（社会科学版）》2002年第2期。

张立新：《王安忆与寻根文学》，《大连教育学院学报》2002年第4期。

南帆、刘小新：《理论与本土历史》，《东南学术》2002年第1期。

宋剑华：《存在与虚无：论新时期文学对政治理想主义的艺术解构》，《贵州社会科学》2002年第3期。

何长年：《清醒与绝望　批判与坚守——论韩少功的散文创作》，《湖北大学成人教育学院学报》2002年第5期。

李君玲：《世俗生活和精神世界的双重失落——〈小鲍庄〉里的鲍仁文》，《河南商业高等专科学校学报》2002年第6期。

冷耀军、高松：《"寻根文学"与民间、地域文化》，《广西社会科学》

2002年第4期。

黄万华：《寻根与归化：80年代后海外华文文学创作的新姿态》，《华文文学》2002年第2期。

李小平：《"茉莉花种（Jasmine）来自中国"——论80年代菲华文学中的"寻根文学"》，《华文文学》2002年第5期。

李保民：《"寻根文学"的时代性局限》，《河南教育学院学报（哲学社会科学版）》2002年第3期。

王轻鸿：《"寻根文学"：定义的困境和出路》，《荆门职业技术学院学报》2002年第4期。

刘熹、林铁：《民间的走向——论"寻根"及其以后创作主体的"民间意识"》，《吉首大学学报（社会科学版）》2002年第1期。

钟珊：《略论〈白鹿原〉的"寻根"意识》，《嘉应大学学报》2002年第4期。

冯肖华：《新时期现实主义小说流变论——20世纪80年代的文学视界》，《晋阳学刊》2002年第4期。

胥会云：《文学语言方言化的极致与误区》，《理论与创作》2002年第4期。

陈仲庚：《阿城：对道学精神的完整体认》，《零陵师范高等专科学校学报》2002年第1期。

陈晓明：《当代文学的寻根——评陈仲庚〈寻根文学与中国文化之根脉〉》，《零陵学院学报》2002年第5期。

李萌羽、温奉桥：《论后殖民主义视野中的"寻根"文学》，《临沂师范学院学报》2002年第1期。

朱金萍：《反原始主义：大众神话的挽歌》，《连云港师范高等专科学校学报》2002年第4期。

朱大可：《后寻根：乡土叙事中的暴力美学》，《南方文坛》2002年第6期。

徐向昱：《论新时期文学思潮（1978—2000）》，《青岛职业技术学院学报》2002年第4期。

赵惠霞：《论新时期"现代派"与"寻根派"文学》，《渭南师范学院学报》2002年第4期。

林超然：《皈依前贤的至善大美——论汪曾祺的师承》，《绥化师专学报》2002年第1期。

金文兵：《故乡何谓：论"寻根"之后乡土小说的精神皈依》，《江南大学学报（人文社会科学版）》2002年第3期。

程邦海：《寻根文学究竟寻找什么？——试论"寻根文学"的内在缺陷》，《皖西学院学报》2002年第2期。

刘保昌：《寻根小说：精英文化的巨型想象》，《天津社会科学》2002年第2期。

陈仲庚：《韩少功：从"文化寻根"到"精神寻根"》，《文艺理论与批评》2002年第2期。

王科：《中国作家与精神寻根》，《文艺理论与批评》2002年第4期。

熊元义：《直面现实，精神寻根》，《益阳师专学报》2002年第4期。

汪跃华：《亢奋时代的低烧：从"寻根文学"、"现代派"到"先锋小说"的"现代"攻略》，《当代作家评论》2002年第6期。

熊元义：《直面现实精神寻根》，《地火》2002年第2期。

熊元义：《关于中国作家精神寻根问题》，《南方文坛》2002年第5期。

张巧文：《〈棋王〉的文化寻根意识》，《广西教育学院学报》2002年第3期。

冯晖：《但开风气不为师——论汪曾祺与寻根文学之渊源》，《云梦学刊》2002年第6期。

王永改：《究竟"暗示"了什么？》，《深圳商报》2002年12月15日。

祖丁远：《王安忆的文学之路》，《人民日报》（海外版）2002年8月23日。

李运抟：《新时期的文学与文化》，《人民日报》2002年2月17日。

杨柳：《韩少功访谈录》，《法制日报》2002年10月18日。

杨柳：《韩少功：写到生时方是熟》，《中国文化报》2002年10月16日。

徐亚平：《韩少功回到心灵的故乡》，《中国文化报》2002年6月12日。

李运抟：《新时期的文学与文化》，《西藏日报》2002年5月12日。

刘恋：《黄粱梦与"野地记忆"——解读〈能不忆蜀葵〉》，《当代文

寻根文学研究资料

坛》2003年第1期。

叶舒宪：《文化寻根的学术意义与思想意义》，《文艺理论与批评》2003年第6期。

余杰：《拼贴的印象　疲惫的中年》，《文艺争鸣》2003年第1期。

刘学明：《〈马桥词典〉的文化解读》，《西南民族大学学报（人文社会科学版）》2003年第8期。

舒晋瑜：《公民写作者韩少功》，《中国图书评论》2003年第1期。

方明星：《文化寻根与文化共识——"寻根派"小说的当下性意义》，《安徽教育学院学报》2003年第4期。

刘云：《对寻根小说的别一种解读》，《安徽农业大学学报（社会科学版）》2003年第5期。

黄艳：《论地域文化与当代小说》，《保定师范专科学校学报》2003年第1期。

M.高利克、谢润宣：《中国当代文学中的寻根与身份认同》，《东南学术》2003年第4期。

余娜：《诗人的返回与出走——杨炼〈礼魂〉与"寻根"文学的差异及其现代意识与宁静主题》，《河北理工学院学报（社会科学版）》2003年第4期。

刘小平：《仁义·现代性·欲望——重读王安忆的〈小鲍庄〉》，《江淮论坛》2003年第2期。

石万鹏：《剖析传统民族文化底蕴　构建现代审美艺术精神——论寻根小说在主题内容与美学品格上对新时期文学的贡献》，《济南教育学院学报》2003年第3期。

王丽：《寻找与发现——谈谈王安忆文学艺术的独特性》，《鹭江职业大学学报》2003年第1期。

吴炫：《穿越当代经典——文化寻根文学及热点作品局限评述之一》，《南方文坛》2003年第3期。

张瑞英：《知青作家的创作与寻根文学的发生》，《山东社会科学》2003年第5期。

张莉：《在文化的规约下窒息——反观寻根文学潮流的困境》，《学术界》2003年第6期。

杨春燕：《民族语言与精神的追寻者——韩少功》，《岳阳职工高等专科学校学报》2003年第4期。

黄素华：《从寻根到新历史：新时期文学戏剧精神的两个变调》，《浙江工商职业技术学院学报》2003年第1期。

胡俊飞、李倩：《寻根文学式微途中的自我调适——对〈马桥词典〉的换位阐释》，《南阳师范学院学报（社会科学版）》2003年第10期。

贾玲：《试析"寻根文学"在新时期文坛上崛起的原因和社会文化背景》，《重庆工学院学报》2003年第6期。

李光龙、饶晓明：《试论"寻根文学"的文化保守主义表现》，《湖北省社会主义学院学报》2003年第6期。

程悦：《对〈红高粱〉创作的历史文化境遇及策略的思考》，《牡丹江教育学院学报》2003年第4期。

董保纲：《南腔北调看平凹——读〈七盒录音带〉》，《吉林日报》2003年8月16日。

张闳：《为漂泊都市的心灵》，《中国图书商报》2003年11月28日。

赵晓芳：《试论寻根文学的现代意识》，《写作》2004年第12期。

吴炫：《穿越当代"经典"——文化寻根文学热点作品局限评述》，《江苏社会科学》2004年第1期。

南帆：《现代性、民族与文学理论》，《文学评论》2004年第1期。

王尧：《1985年"小说革命"前后的时空——以"先锋"与"寻根"等文学话语的缠绕为线索》，《当代作家评论》2004年第1期。

熊修雨：《寻根文学与新时期小说艺术观念的转型》，《华中师范大学学报（人文社会科学版）》2004年第1期。

陈仲庚：《从"乡土"到"寻根"：文学现代性的三大流变》，《文艺理论与批评》2004年第2期。

许爱珠：《再论"寻根"文学思潮与贾平凹的相互影响及意义》，《江西教育学院学报（社会科学）》2004年第1期。

蔺春华：《"文化热"与中国现当代文学研究的反思》，《甘肃广播电视大学学报》2004年第1期。

邓楠：《全球化语境下的民族文学建构与民族文化认同——魔幻现实主义与寻根文学比较研究》，《零陵学院学报》2004年第3期。

李兴龙：《试论"寻根作家"的文化保守主义倾向》，《零陵学院学报》2004年第3期。

谭光辉、何希凡：《当代台湾"寻根小说"的文化考察》，《西南民族大学学报（人文社会科学版）》2004年第4期。

邓楠：《论魔幻现实主义与寻根文学的叙述方式》，《湖南社会科学》2004年第3期。

邓楠：《论魔幻现实主义与寻根文学的隐喻象征手法》，《文艺理论与批评》2004年第4期。

钱虹：《"补救自己的精神内伤"——读韩少功散文〈遥远的自然〉》，《名作欣赏》2004年第9期。

熊修雨：《启蒙的现代意义及其偏差——论寻根文学的启蒙意义兼与"五四"启蒙运动之比较》，《青海社会科学》2004年第5期。

王金胜：《论"文化寻根"小说的渊源及文化价值取向》，《太原理工大学学报（社会科学版）》2004年第3期。

罗关德：《韩少功乡土小说的视角迁移》，《文艺理论与批评》2004年第5期。

张厉冰：《寻根文学再寻思》，《西华大学学报（哲学社会科学版）》2004年第2期。

杨志芳：《拉美魔幻现实主义与中国寻根文学》，《河北职业技术学院学报》2004年第3期。

付娜：《一曲绝望的乡村挽歌——寻根文学对于现代性的批判》，《沈阳大学学报》2004年第5期。

刘焕芬：《寻根文学中的民俗意蕴》，《泰安教育学院学报岱宗学刊》2004年第3期。

孙家宝、王金胜：《论"文化寻根"小说的渊源及文化价值取向》，《潍坊学院学报》2004年第5期。

陈建新：《话语的力量——论当代文学中的知青作家》，《文艺争鸣》2004年第5期。

熊修雨：《论寻根文学的启蒙意义兼与"五四"之比较》，《新疆大学学报（哲学社会科学版）》2004年第2期。

刘虹利、张巍、刘丙全：《〈爸爸爸〉美学特征新探》，《沈阳农业大学学报（社会科学版）》2004年第3期。

陈建新：《从失语到呓语——当代文学中的知青作家》，《阿坝师范高等专科学校学报》2004年第4期。

刘大先：《文化寻根　族性审视　历史反思——论朱春雨长篇小说〈血菩提〉的意蕴》，《民族文学研究》2004年第4期。

刘宁：《论贾平凹地域散文中的文化意蕴》，《陕西师范大学继续教育学报》2004年第S1期。

刘庆英：《"寻根"与"失根"的双向悖论——试论寻根文学的内在矛盾》，《新乡师范高等专科学校学报》2004年第6期。

邓楠：《论寻根文学的伦理道德文化主题的审视》，《中国文学研究》2004年第4期。

彭继媛：《共同的忧患　不同的构筑——韩少功与孙健忠、蔡测海笔下的湘西世界》，《中国文学研究》2004年第4期。

傅修海：《"〈棋王〉是文化寻根作品"之质疑——从〈棋王〉叙述艺术说起》，《闽西职业大学学报》2004年第3期。

陈徽：《儒家"道"、"德"观之寻根阐释及其"形上化"之后果》，《人文杂志》2004年第2期。

刘醒龙：《爱是一种环境》，《湖北日报》2004年3月19日。

江筱湖：《文学概念三十年：从思潮到商标》，《中国图书商报》2004年10月22日。

刘小平：《20世纪中国文学对儒家文化的寻根及其张力》，《广西社会科学》2005年第6期。

周立冬：《对寻根文学思潮的一种解构性反思》，《攀枝花学院学报》2005年第5期。

赵歌东：《当代文学的三次寻根思潮》，《社会科学战线》2005年第3期。

方秀珍：《神秘主义：从祛魅到审美——扎西达娃小说论》，《小说评论》2005年第3期。

龚敏律：《韩少功寻根小说与巫楚文化》，《中国文学研究》2005年第2期。

邓楠：《本土化的凸显与独创性的追求——论魔幻现实主义与寻根文学的文学策略》，《湖南科技学院学报》2005年第1期。

刘霞：《严歌苓长篇小说〈扶桑〉寻根意识的三个向度》，《安康师专学报》2005年第3期。

樊星：《禅宗与当代文学》，《当代作家评论》2005年第3期。

程光炜：《重评"寻根文学"》，《文艺研究》2005年第6期。

吴俊：《关于"寻根文学"的再思考》，《文艺研究》2005年第6期。

旷新年：《"寻根文学"的指向》，《文艺研究》2005年第6期。

李凤亮：《论民俗风情在文艺作品中的多重价值显现》，《中央民族大学学报》2005年第4期。

肖云儒：《〈秦腔〉：贾平凹的新变》，《小说评论》2005年第4期。

旷新年：《莫言的〈红高粱〉与"新历史小说"》，《杭州师范学院学报（社会科学版）》2005年第4期。

尹允镇：《"寻根文学"的文化启迪和〈流泪的图们江〉》，《民族文学研究》2005年第3期。

熊修雨：《寻根文学民族化追求的回顾与思考》，《新疆大学学报（哲学社会科学版）》2005年第5期。

周沙：《论新时期"寻根文学"的人本主义思想》，《邢台学院学报》2005年第3期。

刘小平：《论新时期文学中的道家话语发生问题——以寻根文学为发生中介物》，《暨南学报（哲学社会科学版）》2005年第5期。

王光明：《"寻根文学"新论》，《文艺评论》2005年第5期。

刘可可：《寻根文学：文革思维的超越与残留——〈棋王〉〈爸爸爸〉的叙事学分析》，《齐鲁学刊》2005年第5期。

傅修海、胡欣育：《"〈棋王〉是文化寻根作品"之质疑——从〈棋王〉叙述艺术说起》，《同济大学学报（社会科学版）》2005年第5期。

姚韫：《同根异脉 同名异质——浅析海峡两岸的"寻根文学"》，《沈阳教育学院学报》2005年第4期。

邓楠、汤小红：《论寻根文学创作中的原型意象与自主清洁》，《湖南科技学院学报》2005年第12期。

杨慧：《现代性的两种"疯癫"想象——重读"寻根文学"与"先锋文学"中的"疯人"谱系》，《广播电视大学学报（哲学社会科学版）》2005年第4期。

金仕霞：《寻根文学对中国传统文化的理解》，《西昌学院学报（人文社会科学版）》2005年第4期。

孙向阳：《浪漫的叩问：寻根文学》，《同仁师范高等专科学校学报（综合版）》2005年第5期。

镇涛、周迎：《世纪末的"浪漫"绝响——论寻根文学的浪漫主义精神特质》，《鄂州大学学报》2005年第1期。

邓楠：《论寻根文学的美学追求》，《理论与创作》2005年第1期。

吴相顺：《20世纪末朝鲜族文坛的"寻根小说"》，《黑龙江民族丛刊》2005年第1期。

南帆：《启蒙与大地崇拜：文学的乡村》，《文学评论》2005年第1期。

徐琴：《西藏的魔幻现实主义——评扎西达娃及其小说创作》，《西藏民族学院学报（哲学社会科学版）》2005年第2期。

邓楠：《魔幻现实主义文学与寻根文学的宗教态度对读》，《湖南文理学院学报（社会科学版）》2005年第2期。

苗欣：《"寻根文学"产生的渊源》，《大庆师范学院学报》2005年第2期。

刘小平：《"道"的隐遁与显现——重读〈爸爸爸〉和〈树王〉》，《阜阳师范学院学报（社会科学版）》2005年第5期。

邓楠：《魔幻现实主义作家与寻根文学作家的叙述话语艺术管窥》，《中南大学学报（社会科学版）》2005年第2期。

陈琳：《1980年代寻根文学的发生》，《福建论坛（人文社会科学版）》2005年第S1期。

樊星：《"新史诗"、"新经典"与"新寻根"思潮中的民族文化精神》，《文艺报》2005年12月8日。

丁杨：《韩少功：写小说是重新生活的一种方式》，《中华读书报》2005年11月30日。

邓楠、陈仲庚、伍建华、杨增和、周甲辰、罗谡：《"传统文化与中国作家精神寻根"》，《文艺报》2005年3月31日。

郭威：《论寻根文学的话语内涵及自我解构》，《宝鸡文理学院学报（社会科学版）》2006年第1期。

刘同般：《关于新时期"寻根文学"的不愉快结局及其原因的再思考》，《重庆工学院学报》2006年第1期。

陈灵强、夏海微：《全球化语境下的身份认同及其危机——对80年代中期"寻根"文学思潮的现代性反思》，《江淮论坛》2006年第1期。

宋如珊：《走向暗示的文学道路——论韩少功的小说创作（1979—1996）》，《人文杂志》2006年第1期。

余昌谷：《从"寻根"走向"多元"——20世纪80年代知青写作回叙》，《安庆师范学院学报（社会科学版）》2006年第2期。

赖一郎：《贾平凹与"寻根文学"》，《福建教育学院学报》2006年第1期。

卞永清：《俗世的温情——论汪曾祺小说的平民叙事立场》，《苏州大学学报》2006年第2期。

吴福辉：《地方籍·地域性·文化叙事与经典》，《文史哲》2006年第2期。

陈黎明：《魔幻现实主义文学与"寻根"小说》，《文学评论》2006年第2期。

彭礼贤：《新时期"寻根文学"潮流》，《井冈山学院学报》2006年第2期。

王慧灵：《寻根小说中的神秘色彩探析》，《江西社会科学》2006年第4期。

郭宝忠：《从庄禅话语看阿城寻根小说的文化迷失》，《辽宁行政学院学报》2006年第5期。

苏忠钊：《韩少功的寻根小说与巫诗传统》，《南京师范大学文学院学报》2006年第1期。

当代中国文学史资料丛书

刘忠：《"寻根文学"的精神谱系与现代视野》，《河北学刊》2006年第3期。

邓楠：《论魔幻现实主义文学与寻根文学民族文学独创性的建构》，《江汉论坛》2006年第6期。

黄水来：《无边的困境：论寻根文学的内在矛盾和自身悖论》，《成都教育学院学报》2006年第6期。

刘克宽：《简淡超越的文化观照体式——谈阿城〈棋王〉的文体审美形态》，《名作欣赏》2006年第13期。

周丹：《阿城的文化之根——对儒道精神的探寻》，《焦作师范高等专科学校学报》2006年第2期。

邓楠：《论寻根文学建构民族文学特色的实现方式》，《理论与创作》2006年第4期。

刘忠：《"寻根文学"的现代视野与启蒙悖论》，《重庆社会科学》2006年第9期。

刘忠：《"寻根文学"与未完成的民族叙事》，《江苏行政学院学报》2006年第4期。

李钧：《文化中国与大地民间——试论30年代的"寻根文学"》，《文学评论》2006年第5期。

张秀莲：《韩少功的寻根情结》，《甘肃农业》2006年第9期。

刘忠：《文化史视野中的寻根文学》，《殷都学刊》2006年第3期。

邓楠：《中国寻根文学研究述评》，《中国文学研究》2006年第4期。

陈灵强：《全球语境下民族文化记忆的本土化反弹——对20世纪80年代"寻根文学"发生的现代性反思》，《晋阳学刊》2006年第6期。

邓正平：《论寻根文学以来知识分子形象的精神流变》，《学术论坛》2006年第11期。

陈啸：《生命意识的自我回归与主观倾注——论寻根派文学》，《周口师范学院学报》2006年第6期。

孟繁蕾：《〈棋王〉"寻根"中的豪侠精神》，《桂林师范高等专科学校学报（综合版）》2006年第4期。

袁正宏：《优秀传统文化的召唤与回归——寻根文学回眸》，《陕西广播电视大学学报（综合版）》2006年第4期。

陈啸：《试论寻根派文学中的生命意识》，《社会科学评论》2006年第1期。

童爱英：《从"寻根文学"看区域文化与文学的新发展》，《安徽文学》2006年第11期。

南帆：《传统与本土经验》，《文艺报》2006年9月19日。

张世岩：《回望故乡的巫风楚雨——论韩少功创作与楚文化的关系》，《时代文学》2007年第2期。

刘东玲：《理论与实践：寻根的悖论——以〈爸爸爸〉为例》，《南方文坛》2007年第1期。

陈啸：《生生之生命美学的现代阐释——寻根文学新论》，《江淮论坛》2007年第1期。

周甲辰：《论寻根文学对民族文化身份的误读——读邓楠〈全球化语境下的民族文化身份认同〉》，《理论与创作》2007年第1期。

傅元峰：《想象力、个性化与审美蒙蔽》，《文艺争鸣》2007年第1期。

胡军：《寻根文学与新时期小说艺术观念的转型——以韩少功20世纪80年代创作为中心》，《中国文学研究》2007年第1期。

宋菊梅：《〈小鲍庄〉与寻根文学》，《和田师范专科学校学报》2007年第1期。

张晓燕：《论韩少功寻根小说的楚文化底蕴》，《和田师范专科学校学报》2007年第2期。

刘翠湘、李鼎荣：《寻根文学与拿来主义》，《湖南科技学院学报》2007年第3期。

陈晓明：《论〈棋王〉——唯物论意义的阐释或寻根的歧义》，《文艺争鸣》2007年第4期。

石迪：《失落的再寻根之旅——读韩少功的〈山南水北〉》，《新西部》2007年第3期。

刘学明：《简论"寻根文学"的文化内涵》，《重庆工学院学报（社会科学版）》2007年第3期。

王德领：《不能承受的寓言化之重——对80年代以来寓言化写作的反

思》，《当代文坛》2007年第3期。

何法强：《寻根文学中的色彩指向》，《新疆大学学报（哲学人文社会科学版）》2007年第2期。

吴景明：《论新时期以来自然主题在文学场域中的嬗变——以知青文学、寻根文学为中心》，《社会科学辑刊》2007年第3期。

高小康：《非物质文化遗产与新的"寻根"文学》，《文艺争鸣》2007年第6期。

鲍小蕾：《从寻根者关照下的传统文化出发——论寻根文学的困境》，《沈阳工程学院学报（社会科学版）》2007年第3期。

韩少功、李建立：《文学史中的"寻根"》，《南方文坛》2007年第4期。

任南南、张守海：《在巨人肩上的写作：重读〈爸爸爸〉的一种方式》，《江西科技师范学院学报》2007年第2期。

胡金砖：《心灵的回归于文学的寻根——读邓楠博士〈魔幻现实主义与寻根文学比较研究〉》，《运城学院学报》2007年第3期。

熊修雨：《寻根文学与新时期文学的民族化》，《宁夏大学学报（人文社会科学版）》2007年第4期。

金仕霞：《寻根文学的选择》，《辽宁教育行政学院学报》2007年第7期。

刘忠：《寻根文学、文化保守主义与山野精神》，《海南师范大学学报（社会科学版）》2007年第3期。

李尚徽：《浅析〈棋王〉的文化寻根》，《安徽文学》2007年第5期。

李国：《1985：批评方法的更新和文学观念的嬗变》，《安徽文学》2007年第7期。

邹云虹：《〈棋王〉中王一生形象探析》，《文学教育》2007年第1期。

邓正平：《论"寻根文学"以来的知识分子形象》，《学术界》2007年第6期。

苟红岚：《海外华裔文学的"寻根"与归化》，《陕西师范大学继续教育学报》2007年第4期。

杨红：《西藏新小说之于寻根文学思潮的意义》，《贵州民族学院学报

（哲学社会科学版）》2007年第6期。

张玫、李志民：《浅谈〈百年孤独〉对新时期寻根文学的影响》，《云梦学刊》2007年第S1期。

姚艳红、李孝华：《寻根文学的继承和发展》，《消费导刊》2007年第12期。

杨杰琼：《小说结构与人物意蕴：〈马桥词典〉的创新机制》，《海南师范大学学报（社会科学版）》2007年第5期。

段崇轩：《要"现代性"更要"民族性"——对当前文学的一点思考》，《文艺报》2007年10月27日。

张鹰：《文学的失魂与价值的重构》，《中国艺术报》2007年12月11日。

陈仲庚：《邓楠与〈全球化语境下民族文化身份认同〉》，《文艺报》2007年3月20日。

唐哲：《寻根文学现代性品格的探索》，《时代文学》2008年第6期。

冯晓燕：《汪曾祺的"纯小说"创作》，《时代文学》2008年第8期。

张渝：《何家英：从寻根到失根》，《中国书画》2008年第6期。

陈润兰：《知青作家的精神突围与自我拯救——文学"寻根"运动的心理动因阐释》，《当代文坛》2008年第1期。

张太兵：《"寻根文学"研究综述》，《滁州学院学报》2008年第5期。

孙新峰：《贾平凹及其文学的文化意义新探》，《学术探索》2008年第6期。

杨亮：《文化坐标：突围与重构——新时期"寻根文学"的"过渡性"》，《佳木斯大学社会科学学报》2008年第6期。

王寒：《文学寻根与莫言的文化反思——论莫言的前期创作》，《安徽文学》2008年第4期。

张海生、吴玉玉：《论阿城小说的世俗性》，《齐齐哈尔师范高等专科学校学报》2008年第5期。

方艳：《文学-文化研究的转向问题与文化寻根思潮》，《巢湖学院学报》2008年第1期。

张莹：《陈忠实小说与秦地民俗文化》，《唐都学刊》2008年第1期。

边远：《对民间的探索和追问——从创作主题与表现客体的关系解读韩少

功的创作》，《学术交流》2008年第2期。

陈灵强：《选择与吸纳："寻根文学"对民族文化记忆的唤醒》，《台州学院学报》2008年第1期。

尤培成：《从"寻根"谈〈棋王〉中的侠义文化》，《沧州师范专科学校学报》2008年第1期。

陈吉德：《中国当代戏剧的寻根意识》，《当代戏剧》2008年第3期。

安丽娜：《文学天宇中一道夺目的闪电——论寻根文学》，《西南农业大学学报（社会科学版）》2008年第3期。

张立群：《历史"寻踪"及其现实走向——"寻根文学"的再解读》，《解放军艺术学院学报》2008年第2期。

孙杏花：《古典生活的复归——论〈受戒〉中的民族文化之根》，《天津师范学院学报》2008年第3期。

段爱勤：《20世纪80年代"寻根文学"产生的原因探析》，《湘潮》2008年第5期。

孙新峰、贾浅浅、王建宁：《贾平凹及其文学的文化意义》，《商洛学院学报》2008年第3期。

邓立平：《"寻根文学"再认识》，《新乡学院学报（社会科学版）》2008年第1期。

莫雅波：《"寻根者"笔下的"原始"——〈小鲍庄〉与〈麦秸垛〉的比较研究》，《重庆科技学院学报（社会科学版）》2008年第10期。

姚新勇：《多义的"文化寻根"——广谱视域下的"寻根文学"》，《暨南学报（哲学社会科学版）》2008年第4期。

张守海：《文学的自然之根——生态文艺学视域中的文学寻根》，《文艺争鸣》2008年第9期。

王兰、尤俊红：《"寻根文学"的文化选择》，《安徽文学》2008年第9期。

雷育涛：《不一般的普通人——从人物形象看〈棋王〉的内容底蕴》，《广西大学学报（哲学社会科学版）》2008年第S1期。

冻凤秋：《文学30年：从精英启蒙到大众狂欢》，《河南日报》2008年12月25日。

赵瑜：《韩少功的时间碎片》，《中华读书报》2008年5月21日。

何孔周：《澳华文学："浮萍"与"寻根"》，《文艺报》2008年5月1日。

马晓雁：《〈小鲍庄〉研究综述》，《青海师专学报》2009年第1期。

侯桂新、王畅：《〈马桥词典〉与〈暗示〉文体论》，《理论与写作》2009年第1期。

徐燕：《自为的民生、民智空间的探求——阿城小说世俗性之再解读》，《名作欣赏》2009年第4期。

白忠德：《浅论〈商州三录〉的文学史意义》，《商洛学院学报》2009年第1期。

陈红旗：《论新时期文学的文化选择（1976—1985）》，《小说评论》2009年第2期。

陈仲庚：《全球化背景下当代文学的反思与建构》，《中国文学研究》2009年第1期。

宁衡山：《论冯骥才民俗小说的现代主义与民族保护主义》，《湖南科技学院学报》2009年第3期。

古超强：《〈棋王〉叙述层次及其艺术功用》，《茂名学院学报》2009年第2期。

朱水涌、张静：《传统重建为何尴尬——以"寻根文学"为例》，《文艺争鸣》2009年第6期。

吴晓东：《游离于模糊："寻根"主体性问题的反思》，《赤峰学院学报（汉文哲学社会科学版）》2009年第5期。

黄铁：《文化守成与大地复魅——新世纪乡土小说浪漫叙事的变异》，《郑州大学学报（哲学社会科学版）》2009年第2期。

任毅：《张炜论——〈古船〉对中国社会的寓言》，《经济研究导刊》2009年第14期。

朱志胜：《青草幽幽水凌凌，〈山南水北〉真性情》，《环境教育》2009年第7期。

李谫博：《寻根意识形成的历史语境及其思想迷误》，《小说评论》2009年第4期。

李兆忠：《古典艺术精神的一次回光返照》，《文学自由谈》2009年第4期。

张爱华：《〈马桥词典〉——20世纪90年代文化寻根的升华》，《开封大学学报》2009年第2期。

李庆西：《寻根文学再思考》，《上海文化》2009年第5期。

曾道荣：《动物叙事：从文化寻根到文化重建》，《文学评论》2009年第5期。

刘文娟：《文学的文化表达与文化的文学呈现——以〈马桥词典〉为例》，《安徽文学》2009年第9期。

王宏根：《新时期寻根文学运动的人类学思想》，《社会科学战线》2009年第6期。

曾道荣：《动物叙事与寻根文学》，《三明学院学报》2009年第3期。

张丽凤：《论"寻根"思潮对当代文学的隐形创伤》，《德州学院学报》2009年第3期。

张太兵：《论"寻根文学"的兴起》，《巢湖学院学报》2009年第4期。

张太兵：《文学课中文本细读初探——以寻根文学一个经典文本为例》，《滁州学院学报》2009年第4期。

李建军：《"国民性批判"的发生、转向与重启》，《文艺研究》2009年第10期。

鲁美：《汪曾祺与寻根文学》，《西安石油大学学报》2009年第4期。

李晶：《文化的寻根》，《柳州师专学报》2009年第5期。

张鑫、黄梅、王庆娟、吴丹、李蕾：《阿城小说新论》，《湖南师范大学学报（社会科学版）》2009年第5期。

李兆忠：《昙花一现的"寻根文学"》，《世界知识》2009年第23期。

董方圆：《从儒、道精神解读寻根之作〈棋王〉》，《法制与社会》2009年第35期。

张艺芬：《〈马桥词典〉——充满魔力的语言王国》，《怀化学院学报》2009年第12期。

陶国山：《"寻根文学"与民族认同的建构》，《新疆大学学报（哲学人文社会科学版）》2009年第5期。

韩彬：《未竟的话题——对寻根文学的反思》，《潍坊学院学报》2009年第5期。

杨庆祥：《韩少功的文化焦虑和文化宿命——以〈山南水北〉为讨论起点》，《扬子江评论》2009年第6期。

苏沙丽：《"外来者"：文化的困境与突围——论韩少功乡土书写的姿态》，《大众文艺》2009年第23期。

于兴雷：《寻根文学人文思潮流变》，《传奇、传记文学选刊（理论研究）》2009年第1期。

李云：《历史记忆的文学阐释——围绕〈棋王〉的前前后后》，《当代文坛》2010年第1期。

杨慧：《现代性的两种"疯癫"想象——重读"寻根文学"与"先锋文学"中的"疯人"谱系》，《艺术广角》2010年第1期。

曾道荣：《自然书写：从政治语境到生态向度——兼论寻根文学的生态意识写作转向》，《文艺争鸣》2010年第3期。

赵冬梅：《寻根文学的研究理路》，《南都学刊》2010年第2期。

刘长华：《援道入儒 外道内儒——汪曾祺品人散文中的立人思想》，《湖南工业大学学报（社会科学版）》2010年第1期。

岳蔚敏：《论寻根文学以来知识分子形象的精神流变》，《洛阳理工学院学报（社会科学版）》2010年第1期。

王蕾：《论文化传播视阈中的"寻根文学"》，《科教文汇》2010年第2期。

张太兵：《论寻根文学的衰落》，《齐鲁学刊》2010年第2期。

陈明香：《莫言的创作与寻根文学》，《文学教育》2010年第1期。

韩少功：《扁平时代的写作》，《邵阳学院学报（社会科学版）》2010年第1期。

李蕾：《浅谈〈棋王〉中的游侠精神》，《长江师范学院学报》2010年第1期。

许心宏：《"渔"无"鱼"：两个"渔佬儿"的符号释义》，《湖南农业大学学报（社会科学版）》2010年第1期。

梁平：《文学需要再"寻根"》，《文艺理论与批评》2010年第3期。

李兴龙：《现代性反思中的文化世界——李杭育小说论》，《宁波大学学报（人文科学版）》2010年第3期。

刘学明：《锈蚀的刀锋——〈马桥词典〉到〈暗示〉的精神蜕变》，《小说评论》2010年第3期。

赵树勤、尤其林：《〈瓦尔登湖〉与韩少功生态散文》，《理论学刊》2010年第5期。

张太兵：《论寻根文学经典文本的缺陷》，《淮北煤炭师范学院学报（哲学社会科学版）》2010年第2期。

窦中超：《从叙述学角度对〈北方的河〉解读》，《文学界（理论版）》2010年第3期。

刘洪强、范正群：《寻找〈树王〉之根——谈〈庄子〉对〈树王〉的影响》，《淄博师专学报》2010年第2期。

张太兵：《寻根作家创作心态的迷茫与文本的缺陷》，《滁州学院学报》2010年第3期。

周李帅：《探析〈爸爸爸〉的陌生化技巧》，《商业文化（学术版）》2010年第7期。

贺永芳：《20世纪中国文学的传统与现代化》，《中州学刊》2010年第4期。

葛亮：《"寻根"中隐现的缺席历史——论王安忆早期小说的"自我／城市"主体建构》，《东岳论丛》2010年第6期。

李晶：《"审美现代性"视野下的寻根小说》，《中北大学学报（社会科学版）》2010年第4期。

孙叶林：《承续久远的方言写作传统——现代湘籍作家泛方言写作动因论之二》，《湖南大学学报（社会科学版）》2010年第4期。

曾道荣、余达忠：《文化寻根小说的生态审美视野》，《佳木斯大学社会科学学报》2010年第4期。

梁光焰：《"寻根"：文学的身份焦虑与困境》，《文艺争鸣》2010年第19期。

吴予、陈国恩：《寻根文学的寻根之失》，《江汉论坛》2010年第9期。

杨晓帆：《知青小说如何"寻根"——〈棋王〉的经典化与寻根文学的剥

离式批评》，《南方文坛》2010年第6期。

司马晓雯：《叩问一个时代的饥饿感——读阿城的〈棋王〉》，《名作欣赏》2010年第27期。

罗孝廉：《传统文化是民族文学之根》，《湖南城市学院学报》2010年第5期。

林朝霞：《寻根文学的文学形态论——基于寻根文学文化立场的思考》，《厦门理工学院学报》2010年第4期。

伍西明：《"寻根文学"中的集体无意识主体观》，《求索》2010年第11期。

姜悦：《寻根文学思潮地域化特征的解读与反思》，《山东社会科学》2010年第12期。

张立群：《历史的会通：〈百年孤独〉与中国当代文学》，《天津社会科学》2010年第6期。

冯果：《寻根文学与第五代电影人的叙事电影》，《求索》2010年第12期。

周引莉：《试论"寻根热"落潮的原因》，《黑龙江社会科学》2010年第6期。

姚玉红：《从"寻根"品味小说文化意识的觉醒》，《资治文摘》2010年第6期。

杨林：《乍暖还寒的明媚——以〈爸爸爸〉为例谈寻根文学的文化追寻与困境》，《时代文学》2010年第7期。

陈丽芬：《论寻根文学主体的构成及特点》，《哈尔滨工业大学学报（社会科学版）》2010年第6期。

张新颖：《以心为底——史铁生的文学和他的读者》，《文艺争鸣》2011年第3期。

王宏力：《寻根文学——从最初的喧哗到迅速的沉寂》，《才智》2011年第2期。

南帆：《八十年代：话语场域与叙事的转换》，《文学评论》2011年第2期。

胡丽娜：《韩少功小说中的女性形象分析》，《兰州教育学院学报》2011

年第1期。

谢昉：《"寻根"文学与泛文化主义》，《洛阳理工学院学报（社会科学版）》2011年第1期。

林尤超：《韩少功散文随笔的艺术魅力》，《新东方》2011年第1期。

程光炜：《在"寻根文学"周边》，《解放军艺术学院学报》2011年第1期。

陈丽：《论李杭育小说中的庄禅文化意味》，《乐山师范学院学报》2011年第3期。

马金科、彭超：《韩少功"寻根话语"矛盾现象的理性思考》，《延边大学学报（社会科学版）》2011年第2期。

吴雪丽：《"民族国家"想象的知识谱系与现实境遇——以1980年代的"文化寻根"为视点》，《文艺理论研究》2011年第2期。

张太兵：《从"歌颂"、"追寻"到"彷徨"——十七年小说、寻根小说、新写实小说创作心理探析》，《滁州学院学报》2011年第3期。

杨亮：《文化寻根的现代性焦虑——再探20世纪80年代"寻根文学"的文化策略》，《文艺评论》2011年第5期。

张艺芬：《创新后的回归——由〈马桥词典〉反观韩少功的创作道路》，《鸡西大学学报》2011年第7期。

孟宛音：《寻根文学和现代性》，《文学界（理论版）》2011年第5期。

任翔：《寻根文学的历史意识》，《社会科学战线》2011年第3期。

马征：《"寻根"背后的犹疑——〈棋王〉与80年代文化意识研究》，《山西大学学报（哲学社会科学版）》2011年第3期。

韩彬：《歧义的"寻根"》，《山西大学学报（哲学社会科学版）》2011年第3期。

史玉丰：《"寻根"：策略而非信仰》，《山西大学学报（哲学社会科学版）》2011年第3期。

房福贤：《寻根文学与20世纪80年代激进主义思潮》，《山西大学学报（哲学社会科学版）》2011年第3期。

房福贤：《寻找"寻根文学"的"根"》，《山西大学学报（哲学社会科学版）》2011年第3期。

方嘉婕：《"寻根文学"的得失——以韩少功〈爸爸爸〉为例》，《广东技术师范学院学报》2011年第4期。

蔺春华：《论近三十年中国当代文学的文化选择》，《小说评论》2011年第3期。

郭冰茹：《传统叙事资源的压抑、激活与再造》，《文艺研究》2011年第4期。

刘岩：《少数民族叙事与寻根文学》，《社会科学家》（下半月）2011年第1期。

吴雪丽：《试论"文化寻根"思潮中的少数民族书写》，《民族学刊》2011年第4期。

司娟：《评述"寻根文学"的后现代性》，《时代文学》（下半月）2011年第8期。

刘学明：《从文化寻根到"现代性"批判——〈暗示〉与韩少功文学精神的蜕变》，《当代文坛》2011年第5期。

罗克凌：《试论寻根小说"神秘"景象描写的文化品质》，《湖州师范学院学报》2011年第5期。

倪思然、倪金华：《大陆"寻根文学"与台湾"乡土文学"比较》，《集美大学学报（哲学社会科学版）》2011年第4期。

段崇轩：《思想、文体驱动下的"先锋"写作——韩少功小说论》，《创作与评论》2011年第5期。

柳冬妩：《打工文学与寻根文学的精神衔接——以王十月〈寻根团〉为例》，《创作与评论》2011年第5期。

罗克凌：《论寻根小说景象描写中的宗教"神秘"——以张承志和史铁生的创作为个案》，《重庆工商大学学报（社会科学版）》2011年第6期。

牛朝霞：《〈白鹿原〉对儒家文化的历史观照》，《重庆科技学院学报（社会科学版）》2011年第24期。

史玉丰：《八十年代寻根小说中的寓言化书写》，《菏泽学院学报》2011年第6期。

罗克凌：《论寻根小说"神秘"景象描写中的"天人合一"》，《江西科技师范学院学报》2011年第6期。

岳惺菡：《〈穆斯林的葬礼〉对寻根文学的继承与超越》，《呼伦贝尔学院学报》2011年第5期。

张立群、于丽萍：《论韩少功小说的创作道路》，《河北科技大学学报（社会科学版）》2011年第4期。

许平：《寻根，把握前行的方向》，《人民日报》2011年11月1日。

刘燕：《韩少功不谈文学只谈现实》，《东莞日报》2011年9月27日。

尚进：《汪曾祺小说的艺术特征》，《延安日报》2011年7月5日。

程志军：《文化启蒙倾向的实践——寻根文学思想文化内涵研究》，《广西教育学院学报》2012年第1期。

张一弘：《故乡的赞歌——〈秦腔〉人物形象浅析》，《群文天地》2012年第5期。

周建华：《建构·转折·新变——论1985年的文学史意义》，《南阳师范学院学报》2012年第4期。

张少禹：《〈棋王〉的对称美学》，《名作欣赏》2012年第13期。

刘淮南：《对寻根文学中文学性批判之不足的反思——以〈爸爸爸〉、〈小鲍庄〉为例》，《中国文学研究》2012年第2期。

洁洁：《浅谈〈爸爸爸〉中的人物形象》，《太原大学教育学院学报》2012年第1期。

胡俊飞：《在昆德拉与韩少功之间——兼与陈思和先生商榷》，《湖南工业大学学报（社会科学版）》2012年第1期。

金大伟：《文化、人性、乡村：寻根的永恒追求——综论韩少功"寻根"之旅及其内涵》，《广西教育学院学报》2012年第1期。

金大伟：《自发、自觉、自为（自然）：文学寻根的三重变奏曲——综论韩少功文学"寻根"的历时衍变》，《阜阳师范学院学报（社会科学版）》2012年第1期。

旷新年：《韩少功小说论》，《文学评论》2012年第2期。

梁焱：《文化审美的现代性突破——论韩少功寻根作品》，《名作欣赏》2012年第9期。

赵晶晶：《解读文学"寻根"——由"寻"和"根"说起》，《科教导刊》2012年第1期。

牛殿庆：《杨炼早期诗歌和江河诗歌的重新比较》，《浙江万里学院学报》2012年第1期。

林建法：《文学与传统》，《当代作家评论》2012年第1期。

魏美玲：《韩少功〈山南水北〉的乡土世界》，《四川大学学报（哲学社会科学版）》2012年第1期。

徐敏君：《论〈爸爸爸〉之主体精神》，《四川教育学院学报》2012年第1期。

屠毅力：《汪曾祺的"灰箱"——从"现实主义"转换看其在1980年代文学中的位置》，《中国现代文学研究丛刊》2012年第1期。

王昌忠：《李杭育寻根小说的文化批判》，《四川文理学院学报》2012年第4期。

崔秀霞：《〈钟鼓楼〉之"寻根小说"文学史定位再讨论》，《海南师范大学学报（社会科学版）》2012年第4期。

李思琪：《文化与人——读韩少功的〈马桥词典〉》，《南昌教育学院学报》2012年第7期。

蔡俊峰：《寻根文学衰落原因分析及现代启示》，《剑南文学》2012年第5期。

张德军：《寻根小说中的民俗记忆与守望》，《贵州民族研究》2012年第3期。

方涛：《"寻根文学"文学史价值的审视重估》，《南方文坛》2012年第4期。

李冬梅：《〈灵山〉与中国巫文化》，《华文文学》2012年第3期。

吴雪丽：《"现代性"的知识资源与问题视域——从"新启蒙"到"文化寻根"》，《天津师范大学学报（社会科学版）》2012年第3期。

徐仲佳：《论〈马桥词典〉的"思想"与叙事之裂痕》，《中国现代文学研究丛刊》2012年第6期。

吴娇：《梦呓和实语的归去来——浅论韩少功小说〈归去来〉的微妙心理》，《文学界》2012年第5期。

易瑛：《"物我合一"的混沌——论寻根作家创作的神话思维》，《广播电视大学学报》2012年第4期。

聂茂：《寻根文学：精神内伤与亚文化崇拜》，《海南师范大学学报（社会科学版）》2012年第10期。

焦会生：《格与话份：民间中国的等级意识——韩少功〈马桥词典〉选评》，《殷都学刊》2012年第4期。

赵志丽：《寻根文学在新时期的叙事性》，《山西煤炭管理干部学校学报》2012年第4期。

马杰：《汪曾祺小说〈受戒〉与中国文人画》，《太原师范学院学报（社会科学版）》2012年第6期。

李明彦：《诗性图式与隐喻真实：寻根文学中的寓言叙事》，《文艺争鸣》2012年第12期。

陈娟：《从〈黑骏马〉管窥张承志的"寻根"》，《延安职业技术学院学报》2012年第6期。

徐勇：《"寻根"的建构及其谱系》，《中国现代文学研究丛刊》2012年第12期。

舒斐：《莫言与寻根文学》，《现代畜牧兽医》2012年第11期。

马超：《寻根文学对文化传承的现实意义和启示—— 以贾平凹散文作品〈秦腔〉为例》，《商场现代化》2012年第26期。

王晓恒：《"五四"乡土小说与寻根文学民俗描写特征论》，《内蒙古大学学报（哲学社会科学版）》2012年第5期。

张宇：《〈宠儿〉中的寻根主题》，《群文天地》2012年第19期。

郭名华、王辉：《贾平凹民间文化意识与中国新时期文学创作》，《名作欣赏》2012年第30期。

胡皓：《寻根文学神秘色彩之管窥》，《文学教育》2012年第8期。

何希凡：《当代台湾"寻根小说"的情感底蕴》，《人民政协报》2012年10月27日。

迟美桦：《韩少功的应变与坚守》，《湖南日报》2012年5月29日。

彭卫红：《莫言：乡土文化的抒写者》，《中国社会科学报》2012年11月21日。

杨红：《20世纪80年代中国少数民族文学的文化寻根》，《北方民族大学学报》2013年第6期。

崔亮：《论寻根文学中的图腾崇拜现象》，《今日科苑》2013年第15期。

郑依晴：《游离于反思与反叛之间——第二代京味小说探微》，《荆楚理工学院学报》2013年第6期。

贾柯：《复兴与忧患——论80年代湘籍文学的变异形象》，《时代文学》2013年第12期。

周引莉：《李锐：从"寻根"走向"后寻根"》，《山西师范大学学报（社会科学版）》2013年第1期。

廖述务：《时代情绪的诗性书写——以韩少功〈日夜书〉为中心》，《创作与评论》2013年第1期。

易天娇：《寻根的悖谬——重读小说〈老井〉》，《民族文学》2013年第8期。

吴雪丽：《"乡土中国"向"现代中国"转换的美学困境——从"五四"到"文化寻根"体验》，《兰州学刊》2013年第2期。

邢晶：《论莫言小说〈蛙〉的美学特征》，《教育教学论坛》2013年第13期。

李阳：《寻根文学的叙事时间——以〈爸爸爸〉为例》，《海南广播电视大学学报》2013年第1期。

吴雪丽：《人文地理版图中的"中国"想象——以20世纪80年代的"文化寻根"为视点》，《青海社会科学》2013年第2期。

喻晓薇：《民间叙事的四种视角与姿态——论民俗学视域下的寻根小说及其民间化历程》，《湖北理工学院学报（人文社会科学版）》2013年第4期。

叶小芳：《中国人乡愁文化解读》，《怀化学院学报》2013年第7期。

王振：《论"寻根文学"思潮中的话语欲望》，《现代语文（学术综合版）》2013年第5期。

张峒：《从"寻根文学"看莫言的故乡情结》，《安徽文学》2013年第6期。

喻晓薇：《论非物质文化遗产与新时期以来的寻根文学之关系》，《湖北理工学院学报（人文社会科学版）》2013年第2期。

赵娜：《论贾平凹的商州情结》，《现代交际》2013年第5期。

吴雪丽：《再解读："文化寻根"小说的叙事伦理及其文学史意义》，

《当代文坛》2013年第3期。

郝丹：《魔幻的"根"与"根"的魔幻——莫言"寻根文学"的魔幻现实主义色彩》，《名作欣赏》2013年第18期。

张枫：《韩少功的"寻根"文学观》，《名作欣赏》2013年第18期。

曲玲：《文学寻根：知青经验的成长记忆》，《名作欣赏》2013年第18期。

牛婉若：《寻根文学：民族寓言的现代性叙事》，《名作欣赏》2013年第18期。

滕腾：《寻根文学的寻父意识》，《名作欣赏》2013年第18期。

崔琳：《文学寻根的精神突围》，《名作欣赏》2013年第18期。

黄悦：《从文学寻根到知识考古——论N级编码的文学史意义》，《百色学院学报》2013年第2期。

傅燕婷：《寻找民间的"金枝"——〈白鹿原〉中的民间文学思潮》，《赤峰学院学报（汉文哲学社会科学版）》2013年第5期。

韩枫：《试论乡土文学在现当代文学史上的几种变体》，《语文教学通讯》2013年第4期。

耿庆伟：《关于寻根文学的文化反思》，《滁州职业技术学院学报》2013年第3期。

吴雪丽：《再寻根：新世纪文学中的少数族群书写》，《西南民族大学学报（人文社会科学版）》2013年第10期。

杨杰蛟：《一种辩证文化观的尝试——重读〈白鹿原〉》，《哈尔滨职业技术学院学报》2013年第5期。

魏晏龙：《评贾平凹后期长篇小说的传统文化坚守》，《创作与评论》2013年第18期。

李威：《浅析中国近现代文学史中的寻根意识》，《湖北函授大学学报》2013年第7期。

唐伟：《集体记忆的文化诗学——论寻根文学的文化姿态及其回忆性》，《湖南工业大学学报（社会科学版）》2013年第4期。

江腊生：《逡巡于历史与人性之间的话语焦虑——〈白鹿原〉的历史想象与文化焦虑》，《当代文坛》2013年第5期。

张畅：《文化之根的探寻与超越——评长篇小说〈仓颉密码〉的文化寻根

主题》，《当代文坛》2013年第5期。

李丹梦：《文学"乡土"的地方精神——以"中原突破"为例》，《当代文坛》2013年第5期。

王文初：《"警觉主义"：对韩少功的思想特质的一种描述》，《文艺争鸣》2013年第8期。

林凌：《"抒情"作为"史诗"的完成——关于汪曾祺创作的一种解释》，《南方文坛》2013年第5期。

刘海洲：《论"寻根文学"的兴起》，《语文建设》2013年第18期。

赵迪：《"寻根"文学的独特创造探究》，《科技信息》2013年第21期。

齐林泉：《世界性与本土性的融合》，《中国教育报》2013年12月18日。

孟繁华：《当代文学地理学与本土经验》，《光明日报》2013年7月9日。

韩少功：《文学寻根与文化苏醒》，《文汇报》2013年8月15日。

李君娜：《韩少功要将"寻根"进行到底》，《解放日报》2013年8月16日。

曹继军、颜维琦：《"寻根"不是厚古薄今》，《光明日报》2013年8月19日。

张清华：《"中国身份"：当代文学的第二次焦虑与自觉》，《文艺争鸣》2014年第1期。

耿庆伟：《关于寻根文学的文化反思》，《河南科技大学学报（社会科学版）》2014年第1期。

吴志春：《"根"与"跟"的文化反思》，《科教文汇》2014年第12期。

马晓雁：《"吃相"遮蔽下的"世相"与"真相"——再读阿城的〈棋王〉》，《宁夏师范学院学报》2014年第5期。

束甜慧：《论韩少功寻根小说中的悲剧意识》，《安徽文学》2014年第12期。

季红真：《寻根文学的历史语境、文化背景与多重意义——三十年历程的回望与随想》，《文艺争鸣》2014年第11期。

鲁枢元：《从"寻根文学"到"文学寻根"——略谈文学的文化之根与自然之根》，《文艺争鸣》2014年第11期。

南帆：《"寻根文学"的理论后缀》，《文艺争鸣》2014年第11期。

许子东：《寻根文学中的贾平凹和阿城》，《文艺争鸣》2014年第11期。

陈思和：《杭州会议和寻根文学》，《文艺争鸣》2014年第11期。

程光炜：《重看"寻根思潮"》，《文艺争鸣》2014年第11期。

张欣杰：《寻根与先锋文学中的父子身体修辞与男性主体成长状况》，《中州学刊》2014年第4期。

李珂玮：《再论1980年代"寻根文学"的缘起》，《中国现代文学研究丛刊》2014年第5期。

吴雪丽：《试论"寻根文学"的发生与1980年代的知识场域》，《浙江师范大学学报（社会科学版）》2014年第3期。

徐勇：《文学寻根、青春赋形与主体建构》，《枣庄学院学报》2014年第3期。

曹艳红：《为了寻根与告别的还乡——试论"游子还乡"主题对中国现代漂泊母题叙事文学的丰富》，《广州大学学报（社会科学版）》2014年第1期。

邓榕：《"母体"与"现代"的双重寻找——论台湾寻根文学》，《湖南大学学报（社会科学版）》2014年第3期。

王佳齐：《浅析〈棋王〉中王一生的形象》，《文学教育》2014年第2期。

刘大先：《重寻集体性与文学共和——为什么要重读乌热尔图》，《暨南学报（哲学社会科学版）》2014年第2期。

杨新磊、高贺胜、陈跃、张捧：《试论乡土建筑作为文化寻根的重要途径》，《西安建筑科技大学学报（社会科学版）》2014年第2期。

沈丽萍：《现代化进程中的文学担当——寻根文学的文化审视》，《佳木斯大学社会科学学报》2014年第1期。

程丽华、江腊生：《文化寻根与走向世界的美学焦虑》，《齐鲁学刊》2014年第1期。

贾国俊：《回看寻根文学民族认同的得与失》，《安徽文学》2014年第9期。

黄莉：《文化审美的现代性思考——论阿城寻根作品》，《文学教育》2014年第8期。

孔祥泽：《寻根文学缺陷浅析》，《吉林广播电视大学学报》2014年第7期。

陈晨：《方言与文化寻根——对韩少功小说语言的文化透视》，《美与时代》2014年第7期。

孙晖：《从神话原型看〈小鲍庄〉的"寻根"内涵》，《重庆科技学院学报（社会科学版）》2014年第7期。

冯娇娇：《寻根文学中的知青作家创作现象探究》，《文学教育》2014年第7期。

张晓峰：《1980年代中国先锋小说的起源与形态——兼议汪曾祺小说的文学史定位》，《海南师范大学学报（社会科学版）》2014年第4期。

李徽昭：《"寻根"潮流的文化表情》，《艺术广角》2014年第4期。

汪德宁：《穿越与回归：寻根文学的"寻找"之困》，《小说评论》2014年第4期。

邓婕、毕文君：《从20世纪80年代文学批评看文学史如何定义〈小鲍庄〉与"文化寻根"》，《红河学院学报》2014年第3期。

王晓晨：《日常生活的还原——重读〈棋王〉》，《名作欣赏》2014年第21期。

李珂玮：《20世纪全球"寻根"主题文学价值探析》，《山西师大学报（社会科学版）》2014年第4期。

陆海勇：《落棋无声——〈棋王〉文本解读》，《语文建设》2014年第14期。

吴雪丽：《后寻根：新世纪乡土书写的叙事伦理》，《当代文坛》2014年第5期。

张颐武：《马尔克斯与中国：一段未经授权的旅程》，《艺术评论》2014年第7期。

段建军：《陈忠实与寻根文学》，《小说评论》2014年第5期。

张雪飞：《"看到理想的光芒"——论理性精神在莫言动物性叙事中的作用》，《文艺争鸣》2014年第10期。

李遇春：《"进步"与"进步的回退"——韩少功小说创作流变论》，《文学评论》2014年第5期。

王辉、郭名华：《精神无"根"的茫然——论韩少功"后知青"小说的精神叙事》，《名作欣赏》2014年第31期。

刘雯文：《论王安忆笔下的乡村世界》，《名作欣赏》2014年第29期。

高玉、张彬：《传统文化精神与中国当代文学发展》，《文汇报》2014年7月9日。

马兵：《古代志异叙事与当代文学》，《文汇报》2014年6月25日。

黄帅：《"寻根者"的现代主义风景——以几部寻根小说为中心的考察》，《三峡大学学报（人文社会科学版）》2015年第1期。

郭建玲：《"无后"："后寻根文学"的现代性焦虑与迷思》，《文艺争鸣》2015年第3期。

王晓恒：《五四乡土小说与寻根小说悲剧内涵论》，《现代语文（学术综合版）》2015年第2期。

邱华栋：《书写三秦异闻：以杨争光为例》，《小说评论》2015年第1期。

蓝思华：《论政治语境下的文学发展道路——80年代寻根文学与拉美文学关系研究》，《延安职业技术学院学报》2015年第1期。

鲁枢元：《文学的文化之根与自然之根》，《文学教育》2015年第1期。

鲍晨曦：《汪曾祺的纯文学性》，《时代文学》2015年第11期。

王东：《民间传统与地域风情——"寻根文学"中的传奇叙事》，《文艺争鸣》2015年第12期。

杨辉、马佳娜：《"寻根文学"与贾平凹文学史评价的限度——以陈思和、洪子诚〈文学史〉为中心》，《唐都学刊》2015年第6期。

段建军：《高建群与寻根文学》，《兰州学刊》2015年第11期。

段建军：《贾平凹与寻根文学》，《中国现代文学研究丛刊》2015年第12期。

刘小微：《再现·表现·还原——论韩少功小说对"知青"记忆的抒写方式》，《岭南师范学院学报》2015年第5期。

赵坤：《"被唤醒"的民族意识与"寻根"定位——论1980年代中后期张承志主体意识的建构》，《湖北民族学院学报（哲学社会科学版）》2015年第6期。

王荭、马言、刘婷婷：《自然的回归与生存的悲剧——浅论王安忆〈小鲍庄〉》，《广西职业技术学院学报》2015年第6期。

金怡：《方言视阈中色彩斑斓的马桥世界——重读〈马桥词典〉》，《黑龙江教育学院学报》2015年第9期。

孙莹：《"文化"命题下的形式新探——寻根文学创作论》，《海南师范大学学报（社会科学版）》2015年第9期。

熊修雨：《三十年来话寻根——论寻根文学的意义》，《海南师范大学学报（社会科学版）》2015年第9期。

刘琼：《在文化的屏风上——王青伟长篇小说〈渡戒〉读后》，《创作与评论》2015年第18期。

毕光明：《立足本土："寻根文学"的思想遗产——以韩少功为中心》，《创作与评论》2015年第18期。

季红真：《历史旧梦的浮现》，《创作与评论》2015年第18期。

陈建功：《三个"换……"》，《创作与评论》2015年第18期。

佘晔：《三十年后说"寻根"——韩少功访谈录》，《创作与评论》2015年第18期。

韩新卫：《脱俗与复魅：寻根文学的坚守与深化》，《岳阳职业技术学院学报》2015年第4期。

李超：《景物风俗描写与"寻根乡土小说"》，《安阳师范学院学报》2015年第4期。

蔺一佳：《20世纪末中国少数民族女作家文化寻根的话语表述》，《文学教育》2015年第9期。

焦亚坤：《寻根的旗手还是知青的寓言——以阿城〈棋王〉为中心》，《名作欣赏》2015年第26期。

贺仲明：《重启中国文学的"寻根"旗帜》，《创作与评论》2015年第14期。

周引莉：《论"寻根文学"的流变及其影响》，《郑州大学学报（哲学社会科学版）》2015年第4期。

靳梓瑜：《新时期秦地小说中民间原型的运用及现代启示——以〈白鹿原〉为例》，《山西师范大学学报（自然科学版）》2015年第S1期。

刘倩：《论韩少功小说的文化意蕴》，《内江师范学院学报》2015年第7期。

神盈盈：《历史指向与文本阐述——关于阿城"寻根派"作家身份的讨论》，《佳木斯职业学院学报》2015年第8期。

徐勇：《从文学寻根到文化自觉——刘醒龙长篇小说〈蟠虺〉的文化史意义》，《百家评论》2015年第3期。

冯强：《如何表述广西乡村生活：冯昱小说与"寻根"》，《南方文坛》2015年第4期。

孙莹：《论寻根文学审美形态的多样化》，《名作欣赏》2015年第21期。

朱越：《韩少功小说中农村写作态度的转变》，《南昌教育学院学报》2015年第3期。

马新亚：《韩少功的现代主体建构及其精神寻根——以长篇小说〈日夜书〉为例》，《湖南科技大学学报（社会科学版）》2015年第4期。

刘权：《论〈白狗秋千架〉与〈黑骏马〉的归乡模式》，《攀枝花学院学报》2015年第3期。

徐勇：《回避历史与走向传统——寻根作家题材转变的文学史意义》，《海南师范大学学报（社会科学版）》2015年第5期。

刘欢：《中国寻根文学作家对拉美魔幻现实主义的接受》，《安徽文学》2015年第5期。

谈益：《全球化语境中"寻根文学"的意义及局限》，《名作欣赏》2015年第14期。

李珂玮：《"寻根文学"对乡土中国前途的思索》，《大连大学学报》2015年第5期。

高红梅：《魔幻现实主义与国家话语的重构——魔幻现实主义与新时期中国文学》，《社会科学家》2015年第9期。

王树奇：《〈棋王〉叙述视角与"棋"关系探究》，《绥化学院学报》2015年第11期。

冯启佳：《王安忆的〈小鲍庄〉的仁义主题》，《文学教育》2015年第12期。

杨辉、马佳娜：《本土经验、现代意识与中国气派——论贾平凹的文学观》，《南方文坛》2015年第5期。

刘嘉任、陶士云：《民族文化的寓言——重读王安忆〈渡戒〉》，《吉林化工学院学报》2015年第10期。

刘大先：《鄂温克族文学：大时代变革下的文化寻根》，《中国民族报》2015年12月4日。

二、学位论文

陈琪：《性爱·死亡·救赎——〈棋王〉〈红高粱〉〈古船〉对生命意识的诠释》，暨南大学硕士论文，2000年。

席建彬：《回归与超越——汪曾祺现代性灵小说论》，山东师范大学硕士论文，2000年。

叶立文：《增长与繁荣——中国二十世纪八十年代小说中的先锋话语》，武汉大学博士论文，2001年。

姜洪伟：《〈马桥词典〉的文体实验》，苏州大学硕士论文，2001年。

罗功宇：《试论贾平凹小说的创作主旨和审美流向》，华东师范大学硕士论文，2002年。

朱道卫：《见微知著　殊途同归——〈象棋的故事〉与〈棋王〉比较研究》，华东师范大学硕士论文，2002年。

于鲸：《后现代主义的回响：〈百年孤独〉与'1985寻根小说》，南京师范大学硕士论文，2002年。

杨道龙：《汪曾祺小说传统意蕴和现代意识的阐释》，扬州大学硕士论文，2002年。

郝敏：《新时期小说的民族化追求》，安徽大学硕士论文，2003年。

周延松：《汪曾祺与新时期文艺思潮的流变》，南京师范大学硕士论文，2003年。

孟凡东：《"寻根文学"创作的现代性辩证》，黑龙江大学硕士论文，2003年。

邓楠：《全球化语境下民族文化身份认同——魔幻现实主义与寻根文学比较研究》，浙江大学博士论文，2004年。

王寒：《莫言与寻根文学》，山东师范大学硕士论文，2004年。

姚宁：《新时期中国"寻根文学"与拉美魔幻现实主义》，安徽大学硕士论文，2004年。

林秀琴：《寻根话语：民族文化认同和反思的现代性》，福建师范大学博士论文，2005年。

曾利君：《魔幻现实主义与中国当代文学》，四川大学博士论文，2005年。

陈黎明：《魔幻现实主义与20世纪后期中国小说——以加西亚·马尔克斯与"寻根"小说之关系为中心》，苏州大学博士论文，2005年。

付娜：《"寻根文学"的现代性分析》，中央民族大学硕士论文，2005年。

宋桂花：《仍在演绎的"故事新编"——论韩少功的文体意识和寻根意识》，山东师范大学硕士论文，2005年。

陈啸：《论寻根派文学的当代新儒家路向》，四川师范大学硕士论文，2005年。

陈放：《寻根小说的文化取向及其意义》，延边大学硕士论文，2005年。

杨守标：《寻根文学与精神家园》，华中科技大学硕士论文，2006年。

陈琦：《李杭育80年代小说文化意蕴研究》，华中科技大学硕士论文，2006年。

周沙：《寻根文学：现代性追寻中的反思与批判》，四川师范大学硕士论文，2006年。

周娅：《寻根之思：审美理想烛照下的审丑表达》，华中师范大学硕士论文，2006年。

陈丽：《庄禅精神与新时期文学》，吉林大学硕士论文，2006年。

王宁宁：《寻根文学批评研究》，河北大学硕士论文，2006年。

金大伟：《寻根与先锋——评韩少功的小说创作》，安徽大学硕士论文，2006年。

单劲松：《"寻根文学"的隐性动机与显性动机》，中国人民大学硕士论文，2007年。

李鹏飞：《"寻根文学"启蒙立场的叙事分析》，中国人民大学硕士论文，2007年。

邢树荣：《政治语境下的文学想象——80年代寻根文学再研究》，延边大学硕士论文，2007年。

倪宏玲：《文化守夜人与后期寻根文学的精神特征》，青岛大学硕士论文，2007年。

张琼：《论〈白鹿原〉与民俗文化》，陕西师范大学硕士论文，2007年。

郑正平：《从崇高到平实的精神嬗变——试论"寻根文学"以来的知识分子形象塑造》，浙江大学硕士论文，2007年。

刘爽：《魔幻现实主义中国化——中国寻根文学对拉美魔幻现实主义的继承与超越》，苏州大学硕士论文，2007年。

朱莹莹：《暧昧的"寻根"——论江南文化视野中的寻根文学》，浙江大学硕士论文，2007年。

余红艳：《在漂泊中寻根——从新时期几大文学思潮谈王安忆小说》，南京师范大学硕士论文，2007年。

侯艳林：《论寻根文学民族文化策略》，华中师范大学硕士论文，2007年。

和法强：《寻根小说中的地域文化色彩指向》，西北师范大学硕士论文，2008年。

黄爱：《文化寻根与叙事重构——简析汤亭亭的文学创作》，山东大学硕士论文，2008年。

付伟强：《国民性批判——后寻根小说的文化特征》，青岛大学硕士论文，2008年。

陈丽芬：《返顾与守望——寻根文学论》，江西师范大学硕士论文，2008年。

胡菁惠：《"弃父"与"寻父"：五四乡土小说与新时期寻根文学之比较》，厦门大学硕士论文，2008年。

刘现法：《1985年寻根文学与拉美魔幻现实主义》，天津师范大学硕士论文，2008年。

马勇：《刘震云的寻根之旅》，湖南大学硕士论文，2008年。

张守海：《文学的自然之根——生态批评视域中的文学寻根》，苏州大学博士论文，2009年。

王晓恒：《五四乡土小说与八十年代寻根文学比较研究》，吉林大学博士论文，2009年。

邓霞：《创建民族文学特色——〈百年孤独〉与〈西藏—隐秘岁月〉的比较研究》，贵州大学硕士论文，2009年。

刘云艳：《论"寻根文学"的后现代性》，浙江师范大学硕士论文，2009年。

莫雅波：《以文学写文化——寻根文学对传统文化多视角深描》，湖南科技大学硕士论文，2009年。

杨亮：《文化坐标：突围与重构——新时期"寻根文学"的"过渡性"》，辽宁师范大学硕士论文，2009年。

秦元元：《寻根文学作品中的水原型研究》，山东师范大学硕士论文，2009年。

田文兵：《民族文化重构与回归精神家园——"京派"文学与20世纪中国文学"寻根"思潮研究》，兰州大学博士论文，2010年。

周引莉：《从"寻根文学"到"后寻根文学"——试论新时期以来文学中的文化意识》，华东师范大学博士论文，2010年。

殷晓君：《中国寻根文学与拉美土著文学的联系——〈黑骏马〉与〈广漠大世界〉》，上海外国语大学硕士论文，2010年。

吴楠楠：《新时期小说中传统审美的回归》，西北师范大学硕士论文，2010年。

苏沙丽：《论沈从文与韩少功的寻根心路》，苏州大学硕士论文，2010年。

刘伟昭：《文化语境中的补偿——论阿城的"三王"系列小说》，华东师范大学硕士论文，2010年。

马婷婷：《论汪曾祺的三副"面孔"——新时期以来汪曾祺的接受研究》，中央民族大学硕士论文，2010年。

张丽凤：《寻根文学思潮新论》，暨南大学硕士论文，2010年。

虞金星：《寻根文学兴起的问题探析》，中国人民大学硕士论文，2011年。

张胜亚：《寻根文学的世俗精神及其对当代小说的影响》，南京师范大学硕士论文，2011年。

罗丹妮：《寻根文学创作的"政治无意识"》，辽宁大学硕士论文，2011年。

梁园园：《新时期文学与电影中寻根内涵的比较研究——以阿城与陈凯歌为例》，西北师范大学硕士论文，2011年。

张朴：《新时期寻根小说研究》，安徽大学硕士论文，2011年。

姜伟婧：《精神的还乡——论福克纳对中国新时期寻根文学的影响》，南京师范大学硕士论文，2011年。

刘媛：《文化寻根的坚守与拓展——韩少功小说创作论》，苏州大学硕士论文，2011年。

孟昕颖：《寂寥中的永远的"寻根"者——韩少功小说创作论》，东北师范大学硕士论文，2011年。

李晓：《寻根文学与文化关系新论》，西北大学硕士论文，2011年。

吴淑娟：《寻根的坚守——论韩少功90年代后的创作转向》，西北大学硕士论文，2011年。

程志军：《寻根文学的思想文化内涵及其价值定位》，广西师范大学硕士论文，2011年。

肖凡：《本土与世界的贯通——拉美魔幻现实主义文学与中国寻根文学的共相》，湖南师范大学硕士论文，2011年。

史玉丰：《二十世纪中国文学中的寻根意识研究——以鲁迅、沈从文、韩少功为例》，山东师范大学博士论文，2012年。

王欣：《生命之维——生态文艺批评视角下的寻根文学》，辽宁师范大学硕士论文，2012年。

李敬：《寻根小说中的神秘色彩研究》，广西民族大学硕士论文，2012年。

陈悦：《20世纪80年代寻根文学的启蒙内涵》，广西师范大学硕士论文，2012年。

杜宇：《人类学视野下的寻根文学研究》，渤海大学硕士论文，2012年。

孙健男：《寻根的根——浅析韩少功及其寻根文学的文化根底》，广西师范大学硕士论文，2013年。

原帅：《1985年文学场一瞥》，广西师范大学硕士论文，2013年。

杨志永：《在世俗中游走的名士——阿城论》，河北师范大学硕士论文，2013年。

彭超：《寻根文学中"家"母题的文化意蕴探究》，延边大学硕士论文，2013年。

黄玉娟：《飞舞的精灵，寻根的回望——论"寻根文学"中的疯傻形象》，东北师范大学硕士论文，2013年。

余坚：《新时期"寻根小说"中的象征叙事研究》，宁夏大学硕士论文，2013年。

霍九仓：《汪曾祺小说的文艺民俗审美研究》，华东师范大学博士论文，2014年。

康敏哲：《〈秦腔〉与〈根〉中寻根意识比较研究》，辽宁大学硕士论文，2014年。

伍文珺：《"寻根"小说的现实主义维度》，江西师范大学硕士论文，2014年。

何腾飞：《突围与重构——试论莫言与寻根文学》，广东技术师范学院硕士论文，2014年。

李玥：《论寻根小说的神话叙事》，西南大学硕士论文，2014年。

杨国伟：《民俗学视野下的寻根文学研究》，西南大学硕士论文，2014年。

章昕颖：《"寻根文学"与中国80年代中期文学场》，暨南大学硕士论文，2015年。

方守永：《中国当代文学中的"莫言现象"研究——以莫言寻根小说与拉美魔幻现实主义的关系为视域》，贵州民族大学硕士论文，2015年。

杜婷：《民俗视野中20世纪80年代寻根小说研究》，沈阳师范大学硕士论文，2015年。

唐兀珏：《阿城：革命边缘人的入世近俗和文化反抗》，陕西师范大学硕士论文，2015年。

姚凯：《传承与新变——论"寻根"视域下的知青乡土小说》，南京师范大学硕士论文，2015年。

刘欢：《中国寻根文学对魔幻现实主义的接受研究》，吉首大学硕士论文，2015年。

邓榕：《大陆与台湾寻根文学比较研究》，湖南师范大学硕士论文，2015年。

三、研究专著

邓楠：《全球化语境下民族文化身份认同——魔幻现实主义与寻根文学比较研究》，北京：作家出版社，2006年。

宋如珊：《从伤痕文学到寻根文学：文革后十年的大陆文学流派》，台北：秀威资讯科技股份有限公司，2006年。

邓楠：《寻根文学价值观论》，长沙：湖南人民出版社，2008年。

赵允芳：《寻根·拔根·扎根：90年代以来乡土小说的流变》，北京：作家出版社，2009年。

陈仲庚：《寻根文学与舜文化根源性地位》，长沙：湖南人民出版社，2011年。

林秀琴：《寻根话语：民族叙事与现代性》，镇江：江苏大学出版社，2012年。

王晓恒：《五四乡土小说与八十年代寻根文学比较研究》，北京：中国社会科学出版社，2013年。

史玉丰：《现当代小说寻根意识三家论》，南京：南京大学出版社，2013年。

周引莉：《寻根文学的发展与影响》，北京：社会科学文献出版社，2014年。

吴雪丽：《文化寻根与本土中国》，北京：北京大学出版社，2014年。